回望蒹葭苍苍

——高建国《一颗子弹与一部红色经典》咀英萃华

时代出版传媒股份有限公司
安　徽　文　艺　出　版　社

回望蒹葭苍苍

——高建国《一颗子弹与一部红色经典》咀英萃华

HUIWANG JIANJIA CANGCANG

上海新四军“沙家浜部队”历史研究会/编

时代出版传媒股份有限公司
安 徽 文 艺 出 版 社

图书在版编目(CIP)数据

回望蒹葭苍苍:高建国《一颗子弹与一部红色经典》咀英萃华/上海新四军“沙家浜部队”历史研究会编. —合肥:安徽文艺出版社,2017.7(2017.9 重印)

ISBN 978-7-5396-6165-0

Ⅰ. ①回… Ⅱ. ①上… Ⅲ. ①报告文学评论-中国-当代 Ⅳ. ①I207.5

中国版本图书馆 CIP 数据核字(2017)第 167595 号

出 版 人:朱寒冬

责任编辑:朱寒冬 姚爱云　　装帧设计:徐 睿

出版发行:时代出版传媒股份有限公司 www.press-mart.com

安徽文艺出版社 www.awpub.com

地 址:合肥市翡翠路 1118 号 邮政编码:230071

营 销 部:(0551) 63533889

印 制:安徽联众印刷有限公司 (0551)65661327

开本:710×1010 1/16 印张:22.25 字数:320 千字

版次:2017 年 7 月第 1 版 2017 年 9 月第 2 次印刷

定价:38.00 元

目　录

contents

二、文苑回声

三、作品萃英

铁军精神永不谢幕(代序言)

——读《一颗子弹与一部红色经典》

乔晓阳

军人作家高建国的长篇纪实文学《一颗子弹与一部红色经典》,以嵌在抗日英雄、开国中将刘飞胸腔长达半个世纪的一颗小小弹头开篇,再现了新四军可歌可泣的历史,特别是再现了红色经典《芦荡火种》和《沙家浜》诞生的来龙去脉以及背后鲜为人知的"江南抗日义勇军"(简称"江抗")历史。作品生动描绘了在抗日战争相持阶段,以新四军老六团为骨干的"江抗",在叶飞率领下,于1939年5月挺进苏南东路地区日伪重兵据守的河湖港汊水乡,机动灵活打击敌人,开辟以阳澄湖为中心的苏常太和澄锡虞抗日民主根据地的艰难曲折历程;展现了1939年10月"江抗"主力奉命西撤北上后,以刘飞、夏光为代表的伤病员,不屈不挠坚守阳澄湖芦荡斗争,终使芦荡火种再度燎原,以及在谭震林领导下,东路地区抗日武装和根据地建设再度大发展的波澜壮阔的历史画卷。正如高建国在书中所言:"一颗子弹为我们打开了洞察和深省一段历史的窗口。从这颗子弹标示的轨迹,重温江南塞北的抗战史,纵观那段属于整个民族乃至全人类记忆的烽火岁月。"

《一颗子弹与一部红色经典》出版后,受到社会各界关注并在广大读者中引起较大反响。这部近五十五万字的著作,气势恢宏,史料翔实,视角崭新,文笔生动,思考深邃,情感丰富。作者展现新四军、"江抗"斗争历程这样的重大历史题材，虽从小处开端，但把整个作品放置在抗日战争的大背景下，把人物性格的展现放在历史大洪流中，表现出一种高屋建瓴、大气磅礴的艺术风格。这部作品尊重历史，建立在真实史实之上。作家细腻的文笔，使他笔下的新四军和"江抗"的历史不再是简单枯燥的史料，而是有血有肉、情深意浓的故事。作品既展现了陈毅、叶飞、刘飞等丰满的英雄形象，又表现了他们丰富的情感世界、他们的喜怒哀乐和他们的悲欢离合。

作者高建国是位军事学博士，曾担任陆军第二十集团军政委。二十集团军前身是坚持南方三年游击战争的红军闽东独立师，抗日战争爆发后改编为新四军第三支队第六团，就是创造了作品描述的"芦荡火种"英雄传奇的部队。高建国工作之余，以惊人的毅力通过长期执着的追踪调研，并怀着对老部队、对历史的崇敬和对英雄的敬仰完成此作品，加之严谨细致的创作态度以及饱含细腻感情的运笔方法，将这段尘封许久的历史精彩呈现于大众眼前，为本作品付出了巨大心血。作品中的许多内容都不是公开发表材料中的，而是他刻苦追寻、深挖细掘发现的，许多材料和细节是第一次面世。"世界上怕就怕'认真'二字"，高建国这种认真钻研的精神不能不令人感佩。

《一颗子弹与一部红色经典》中的许多人和事是我所熟悉的。新四军第三支队第六团以及"江抗"是我父亲、母亲战斗过的部队。我父亲乔信明于1938年12月调到新四军三支队六团任参谋长，1939年5月老六团改名"江南抗日义勇军"二路，后与"江南抗日义勇军"三路会合后，他担任了"江南抗日义勇军"总指挥部参谋长。"江抗"在东进苏南东路短短六个月里，开辟了苏南抗日根据地，尤其是夜袭浒墅关火车站和火烧上海虹桥机场震惊海内外。我母亲于玲，原名王韶华，1939年5月12日加入"江抗"，同年6月加入中国共产党，8月任"江抗"四路政治部组织干事兼支部书记，11月升任中共常熟市塘南区区委书记。江南抗日救国军东路指挥部（谭震林在新"江抗"基础上改编而成）成立后，1940年5月，她在谭震林同志领导下参加武装开辟江阴县工作，任"江抗"驻澄办事处副主任（县级）。1940年10

月任中共江阴县委委员兼宣传部长,1941 年 1 月皖南事变后,她又兼任祝塘中心区祝文区区长,被谭震林同志誉为“江南第一女区长”。她坚持党的统一战线方针,大胆吸收愿意抗日的国民党县党部常备队,创建了拥有七八十人的“江抗”祝塘常备队,并被谭震林同志任命为该队大队长。父亲母亲相识、相知、相爱、结合于“江抗”战斗期间。

在作品中出现的陈毅、粟裕、谭震林、钟期光、叶飞、刘飞、吴焜、廖政国、曾如清、戴克林、夏光等新四军领导,与我父亲母亲结下了深厚友谊。特别是我父亲从遭受病魔折磨到 1963 年 9 月去世,得到了这些老领导、老战友无微不至的关怀。作品中这颗子弹的寄主暨红色经典《沙家浜》主人公郭建光的原型之一刘飞中将及其夫人朱一,更是与我父亲母亲结下了深厚的革命情谊。刘飞,原名刘松清,1905 年 12 月出生于湖北省红安县一个贫苦农民家庭。1927 年刘飞参加黄麻起义,1930 年 1 月率部参加红军。1938 年春,刘飞调任新四军三支队六团政治主任,我父亲于 1938 年 12 月调任六团参谋长。1939 年 5 月,新四军第六团使用“江抗”二路的番号东进抗日,在武进戴溪桥与“江抗”三路会合,成立“江南抗日义勇军”总指挥部,刘飞任政治部主任,我父亲任参谋长。我母亲于玲与朱一的关系号称“四老”:老乡、老同学、老战友、老亲家。两家还结成儿女亲家,我的小妹妹乔文雷嫁给了刘飞的次子刘晨华。

新四军将领们在给养严重匮乏、环境异常艰苦的情况下,他们生死相依、患难与共,结下了深厚的革命情谊。他们同心同德、众志成城,义无反顾地肩负起拯救中华民族于危难的历史重任。他们百折不挠、意志坚强,克服了一切困难,书写了荡气回肠、震惊历史的英雄史诗。

作者高建国提出“东路三问”,其中第一问是“在湖荡棋布、日伪如麻又无山林隐蔽之利的平原水乡,是什么神奇力量支撑‘江抗’挺进敌后,克服难以想象的困难,开辟巩固了抗日游击根据地”? 我也一直有个疑惑,新四军和“江抗”全体将士如何能在华东地区日本人重兵布置之地和国民党军队林立的狭窄空间中求得生存?“江抗”三十六名伤病员,为什么能在日本侵略者不断的“扫荡”和袭扰中不仅生存下来，还使星星之火迅速燎原，巩固了抗日根据地？高建国认为新四军六团东进作战之所以取得成功，有以下四方面的战略支撑：一是因情措变进行战略创新，二是在匡正战略指导中确立正确的斗争方针，三是拥有独当一面的领袖人物和久经考验的红军骨干，四是依托上海大都会扬长抑短解决人才物资等困难。高建国总结了部分原因，我以为再加上“铁军精神”则使总结更加全面，那就是：听党指挥、服务人民，服从大局、维护团结，不怕牺牲、冲锋在前，不怕疲劳、连续作战。今年是新四军成立八十周年，我们应大力弘扬和传承“铁军精神”，虽然京剧《沙家浜》总有谢幕时，但“铁军精神”永不谢幕。

对历史的铭记，不单仅仅再现历史，而是通过展现历史不忘初心，要透过历史给今天的人们以继续前进的动力。正如习近平总书记在庆祝中国共产党成立九十五周年大会上所说：“我们党已经走过了九十五年的历程，但我们要永远保持建党时中国共产党人的奋斗精神，永远保持对人民的赤子之心。一切向前走，都不能忘记走过的路；走得再远、走到再光辉的未来，也不能忘记走过的过去，不能忘记为什么出发。面向未来，面对挑战，全党同志一定要不忘初心、继续前进。”

（作者为全国人民代表大会法制工作委员会主任委员，开国少将、“江抗”总指挥部参谋长、原南京军区空军后勤部政委乔信明之子）

一、评论札记

《一颗子弹与一部红色经典》研讨会专家要论

2016年5月29日，作家出版社、《人民文学》杂志社、山东省作家协会、中央军委政治工作部宣传局文化处，在京共同举办高建国长篇报告文学《一颗子弹与一部红色经典》研讨会。研讨会由作家出版社总编辑黄宾堂主持，中国作家协会副主席何建明，中央军委政治工作部宣传局副局长姜秀生，中国作家协会书记处书记、作家出版社社长吴义勤，《人民文学》杂志社主编施战军，山东省作家协会副主席苗长水，《文艺报》主编梁鸿鹰，《人民文学》杂志社副主编徐坤，著名评论家张陵，著名评论家贺绍俊，著名评论家汪守德，中国报告文学学会常务副会长李炳银，著名评论家胡平，著名评论家白烨，中宣部文艺局办公室主任赵海虹，《人民日报》文艺理论评论室主任刘琼，中国作协创研部理论处处长李朝全等领导和专家出席会议并发言。《一颗子弹与一部红色经典》作者高建国、作家出版社责任编辑丁文梅参加研讨会。

何建明：今天参加这个研讨会特别高兴，因为这是一部写我家乡革命斗争生活的作品。去年9月在沙家浜的时候，我和高建国讨论过这部作品，今年春节后看了一遍，这两天又重温了一遍。我认为，这是一部非常重要的重大革命历史题材军事文学作品，也是一部从另一个角度阐述红色经典的重要文学作品。

作品叙述的故事，发生在我非常熟悉的沙家浜，重点以沙家浜这段历史为主要内容，引出一颗子弹和一部经典作品。我读了这部书，对整个新四军的发展脉络有了一个非常完整的认识。

叶飞领导的“江抗”和后来谭震林领导的“江抗”东路指挥部，在我们家乡的那段斗争历史是非常经典的。今天的沙家浜成为一个红色旅游胜地，也是因为与《沙家浜》这部戏有关。关于沙家浜的斗争历史，我们知道的比较多的是军民关系。新四军在江南浴血奋战了好几年，留下了光辉的历史功绩。从文学的角度看，我读了特别感兴趣的，首先是这部作品讲述了与《沙家浜》这部红色经典相关的一段历史，以及阳澄湖一带军民关系的故事。高建国从一个特别的角度写，以刘飞身上的子弹引出“江抗”的发展史进而叙述一部红色经典，这个切入点非常好，我认为非常有意思。在写作上，高建国也下了很大功夫，故事很多，场面也非常大，叙述了很多人文历史。这部书，可以说是最完整的关于沙家浜革命斗争史的一个全本。

老一代新四军领导，在我们家乡进行抗日斗争时期，留下了非常完整的东西。沙家浜的革命斗争史，是一部非常有意思、也是非常通俗的斗争史。沙家浜地区的抗战主要有三股力量，一是新四军的江南抗日部队，还有一个是像《沙家浜》中胡传魁那样的游杂武装，还有就是地下党的游击队。作品完整地叙述了那段历史，给我们提供了生动翔实的内容，非常准确、非常公正，也丰富了我们江南抗日斗争的一段重要历史，使读者对沙家浜的印象更加鲜活、清晰和全面。书中对几种抗日力量的描述和各方人物的塑造很成功，书中有一些我们熟悉的人物，如开国中将刘飞就是常熟老百姓非常熟悉的，还有一些我们不了解的历史人物，都写得非常好。这部作品写得很不错，高建国下了很大功夫，从党史、军史、地方史的角度看，也是一部非常好的作品。读了以后，我们可以学到很多知识并受到很大教育。

去年在沙家浜的时候，常熟市领导、沙家浜革命历史纪念馆的同志，都非常看重这部作品，希望在沙家浜举行一个首发仪式。我觉得，我们中国作家协会要隆重地推荐这部作品，今明两年有咱们国家的几个重要时间节点，今年是红军长征胜利八十周年、建党九十五周年，明年是建军九十周年，我们依然要大力推介这部作品。这部作品应该成为这一段时间当中、这几年当中，我们重点推介的作品。我们中国作家协会和作家出版社，也将把这部作品作为一个重要的、优秀的报告文学作品推介出去。这样的作品确实对我们年轻的一代非常重要，即使是了解这些历史的人，我觉得依然要好好学习。

前几天，我们在赣州举行了第三次革命历史题材创作会议。我在会上提出，革命历史题材创作，首先，你是否具有革命的理想、革命的信念。革命理想、革命信念是否充沛，实际影响着我们历史题材的创作。其次，就是对革命历史题材认识的深度。浅层的理解，对人物、事件进行简单的叙述是不行的。我觉得高建国的这部作品，这个题材，这种深刻度，这种调查研究的广泛和细致，值得我们学习。实践证明，好的革命历史题材常常要做充分的准备，否则就很难写好。我想这部作品，高建国至少用了五年以上的时间吧，前前后后的准备，可能还不止于此，仅采访和实地踏勘这些人和地方，走也得走一两年时间，这就是做了巨量的准备工作。另外，就是如何去表现，选择一个恰当的角度来表现，也是非常重要的。我觉得，在这方面，高建国这部作品是非常成功的，从一颗子弹切入，从这样一个比较小的点入手，让子弹飞起来，翱翔和穿越了整个新四军曲折发展和壮大的历史，一直到解放后。我觉得这部作品是对我们革命先烈的一个非常重要的纪念和祭奠，这种写法应该说非常好。从文学创作这个角度来说是非常好的，切入点不大，但是回归、展示着一个特别宏大深邃的历史场景。人物的穿插也非常好，始终围绕着刘飞，始终围绕着沙家浜这几条线来进行革命斗争史的叙述。

所以，我觉得高建国这部作品是非常成功、非常厚重的，既是难得的革命历史教材，也是优秀的文学作品，我对高建国的创作表示敬意！我也很高兴地看到，在军事文学创作上，老一代有好多高级将领在搞文学创作，现在又看到了高建国的作品，向你致敬，谢谢你！我们期待着，愿这一颗子弹继续飞，飞过江南，飞遍全国，飞入每一位读者的心灵。

吴义勤：首先向高将军表示歉意，主要是书还没来得及读，昨天刚回国，还在倒时差。我在匈牙利的时候，责任编辑给我发短信，让我参加今天的会议。我觉得参加研讨会，没读作家的书，应该是对作家最大的不尊重。因此,我想我不应该对你的书做出评价。但是,我觉得还是要来。一方面,这部书是我们作家出版社出的,现在作协又派我来作家出版社工作,我今天来,特别要向高将军表达两个意思。一是向你表示祝贺。因为我觉得这本书,从题材本身来说,确实是非常好的一个题材。我一开始还好奇,我以为高将军是我们江苏人,因为我是苏州大学博士毕业,我也经常去沙家浜那儿,我去主要是去吃大闸蟹,没想到这个题材变成一个大作品。将军是山东人,我在山东待了十五年,对故乡和山东有着双重的感情。我觉得在今天,关于沙家浜这个题材本身,它富含的不仅仅是一段军史,还有文学,关键它有中国人的一种人文情怀,有人文情感的东西在里面。因为前几年,关于沙家浜也有很多争论,也有很多其他的作品,比如谢荣也写过一个《沙家浜》,但有很多争论。而高将军这部作品是以很强的政治责任感来再现这段历史。另外一个,我要向高将军表示敬意。这本书我特别期待,我期待着读,因为高将军还是博士,全国优秀博士论文获得者,得这个奖很难。因为我觉得,我们博士生得全国优秀博士论文奖非常不容易,这个奖能得个提名就不简单。所以我就是羡慕,羡慕嫉妒恨哪!我觉得要向将军表示敬意。同时也代表作家出版社表示感谢。这本书我确实没看内容,但是我看了出版的情况,我了解目前社会反响和发行的情况,我觉得是一个了不起的成果。另一方面,我也是表态,我们下一步就是要进一步做好这本书的出版、宣传和发行工作。我觉得像这样的好书,对于作家社来说是特别需要的,感谢将军把这样的好书给我们,支持我们出版社。因为我刚到社里,现在还在熟悉情况的阶段,业务都没有介入,只是了解一些信息,这里对将军表示感谢,就是表达这两个意思。希望将军以后再有新的作品,也在作家出版社出版,谢谢。

姜秀生:何建明副主席对这部作品的分析,我完全赞同。这里,我也向高建国同志和这部作品的问世表示祝贺。高建国同志是部队领导,在当前国防和军队深化改革时期,工作特别忙。我很惊讶,高建国同志能在繁重的工作之余,把这么一部厚重的作品写出来,这需要怎样强烈的责任感,需要怎样巨大的投入才能做到?

首先,这本书真实地揭示和再现了新四军“江抗”的不平凡斗争经历,比较全面地反映了新四军的这段战斗历史。我遇到的很多新四军老领导老同志,他们对表现新四军的抗日斗争还是有很大期待的。我觉得,这部作品确实是从一个独特角度,把这段历史挖掘出来了,这个价值是非常大的。而且高建国同志以他领导干部的身份,他的革命立场非常鲜明,坚持唯物史观,细致深入地收集了大量材料,看了以后让人觉得非常兴奋,也很新奇,尤其是沙家浜那段历史。

其次,这部作品除了史实材料的收集、整理和分析,非常难能可贵的还在于,作品再现、还原了这段历史当中的一些活生生的场景、故事和人物,都是真实可感的,也可以说是部英雄传奇、革命颂歌。里面的很多人物描写,没有局限于当时那个历史阶段,从当年一直贯穿到今天,整体的命运感特别强。尽管有的人物是小人物,只是点到,但命运感同样非常强,给人留下了非常深刻的印象。我觉得作品在历史叙事的基础上,把许多人物的命运表现出来了,是很让人感动的。

再次,这部作品所描写的这段历史、这些人物,对照我们今天确实有很强的现实意义。书中描写的一些人物,他们的理想信念非常坚定。反观一个时期以来,我们军队的一些人的理想信念发生了动摇,有的人甚至蜕化变质。这样是没法跟老百姓交代的,也愧对革命先辈。我想高建国同志在写这个作品时,他内心一定是有着这样强烈的使命感的。书中《尾声》部分朱一在雨花台念写给刘飞的那封信,你看人家刘飞不光自己是英雄,夫人也是好样的。我们现在有的领导干部的夫人在干什么?我觉得作者是带着强烈的使命感去写的,很有现实意义。这也体现了今天我们这代军人的一种真实和现实的追求,传承红色血脉,胸怀远大理想,创造新的荣誉,这些在书中字里行间都能够感觉到。所以,这部书虽然很长,但读的时候还是很痛快的,有些地方是让我们内心久久不能平静的。

最后,我真诚地向高建国同志表示祝贺,向各位专家表示感谢,特别是向在这部作品问世过程中给予帮助的中国作协的领导和同志们表示感谢。军队政治工作领导干部，包括其他领导干部进行文艺创作，是我军的传统。我军的文艺工作可以说就是我们党和军队的领袖们开创的。井冈山时期，毛泽东、朱德等一些领导同志，在革命斗争中开启了中国人民解放军军事文艺的先河。在后来的军队革命建设中，这种历史传统一直延续下来。比如肖华同志创作的《长征组歌》堪称传世经典，我觉得老前辈的这个贡献，某种意义上不比他在战争年代带兵打仗的贡献小。这部讲述一颗子弹与红色经典故事的作品的诞生，对于传承我军政治工作传统，也是有积极意义的，谨向作者表示敬意。

黄宾堂：高建国是军事学博士，还是卓有成就的作家。80 年代，他就是济南军区作家群中的佼佼者，这些年还获得不少奖项。这部大气磅礴的、五十多万字的长篇报告文学，是最新的力作。我们都说写报告文学是个体力活，这本书的采访写作，我算了一下，作家实地采访和踏勘的有十四个地方。我们一般都说“三分书斋七分田园”，就是说写作一个报告文学，三分是在书斋里头，七分是在下面采访，在搞调研，作家为完成这部作品，确实花了很大的功夫。

苗长水：我代表山东省作协，也代表原济南军区范围内的作家，对中国作协的各位领导、各位老师们，多年来给予的关怀和支持表示感谢。实际上，军事文学创作是我们山东省作家协会的一个很重要的部分，也是最重要的一个特色。从新中国成立初期到今天，一大批原济南军区的作家，也同时是山东省作家协会的成员。今年年初，山东省作协回顾去年的工作，专门汇报了军事文学委员会的创作成绩，包括高建国的这部报告文学作品。山东省作协杨学锋书记、张炜主席都高度重视，说这个研讨会我们一定要大力支持，因为我们军事文学委员会每年都要搞一个类似的活动。

建国跟我都是原济南军区《前卫报》的编辑，我们俩缘分很深。我比他早几年到报社，1980 年，我编了一篇他写的散文，原稿写了六七千字，我给压到两千字。把稿子送到从正里主编那儿，从主编是战争年代入伍的老革命,他看了稿子后,用橡皮在上边擦,把我用铅笔画的都擦掉了,恢复了原稿,然后在上边写了几句话,称“三度泪下”,对他的这篇稿子评价很高。

后来建国到了报社,开始是跟我在一个编辑室,后来调去做一版的编辑。当时领导们对他的评价,就是他写新闻稿子倚马可待。建国这个人就是刻苦,而且做任何事情都有一股子劲,就是一定要争第一的这种气势。当时,虽然他调到一版当编辑,但是始终没有放弃作家梦。就是当初我们这些年轻编辑,80 年代初,都在拼命干。实际上,就文学成就来讲,建国当时也只差一步。刚才炳银老师进屋就说,二十八年前,他在首都体育馆给建国颁过奖,是百家期刊发起的“中国潮”报告文学征文奖。

后来由于工作原因,他不得不把文学梦放下了。他到部队当师政委,任集团军政治部主任和副政委、集团军政委,这些经历提升了他的素质,拓宽了他的视野,对他再写文艺作品很有好处。特别是在二十集团军工作的这五年,对于他认识和把握“江抗”东进特别是沙家浜斗争这段历史有重要作用。这本书中的人物,多数都出自二十军。二十军部队有不少江南学子,知识分子多,这是构成这个有文化的部队特质的重要因素。

为什么沙家浜的斗争历史能够成为一部红色经典?看了这部作品后,就有了一个明晰的答案。新四军这段历史包括沙家浜的历史,确实是一段非常重要的历史。我有个建议,就是说咱们如果有这种可能性,找一个合适的翻译翻译一下,我觉得,这段历史非常有翻译的价值。咱们现在不是对外推介嘛,就是要对外推介我们的红色历史。这段历史为什么能成为一部红色经典?沙家浜为什么能受到毛主席的重视?就说明毛主席对新四军这一段历史非常看重,这也是我们党很重要的一段历史,很有翻译的价值。现在是强军的年代,也是一个创造奇迹的年代,军队浴火重生,这样的作品对我们军队建设也有非常重要的价值。

施战军:高建国这部作品最早是苗长水推荐到《人民文学》的,稿子本身太长了,需要截取其中最精彩的一段发到杂志上。高建国写的这部作品非常严谨,因为每一章、每一节都特别严实。那么编辑该怎么办呢?就是要把这个严实的东西，重新组合成另外一个东西。我们最后编发出来的这一块，是一个完整的艺术作品。稿子发出以后，很多朋友、老师都跟我们联系，说："这个东西发得好，比在头条上发一个长篇小说还让人高兴，我们愿意看这种实实在在的，而且过去我们也不是很了解的，真的能够在我们心里边产生波动的作品。"反响真的是非常好。

有几点，我觉得是这个作品非常重要的东西。

第一点，书中所写的新四军的形象。新四军都是一些什么样的人？这支队伍到底有什么样的特色？从这部作品能够明显看出来。首先，这是一支文化感非常强的部队。现在一写国共之间的戏的时候，国民党都是绅士，都是有文化的，共产党都是粗口，形象各方面都是如此。而这部作品中的新四军队伍不是这样，可以说从文化上及各方面都不一样。在新四军形象塑造上，过去我们确实挖掘不够，包括《沙家浜》剧中新四军官兵给观众留下的也是没有文化的印象。这一部报告文学，还原了新四军的文化素养和内在的精神修养，这是非常重要的一个东西。

第二点，就是新四军的历史，以及如何讲出新四军的故事。这个其实是非常难的。新四军的故事怎么讲出来，而且又不能有任何与历史相违背的东西，它的复杂性以及评价起来的那种难度等等，是显而易见的。历史确实已经给我们造成了一些障碍，包括对项英的评价问题，这本书里面对项英的评价特别清楚。还有像叶飞、谭震林和书里的主要人物刘飞，作者是带着某种精神来写的，把新四军的一些关键人物活灵活现地表现了出来，这是它的第二个特点。

第三点，就是这么一部涉及军史的作品，怎么提炼出文学性，高建国确实下了很大功夫。从刘飞身上的一颗子弹开始往外延展，故事由此串联开来，这就是文学。老百姓最熟悉的关于新四军的故事，就是《沙家浜》。京剧之前的事情，军事记者和作家是怎么来写的？尤其是故去的那几位作家、艺术家的人生遭遇和艺术探索，通过这部书可以在读者当中广泛传播，建立一种不朽的形象，这是挺不容易的。如果没有故去的艺术家的坚持，包括真正深入到战士生活的几个地方,不可能产生红色经典。书中那些地方读起来,真是令人非常感动。一个艺术家和文学家,真要肯这样下功夫的话,能没有好东西吗?现在这种精神太少了。

第四点,就是这部作品如何对当今发挥作用。我们看到,很多作品写历史的时候非常精彩,但是它对当今有多少启示意义?或者说是否能够非常真切地在当下发挥作用?很多作品是找不到门路的,而这部作品真的是找到了这个门路。作者写出的这个东西,就展现了我们真正的核心价值观。历史的价值绝不能用别的方式来曲解。对于当今,我们怎么来生活,怎么怀着、带着这样一种历史感来面对今天的生活?在这一点上,无论从刘飞还是从艺术家或是老一辈革命家身上,包括当年的一些老百姓,都能使人得到一种启示。这部作品做到了这一点。我觉得,这本书写了一些不是特别为人所熟知的重要军史、历史。

还有一个,就是它激活了革命历史和今天生活的那种切实的关系,这是一个更重要的特点。这部书,可以说是近年来比较少见的一部大作品。我希望这部作品能够流传得更远一些,能够在社会上得到更高的评价和重视。

梁鸿鹰:看了这部作品后,感受颇多,有三点值得重视。

第一点,讲的是一颗子弹与一部红色经典,就是《沙家浜》,但实际上是把整个新四军的历史放在抗战过程和整个反法西斯战争的大背景之下来说的,整个地串联和还原了抗战的大历史。在这个大历史当中,把中国共产党人发挥的作用以及新四军在整个抗战当中的多方面作用,写得非常成功。

另外,作品还原并塑造了中国共产党和新四军高级将领及官兵的鲜明形象。值得注意的是,该书实际上写了一群在自己最好的年龄,从事了一种最危险、最伟大事业的人。在这个过程中,他们所经历的一些难忘岁月,给人印象最深的,就是这些人都是二三十岁,正是情感需要磨炼、需要组织家庭的时候,作者很细致地写了这些将领的爱情、婚姻和家庭的组建,这个我觉得是挺吸引人的。这对于文艺作品来说是很重要的。书中特别讲述了陈毅和张茜等爱情婚姻的来龙去脉,组建家庭当中的一些细节,真实地反映了那个时代条件下，他们既是军队高级将领，同时作为普通人，互相关心、互相扶助的过程。在我看来，它还原了一段纯粹的、有人性、有真情的历史。这部作品中这个浓墨重彩的篇章，构成了它的一个特色。

第二点，这部作品由抗战的大历史，转向新四军的大历史，最后转向一部作品，而这部作品跟我们国家的人民群众的精神文化生活，是有密切联系的。到后来《沙家浜》家喻户晓，直到现在，在几个样板戏中，《沙家浜》的影响力依然是非常大的。作者把这部分置于书的核心，讲述了这部作品历经的几个阶段，由文学到沪剧，再到京剧等。这个剧的一号人物，在沪剧中是女主人公，改为京剧后一号人物变成了男主人公，书中交代了历史当中的种种细节，这对了解这段历史是不可缺少的。

第三点，作者把报告文学置于历史大背景和具体事件的结合中来写，我觉得结合得比较好。作者发挥了他善于讲故事、善于抓细节、善于剪裁的能力，虽然作品的篇幅有点长，但是有大量史实的研读和采访作背景，所以还是有相当的可读性的。

另外，作者自始至终秉持着一种严肃、严谨的创作态度。作者对自己笔下的史料，是有充分把握的，并且把握得很好。对这些革命者在那个特殊年代思想和人生的变化，把握得非常好。

在具体历史的还原和处理方面，我觉得作者下了很大的功夫。比如很多文艺作品中都写了公馆，但这部作品中所说的公馆有独特的呈现和作用。

对一些主要人物的形象塑造，都非常有特点。尤其是在当今这个时代条件下，还原历史的本来面目，特别是还原历史的一些细节，显得尤为重要。以往我们认识历史总是通过回忆录，通过亲历者的讲述，但是这些讲述往往都有其局限性，或者说都带有个人的主观色彩。而作者就是在这些基础上，有了创新的整理挖掘。这种整理挖掘能够更好地还原它的本来面目，还原这段历史，还原被历史、被时光的烟尘所掩盖的细节。

汪守德：高建国的这部作品，应该说给我的印象非常深刻。我觉得这部五十五万字的作品，应该算是一部大书，是一部奇书，是一部厚重之作，既有斐然文采,又有浩然正气。我们首先应该感谢作家出版社和《人民文学》杂志社。这些年,作家出版社和《人民文学》出版和发表了很多的军事题材作品,对此我们是心存感激的。

说到高建国同志的这本书,我觉得他是干了一件很独特的事、很重要的事。在二十多年前,我们就读过他的中篇报告文学《本世纪无大战》,当时在部队产生了很大的影响。这么多年来,他一直在坚持写作,很令人敬佩。这部《一颗子弹与一部红色经典》,我认为是他具有代表性的作品,确实值得认真加以研讨。

一个人干什么事情,拿写一本书来说,是不是把你所表现的这个题材穷尽了,是不是把它写透了,是很重要的。我觉得高建国是把新四军这支红色军旅写透了,有人再想写这个题材是比较难了。无论是对新四军的历史,还是对这部红色经典产生过程的描写,从采访到写作,我认为是把它写透了。

印象最深的,就是高建国为写这部书所进行的深度采访和精心书写。不光是跑了十四个地方,即十四座城市,把采访的点、采访的人物加起来,我想肯定是不计其数。究竟去了多少地方,我觉得他自己也不一定说得清楚。没有这样一种深度采访,要想成就这样一本大书是很难的。

高建国在这部作品中,体现了很多我们应该引起重视或者思索的一些做法,值得我们学习和借鉴。首先体现了一种责任心,就是对历史负责、对现实负责的这样一种态度。我觉得特别是这些年来,我们看到在网上、在各种文章里,有大量似是而非,甚至是颠倒黑白的东西,越来越使我们搞不清楚革命历史的真正面目,搞不清楚应该怎么去认识那些人、那些事。高建国在写这部书的时候,我相信他肯定有这样一个出发点,就是来正视或者来澄清我们曾经的历史,应该是什么样的,它的原生态,它的原貌。我觉得这对今天的读者,特别是年轻读者,是非常有好处的。

这部作品有两点特别重要:一颗子弹代表什么?就是战争历程。一部红色经典代表什么?就是文艺创作。对这两个方面,高建国都给我们提供了很丰富、很扎实、很到位的史料,让我们看清真正的、真实的历史。我觉得他的贡献就在这两个方面。这本书的书名，我觉得极具概括性。作品对皖南事变前前后后的事情，对“江抗”前前后后的事情，描写得特别到位、特别清晰，这一点我觉得十分可贵。

红色经典的产生过程也是人们所感兴趣的。对《沙家浜》的产生过程，这本书对这段历史写得太详细了，给我们留下了珍贵的史料。不仅如此，同样珍贵的是在这本书里所做的政治判断。那些事在作品里怎么描写，这是需要政治判断和政治智慧的。这说明什么呢？说明了高建国作为一个高级将领所具有的丰富经验和深度调研。在作品里，你看不出来有何不妥当、可以被人指摘的描述，就是原原本本把这种事情给写清楚、写出来，就是这样一个忠于历史的态度，这是非常高明的。同时，京剧《沙家浜》之所以后来成为经典，对今天也是有很强的借鉴意义的。我们今天产生的大量舞台剧，不少都是很差的，无论从思想还是从艺术层面上讲，连起码的合理性都经不起推敲。而《沙家浜》从第一场到最后一场，从里面的人物设定，情节的设定，到一些台词的修改，我觉得都是经过千锤百炼，才产生了这样的作品。

另外，这部书把新四军所具有的文化精神，写得相当透彻，这也是它的独特价值。

白烨：看这本书时我很兴奋，我拿到书之后，有人说“撞到枪口上了”。什么意思？就是我在文学之外有一个兴趣，那就是看军史。不是一年两年了，几十年都这习惯——晚上看军史。

这部书写的这段历史很重要。新四军东进的苏南，是整个新四军最南的一个区域。新四军发展的难度在什么地方？新四军跟八路军非常不一样的是有“两限”，一是被蒋介石限制，就是那种划区，把新四军限定在一个很小的区域；一是项英的限制，没有积极贯彻党的六届六中全会精神，在统一战线中只讲团结不讲斗争。所以，新四军特别难，而且装备差。新四军在苏南难立足，是因为别的地方主要是日伪顽，苏南还多了一个匪，还有民团和大刀会。有时候还没有跟敌人斗，匪先把你收拾了。所以，出现一部写新四军的作品非常难，又是写苏南，可以说是难上加难。这部作品我看后觉得有三个特点,或者说有三个意义。

第一,由刘飞身上的一颗子弹切入,构成了抗战时期一部重要的史诗,而且充满悬念,甚至可以说化残土为传奇。因为大家可能会问这颗子弹是怎么来的,怎么回事,这能够引起大家的关注。我还感兴趣的是,那段历史中的人物后来怎么样了? 这本书解决了这个问题。刚才说到的阳澄湖养伤的三十六个人,以及跟他们相关的医护人员,包括后来的情况都说清楚了。所以我觉得,把这段历史写出来,而且是通过采访、实地调查、史料整理等多种方式,占有几个方面的材料,这点非常重要,对全面、准确反映这段历史非常有用,这是我认为的第一个意义。

第二,是以阳澄湖三十六个伤病员的故事为主线的,揭示了新四军在艰难环境中的苦斗。新四军特别难,难就难在它是处在一种特别复杂的政治环境和自然环境之中。生存都很困难,经常没处待。那时候他们有一个顺口溜,我只记得前两句:"一天三战,一夜三移。"可见那种不确定性和危险性。对于新四军这种难,书中写得很充分,尤其是通过阳澄湖的三十六个伤病员,把这个史料写出来了,让我们看到新四军就是能在恶劣的环境下生存。所以,后来新四军为什么顽强,为什么叫铁军,这种顽强和善打恶仗,与经历的环境有关。所以,后来为什么粟裕就那么厉害,被称为和林彪齐名的一个指挥员,他就是在这种环境中锻炼出来的。所以,重要的是把这种精神写出来,那种顽强的、坚韧的精神,而且是由几个人发展成几十个人、上百人、上千人,用各种办法发展,越来越壮大。

我觉得,从某种意义上讲,对新四军贡献大的主要有三个人,应该讲首功是陈毅。正因为有陈毅这种坚决往苏南、苏中到苏北的发展,才有了新四军重建的基础。还有一个是周恩来,周恩来在协调叶挺、项英关系当中起到了很大作用。再一个是刘少奇,1939 年 9 月起,刘少奇有两年时间是在新四军,把中央的新精神带来了,遏制了项英不发展人和枪的思想,对统一新四军思想起了非常大的作用。后来新四军重建时,刘少奇立了很大的功劳,书中这一段写得非常好。

第三，这部作品由新四军六师十八旅写到二十军。二十军很重要，是三野里的第一个军。三野十五个军，二十军的贡献非常大。刘飞是二十军的首任军长，把二十军的历史写出来，这个很重要。因为我觉得二十军的历史，应该得到完整的展现。这本书让我看到好多事，有些是我不清楚的，作者说清楚了；有些是我清楚的，又重温了，很棒。

总的来说，我觉得这本书不错，确实很好。但是我觉得还可以再继续做文章，就是把我所期待的六师十六旅再写一写。十六旅经历的塘马战斗，是第二个皖南事变，我希望你再用这种方式，把这段历史挖掘一下，给我们再留下一个重要的文学见证。

李炳银：我和高建国认识应该有二十八年了，后来虽然没联系，但很早就接触到高建国的一些作品。那个时候，从他的作品看，他对文学的这种期待很高，文学视野很开阔，像《本世纪无大战》，就是视野很开阔的作品。后来高建国担任部队领导职务，还有时间写作，现在有这样一部作品呈现给我们，我觉得非常高兴。

这个作品有一个特点，切口很小，从一颗子弹切入，但是切入之后内容非常丰富。我觉得作者写这段历史，不像有些作品写历史，光写过程，打什么仗、怎么回事，主要写战役的这种进程。高建国在写作过程中，始终是把背景，或历史的许多事件，或人，或人的命运，介绍得很好，所以写了很多故事。包括"江抗"要东进的时候，陈毅与项英之间的摩擦等，写了很多细节的东西。所以，阅读这部作品之后，感觉这里面好多事情似乎知道，但又知道得不是很清楚，不是很自信。但正是这种似乎知道又不甚清楚的感觉，使人产生兴趣。样板戏《沙家浜》，过去讲了很多。但《沙家浜》怎么发展成后来这样，读了这本书我才知道。《沙家浜》这个名字还是毛主席起的。关于《智斗》这场戏，作品给我们提供了很多历史的、细部的但又很重要的东西。

所以，这部作品，我感觉一方面是很厚，延续时间很长；另一方面是很宽，涉及的内容很多。这是一部非常重要的作品。

我觉得这部作品的写法，作者是下了功夫的。无论是资料的收集，还是直接访问、亲自踏勘,都下了很大的功夫。这是写实文学最需要做的工作。我认为这部作品中的每一个事件、每一个人物,都写得很到位,是用细节说话,用事实说话,用人物的命运说话。所以,我感觉这部作品非常好。

读这部作品时,我就在想今天该如何面对我们的革命历史。过去写革命历史带有一种倾向,叫反对战争恐怖论,把革命烈士写得很浪漫,写得很悲壮,那种残酷的东西不让写。自从有的战争题材的电视剧出来以后,又走向另一种极端,好像写共产党领导的战争就是打打杀杀。但是这部作品告诉我们,共产党不光是打打杀杀,还有智慧,还有像新四军这种文化程度比较高的部队。这是与那种刻意展示打打杀杀的作品不一样的。

再有,就是那些抗战神剧,简直是对我们革命历史、革命战争的一种歪曲的、随意的戏说,很不严肃。而《一颗子弹与一部红色经典》这部作品,在揭示我们革命历史的时候是严肃的,是庄重的,也是动情的,是很有情感和历史担当的,我觉得这一点很重要。

所以,我觉得这部作品,给我们今天写革命历史题材提供了一个新的范式。写这种题材,像过去那种简单的、机械化的、新闻宣传式的写法不行,像靠打打杀杀博取眼球的电视剧和后来的抗战神剧这种写法也不行。我想,应该很好地、真正地还原历史,而不是搞所谓的揭秘。

我觉得这部作品,它是正确的、健康的、真实的,揭示我们革命历史当中的一些重要片段,不回避残酷,不回避内部的矛盾,不回避生存的艰难,不回避各种各样的情景,这样的作品有说服力。所以,非常感谢高建国在这么繁忙的工作之余,给我们提供这样一部作品,真是不简单,令人佩服。

贺绍俊:这本书的确很好看。其实仔细想想,作者写的内容并不是很新的,也不是很独特的。一颗子弹其实写的是新四军,一部红色经典写的是《沙家浜》,这些说起来我们都熟悉,而且相关的书也很多。但是读这本书的时候,绝对给人一种耳目一新的感觉。所以,我非常欣赏高建国的这个写法,大家也说了,是一个很小的切口。的确是由一个很小的切口,进入一个很宏大的空间。

我觉得,这本书大致有三方面的内容:一是新四军的历史,重点是新四军“江抗”的历史;二是刘飞的个人史;三是《沙家浜》这部红色经典的成长史。这三方面内容,每一个都可以独立成篇,都可以写一本很厚的书。但是作者把这三方面内容糅合起来,从一个很小的切口进入,这是一个很特别的写法。你很难说他是一种什么写法,所以我特别感慨。文学是没有常规的,你遵循着内心就是规矩。这部作品完全是遵从作者内心,他按内心这么走,就成了规矩。

我想到作者和书中引的一句话很有联系。他引了毛主席的一句话:“中国抗日的游击战争,就从战术范围跑了出来,向战略敲门。”读了这句话,我突然很有感触,觉得作者写作时,其实也是从战术范围跑出来向战略敲门,他的整个写法,是有一个战略的构想。

首先,我把这部作品当成是一次文学史的写作。为什么?其实是对当代文学史中的一部经典作品来进行研究,这个经典作品就是《沙家浜》,但是又不是一般化的文学史写作,完全是一次革命性的文学史写作。一般我们分析文学经典,会首先介绍经典作品的时代背景,但是我看重的是作品本身。我觉得高建国的这个文学史写作上的革命成就,首先体现在,他把时代背景推到了前台,让时代背景与经典作品本身来平分秋色。其实他重点是在写这个经典作品产生的时代背景,把背景推到前台,而且他不仅强调时代背景,还强调了背景的背景,就是把历史背后的逻辑推演得更加透彻。为什么说是强调了背景的背景?比方《沙家浜》,其实是刘飞这样一批伤病员在沙家浜养伤,这是它的背景。但作者并不仅仅写刘飞以及新四军六团,写他们的成长发展过程,而是把这个背景放在整个新四军发展的大背景中写,这就使我们对《沙家浜》这部红色经典的历史背景的逻辑,看得更加透彻了。

其次,我觉得这本书又是一个英雄军人成长史的传记写作。我觉得这个传记写作,同样也是一个革命性的传记写作。就是说,他不是纯粹以刘飞为主角,围绕他这么一路写来。虽然写了刘飞这样一个英雄军人的成长、发展,以及新中国成立以后的经历,但作者不仅仅写这个,或者说他不是特写,不完全是特写镜头。他更多的是长镜头,用长镜头来表现这个英雄军人。就像在一个队列中间,在雄壮的行军中间,我们看到了这样一支英雄的队伍,同样我们在队伍中间又看到了刘飞,作者是这么写的。所以我觉得这部作品提供了一种新的写法、一种新的文学构思,就是在背景上做文章,把背景当成正文来写,就写出一种新意来了。

这个写法的确很新,阅读起来也很有新鲜感,但是也许有利有弊。比方说,从主题的突出来说,让我们的阅读期待往哪方面走,有时候可能是比较模糊的。但是我觉得,也许这个模糊是另外一种阅读期待,也未尝不可。我们是想获得有关新四军的更多知识,还是想获得《沙家浜》这样一部特殊的红色经典的知识?就是说你的阅读期待,它的方向可能是多方面的,这个是好还是坏,我也没想清楚。反正我是特别欣赏高建国这种打破常规,根本不去理睬常规,遵从内心而给我们提供的一种崭新的写法。

徐坤:我主要想说三点。第一点,就是要表示祝贺。第二点,作为这个作品的第一任值班主编,或者说第一个责任编辑,在编辑的过程中,实际上是经受了一次感动,这是一次感动之旅。第三点,就是多年前王蒙先生就说过,作家要学者化。高建国通过这部作品,深刻地证明了这个道理,同时也给后来的一些年轻作家,做了一个非常好的榜样。

这部作品是去年 7 月拿到我们编辑部来的,作为一个投入了太多精力、太多关爱、太多崇拜的责编来说,拿着一部这么厚重的作品,感觉视同己出。稿子交给我之后,我连夜看,大概两天就看完了,立刻写出了一个审稿意见。我们决定在 2015 年第十二期的《人民文学》杂志上发表。

我第一次看完初稿的感觉,跟刚才诸位专家说的一样,首先感觉这是一部厚重之作,其次这是填补军事史空白之作,最后我觉得是能够得“五个一工程”奖的作品。写这个东西的人太多了,但是像他这种写法,得有一个作家的敏感性和创作激情。从一个很小的切口、刁钻的切口来切入,然后铺陈出那么大的一个历史史实。所以,我写了一份详细的审稿意见,跟施主编交流。施主编说,这么好的东西,我们一定要把它发出来。我俩不谋而合,商量了这个稿子怎么运作，这么好的东西不能出了就完了。首先，我们要把它变成一部信史，要很谨慎地刊发，一定要通过出版社到上级主管部门履行报批手续，一定要由我们集团内部来出版，于是跟作家出版社联系，通过他们向上报选题。差不多过了三个月时间，后来给我们回复了军事科学院和中央文献研究室两个部门的审读意见，都是中央一级的，拿到尚方宝剑就可以出了。在这三个月期间，高建国也不断在修改，在增添内容。他一想起一个什么事件，就打电话过来，一说就是很长时间，不分白天黑夜，不分星期六和礼拜天，那种激情，就是一个作家深度进入创作的状态。他出不来，我身为责任编辑，特别能理解。

另外，就是作者严谨的治学态度。这个是其他人没有的。作者本身是军事学博士，而且进行了大量采访，实地踏勘，然后经过长时间的不断修改，这太令人敬佩了。今天开这个研讨会，等于是给这部书一个最准确的定位，一个应得的评价。当年陈忠实说过一句话，一个作家到五十岁的时候，能写出一部枕着睡觉的书来就踏实了。这部书真的是可以枕着睡觉的，要入文学史、入军事史的，而且我特别希望明年能得“五个一工程”奖。

李朝全：我是在去年第十二期的《人民文学》上，读到这部作品的。一看到《人民文学》用这么大篇幅来发这个作品，我就琢磨为什么要发。读完以后发现，选材角度确实非常独特，从一颗子弹入手。我觉得，这部作品选材也是新的角度、新的书写。刘飞将军的戎马生涯可谓衔弹人生，抗战时嵌入他胸中的子弹一直到去世时才被取出来。这颗子弹现存苏州革命博物馆，作为他们刘家的传家宝，作为精神的标识物留存下来。作家能够发现这个题材，展开深入的采访和挖掘，写出这样一部很厚重的作品，很不容易。这部书是非常有价值的。它所讲述的，实际上就是一段革命的历史，以及革命历史如何变成文学的作品。

读罢《一颗子弹与一部红色经典》，我的第一感受就是，一部文学经典是怎样炼成的，文学经典要炼出来是非常难的。通过这部书，我们能看到，像《沙家浜》这样一个样板戏，或者一个时期的艺术经典，是要经过长时间的琢磨和许多人的参与创作,才能创造出来的,而且是一个非常艰难曲折的过程。那时候的作家,确实是深入生活、体验生活,完全深扎下去。一部优秀作品要真正成功,走进大众,它有一个传播的过程。所以,这部作品还提供了一个非常重要的解读样本,就是优秀的文学作品如何传播、如何走进大众。这对于我们今天的创作是有启发的。

高建国写这本书,也借鉴了红色经典的创作方法。你看刚才责编讲的这些情况,包括他自己非常深入的采访,都能看出来他是在实地采访、大量勘察史料、掌握大量事实的基础上来进行创作的,创作过程中也是吸取了各方面的意见,不断修改打磨出来的。所以这个作品首先提供的,就是一部经典是怎么炼成的样本意义。

第二,我觉得作为文学作品,归根结底还是要写人物,还是要塑造人物。这部作品中的有些人物形象是非常鲜明的。

一是写出了人物的命运和性格。比如叶挺,从北伐军英雄到后来脱离党组织多年,在担任新四军军长时,党中央起初对他是有怀疑的,是经过再三考察的。但在皖南事变中,叶挺以大局为重,大义凛然,冒着风险下山谈判,被国民党军队扣押。最后好不容易被解救出来,又重新申请入党,然后就在看似结局即将完满的时候,他坐的飞机又坠毁了。写这个人物的过程,他的这种命运,让我们印象非常深刻。

还有性格非常耿直的新四军政治部秘书长朱克靖,当面质问蒋介石为什么要发动内战。一七五团五连指导员周文江,带一个通信员,一下子俘获四百多名国民党官兵。这样一些传奇故事,可以说生动描画了“江抗”英雄谱的群像。

对那些反面人物,像蒋介石出尔反尔,诬蔑新四军叛变,还取消了番号,这种两面三刀的做法,书里面写得淋漓尽致。特别是那个杀害项英的叛徒刘厚总,我认为作者对这个卑鄙小人的刻画非常形象,对这个人物的形象塑造是相当成功的。

作品后半部描绘人物的命运方面,特别彰显人物的精神。刘飞的子弹在身上携带了四十五年，叶飞的子弹在身上滞留了六十余年，一直到去世才取出来。这既是一种物质的存在，也是一种精神的存在。刘飞和夏光既是戏内的人物，同时也是活生生的戏外的人物，戏内人生和戏外人生在书中都有充分反映，这种表现都是体现人物精神的。

包括对那些文学家、艺术家形象的刻画，像对崔左夫、汪曾祺这样一些重要人物的塑造，作家也是用了非常厚重的笔墨。汪在"文革"时受到了批判，一直到1979年平反，这样一个文人在"文革"中和"文革"后的遭遇，书里头引用了他自己的总结文章，叫《随遇而安》，就可以看出一个有作为，或者注定能够有成就的大作家的那种心态。最后厚积薄发，奠定了他作为中国短篇小说圣手的地位。书中这个人物形象是非常鲜明的。我觉得，这本书从人物刻画来说，是很成功的。

刘琼：这本书最大的特点，就是它有特别丰富的指向，因此它有很多丰富的对象，而且阅读的感受可能会有比较大的差异性。这当然首先来源于作品提供的一些特别密集的信息。

这部作品的题目是《一颗子弹与一部红色经典》，这是作品写作的由头。但在我看来，重点可能不在红色经典，可能在这颗子弹，所以我的关注点更多放在子弹上面。我是芜湖人，芜湖也属于皖南，我从小是在军分区大院里长大的，我爷爷当年也参加过新四军。这部书里面叙述得那么详细和具体，而且还有我过去不曾接触到的东西，我觉得可能跟你掌握的资料和信息有关。因为带有个人色彩在里面，所以我看得特别仔细。在我看来，"江抗"前这一段，当时为什么要六团东进，书中对国际国内局势讲得很清楚，而"江抗"这一段，恰恰是在宏观背景下的一个特殊任务，并且发挥了特殊作用。书中对新四军宏观的和相对微观的描写的结合，这是我个人比较感兴趣的一点。

另外一点，就是我认为，这部书里面写到了现代和近现代。现代这一块，写到了新中国成立以后，我们叫作当代，但是重点是在现代这一块。这部经典，包括《芦荡火种》和后来的《沙家浜》这一段，我比较熟悉。但是在写这样一段具体历史的时候，我觉得这部作品的优点在于，写历史的具体性的时候，写出了相对的客观性，还写出了超越性。其实这就是我们今天写实的一个价值所在。就是说，一定是以当代这样的角度来写。当代史，一定要写出历史的超越性。包括皖南事变也好，新四军也好，“江抗”也好，其实有很多人在写这些东西。那么这部作品的特点在哪里？就是对历史本身的思考。作者作为部队的领导干部，一是在于对军队和历史本身的这样一种责任，再就是对于人本身的思考，一种哲学性的思考。书中蕴含的人文主义，其实是一个很有特点的东西，像最近几部军事题材的作品，都有这样的特点。

我们今天写军事文学，当然首先要写一个大的军队集体，同时也写一群军队的将士。写战争史，一定要与写人的历史结合起来。这样的话，这本书就一定要写一群人。所以我想，这一颗子弹就是一群子弹，是一群人。在这里面，最吸引我的是对项英的描写，包括叶挺以及他跟项英之间的关系，还有对陈毅的描写。这个时候，大家会觉得，为什么一开始刘飞没有出现，他是在第三十八页以后才出现的。书中写这样一群将士，是逐步写到刘飞的，从高层到中层，再往下面写。作者在写这一群军人的时候，是在真实鲜活的历史环境中，逐步呈现人物群像。我们的指挥官也好，士兵也好，他们在血与火的厮搏中得到具体表现，因此特别有意思。刚才是谁提到这样一个人性的东西，比如说战友之间的感情问题，比如说婚姻和爱情。我发现作者对这方面颇有研究，作者曾写过《当代中国军人婚姻透视》。我觉得这个很有意思。为什么会有这样一个研究？因为部队政治工作者必须要涉及这个问题，对人的具体性的掌握和研究。所以作者在写这些东西的时候，写出了为什么在一个具体环境里，一个人的婚姻生活会是这样的走向，而另一个人会是那样的走向，我觉得这是特别有意思的东西。这就是文学性的东西，给我留下了具体、深刻的印象。

胡平：我觉得书中刘飞这个人物写得很有意思，把他的性格写出来了。这个人留着斯大林式的胡子，后来因部队伤亡大，一生气把胡子剃光了；他身上的子弹没有取出来，于是对天气很敏感，能准确判断将下大雨，对指挥部队利用雨幕掩护攻城起到了重要作用；解放后，因组织上安排他参加学习他很激动，刻苦读书以至眉毛都掉光了，头发也掉了不少；60 年代还穿草鞋，去见江青的时候才换上皮鞋，江青要他去，开始他根本就不愿意去，跟江青见面以后，就再也不愿意提《沙家浜》和当年的事了，特别低调。作者把这个人物的特点写出来了。

李朝全：刘飞是这本书里写得最好的人物，给我们留下特别深的印象，这是作者的成功之处。既然是报告文学，写人物是很中心的价值之一。当然，这本书不光是用子弹和经典这样一个题目切进去，着重还是写“江抗”的历史。“江抗”是新四军的一个重要组成部分，把这个写出来，就把《沙家浜》的背景写出来了。

胡平：再有一个，就是关于《沙家浜》的前后创作修改过程，也写得很有意思。我读了以后感受比较深的一点就是，《沙家浜》是属于个人执笔的一个集体创作。集体创作这种形式还是有它的优势的，尤其在戏剧方面。样板戏经过千锤百炼也是有价值的，但这不是一个人的功劳，大家都参与进去了。比如说陈荣兰，东来茶馆的主人原来是男人，是她提出把戏中春来茶馆的老板改为老板娘，这个主意对戏的成功的作用相当大。《沙家浜》是集体创作，写出这一段历史，对我们今天的文艺创作都有好处。凡是成为经典的作品，往往不是一个人的智慧和创造，这点我们看了很有感触，这一段很有价值。

杨瑞年这个人物写得特别好，给我印象特别深。很漂亮的一个人，很有立场，很有信仰，书中塑造的这个人物很好，很有意思。《一颗子弹和一部红色经典》，这个题目很好，角度很好。但是实际上它的内涵不止一颗子弹。总的来讲，这本书有这么扎实的内容就够了，很不简单了。

赵海虹：各位都是专家和领导，我主要是来听一下，来学习的。我是江苏人，对高建国同志写的这部作品确实感同身受。我们家乡好多村镇周围的纪念碑，都是新四军战斗和活动的遗迹。我记得我小时候，六姥爷就为新四军服务，当时我们家是一个大家族，长辈的长辈就为新四军服务，帮助新四军创建被服厂，也是支前。

读了高建国同志的大作，确实很感动，感觉作者在创作这部作品当中，对笔下人物都充满着真情，是带着真情来写的。书里头的很多章节，给我留下了极为深刻的印象。尤其是一些英雄的牺牲，包括刚才说的杨瑞年，给我留下了很深的印象。他们的牺牲让我热泪盈眶，这是事实。而且高建国在采访当中，对资料当中信件的摘录和运用很用心，这些信件确实很珍贵。看着这些信件，你就觉得跟这些历史人物能够进行一种心灵的对话，让我们感觉到革命的伟大、人性的美好，不是口号式的。那种震撼感光是文学创作还是达不到的。应该说，蕴藏在那些慷慨赴死英雄身上的人性和真情，直到今天对现代人的事业、爱情和亲情都有启发，使我们感觉到人性的美好。

另外，就是这部书的史料价值，我觉得是很难得的。特别是对“江抗”发展历程，对“江抗”这种精神的研究，对后人了解“江抗”，是一笔无价的财富。由此可以看出，作者在整个写作过程中，付出了怎样的艰辛。没有这种沙里淘金一样的毅力和辛劳，是无法达到现在这样的效果和成就的，这是一种精神。我觉得，这种精神尤其对当前文学乃至文艺界的创作，是值得保持和弘扬的，这种精神也给我留下了一个很深刻的印象。

高建国：今天对我来讲，是重要而难忘的一天。因为在上海、在南京、在无锡，新四军历史研究会的同志，硕果仅存的老“江抗”及后代，都在关注北京这个会。新四军前辈文化水平较高，他们留下了弥足珍贵的回忆录，但是关于“江抗”，至今没有一个完整的东西，特别是缺乏真实全面反映“江抗”奋进历程和斗争背景的文艺作品。这是这个会备受关注的原因所在。今天，各位领导和专家百忙中莅会指导研讨，令我十分感动。在我军旅生涯这个有特殊意义的日子，我先表达四重谢意。

首先，我要感谢《人民文学》杂志社和作家出版社。去年在沙家浜我给徐坤副主编讲过，我上小学时开始看《人民文学》。因为我父亲只订了《大众日报》《参考消息》，还有一份山东省委组织部办的《支部生活》杂志，有个同学家里有《人民文学》，所以我一有空就去他家看《人民文学》，发现好的段落和词语就抄下来，本子正反两面都抄，结果整整抄了一纸箱子。这是我同《人民文学》最初的结缘，但我从未敢想给《人民文学》投稿。去年《人民文学》摘发这部作品，是在我少年时代摘抄《人民文学》半个多世纪之后。施主编、徐副主编对稿子非常认可，推荐给作家出版社出全本，时任总编辑的张陵同志果断拍板，决定请总政治部组织审查后出版。当时，我与《人民文学》杂志社和作家出版社的领导都没见过面。《人民文学》杂志社和作家出版社对这部稿子的态度，是对党史、军史，对"江抗"和新四军英雄业绩的敬重，是对我们核心价值观的尊崇。杂志社和出版社的责任编辑，为刊发印行作品花费了大量心血。我由衷感谢《人民文学》杂志社，感谢作家出版社。这次研讨会，是新四军和"江抗"研究史上的一件大事。

其次，我要感谢到会的领导和名师大家。我对于你们，素来是仰望的。过去只是在报刊上欣赏你们的大作和高论，从《人民文学》等杂志封面内侧一睹你们颁奖时的风采。去年在沙家浜，有幸见到了何建明副主席、张陵总编辑、徐坤副主编。何副主席也是军人出身，军队有句话，"到达即胜利"。借用这句话，今天各位领导专家悉数到场，本身就是会议成效和质量的证明。从中看出你们对"江抗"和新四军的真挚感情，实质上是一种历史责任感和家国情怀。我代表各有关方面向你们表示崇高敬意。

再次，感谢各位领导和专家提了非常好的意见。能有机会听国家一流评论家、作家指教评说，非常难得，是绝好的学习机会。这些精辟见解，或高屋建瓴、鞭辟入里，或细微洞察、娓娓道来，不管讲什么，从哪个角度讲，我都听得如痴如醉，确实有一种陶然忘返的感觉。在充分肯定作品价值和创新探索的同时，在座领导和专家还讲了一些客观中肯的意见。我将认真消化，对作品做进一步修改和完善。

最后，非常感谢媒体和专家对作品的宣传推介。今天《文艺报》梁鸿鹰总编来了，到目前为止，《文艺报》和《光明日报》《解放军报》分别拿出一个整版，选发作品有关章节，还发了评论。《新华文摘》转载了《光明日报》整版刊载的作品梗概。我与《人民日报》刘琼主任素不相识，而她在《人民日报》评论版上编发了一篇评论。何建明副主席还十分关心这本书的首发式。我与李朝全处长虽不相识，但他也在电话中对作品给予了肯定。这些都是我完成和修改作品的重要动力。

从关注这个题材到成书出版，正好三十年时间。1985 年百万大裁军后，我开始接触二十集团军，看到了与众不同的东西，产生了写作念头，便着手搜集资料。2014 年任军区副政委，感到闲暇时间流逝很可惜，就写了中篇报告文学《朝霞映在阳澄湖上》。成稿后感到，此作品就是把大家大致上知道的故事又讲了一遍，比较平，就放下了。后来有了现在这个立意，从 2015 年 3 月 13 日起另起炉灶。原想写个五万字的中篇，但写着写着，一些人物和事件就进来了，赶都赶不走。包括皖南事变要不要写进来，开始是犹豫的，担心游离主线。后来感到开篇对矛盾冲突铺垫得已很充分了，是要不要贯彻六届六中全会战略决策斗争白热化的必然结果，最后还是放进来了。

写作中感触最深的是，历史给了中国共产党一个机遇，我们党靠自己的流血牺牲和奋斗，靠卓越的智慧抓住了这个机遇。为什么这样讲？抗战爆发时，中国四分五裂，一盘散沙，是亡国灭种之祸促使中国凝聚起来。抗日战争中，中国共产党高瞻远瞩制定正确的战略策略，逐步成为影响和主导中国的重要政治力量。毛泽东的不朽论著《论持久战》石破天惊，连国民党高层也不得不服气。党的六届六中全会做出了把全党工作重心转到开展敌后游击战争上来的重大战略决策。但这个决策的贯彻是很艰难的，特别是在新四军。因为新四军在南方三年游击战争中与中央失去了联系，毛泽东思想在新四军中的影响，是不及八路军的。加上王明“右倾”投降主义和项英错误影响，项英历史上一度比毛泽东职务高，六中全会精神在新四军落地生根有个过程。但在毛泽东、周恩来、陈毅的艰苦努力下，新四军最终实现了东进，打开了江南抗战新局面。“江抗”的历史令人信服地证明，没有中国共产党的睿智、牺牲和隐忍，没有中国共产党正确战略和策略的引领，中国的抗战不可能取得胜利。比如，我们党在土地革命战争中实行的是“打土豪,分田地”的土地政策,把农民抓住了。抗战爆发后,民族矛盾上升为主要矛盾,党调整土地政策为“二五减租”,农民减轻负担仍然拥护共产党,地主和士绅的利益也得到保护,防止把这个中间阶层推到日本帝国主义一边去。皖南事变我们吃了那么大亏,毛泽东相忍为国,政治上取猛烈攻势,军事上取守势,在斗而不破中维护统一战线,保证了抗战胜利。20 世纪 60 年代,毛泽东接见日本一代表团时说:“我们要感谢日本军国主义,如果没有他们侵华和中国人民奋起抗争,中国共产党可能至今还在山沟里。”这是从历史高峰回眸中得出的真理性论断。没有共产党就没有新中国,这部作品以丰饶的史实、鲜活的人物和感人的细节,提供了令人信服的佐证。

写作中感到最困难的,还是怎样最大限度地逼近历史真实。“江抗”领导人都已过世,他们留下的战争记录,丰富但稍嫌概略,有些受时代局限,难免有概念化和公式化的东西,缺乏故事和细节。我尽可能多地进行实地踏勘,寻访“江抗”存世者。为拓展和延伸搜集材料范围,除正式出版物,还广泛涉猎内部印书包括家庭版资料,从中获取珍贵的细节和史料。采访中我接触了不少“江抗”第二代,他们继承了前辈的信仰和禀赋,又很聪明,从小在饭桌上和大人闲谈中,听到很多真实故事和有意思的细节,这些珍贵历史贮存,成为塑造“江抗”英雄鲜活的血肉。

再次感谢各位领导和专家,当然,最好的答谢是改好作品并拿出新的更好的东西。

(搜狐网、中青在线网 2016 年 5 月 29 日发布,《前卫文学》杂志 2016 年第四期刊发)

铭记那段血染的历史

——评长篇报告文学《一颗子弹与一部红色经典》

张西南

一部历史作品的真正价值是什么？当读到高建国的新作《一颗子弹与一部红色经典》时，这个问题就一直在我脑海中萦绕。我不禁想起了习近平总书记的殷殷期望，文学家、艺术家“有责任告诉人们真实的历史，告诉人们历史中最有价值的东西”。

正是在这个意义上，《一颗子弹与一部红色经典》引发关注，不仅仅是因为题材的独特，更重要的是作者对历史的真实再现和深入开掘。它透过文字告诉人们，英雄在历史的长河中始终“千秋尚凛然”，血染的历史在岁月的磨洗中愈加光芒四射。

这部作品从嵌入新四军指挥员、开国中将刘飞胸部的一颗子弹切入，以独特的视角揭示了“江南抗日义勇军”的苦难辉煌，勾勒了在民族危亡之际新四军波澜壮阔的历史。同时，作者在准确描述国际国内大背景和新四军高层的思想冲突中，用工笔般细腻的艺术手法，全景展现了以新四军老六团为骨干的“江抗”在党的六届六中全会精神的指引下，大力开展敌后游击战争的峥嵘岁月。特别是浓墨重彩地描写了“江抗”东进日伪重兵据守的苏南水乡，胜利开辟苏常太抗日根据地的艰苦斗争，令人信服地表现了以毛泽东同志为代表的中国共产党人力挽狂澜的丰功伟绩。

显然，作者笔下的“子弹”，不只是武器，更是共产党人钢铁意志和家国情怀的象征。新四军女战士杨瑞年身中六枪依旧巍然挺立，用热血写就“草木为之含悲，风云因而变色”的大义之歌！读到这里，心头顿时有一种被撞击的感觉：反动派的疯狂“围剿”扑不灭革命的火焰，它在全民族抗日救亡的战场上熊熊燃烧，彰显着共产党人坚如磐石的理想信念。作者也以犀利的笔锋剖析了严酷斗争中，忠诚与背叛的生死较量。那些畏惧强敌的胆怯、贪生怕死的苟且、利欲熏心的变节，根本原因就是理想信念的丧失，导致精神支柱坍塌。

把思想性、文献性和生动性、可读性熔于一炉，是《一颗子弹与一部红色经典》的一个鲜明特点。这并不是说，去迎合市场需求，写浅薄甚至低俗的感情。"没有红袖添香，但有共同的追求和理想。"就像"江抗"副总指挥吴焜与他心仪的女战友的悲情，那是浸透着血泪的凄美；就像用生命践履理想的新四军战地服务团团长朱克靖，在就义前越发浓烈的思妻怜子之情……这些饱含热泪的书写，把烈士"革命理想高于天"的党性与深埋内心的人之常情融为一体，让人们体会到一种椎心刺骨的疼痛，进而对革命的理解更加深刻，对英雄的崇敬更加虔诚。

历史从未远去，它始终是烛照现实的一面镜子。穿过抗日的烽火、跨过血染的江河、驶过飘摇的芦荡，我们就会倍加珍惜那些用鲜血和生命换来的宝贵经验，就会更加坚决地维护以习近平同志为核心的党中央权威，铸牢听党指挥这个永远的军魂。而当我们对不朽的历史深切缅怀时，有没有想过拿什么来礼敬历史？是的，英雄已成传奇，强国兴军的新传奇正等待我们去书写！这，正是《一颗子弹与一部红色经典》所追寻、所彰显的意义。

（作者为著名文艺评论家、原第二炮兵政治部副主任、中国文联原副主席，少将军衔。原载《求是》杂志 2017 年第三期）

战争历程和文化精神的双重书写

——读高建国的《一颗子弹与一部红色经典》

汪守德

我在阅读高建国的《一颗子弹与一部红色经典》(作家出版社出版)时,被其所具有的厚重与丰富深深地吸引了。作品所实现的,是作者在占有了广博、独家的史料基础上对历史的透视与思考,这部作品给人耳目一新的印象。

《一颗子弹与一部红色经典》显然是一部有着巨大历史容量与思想内涵的作品。那颗从战将刘飞去世后将火化的遗体中取出的子弹,就颇具强烈的象征意味和寓意,其所证实和诠释的是作为中国革命史的一个重要方面,即我党领导下的、以新四军为代表的人民武装,在风雨如磐、铁血交迸的战争年代所走过的艰苦卓绝的伟大历程。其包蕴的历史意味与象征意味是如此的深刻与浓重,即便是历史本身已渐行渐远,但它永远都不曾过时,值得今天的我们在新的时代视点上不断地对之进行揣摩、认知与思索。高建国在作品中用大量采访与搜集所得的史料,以凝重酣畅的文笔重述了新四军既为我们熟知又陌生的历史,特别是又突出以新四军之一部"江南抗日义勇军"在常熟一带错综复杂的抗敌斗争经历为主线,展开波澜壮阔的叙述,清晰而自如地梳理了历史本身的纵横交错与来龙去脉,颇为详尽地再现了众多耐人寻味的历史细节,让我们了解和走进的无疑是一部有着五彩斑斓而又意蕴深邃的革命斗争史。

跟随作者情感饱满、言真字实、文笔精湛的叙述,我们仿佛回到七十多年前喋血抗战中的皖南与苏中,弄清了新四军这个命运多舛的部队在困境中的奋斗与抗争,弄清了血雨腥风之中发生的皖南事变的始末,弄清了各种政治、军事势力盘根错节之中"江抗"艰难的斗争，弄清了隶属新四军的部队后来在解放战争中所建立的卓越战功，等等。书中通过对与新四军及"江抗"相关的人物绘声绘色的描写刻画，让我们重返惨烈无比的历史现场，再识危机四伏、诡秘难测的历史风云，进一步理解中国共产党人为建立新中国所做出的隐忍、斗争和牺牲。读这部作品使我们深信，历史仿佛是述说不尽的，有多少还未被我们所开掘所知晓，有多少细节与意蕴对于今天而言仍然是极为新鲜生动的。这需要作者以极大的热情，耐心而坚忍地深入历史与现实的生活中去搜寻，在掌握大量第一手的或权威性的材料基础之上，经过筛选、甄别与提炼，获得对于历史的最本质、最真切的洞察、了解和认识。其所完成的不只是对于历史史实本身的叙述，披露我们前所未闻而又意味深长的秘籍，更重要的是以其立场、慧眼与勇气，把历史的真相看穿与还原，告诉我们历史对于今天的警示与启迪。

作品的另一种视角或文学性特征，则是对京剧《沙家浜》这部红色经典产生过程及其影响的完整叙述。文化的创造是战争生活的自然延伸，作为艺术的剧作可视为战争生活的产物，但其产生亦包含着深刻的意蕴。革命战争胜利之后的必然逻辑，就是人们所能想到或竭力做到的，就是通过文学艺术的表达，实现对战争及其所富含深意的再现与表现，在历史的土壤上诞生经典和积淀精神。战后迅即展开的局面蓬勃的创作，催生了众多的带有浓郁战斗生活气息的急就章式的作品。然而，从纪实文学作品《血染着的姓名》到获得巨大成功的沪剧《芦荡火种》，再到改编移植的京剧《沙家浜》，走完艰难的改编之路成为可圈可点的精品而一举全国爆红，既有荣耀亦非坦途，在山重水复千回百转中将"江抗"在芦荡中的斗争生活片段升华为堪称经典的京剧《沙家浜》，无疑是一次高度艺术化的过程。朴素的历史与文化的创造在奋力地追求中自然而又奇妙地结合，使得新四军许多本质的特征得到很好的突出与充分的展现。

作品回顾与描写了这部红色经典诞生的轨迹及其巨大的政治效应。这部红色经典的产生似乎有着巨大的偶然与必然因素在其中产生作用，其叙述深刻地反映了一定时代背景下的政治意志与文化意志，这不只是对时代的投影，更是彩绘，展现出文化上的斑斓图景。作品对秘闻的揭橥，对经历者的串联，既令我们读起来兴致盎然，也让我们为作者持有的一种公允的立场和态度而首肯。其客观写实的严肃文笔令人看到这部经典之作孕育、诞生和成长之路，看到围绕这部剧作的时代经纬与特殊影像所具有的某种文献性的价值。从这样一个创作的流程，我们不仅再次洞见了一个已经逝去的时代风云，还熟悉了与此相关的那些历史旧闻与重要人物，如崔左夫、陈荣兰、朱一、汪曾祺、赵燕侠、洪雪飞、谭元寿等相关人物。这一切既告诉我们一部经典产生之中至今仍令人深思的沟沟坎坎和点点滴滴，又有介入其中的某些耐人寻味的政治密码和时代印记，作者在其中都显示出了颇为公允、值得称道的写作风范。

那么，作者的写作动机或出发点是什么呢？我们从作品中所感知到的，是作者关于历史与现实、战争与文艺、实践与精神等诸种关系的勾连与映照。作品既是对历史的富于温度的写实与再现，又是从今天的制高点上带有历史纵深的立体思考；既是对某些历史迷雾与尘埃的诘问与廓清，又回到某种事实的基点上去进行精细的审视与考察，告诉人们历史本身的丰富、曲折与惨烈，以及它对于我们今天所富含的喻示。作者在还原与洞穿历史的整体及其细部的同时，伴随着现实的回望与探询，那种自由而又有着严格逻辑的叙事，在书中有时如行云流水般飘逸，有时如江河奔腾般直泻而下，使之在多姿多彩、错综复杂的历史中穿行时，将史家的精确、作家的深挚与军人的坚定融合起来，显示出一种毋庸置疑、掷地有声而又摄人心魄的写作风骨与旷达情怀，实现了思想性、文学性、历史性的有机融合和统一，从而使历史的回环往复、时代的风雨变迁、人物的生死传奇、地域文化的浸染蒸腾，都积淀在作品的提炼与概括、感喟与书写之中，也使之犹如一道道彩虹，在对历史与文化的重新审度与挥洒中完成着作者期冀的精神酿造与发散，让这一段独特的革命史再次大放异彩。

高建国在繁忙公务之余从事这部大部头的写作，反映出一种可贵的责任与担当——要在时下某种任意抹黑甚至是颠倒历史的乱象面前,表明自己坚定鲜明的政治立场与态度。其所进行的不仅仅是新四军历史的写作,也不仅仅是浓郁文学化色彩的写作,而是竭力从历史与现实的层面让人看到历史苍茫、血色迷漫中,新四军这支部队令人赞佩的战斗意志、文化气质和精神境界,使历史的永恒性、丰富性存在和流淌于作品的款款叙述之中。我们从作品中感受到的不只是作者讲述所反映出的那种宏富与快乐,更是沛然其中的神圣感与庄严感,在为之感动与欣赏的同时,由衷地佩服作者宽阔的观察视野、犀利的辨析能力与深湛的文字功底。

(作者为著名文艺评论家、原总政宣传部艺术局局长。《解放军报》2016 年 1 月 6 日、《前进报》2016 年 1 月 8 日刊发)

红色经典是怎样打造的

张 陵

一部深沉厚重而又不同凡响的纪实文学作品，在纪念中国人民抗日战争暨世界反法西斯战争胜利七十周年的日子里诞生了。那就是作家高建国献给这段伟大而悲壮的民族解放战争历史的《一颗子弹与一部红色经典》。这部作品以一颗在博物馆陈列着的从新四军英雄身上取出的子弹为线索，生发开去讲述了新四军在伟大的抗日战争中所建立的不朽功勋，讲述了一个个英雄的故事，展现了在江南广大地区与日军作战的新四军惨烈而悲怆的历史场景，热情讴歌了一支忠诚的英雄部队，讴歌了伟大的抗战精神，讴歌了不可战胜的中华民族精神，塑造了中华民族英雄的群像。可以说，这是一部新四军的英雄史诗。

令人称奇的是，这颗连着新四军历史的子弹，也连着一部注定在中国当代文艺史上有着重要地位的经典作品《沙家浜》的命运。从一篇人物特写，到沪剧《芦荡火种》到京剧《沙家浜》，一大批中国优秀的文艺工作者付出了艰苦的艺术劳动，完成了一个历史性的创作工程。也可以说，没有这样一颗子弹，也就没有这样一部经典的作品。《一颗子弹与一部红色经典》很巧妙地把真实的历史和一部文艺作品的成长史融在一起，用悲壮的历史光芒照亮了红色经典的主题，使之产生永不衰竭的艺术力量。这样一种关系，构成了这部纪实作品丰厚立体的思想内涵，也构成了作品独有的艺术品质。从这个意义上说，《一颗子弹与一部红色经典》是同一时期同类题材中，具有亮点和创新意识的作品，是近年来纪实文学最重要的成果之一。

作家以对历史负责的态度，以翔实的资料，真实地讲述了新四军的征战历程,让我们看到,这支由弱到强的英雄部队的命运其实是非常不幸的。它一方面经受着日军的四处追击,一方面又要经受国民党顽军的打击。这样一支孤立无援的部队,在环境相当恶劣的江南水乡地区,独立支撑着抗击日本侵略者的局面,在艰苦的斗争中发展壮大,成为抗日铁军。而这样一支铁军,没有被日军打败,反而遭受友军的暗算。皖南事变中这支英雄部队付出了沉重的代价。当然,这支部队的精神不会倒,灵魂不会散。它重新站立起来,昂起不屈的头颅,擦干身上的血迹,重新走上民族解放的战场,为人民再建奇功。作品写出了这支由我们党缔造和指挥的人民军队的忠诚之心和战斗精神,写出了人民军队的英雄气概,把主题立在我们时代的精神高地上。

作品讲述了新四军历史最华彩的篇章之一,可以说是描写新"江抗"这个传奇的桥段。这也是这部作品最具独家史料价值,也最具文学价值的部分。以刘飞为首的三十六名伤病员,成了新"江抗"主体,组成了新"江抗"第一支部队。成立之初,没有人,也没有武器,连像样的枪都没有。但就是这样,这些普通的新四军伤病员发动群众,开辟抗日根据地,和强大的日军展开游击战争,有效打击了敌伪,壮大了自己。到了新中国成立时,这支部队经过多次改编扩充,终于达到了一个军的规模,组建成中国人民解放军第二十军。这期间,有多少可歌可泣的壮怀故事。作品生动还原了新"江抗"鲜为人知的历史真实和细节,也生动还原了英雄们的精神风貌,生动记录了他们的人生命运。通过新"江抗"的历史,我们对新四军有了更深刻的认识,有了更多的敬仰。

作品另外一个最华彩的乐章,当属作为新"江抗"创始人之一的刘飞成为一部红色经典的原型,并随着这个红色题材的历史变迁,不断创作加工,不断融入作品的思想内涵之中,成为红色经典的思想之魂。作品展示了文艺作品的成长过程,也展示了革命历史融入艺术灵魂的过程。这里,革命文艺工作者的作用与贡献得到了恰当而到位的肯定。作品中写到了崔左夫、文牧、陈荣兰、汪曾祺等文艺工作者的历史贡献,感人至深。他们的故事,将会随着《沙家浜》的流传,也留在人民心中。值得我们高度评价的是,作品以历史唯物主义的态度承认了江青在推动这部红色作品成为经典方面的努力，正确评价了她的作用。事实上，这部红色经典作品的成功，和毛主席等领袖以及当时国家领导人的支持分不开。也许正是这样，一部优秀的作品才进入我们的文艺史。

《一颗子弹与一部红色经典》更为重要的意义还在于深刻揭示了一部优秀作品与历史与时代与现实的血脉关系，深刻揭示了优秀文艺作品的创作规律。新"江抗"的历史为文艺作品提供了最宝贵的精神资源和生活基础。这些关系都凝聚在新"江抗"的英雄刘飞们身上，让文艺工作者从原型中找到了表现的切入点，打开了艺术之门。这看上去有些偶然，但其实有着必然。每一个文艺工作者的努力，都在积聚着必然。而中国当代的历史又不断打造着这个题材，不断注入日后可以成为经典的资源，经过文学和地方剧种的长时间打磨，历史的重任最后落在京剧身上，在这里发出了经典之光。

习近平总书记《在文艺工作座谈会上的重要讲话》，要求我们的文艺要以人民为中心，要深入生活，创作出无愧于我们时代的伟大作品，为中华民族伟大复兴的中国梦做出贡献。《一颗子弹与一部红色经典》正是学习践行习近平总书记要求的重要成果。作品中揭示出的艺术关系和艺术规律非常重要。文艺作品就是要传承我们民族历史的精神，只有这样才能产生激动人心的艺术力量。每一部优秀的作品都应该有这样的力量，经典就是在这种力量的打造下，成了经典。这是社会主义文学的基本规律，也是成功经验，我们任何时候都不可放弃。

（作者为作家出版社原总编辑，著名散文家、文艺评论家。原载 2016 年 7 月 1 日《文艺报》）

历史生命的壮美书写

焦凡洪

历史是有生命的,她久存于川流不息的时间里,恒生在繁衍不断的人类心目中,正谓“青山不老,历史常新”。在纪念中国共产党九十五岁生日之际,一部文学作品使新四军的历史带着深邃的思想、鲜活的面容、澎湃的激情向我们走来。当这一浸透着战火硝烟的岁月灵肉与沐浴着和平阳光的生活躯体相拥时,我们分明感到了一种精神的际会和血脉的相融,她承传的是一种远大理想,对接的是一种磅礴力量,续延的是一种不朽生命。高建国的长篇报告文学《一颗子弹与一部红色经典》(作家出版社出版),正是立足现实对新四军喋血抗战历史的壮美书写,用当今反观历史,让历史镜鉴未来,从而在带给我们震撼的同时也启迪我们思考。

天安门前,纪念中国人民抗日战争暨世界反法西斯战争胜利七十周年大阅兵的强劲足音仍在我们心中回荡,那排山倒海的方阵踏响的誓言是“铭记历史,缅怀先烈,珍爱和平,开创未来”。是的,现实是历史的成长,今天是明日的记忆。由此,当我们循着这连绵不断的队伍的脚步回望源头时,有喜悦,有振奋,也有沉重,我军走过的是一段辉煌而又艰难曲折的历程。特别是新四军的历史,由于震惊中外的皖南事变,既在民族的胸膛里长鸣着一曲铁血浩歌,也在国家的身躯内留下了一种刻骨铭心的疼痛。那是山河破碎、尸骨遍野的岁月,中华民族到了亡国灭种的边缘。就是在这最危险的时刻,在中国共产党的领导下,新四军的旗帜与八路军的旗帜交相辉映,他们高擎国家利益,胸怀民族大义,团结一切可以团结的力量,对国民党的明枪暗箭,斗智斗勇,忍辱负重;对日伪顽的“围剿”夹击,浴血拼杀。从而在敌人盘踞的最暗无天日的地带，建立了红色根据地，托起了一片预示抗战必定胜利的曙光……白驹过隙，往事如烟。七十多年过去，作为当今负有高度责任感的作家，怎样用笔透过时光的掩埋去探寻历史的真相，怎样用一部作品的有限容量去展现那段波澜壮阔的战斗生活的无限风景，这无疑是一个难题。我们欣喜地看到，作者找到了一个精巧的切入点，这就是一颗子弹。这是一颗罪恶的子弹，它在 1939 年国家和民族苦难最为深重，日伪顽沆瀣一气最为猖獗的时候，由“忠义救国军”的枪口射入我新四军指挥员刘飞体内，它在记载敌人凶残、抗日军民仇恨的同时，也记载了国家内忧外患交织、社会矛盾危机四伏的历史境况。笔触从这一点嵌入，撬开了一扇厚重的历史之门，使作品在深刻反映新四军团结带领人民抗战斗争的本质上，起到了四两拨千斤的功效；这又是一颗神奇的子弹，它在一位军人的身上蛰伏了四十五个年头，由此以其主人为代表的那批伤病员在阳澄湖养伤的生活，便成了纪实文学《血染着的姓名》的创作素材，并最终被搬上舞台，铸就了光彩夺目的《芦荡火种》《沙家浜》等红色经典。这一颗子弹的轨迹，构成了一条既可纵向贯穿又可横向延伸的丰富的故事线和灵动的叙述线，为作品打开了广阔的表现空间。另外，子弹可以说是抗争和博弈的最富有代表性的工具，对其寓意和象征的运用，增强了作品的战斗氛围，使全书通透着一种军事文学的质感。

尽管作者选取了一个灵巧的角度，也预置了宏大叙事的空间，我们还是担心将其写成或是一颗子弹的揭秘，或是一部戏剧台前幕后的故事，至多再扩充一些战斗、战役的回忆。这似乎是一种顺其自然的叙述方式。我们很钦佩作者的胆识与魄力，反其道而行之，将这颗子弹置于宏阔的背景之下，把一条叙事的主线拓展为正大的“宽银幕”，从而可以使新四军的历史尽情地展现出来。同时，这又面临一个陷阱，如把握不好便会信马由缰地游离主题，甚至流于芜杂和空泛。作者聪慧地意识到这一点，整体叙事始终由这颗子弹作线型牵动，并辅之以一部戏剧经典的舞台空间去活化历史生活的经纬，这就使作品的叙事别开生面。

再现新四军抗战生活的大幕在颇具匠心的艺术律动中已经开启，它的重头戏当然是老六团的铁流东进与伤病员战斗在阳澄湖的“芦荡火种”。对这段在影视和戏剧中都曾有过经典表达并给人们留下固定印象的往昔岁月，怎样用文学重塑它的形象？我们看到了一种追溯和表现历史生命的书写。这是一个具有难度也需要功力的表达方式，于此也显现着文学的张力。为什么新四军的东进征程在中国的抗战史乃至中国革命的历史上永闪生命的光华？这源自一种思想理论的光照，作品以浓重的笔墨描绘了这一关乎中国前途命运的战略之精魂的华彩。当日本军国主义全面侵华的魔爪伸向广袤的华夏大地之后，中国社会被一片“亡国论”和“速胜论”的雾霾所笼罩。在这生死存亡之际，毛泽东以非凡的洞察力高瞻远瞩，集中全党的智慧，写出了以《论持久战》为代表的一系列光辉著作，从而在混沌的神州寰宇响彻了理论的雷霆和升起了思想的霞光，这也是中国共产党在抗日战争中成为中流砥柱的核心支点。当抗战进入战略相持阶段，周恩来奔赴皖南新四军军部，及时传达了党的六届六中全会精神，提出了新四军“向南巩固、向东作战、向北发展”的战略方针。老六团破除外部重重封锁、内部种种干扰东进作战，在敌人的腹背燃起熊熊抗日烽火，使党的战略思想在战斗的实践中发出万丈光芒。从毛泽东的两个“五四指示”，到延安的一系列文电，无论是从战争的战略层面还是战术层面，党都给新四军注入了科学理论和正确思想。由此，这支队伍团结带领广大民众在华东敌后的抗日游击战争便开展得如火如荼并出神入化起来。三十六个伤病员在主力部队奉命西撤后坚守阳澄湖，重新建立“江抗”，使“芦荡火种”再燃对敌斗争的燎原之势，便是这一雄壮历史篇章的精彩一页。当然，讲新四军的历史，不能不讲皖南事变，因为这是当时新四军所面临的错综复杂形势和深刻尖锐矛盾的集中体现。对此，作者进行了实事求是的状写。正是这种理性的、合乎历史逻辑的对皖南事变的解析，凸显了新四军东进道路的艰难险阻和斗争生活的惊心动魄，更印证了党的战争理论思想的英明正确和所具有的强大生命力。这种充盈于作品之内的对于思想渗透于战争肌理的揭示，也使所反映的历史作为一个富有灵魂的生命体而鲜活起来。

历史因思想被时光擦亮而壮丽，而历史思想的表露就是那些典型人物的表情，并由此演化成五彩斑斓的历史风貌。描写人物是这部非虚构文学作品的又一个难点，因为以往的许多文艺作品对新四军的各色代表人物已有了成功塑造，对此的任何摹写都是重复，而报告文学又有着真实性的本质限定，这就需要搜集、掌握海量的史料和不断地到实地以及后人中去寻觅往日的记忆，在此基础上，对这些散落的资料、碎片化的记录进行去伪存真的拼接缝合和研判提纯，使其升华为崭新的艺术形象。这无疑是一项繁巨的工程，对此作者下了极大功夫，并把其长期从事军队政治工作所涵养的理论功底，和一直坚持文学追求所保有的艺术功力进行了契合性发挥。难点突破就是亮点。于是在作者笔下，我们看到了一群血肉丰满的人物形象，从周恩来的宏才伟智，到陈毅的文韬武略；从叶飞、谭震林的果敢骁勇，到刘飞、吴焜的坚毅刚强，都在深度开掘的历史图景中得到生动展现。特别是对新四军基层指挥员、普通官兵以及人民群众的刻画，由于把其置于真实的生活场景和典型的故事之中，使之具有蓬勃的生命脉动而熠熠生辉，像以夏光为代表的伤病员的坚定理想信念，东来茶馆老板胡广兴和侄子胡小龙的赤诚家国情怀，后方医院院长张贤和妻子庞露等医护人员的无私奉献品格，以及新四军女战士杨瑞年的高尚忠贞节操，等等，读来都让人动容。作品中还有许多这样的小人物，都写得有声有色。在浩渺的历史天空，既有英雄豪杰扭转乾坤的雷霆万钧，也有平民百姓自强不息的落雪无声。作者就是以这样的辩证思维，给予了历史生命的个体和群体一个合理的行为空间和表现空间，从多个层面展示了人物的面孔和表情，形成了蔚为大观的英雄列阵，透视了这场人民战争的动力之源、威力之因，也使所要重点表现的新四军东进的历史异彩纷呈。

那颗子弹已经融入了刘飞的血肉，并长久地撞击着他的心灵，砥砺着他的骨骼，也使得一位共产党人的胸襟海纳百川。作品始终在高扬主调中把握主线，用以这颗子弹为载体的意韵脉动，完成了由战争事实书写到红色文化书写的自然过渡，在夯实落点中深化了主题。当刘飞身裹这颗子弹，在华东野战军一纵副司令员的位置上指挥部队取得窑湾大捷时，随军记者崔左夫要采访他，他避而不谈个人的功绩以及这场战役的胜利，而是深情嘱托崔左夫去写一写这支部队的前身——“江抗”的战斗经历。或许是他在这淮海战场的焚毁旧世界、建立新中国的冲天烈焰中，看到了那在国家和民族风雨如晦的黑夜里燃起的“芦荡火种”；或许是他感到当年那凝结着军民鲜血的阳澄湖水已经化作了当今这支队伍战无不胜的精神血脉。有一点是肯定的，就是这位曾以杀敌的数量换取文化教员教其认字的数量、在战争中学得革命理论也获取了文化知识的军队领导干部，有了一种高度的文化自觉。他坚信那历史的蒹葭苍苍经文化的滋养会生成为他们这代人以及后人栖居灵魂的一片美丽家园；那由人民托起的芦荡扁舟经文化的扬帆必将成为驶向未来的巨大精神舰船。从战火中走出的文化工作者崔左夫、陈荣兰自然更理解这一工作的意义，他们与文牧、汪曾祺等富有担当和才华的作家、艺术家们，接力从事着弘扬革命战争精神的文化实践，续写着“芦荡”传奇。他们的创作经历也颇似其所表现的主人公们的战斗历程，从《血染着的姓名》到《芦荡火种》再到《沙家浜》，从一颗文艺的火种，经众人的培育传递和时代的吹氧助燃，最终成为一部红色经典，也使得历史的生命在文化的养育中永存。

一颗子弹嵌入一位共产党人的身躯四十五年，最终被化育成一件珍贵的革命文物，这是一种什么样的力量？一段战争生活经无数文艺工作者坚持不懈耕耘，最终被打造成一部艺术精品，这是一种什么样的文化精神？这颗子弹所携带的战争的光火和这部经典所反映的历史内涵，阐明了什么？对当今有什么启示，对未来有什么昭示？这也是作品所精心探究和着力表现的，由此呈现着大气的品相并弥散着无穷的意蕴。

（作者为著名军旅作家、评论家，北部战区陆军白山出版社社长。《中国文化报》2016年8月10日、《文艺报》2016年8月29日刊发）

让这颗子弹飞

刘　琼

由于文本丰富的指向和丰富的信息，作品《一颗子弹与一部红色经典》拥有结构多样的阅读对象。为什么这么说？一颗子弹，一部红色经典，书名本身就是一个清晰的划分，整部作品的叙事结构也的确如此清晰：前半部分围绕“一颗子弹”展开叙事，后半部分讲述“一部红色经典”的诞生。因此，它的读者基本也是两个趣味取向。至于我，喜欢的是“一颗子弹”这部分。

我猜测，作者高建国一定是先有了写“一部红色经典”的念头，后来才推衍出“一颗子弹”背后的故事。这个猜测也被作者本人证实了。一部红色经典，指的是《沙家浜》。由于名列著名的“八大样板戏”，在一个特殊的历史时期，《沙家浜》家喻户晓。因而，还原这部文艺作品的诞生，还原文艺创作中集体创作的细节，还原特殊政治条件下的文艺生产状况，是对当代文艺史的书写，许多读者会感兴趣。这个部分的确也写得有意思，披露了一些新鲜的材料，比如“沙家浜”剧名的由来，阿庆嫂这个角色的定位，胡传魁的原型，等等，包括京剧、沪剧等剧种的具体创作实况。但这部作品的价值不止于此。作者写作的冲动是被《沙家浜》的创作历史激发出来的，但敏锐的艺术直觉帮助作者顺着《沙家浜》打开了一个更加宏阔甚至悲壮的革命历史面向：新四军“江抗”部队的历史真实。由“江抗”部队推衍到著名的皖南事变，推衍到新四军特殊的存在、特殊的结构、特殊的使命以至特殊的命运。

“任何历史都是当代史”，著史者一定持有主观立场。著史者的历史视野和价值取向，决定了他对于史料和经验的处理方式。“揭示历史本真，重启历史回声，最大限度地逼近历史真实”，是作家的良好愿望。客观还原历史，需要写出历史的具体性，还要写出历史的超越性。《一颗子弹与一部红色经典》这部作品的超越性，恰恰是能够以今人的情怀，历史地还原具体条件下一群信仰共产主义的军人如何在特别不利于游击战争的艰险环境里，克服各种困难甚至包括牺牲生命，坚守住信仰的英雄壮举。作品在大量的史实细节基础上，结构出美学形象，写出了特殊的人和人的特殊性、可贵性，写出了中国共产党被称为“特殊材料制造”的历史证据，这正是我感兴趣的地方。

比如，作品写出了大时代里慷慨赴死的英雄之气，还写出了特殊历史条件下英雄的儿女情长，包括他们的性格和脾气、爱情和婚姻。这样的书写把军人这个职业符号还原成丰富的可亲近的血肉丰满的人。因为是人，因此矛盾的存在就可以人性的普遍性和特殊性来理解，包括相处的矛盾、性格的矛盾，等等。这些矛盾产生了故事，也产生了历史的必然性，包括历史的偶然性。在干巴巴的一堆历史资料面前，这些生动的书写不是可有可无的闲笔，它在表明历史本身复杂性的同时，也试图在说明历史的辩证关系。揭示出历史事件发生的辩证关系和普遍规律，是这本书最有价值的书写之一，也应该是写作目的。比如站在历史的高度对于新四军两个高级将领项英、叶挺以及他们之间关系的书写，资料征用丰富、可信、辩证，对于过去教科书里将项英等人物简单定性，是一次有说服力的实事求是的反驳，悲天悯人之情令人感喟。

国民党子弹射中的“江抗”军人带着这颗子弹生活了四十五年，这颗子弹在其去世后才从身体里拿出，如今安放在博物馆里。子弹，为故事骑了一个缝。

（作者为著名文艺评论家，时任《人民日报》文艺理论评论室主任，现任《人民日报》海外版文艺部主任。原载 2016 年 7 月 1 日《文艺报》）

深沉厚重则自成高格

孙书文

明代吕新吾曾言:“(做人)深沉厚重是第一等资质,磊落豪雄是第二等资质,聪明才辩是第三等资质。”人如此,文亦然。高建国著《一颗子弹与一部红色经典》以其突出的深沉厚重的艺术质感形成一个巨大的精神旋涡,散发着持续的强大吸引力。

一颗子弹,是存留在“江南抗日义勇军”指挥员、开国中将刘飞胸中四十五年的一颗子弹;一部红色经典,是中国当代艺术的经典之作《芦荡火种》和《沙家浜》。一颗子弹引发一部红色经典的创作,本身即带有鲜明的传奇性。但作者拓开视野,借自己出众的全局掌控力,从国际国内的大背景和各种政治力量博弈中分析重要的历史事件,为作品奠定了宏大的基调。刘飞在一次战斗中,被一颗子弹击中,身负重伤,后被送到阳澄湖后方医院,养伤的同时,还与战友们共蓄革命火种。那颗子弹留在他的体内,直至他离开这个世界,而艺术家们则以他和他的战友养伤的这段经历为原型,几经辗转创作了《芦荡火种》《沙家浜》。作者不拘于一时一事,而是把这段传奇故事还原到历史的大局势之中:在抗日战争进入相持阶段后,毛泽东洞察国际国内时局,根据新形势新特点新任务,做出了党的工作重点是在敌后农村开展游击战争、建立抗日根据地的重大战略决策。新四军一支队司令员陈毅,在仅有两个团兵力的情况下,排除干扰,毅然派叶飞率老六团以“江抗”的名义,从茅山根据地挺进苏南东路即苏常太和澄锡虞地区,在抗日战争和中国革命史上奏响具有深远意义的东进序曲。这种大视野、大框架,不仅解决了一颗子弹、一部红色经典的历史由来,有效摆脱了猎奇性创作所形成的传奇化历史，因而也是单薄化甚至妖魔化历史的弊端，显示出一种堂皇的正气，使得人物浮雕化、叙事历史化，而且彰显了六团东进这个战术行动，在特定历史条件下的战略意义。作战的电文、革命领袖的指示、细致烦琐的史料考证，都成为作者手中的武器，铸造了立体性的时空，强化了浩荡的气势，在历史的纵深处纵横开阖，逼近历史的真实。

在这种大视野基调之上，作者在作品中贯注了深沉厚重的悲壮意味。在这一基调之上，抗日战争中“江抗”及此后的新四军的历史更是具有史诗般动人的力量。“江抗”在东路两度勃兴，战绩卓著，但也付出惨重代价，吴焜等一批虎将献出生命。此后的皖南事变，江南一叶，令人动容。作品着意刻画了一个个细节，写北伐名将、“抗战岳飞”叶挺在自知大局已定之时，告诫大家“不要流泪”，给每个人照相，折断手杖下山谈判；一队女战士被国民党顽固派军队逼到悬崖边，在投出最后一颗手榴弹后，集体跳崖壮烈牺牲；年轻的杨瑞年一心向往革命，但因巧合、误会背上了“托派”的嫌疑，终生未能入党，在刑场上被敌人打碎了头颅，她临终发自丹田的最后一句话是“中国共产党万岁”……这段充满着悲剧精神的历史，为《沙家浜》注入了丰沛的力量。富有意味的是，如作品所揭示的，这部红色经典的创作过程，也是悲剧精神的一个文本。参与组织创作的北京市委宣传部部长李琪尊重艺术规律，不唯江青的意见是从，“文革”中不堪无休止“批斗”，愤而自杀，展现出一个有风骨的知识分子的风采。行行重行行，历史深层的氤氲韵味弥漫在字里行间。这段七十多年的历史，波谲云诡，“犹如烟波浩渺的湖中芦荡，横无际涯，扑朔迷离”，激发深沉丰富的思考。“东路三问”一章，曲终奏雅，聚前文笔力，直指历史深处：第一问是军事之问，“江抗”在敌人心脏部位开辟革命根据地的可能性；第二问是民心之问，革命的力量之源在于人民；第三问是文化之问，以工农为主体的革命军队格外重视文化的力量。

这部深沉厚重之作，对于当下的文艺创作有着双重借鉴意义。第一重意义在于，作品揭示出推动《沙家浜》成为经典的诸多因素。“经过数十年沉淀和历史检验，凝聚着众多政治家和艺术家心血的《沙家浜》，已经当之无愧成为京剧现代戏中璀璨夺目的明珠。”这是经过千锤百炼，最终演绎出属于整个革命时代的史诗般壮丽辉煌的经典之作。从 1957 年崔左夫《血染着的姓名——三十六个病员斗争纪实》、刘飞的《火种》，到沪剧的《芦荡火种》、京剧的《沙家浜》，是许多人的思考与智慧的结合。虽然说这种结合多因历史的机缘，带有不可复制性，但同时又在以下方面提供镜鉴，如文艺精品都是创作者全身心的融入之作。刘飞、崔左夫、陈荣兰都是这段历史的“画中人”，对这段可歌可泣的历史有着非同一般的深情；毛泽东、周恩来、陈毅等革命家，则是东进战略的制定者。再如，大作品不是写一己的杯水风波，而是要深入历史的深处，写波澜壮阔的大事件。

第二重的借鉴意义在于，本作品的创作本身富有启示意义。著名散文家冯牧在为高建国《地球第一雕塑》所写的序言中曾言，他“是靠着一股锲而不舍的韧劲，闯进报告文学这片深邃而又充满引力的领地的”。这种韧劲，在这部作品的创作中一如既往。作者为寻找亲历感，重访重要遗址印证和感受当年重大事件，走访了所涉的重要事件发生地，从上海、南京、杭州、苏州到江阴、吴县、句容、窑湾，一路走来，收获可贵的“在场感”。作为一名军人，作者对一段独特的军史似乎有着本能式的亲近。前苏联作家法捷耶夫曾言，艺术家要把“全部积蓄起来的材料”，跟艺术家“在自己的心中早就孕育起来的”“基本的思想、观念”“起了某种化学上的化合”。这种化合充满了创作者与时代的“肉搏”，反映这个时代的疼痛与世道人心。作品洋溢着这种动人的气质。在作品中，作者指出“抗战神剧”的“病灶所在是严重失真”，“要呼唤真正意义上的抗战文艺的回归吗？那就请我们的作家和艺术家迈开双腿，到他们中间去，向这些离英雄和传统最近的人问计吧”。作者通过对历史的深潜挖掘，铸造了一部“身入”“心入”“情入”的精品之作。鲁迅说喜欢尼采的“血书”，正因为这类文字不在“结构精巧，向背有法”（讲究技巧），而是着力“大气鼓荡，脉络周通”（凸显文脉）。这部作品也是一部刻有血痕之作。

作品书写了一段独特的历史，同时又超越了这段历史，文本中所张扬的中国精神根基于历史、昭示着当下。习近平总书记在文艺工作座谈会上曾言:“文艺深深融入人民生活,事业和生活、顺境和逆境、梦想和期望、爱和恨、存在和死亡,人类生活的一切方面,都可以在文艺作品中找到启迪。”《一颗子弹与一部红色经典》铺展开中华民族一段悲壮的历史,塑造了一个为理想信念而献身的革命群体,张扬了永恒追求真善美的精神,这种精神气质成就了作品的超越性。

(作者为山东师范大学文学院教授、社科处副处长,山东省签约文学评论家,中国作家协会会员。《人民日报》2016年2月5日编发)

丰赡而瑰丽的“江抗”家史

——读长篇报告文学《一颗子弹与一部红色经典》

刘石安

高建国的长篇报告文学《一颗子弹与一部红色经典》由作家出版社付梓出版后，引起了社会各界关注和广大读者的强烈反响，在北京召开的作品研讨会上，受到专家学者的一致好评。这部集思想性、文学性、文献性于一身的新著，以强劲舒展的艺术之翼，承载厚重悲壮且充满传奇色彩的江南抗战史，在为新四军老六团为骨干的“江南抗日义勇军”传神写照和展示新四军波澜壮阔的历史方面，取得了可喜可贺的新成就和新突破。

1939年5月，根据党的六届六中全会关于把全党工作重心转到开展敌后游击战争上来的重大战略决策，新四军一支队司令员陈毅冲破阻力，毅然派老六团融合其他抗日武装，以“江抗”名义东进作战，在人烟稠密、水网密布、交通便捷、日伪重兵据守的苏南胜利开辟了苏常太抗日根据地。“江抗”毅然放弃背靠大山开展游击战争的传统优势，在常人认为无法立足的平原水乡，成功地把钢刀插进敌心脏。这是新四军建设和发展史上意义深远的转折和战略创新，江南抗战局面由此为之一新。我作为由“江抗”发展而来部队曾经的一员，作为新四军历史特别是“江抗”历史的研究者，几十年间经手编纂出版关于“江抗”的回忆录和文艺作品可谓林林总总，但时常为没有一部宏阔翔实反映“江抗”战斗历程的优秀文艺作品感到遗憾。正是在这个意义上，《一颗子弹与一部红色经典》的震撼问世，尤其是作品展示的丰赡瑰丽而独具特色的“江抗”家史，格外令人振奋和弥足珍贵！

文以载道，中国自古以来讲求家国情怀。显而易见，书写“江抗”在民族危亡之秋奋进搏击的历史，必须立足全面抗战爆发后中国乃至世界波谲云诡的大格局进行观照和深省。作品开篇气势不凡，第一章即以磅礴而遒劲的笔触，清晰而鲜明地勾勒了1938年秋濒临亡国灭种的中国，在凄风苦雨中再次走到历史十字路口的危险境地和复杂局面。在广阔的时代背景下，为随之而来的铁流东进渲染造势和做好铺垫，从而凸现和彰显了“江抗”挺进苏南战术行动“四两拨千斤”的战略意义。这种居历史高峰通观全局而后俯瞰一隅和高开细述的手法，不仅奠定了作品深沉凝重的基调，把“江抗”家史的叙事置于风云激荡的大背景和很高的起点之上，而且通过国际国内战略格局纵横写意与“江抗”东进工笔描述的反差，使读者领略到历史主调之外的和弦之美。

报告文学作为最切近时代和生活的一种文学样式，成功塑造栩栩如生的人物形象是其第一要义。作者苦心构筑的文学化“江抗”家史，能否与陆离纷繁的历史契合并得到各方面认可，在融入读者心灵中有效播布伟大的“江抗”精神，关键在于能否打造光彩夺目的“江抗”英雄画廊。令人欣喜的是，书中展示的有着同一信仰但秉性各异的“江抗”英雄群像，活灵活现而又感人至深地还原了那段血染的历史。书中主要人物、红军长征中任过师政治部主任的“江抗”政治部主任刘飞，是个在苦水中泡大且膂力过人的钢铁汉子，“双手能拧裂胳膊粗的青毛竹”，掰起手腕来连少林高足许世友都不是对手，战斗中每每扮演“抡起大刀血战开路”的角色。作品没有停留在对刘飞忠勇刚烈一面的描写上，而是着力开掘这个苦大仇深、胼手胝足的红军战士十分可贵的一种文化自觉：少小失学的刘飞刚参加革命时连干部都不愿当，在党的教育下懂得了文化知识之于革命战士的极端重要性后，遂以“杀敌个数换取文书教的字数”，选择伴侣把具有较高文化水平作为先决条件，新中国成立初期为刻苦学文化以至发秃眉光感动了前来视察工作的朱德。就是这样一个与众多战争题材作品中我军指挥员一介武夫形象迥然不同的将军，在淮海大战的硝烟中，极其敏锐并富于远见地对新华社战地记者提出了采写坚守阳澄湖芦苇荡新四军伤病员斗争事迹的设想，20世纪50年代又积极扶助文艺工作者创作沪剧《芦荡火种》，从而使中国文坛留下了一颗子弹引发一部红色经典的佳话。在浓墨重彩塑造刘飞形象的同时，作品推出的“江抗”英雄谱也令人过目难忘。曾任红军师长的“江抗”副总指挥吴焜，作战中常常端着机枪和吹着冲锋号带领部队冲锋，江阴反顽血洒顾山而长久为人们所缅怀；曾跟随方志敏所率抗日先遣队北上的红军师参谋长、“江抗”副总指挥乔信明，战争年代威慑敌胆，新中国成立后和夫人合作写出反映方志敏最后岁月和记述自己狱中斗争生活的长篇小说而为人们所称道；曾以火烧虹桥机场而闻名的“江抗”猛将廖政国，为保护在场听技术讲解的干部挺身高擎意外自燃的手榴弹而失去右臂，成为叱咤风云的独臂将军，并且演绎了“断臂换良妻”的“江抗”爱情故事；而那些在国难当头殒身不恤的巾帼英雄，像背着“托派嫌疑”最终未能入党、在敌人刑场上身中六弹犹奋力高呼“中国共产党万岁”的女战士杨瑞年，还有为执行党交给的任务离别丈夫潜入敌营终致婚变、解放后蒙冤被打入社会底层三十年的女红军吴恩灼，这些个性鲜明而又极具感染力的艺术形象，是这部有温度、有筋骨作品的内在支撑和价值所在，理所当然地成为“江抗”家史中耀人眼目的瑰宝，任凭岁月流逝而永不失光。

言而无文，行之不远。重大革命历史题材创作，面对烦冗驳杂的历史事件和枯燥乏味的史料数据，如何在精心剪裁和巧为提炼中增强作品的文学性，使还原的历史在振翼高飞中翱翔精神家园、直抵读者心灵，是事关作品品位高下和艺术生命的关键。作者匠心独运，把嵌入刘飞胸中四十五年的一颗在中国抗战史上划出炫目弹道并在编织英雄传奇中发挥楔子作用的子弹，作为连接战争与和平、历史与现实的一条贯穿线，这颗“黑与红的经历参半、烙印着特殊历史而又令人憎爱交加”的子弹，不仅影响和决定了“江抗”领导人之一、开国中将刘飞的命运和人生价值，而且飞翔和穿越了“江抗”乃至整个新四军曲折发展和壮大的历史，把中国共产党人在血火交迸年月出生入死创造历史，同在和平建设年代艺术地再现这一历史有机结合起来，在使历史叙事令人耳目一新和极大增强作品可读性和感染力的同时，巧借当年家喻户晓的红色经典《芦荡火种》和《沙家浜》，唤起了一代人的群体文化记忆。这颗已然成为精神标识物的子弹，昭示了“江抗”和新四军将士的铁血风采，也在以小见大中，抽丝剥茧，展示了新四军部队的文化特质和精神修养。作者一面健笔书写新四军弯弓射日、铁血万里的战斗历程，一面不吝笔墨描述历史流变和跌宕中各色人物的命运遭际，特别是生动细腻地描述了“江抗”和新四军将士烽火岁月的爱情生活，从而还原了一段充满人性和真情的历史，有力提升了作品的文学性和艺术价值。

发生在七十七年前的“江抗”东进这一在江南抗战史上具有特殊重要意义的历史片段，已经渐行渐远，日益隐入蒹葭苍苍之中。在“江抗”领导人均已谢世、获取大部头纪实文学作品不可或缺的巨量珍贵细节愈来愈困难的情况下，作者在前后三十年的创作准备中，付出了艰辛劳动和超乎寻常的努力。他从在“江抗”发展而来的部队工作时，就留心收集有关“江抗”的材料，拜访“江抗”老战士和斗争亲历者及历史见证人。近几年，作者又查阅了大量历史文献资料，迈开双脚踏勘战场和革命遗迹，在与众多“江抗”后代接触和交朋友中，抢救性挖掘出许多生动可感和鲜为人知的历史细节，从而把人们耳熟能详的历史，开凿出新的视域，也写出了新意和吸引力。令我特别感动的是，为了弄清沪剧《芦荡火种》的人物原型——东来茶馆老板胡广兴和侄子胡小龙的下落，作者依据军旅作家崔左夫 1957 年撰文中叔侄两人抗战中去上海谋生的线索，通过有关部门初步查到了两人的去向，而后委托我以上海新四军“沙家浜部队”历史研究会的名义致函上海市公安局，在他们的帮助下，很快找到了当年夜湖飞舟转移被日伪困于湖中苇荡多日的新四军伤病员、现居奉浦开发区肖塘村的胡小龙，并在我的陪同下，专程访问了这位今年已八十九岁的草根抗日英雄，为书中增添了读来饶有兴味而又感人至深的生动章节。这种锲而不舍最大限度逼近历史真实的精神，是报告文学作家极其宝贵的品格，也是这部革命历史题材的扛鼎之作得以成功的重要原因。

（作者为上海新四军“沙家浜部队”历史研究会原会长。《文学报》2017 年 4 月 13 日刊发）

在历史的还原中反诘与叩问现实

——高建国非虚构长篇《一颗子弹与一部红色经典》的思想精神建构

傅　强

与所有的传记作家一样，高建国亦难脱还原历史真相之窠臼，而且还是有过之而无不及，他在史料的搜集与挖掘上所下的功夫让我惊叹不已。但史料的翔实并不是评价一部传记优秀与否的标准，它是传记文体的应有之义。历史所蕴含的复杂意味与内涵才是作家所要着力之处，因为它几乎决定着作品所达到的品位与高度。问题是，意味与内涵并不如我们想象的那样，或为历史所固有，或漂浮为历史的表象，它常常被历史的风尘所遮掩，甚至湮没，以至于消亡；它的复活与重现，有赖于作家的思想深度与价值取向。历史与作家在非虚构类文学创作的过程中其实也是一场生死之博弈，能否从浩如烟海且斑驳芜杂的史料中跳脱出来，进行独具慧眼的审视，考验着作家的思想及能力是否足够强大。

对作家而言，历史并不是历史本身，它的言外之意是显而易见的。1939年5月5日凌晨，新四军一支队六团东进长江以南、沪宁铁路两侧、武进以东直到上海的狭长地带，在日伪心腹地带开辟根据地的传奇历史，其意义与价值当是早有定论；20世纪60年代初描写这一历史传奇的沪剧《芦荡火种》和移植改编的京剧《沙家浜》虽有现实政治的干预，但半个世纪之后仍然为人们所喜爱，其作为现代戏在中国戏剧史上的地位似乎亦无法动摇。高建国并没有驻足于对这两段非凡历史的还原，而是独具匠心地用“一颗子弹”将它们巧妙地勾连起来，进而铺排开去。新四军东进的历史因一部红色经典（我亦觉得两部更为准确）向未来无限延展，而历史的元素在戏剧创作过程中的持续发酵与变异，让它们所蕴含的复杂意味在不断的生成中而越发地丰厚起来。其实，上述这一风云激荡的历史，因为战争、艺术与政治的相互渗透与扭结而颇具传奇色彩，能够真实地还原已属不易；但高建国显然不满足于此，他试图以政论体报告文学的文体形式浑融政治话语和文学叙事，在历史的还原中反诘与叩问现实，进而实现对当下社会思想精神的建构。“一切历史都是当代史”，在我看来，历史就是通过这样一种转译才有可能达成它的历史性。

1957 年，曾任第二十军五十九师文化科副科长的崔左夫，遵当年淮海战场上刘飞之嘱深入阳澄湖地区采访，并意外地获得了 1939 年“江抗”三十六个伤病员在阳澄湖坚持敌后斗争的简要材料，然后写成了纪实文学《血染着的姓名》。一年后，上海市人民沪剧团编剧文牧和曾在新四军浙东纵队担任文化教员的沪剧团党总支书记陈荣兰以此为基础，创作了影响巨大的沪剧《芦荡火种》，之后又被移植成京剧《沙家浜》。一部红色经典由此而诞生，然而新四军东进江南敌后的斗争却被不经意地搁置。复原新四军东进江南敌后的斗争以及十年后的沪剧《芦荡火种》与京剧《沙家浜》的历史经纬已经是一个不错的写作视角，敌后武装斗争与红色经典的创作历程，都将吸引读者探究这一被遮蔽了半个多世纪的历史真相。但高建国并没有按照这一极富美学意味甚至戏剧结构的路径来完成自己的文学叙事及精神寻访，他甚至也没有刻意描摹叶飞等将士们所经历的惊险故事。让我颇感意外的是，他在钩沉和打捞那些被岁月风尘所遮蔽的将士的生命存在方面用力颇深。为他们立传的背后，却是要凸显那段烽火连天的岁月所蕴含的最富时代气息的英雄精神，这无疑是一种有担当且有难度的写作。这种担当与难度不时尚，也不娱乐，却彰显了军旅文学独特而崇高的思想主题与审美内涵。《一颗子弹与一部红色经典》对当下的中国文学而言具有不可或缺的独特价值，而历史正是在这种向度上才最终获得了朱光潜所着力阐发的历史性。

陈荣兰与文牧创作沪剧《芦荡火种》之初的传奇定位并没有错，这是由生活本身所决定的，也是这出戏着力讲述阿庆嫂为掩护新四军伤病员，与敌人斗智斗勇的传奇故事的原因。从刻意书写抗战传奇,提升为表现我党抗战的战略思想,显然深化了戏剧的思想主题;但北京京剧团的移植改编强调军民鱼水情的同时,突出武装斗争,用武装的革命消灭武装的反革命,戏的结尾“要从正面打进去”,这一思想无疑赋予了红色经典揭示历史本真和重启历史回声的高贵品质,使创新探索中的京剧现代戏最大限度地逼近和揭示出历史真实的本相。这一改编,不仅为剧情和结构的重要调整厘清了思路,而且使全剧的主题和思想有了很大提升。毛泽东提议的《沙家浜》这个剧名,也在洗尽铅华后更富于文学色彩。无论是沪剧《芦荡火种》,还是移植改编的京剧《沙家浜》,以及此前的纪实文学《血染着的姓名》,都将阳澄湖芦荡里的三十六个伤病员作为表现的重点。高建国敏锐地捕捉到了这一让刘飞难忘且耐人寻味的历史元素,他在《一颗子弹与一部红色经典》中重新审视那段历史,细致爬梳《芦荡火种》和《沙家浜》不同寻常的创作历程,一缕朦胧于心头已久的思绪在升腾中渐渐变得清晰。

高建国以设问的方式三问历史:“一、在湖荡棋布、日伪如麻,又无山林隐蔽之利的平原水乡,是什么神奇力量支撑‘江抗’挺进敌后,克服难以想象的困难,开辟并巩固了抗日游击根据地?二、亲历土地革命战争、抗日战争和解放战争,曾身经百战且三过草地的刘飞,几十年挥师克敌可圈可点之处可谓多矣,但为什么对坚守阳澄湖敌后斗争这段历史情有独钟?三、是一种什么力量,驱使刘飞透过陆离斑驳的战争图景,看到了《芦荡火种》的价值,并且在几十年风雨兼程中痴情不改,始终如一地关注和支持反映芦荡斗争的红色经典的创作?”这三问无疑是《一颗子弹与一部红色经典》的思想核心与价值意义所在,彰显了高建国作为作家的强大的哲学思辨能力和题材吞吐能力。

《一颗子弹与一部红色经典》对历史与当下思想精神建构的独特与深刻,唤起了我对纪实文学或曰非虚构文学的敬意与期待。近年来,中国文坛上的非虚构写作似有潮起之势,其对事实真相的逼近与揭示,是虚构文学难以企及的文体优势。2015 年的诺贝尔文学奖授予了阿列克谢耶维奇,亦凸显了非虚构这种文体的意义和价值。如今,当年阳澄湖上的生死较量早已渐行渐远,笼罩红色经典的政治风云已云淡风轻,但当下社会思想精神的孱弱与匮乏却让我们不能不重新怀想过往的历史。重返历史或许并不能够直接改变当下的社会现实,但当下的社会现实一定会在历史的隐喻中沾染上些许适宜人们栖居的理想与诗意。从这个意义上说,高建国对历史本相的探寻和反诘、对时代精神的建构与叩问无疑是宝贵的、稀缺的、有力的。

(作者为著名青年文艺评论家、《解放军报》文化部编辑。《光明日报》2016年4月6日、《中国艺术报》2016年6月8日刊发)

直达历史腹地的文字穿越

——评高建国长篇报告文学《一颗子弹与一部红色经典》

王　昆

文化是民族生存和发展的重要力量;一个民族的历史,需要有良知的作家大笔如椽地推给世界。长篇报告文学《一颗子弹与一部红色经典》里,高建国以洗练的述说,“让历史说话,用事实发言”,在“江南抗日义勇军”这一重大革命历史题材领域实现了思想高度、艺术深度的超越与突破,为担当民族复兴使命的中国文学当下,树立起一面鲜明蓬勃、迎风飘展的猎猎旗帜。可以说,高建国是当代具有宝贵精神品质,能够扛起中国文学历史使命与正确方向的铁肩作家之一。

“作品,就是目的本身。”马克思在《第六届莱茵省议会的辩论》中对文艺创作如是评价。那么,高建国作品中的“目的本身”是什么呢?回答这个问题之前,需要先温习一下中国作家的大体风格。一般来说,仰仗历史经验本身的丰厚存在,中国作家擅长写实,喜欢记录,而且往往卓有成效。但是,文学与社会现实及漫长岁月的关系,却又远非如此简单,他必须以催发人性对社会的自觉洞察和历史反思为使命。高建国在作品中有效地体现了这一观念:文学创作不仅仅是历史经验、生活本身的见证参与,更是一种冷静观察、融合对峙,并带着这种观念通过及时评判、反思、总结,从生活本身确立起高度的民族自信,使其经受砥砺而不会陷入焦虑恐慌。

在高建国长篇报告文学《一颗子弹与一部红色经典》之前,我曾读过他早期的一系列作品,那些带有强烈思辨意义的文字,给我留下深刻的印记符号:一位金戈铁马一生的军人,一边风雷激荡汗血奉献于军营,一边芒杖铁鞋寻访探究着历史。

文之高低在见识,“功夫在诗外”。为文者要历练的“诗外”功夫就是为文见识。《一颗子弹与一部红色经典》让我们在阅读中不时领略到叙事之中潜伏着、流淌着的“诗外”功夫,即作家高建国那种把握历史题材的宏阔视野与赤子情怀。在烟波浩渺的历史长河中,事关“江抗”的这簇浪花早已淡出世事流变的激流。而正是在这“纷繁迷失”的时代,高建国却以坚毅自信、专注辽阔的姿态与豪情,把一段看上去人人皆知却难以真知、细知的珍贵历史栩栩如生地勾勒出来,让读者以文本为时空隧道,穿越般“走进”那段硝烟烽火的英雄岁月;同时,高建国还巧妙地将著名剧目《沙家浜》形成的历史脉络及创作背景娓娓道来,让读者有了更为有趣的阅读和思维“解密”,其间足以让我们会心地感知或者观照到作者为此倾注之心血、探究之谨慎。

一、钩沉历史,还原真实

关于“江抗”,中国文学的“淡忘”有多种原因,然而,主要的障碍则在于文学的虚构与想象本身。当文学停留在诸如认知的异同等层面时,其实是将文学的任务简单化。而永远地研究人,把人性置于历史的常态或癫狂中来考察,恐怕才是文学的合适路径。《一颗子弹与一部红色经典》为我们找到了这个阅读效果。

“不忘历史才能开辟未来,善于继承才能善于创新。”我们只有坚持从历史走向未来,秉持民族精神火炬开拓前进,才能不辜负这个伟大的时代。作为距离那段历史遥远的后人,是什么样的责任意识和内在力量,让高建国如此全身心地投入这艰苦而漫长的“江抗”人物寻访与史实探究呢?

当你坐在桌前翻开《一颗子弹与一部红色经典》时,很快就能找到答案。作者高建国曾在创造过“芦荡火种”英雄传奇的部队工作过,工作之余,他以惊人的毅力通过长期执着的追踪调研,内心怀着对历史的敬畏及对英雄的敬重,以史诗般的篇章记录这段属于全人类记忆的烽火岁月。让人惊喜的是，作品带给读者的阅读感受，并没有那种“高、大、上”的形式主义的距离感，这与高建国对人物的选择和对场景的精致想象息息相关。

“共和国六十五岁华诞假日，我从上海赶往苏州，去寻找一颗子弹。1939 年 9 月 21 日，这粒长 2.8 厘米、底部直径 0.7 厘米的弹丸，从‘忠义救国军’一支蒋（美）式 0.3 英寸步机枪中射出……”但“谁能想到，就是这颗来自敌人营垒的子弹，竟然引发了红色经典《芦荡火种》和《沙家浜》的创作”？

全文从这里开始，小角度切入“江抗”这个大主题，犹如一场带有向导指引的阅读旅程。从这里，高建国遍访当年的人和事，以大量翔实的资料和细腻的情感笔触穿透了历史，因而他笔下的新四军历史不再是简单枯燥的史实，而是有血有肉、情深意浓的故事。

对历史的揭示，如果不是为了洞察其隐秘轨迹，如果不是着眼于今天和未来，就有可能流于肤浅的批判讽喻，而失却对历史本质和历史精神的把握。同样，把对人性的考察纳入社会剧烈变迁的纷繁视野，是为了见证生命的伟大、灵魂的不朽。中国共产党人的历史尽管厚重，但枯燥的史料容易把涉世不深的读者冷冷地拒之门外。七十多年前的那场革命中，到底发生了哪些可以改变共产党人命运的细节，后代的史料里，并不那么具体。而对于那些生命的伟大、灵魂的不朽，是需要用语言的利器一刀刀精雕细刻出来的。

相比干枯的史料，《一颗子弹与一部红色经典》犹如一台探寻历史踪迹的 X 光机，通过对“江抗”的透视，再现若干鲜为人知的背景史实——抗日战争相持阶段，以新四军老六团为骨干的“江抗”，在叶飞率领下，于 1939 年 5 月挺进苏南东路地区日伪重兵据守的河湖港汊水乡，机动灵活打击敌人，开辟以阳澄湖为中心的苏常太和澄锡虞抗日民主根据地的艰难曲折过程；展现了 1939 年 10 月“江抗”主力奉命西撤北上后，以刘飞、夏光为代表的伤病员，不屈不挠坚守阳澄湖芦荡斗争，终使“芦荡火种”再度燎原，此后在谭震林领导下，东路地区抗日武装和根据地建设再度大发展的波澜壮阔的历史画卷。在这些行文中，很多故事都让读者耳目一新。值得一提的是，在新四军历史上形象并不伟岸的项英，却在生死关头保持了一名革命者和共产党员的气节。虽有大错，亦有大义！

多少年后，当人们拂去岁月的尘埃，开始慢慢了解这段历史的传奇与厚重时，《一颗子弹与一部红色经典》正如一颗飞速向前的“子弹”，其本身所产生的炽热与激情，以无形的力量把读者带回那国恨家仇热血喷涌的历史长河中。这些如昨日重现般的情景细节，让人掩卷之后仍眼前清晰，这是高建国付出的巨大心血。科学的评判以及对先烈的敬仰，加之严谨细致的精神态度以及饱含细腻感情的运笔方法，使得这段尘封许久的历史，精彩呈现于大众眼前。比如，那淹没于浩大历史巨流中的“江抗”肇始，却在作者笔下栩栩如生——深夜的溧阳县水西村点着油灯的小房子里，陈毅对亟待东进的六团团长叶飞说：“破坏了统一战线，我负责；部队被消灭了，你负责！”这是何其果敢、何其壮烈的承诺，我们仿佛听到洪钟大吕般的声音穿墙而出，激荡着人心；而谁又知道，在这掷地有声的诺言背后，承载着怎样的决心与压力？唯有真正肝胆相照的共产党人才能发出这样的诺言，才敢发出这样的诺言。这是历史，更是笔触细腻的高建国对历史的无限透视与穿越。

二、独特视角，推陈出新

把陌生的写熟悉，这是作家的基本功。但是，把熟悉的东西陌生化，不得不说，这是高建国的一次自我突破。俄国形式主义评论家什克洛夫斯基曾提出“陌生化”这个著名的文艺理论，它是俄国形式主义的核心概念，也是形式主义者最关心的问题。这个理论强调的是在内容与形式上违反人们习见的常情、常理、常事，同时在艺术上超越常境。“陌生化”的基本构成原则是表面互不相关，内里存在联系的诸种因素的对立和冲突，正是这种对立和冲突造成了“陌生化”的表象，给人以感官的刺激或情感的震动。

出现在日常阅读资料和教科书中的“江抗”都不过是只言片语，或者，大家也就仅仅记住了皖南事变这样的词条而已,可谓“熟悉的陌生人”。《一颗子弹与一部红色经典》的出版,本身便具有无可替代的对某些文学表现空白弥补的性质。作品中,毛主席三次指点茅山抗日游击战的激励如今犹响。1938 年 5 月,毛泽东在《抗日游击战争的战略问题》一文中更是指出,“茅山等根据地,将是抗日游击战争最能长期支持的场所,是抗日战争的重要堡垒”。那些详尽的细节、那些浓郁的场景、那些最具关键性的人物,虽然时空逾越七十年之久,但书中的描述仍能深深吸引后人,原因就在于这部作品高度的写实性和作者高建国敏锐细致的观察与思考,让陌生的不仅变得熟悉,而且易懂。

被美国前总统林肯称为“美国孔子”的 19 世纪思想家、文学家爱默生说:人是自然的目的。这句话虽短却境界极高,被认为是人与自然的终极,也是人类追求的极致——返璞归真。高建国在文字上不自觉地“消化”了这一思想:笔法上表述得拙朴老实,思想主题也显而易见。但因其尊崇语言的“自然”,所以这并不影响此书对先辈们人性光辉、生命意志和美好情操的出色描绘,以及对处于那个血雨腥风时代中,共产党人面对光明未来强烈的愿望表达。

在文章的后半部分,人人皆知的《沙家浜》,被高建国写出了新东西,从历史还原、人物塑造、艺术修改、名称变化到最后定型,这些幕后的东西,犹如另外一幕大戏在开演,早已超出了《沙家浜》本身的热闹。高建国以洞察历史、刺透历史的笔触,使得一种熟悉的东西让人突然产生“陌生”之感、好奇之感。

在这一部分,高建国开门见山,根据刘飞嘱托创作的描写阳澄湖三十六个伤病员事迹的纪实文学,以及由此引发的红色经典《芦荡火种》《沙家浜》的创演为贯穿线,一路下来,其中不乏精妙之处,比如,在沪剧《芦荡火种》和京剧《芦荡火种》(后定名为《沙家浜》)红遍全国的年代,剧中人物的命运在观众中产生强烈共鸣,与剧情对号入座的种种传说也不胫而走。从不愿张扬自己的刘飞积极支持创作反映三十六个伤病员事迹的戏剧,本意是想宣扬革命英雄主义精神和军民鱼水情,但了解刘飞阳澄湖斗争经历的人,常常不自觉地把刘飞与剧中人物郭建光对号,给刘飞平添了莫名的烦恼。他有口难辩,也无法回应人们善意的猜测和联想,素来低调的刘飞,开始采取回避办法,决意从此不再写有关个人经历的回忆文章。再比如,当年参加过剧本修改和戏的编导的人事后谈到,江青对《沙家浜》的完善也有某些建树。如提出郭建光在芦苇荡里隐蔽时要派侦察员过湖去侦察,不能无所作为;为了烘托湖上斗争的紧张气氛,江青出点子让伤病员报告说:"指导员,鬼子的汽艇来了!"还有在"军民鱼水情"的一场戏中,推敲"朝霞映在阳澄湖上"唱段时,江青对金秋时节阳澄湖区芦花、稻谷、绿柳三种植物颜色的把关等,这些建设性的修改意见,得到大家的赞同,并被后来的演出实践证明是正确的。这些历史细节,如果没有高建国逐人逐事的"刨根问底",或许将永远淹没于浩荡的历史长河之中,再也不会被人记起。也正是高建国的这种"刨根问底"式的细腻,把原本人人皆知、熟悉得不能再熟悉的《沙家浜》"复杂化"了、"陌生"了。

三、慎终追远,激荡人心

虽然民族危亡年月阳澄湖上的生死对决已渐行渐远,但和平建设年代一些人在市场经济大潮冲刷下信仰迷失和精神匮乏,使全社会对红色基因的依存却与日俱增,这就是再现沙家浜斗争历史红色经典的价值所在,也是作者创作《一颗子弹与一部红色经典》的深切寄托。在表达这一愿景时,作者并没有大声疾呼、空喊口号,而是通过细腻的笔墨,将内心实感精准地传达了出来,而对于先辈的崇敬与缅怀,作者更能从语言上"远远地站在一边"。

怀着对老一辈革命家的深深崇敬,作者描写了精彩的"台前",同时也把崇敬带到了"幕后"。在描述共产党人的品质时,作者再泼豪墨,记录新中国成立以后,第一个为阳澄湖伤病员传神立照的战地记者崔左夫,曾多次请求给刘飞写回忆录,但刘飞总是说:“一将功成万骨枯,我刘飞个人算不了什么。”婉言加以谢绝。对比现在传记满天飞的时代,这是一种何其高尚的革命家情怀。而对比那些同为高级将领,却一步步在名利贪欲中蜕变成囚徒的人,这又是一种多么纯真的共产党人品质。作者对正能量的弘扬,无声胜有声,没有口号,效果却比口号更好。

在作品中,同样作为背景出现的以毛泽东、周恩来、陈毅、谭震林、叶飞为代表的中国共产党人形象,在高建国笔下更是时时叩击读者的心扉。在中华民族面临亡国灭种之祸的危急关头,卓越的共产党人洞察历史风云,把握战局走势,科学制定持久战和敌后游击战等大战略,领导抗日军民在因地制宜实施战略中创造性开展敌后游击战争的历史进程。而对身处“江抗”一线的刘飞、吴焜、廖政国、夏光、乔信明、杨瑞年等新四军指战员的生动描写,更使作品具有鲜明的思想性和较高的史学价值。而这一切,又正是作者内心要渲染的。在一些作家的小说中,都往往太过醉心于对宏观叙事的虚无口号,而隐匿了文学中的历史敬仰。《一颗子弹与一部红色经典》中,高建国通过生动的描述,成功地隐去了自我的痕迹,以一种无限美好的镜像,带领读者隔空传递对老一辈革命者的深切缅怀与崇敬。

“在文艺创作方面,也存在着有数量缺质量、有‘高原’缺‘高峰’的现象。有的调侃崇高、扭曲经典、颠覆历史,丑化人民群众和英雄人物;还有的只写一己悲欢、杯水风波,脱离大众、脱离现实。”2014 年 10 月 15 日,习总书记在文艺座谈会上如是指出。文艺,是凝聚民族精神的火炬,是召唤人民奋进的号角。

鲁迅先生曾经说过,要改造国人的精神世界,首推文艺。举精神之旗、立精神支柱、建精神家园,都离不开文艺。一个真正有担当的作家,总是在努力挣脱各种现实羁绊,自觉地站在历史的制高点,以公正、理性、良知为内在驱动,做冷静观察、敢于表达的时代精神的引领者。诚然,报告文学《一颗子弹与一部红色经典》这部带着筋骨与血肉的历史书写磅礴而出,确实称得上是国内第一部全面、系统、深刻反映“江抗”历史功绩的精品力作。

我们有理由相信，当人们再度追溯那段历史风云时，报告文学《一颗子弹与一部红色经典》必将成为一部气势磅礴、丰富生动、资料翔实的“教科书”；而在面对历史正义、民族命运这些核心命题的现实困惑前，其真挚的情感、昂扬的正气、道德的彰显，必将为当下乃至未来产生一份独有的“龙文百斛鼎，笔力可独扛”的精神指引。

（作者为军旅青年作家、中国作家协会会员、腾讯中文签约作家。《解放军报》2016 年 6 月 25 日、《大众日报》2016 年 6 月 24 日、《文艺报》2016 年 7 月 1 日、《百家评论》杂志 2016 年第四期、《神剑》杂志 2016 年第五期分别编发）

致敬与永恒:中国共产党人对文化领导权的高位出击

——《一颗子弹与一部红色经典》读后

姜成娟

爱国者的激烈是一种神圣的热情,他们的感情冲动就是一种恋人的激情,他们的狂妄就是一种自我牺牲的忠诚,这种忠诚是无限的,因而不可能是温和的。

——马克思

每一行字首先是价值观

到此刻,这个静谧的夜晚,由军旅作家高建国所著、刚刚荣膺第六届"徐迟报告文学奖"的长篇纪实文学《一颗子弹与一部红色经典》,我已读了三遍。最近的一次阅读,用了三天三夜。三度领略,三次洗礼,从冰天雪地到春回大地,由那颗神奇莫测的子弹引发,用五十余万字的鸿篇构筑的特色鲜明的人物群像,潮水般呼啸着在我的脑海中碰撞与激荡——为了更好地感知和读懂他们,我甚至查阅了他们的照片,即使是年代久远的黑白照片,也依然能够感觉到他们的英气与儒雅。

我为书中人物的遭际与大义,为那种英雄气而热泪飞溅。

当我看到由新四军发展而来的华东野战军第一纵队战士,在莱芜战役前夕,因陈荣兰在歌剧《白毛女》中饰演的喜儿被地主侮辱欲拔枪射击地主,冲上战场之际高喊"为喜儿报仇"时;

当我看到倾其所有购置医疗器材,从上海十六铺码头携新婚妻子乘船前往阳澄湖出任首任后方医院院长的张贤,为重返前线寻找未脱险伤员毅然同爱妻诀别，不幸血洒湖天身首异处时；

当我看到旷世女杰杨瑞年，在武夷山下国民党军刑场连中六枪仍高呼“中国共产党万岁”，而此时她并不是中共党员时……

我禁不住心潮激荡，眼泪滚烫。

多少次，我在遐思中猜想，当年在莱芜战场看一纵文工团演出的战士中，也许就有我的爷爷。“为喜儿报仇”，这不是口号，而是从觉悟了的人民子弟兵胸腔里冲出的呐喊，是因红色文艺激荡而迸发的阶级感情，何尝不是火山熔岩般喷涌的战斗力！

然而，仅仅只是感动，只是敬仰，只是感慨，这，行吗？

止于怦然心动，就能轻易写下关于它的只言片语吗？

面对这样一部作品——它不仅仅是写新四军老六团以“江南抗日义勇军”名义东进开创苏常太抗日根据地，并且两度在艰难竭蹶中擎起红旗，不仅仅是写红色经典《芦荡火种》《沙家浜》，从刘飞在窑湾战地电光石火般萌发书写创意，而后由军内外文艺工作者逐次笔耕创作精品而成为共和国记忆的一部分，不，还有更多。作家想要表达的，更多。任何简单的诠释都失之轻率。

我记起列宁为托尔斯泰写的四篇文章，以及他为欧仁·鲍迪埃写的文章，记起“战争是政治的延续，是流血的政治，政治是不流血的战争”的名言。子弹是战争的象征，而红色经典是社会主义文化的代表与体现。我的思考，从战争始，而终于政治。

是的，在我眼里，《一颗子弹与一部红色经典》，纸面是战争，纸背后，还是政治。毛泽东说，一定的文化是一定社会的政治和经济在观念上的反映，又给予重大影响和作用于一定社会的政治和经济。再现革命战争历程的军事文艺作品，其政治制高点，无疑是以黄钟大吕宣示无产阶级政治文化的社会理想和政治理想，弘扬激越在雄师劲旅间的理想信念和革命英雄主义精神。

统贯全书的伟大共产主义理想，鲜活在书中血火交迸年月每个人物的生命轨迹，那正是当下每个有热血、爱祖国的忠诚共产主义信仰者的精神密码——是的，无论何时，无论身处哪一历史时空，我们的奋斗目标是一致的。我们，是同志。

我们，是亲人。因为我们的血管里奔涌澎湃的，是一样的理想，一样为理想献出全部而视之为最大幸福的热血！

所以，《一颗子弹与一部红色经典》不仅仅是用笔写就的，它还是一位共和国将军，一个历练弥久和积淀颇丰的中国共产党党员，用赤诚和信仰，用三十年繁忙军务的余暇，用深沉的忧患与思考，用冷静克制却炽热的文字，在民族复兴的关键时段，为他挚爱的国家、民族和军队熬制的精神动力。对于有信仰的同类，它是永动机，是火把与星辰，也是呐喊与警示！

全书结穴处行文排奡铿锵："一个雄心勃勃编织无与伦比复兴梦想的民族，比以往任何时候都更需要永不枯竭的精神动力。"值此"一个民族在新的历史起点上的苏醒和重塑"之时，"回望七十多年前那场波澜壮阔的战争，人们蓦然发现，炼狱之火熔铸的，正是凤凰涅槃极可宝贵和不可或缺的东西"！

这，正是这颗子弹射进今天的意义所在。

党的十八大以来，习近平总书记一再强调，革命理想高于天。2014年，在文艺工作座谈会上，总书记指出，任何"去思想化、去价值化、去主流化"的主张，是绝对没有前途的！

相较于太多作家为评奖、为名利而创作的所谓红色实则攫取政治与革命红利的作品，这部以宏富而多彩信仰丰碑醒世的力作，正是对总书记殷切期盼和属望做出的郑重而切实的回答。

任何社会和政治的发展，必然要求有与之相适应的先进的政治文化，以其自身所展现的新价值、新理想和新观念，引导和促进社会和政治发展。这种新的先进政治文化，首先要在与旧政治文化斗争中彰显自身力量，并最终占据主导地位，同时，又要使新的政治文化为社会所普遍认同，并产生积极的社会效应。而政治社会化是一个不间断的过程，它不仅要贯穿人的一生，而且要贯穿社会主义建设和发展的全过程。列宁早就指出,工人阶级无法自己创造独立的思想体系,只能从外面传递给他们。而这种"传递"和教育,必须着眼以文化人,用人们喜闻乐见的内容和形式,将先进政治文化传输和播布给大众。

作家通过"江抗"东进的历史和栩栩如生的人物,以及揭橥足以唤起一代人群体文化记忆的红色经典的前世今生,极富震撼力和感染力地传导了民族复兴亟须的先进政治文化和精神动力,显示了作家的睿智和对教育认知规律的把握。

阶级理论是马克思主义给出的认识社会政治生活的指导性武器。阶级社会中人皆有阶级性,任何人都从属于一定的阶级。没有哪个活着的人,能够不站到这个或那个阶级方面来。

因此,从这个意义上说,任何作家,他写下的每一行字,都首先是他的价值观。从来就不存在一个不持立场的书写者。他的"屁股"一定是坐在这一边或那一边的。

今天,当代西方国家的生产,已经进入非物质生产和文化生产这个新的和更高的阶段。很少有人注意到,正是这种文化生产所推行的欲望文化,瓦解了传统人类文明和历史的价值尺度。而我国尽管已是世界第二大经济体,却仍然处在以物质生产和资源出口为基本特征的阶段。并且,在全球化物质和文化的交互运动中,中国与世界的文化输出和输入,仍呈逆差状态。

文化是什么?它是"软权力"。这个思想是毛泽东对马克思主义政治理论的重大发展。这意味着,第一,将文化权力与阶级结合起来的论点,是对劳动者解放的重新定义(相对于政治和经济解放),"劳动阶级知识化"就是对这种论点的实践。第二,相对于政权的"政治、经济基础",政权"文化合法性"论点,提出了掌握文化领导权对于现代政权合法性所具有的重要意义。

在当下,文化领导权的夺取,已经刻不容缓!

"子弹",就在此时射出。它也在某种程度上昭示,中国共产党人在新阶段对文化领导权的高位出击。

真正的作家和职业文人是两回事。作家首先应是政治家。只有具备政治家的高度、热血、悲悯,具备对国家和民族命运的深挚关切和历史担当,才能走出自己的那点事,不为风月陷死,不为斗米卖字,不悲戚,坦坦然,眼中忧思如海,但悉数为国为民,而丝毫不为一己私利和个人钻营算计。

从这个角度看,《一颗子弹与一部红色经典》是为作家正名的作品。

有一种观点认为,今天,当烽火岁月争烈斗激的生死较量渐行渐远、变幻于动乱年代的政治风云也已隐去时,重返远去的历史未必能够直接改变当下的社会现实,但当下的社会现实一定会在历史的隐喻中获得栖居的理想与诗意。而我认为,生死较量并没有远去,而是更加隐蔽,也不关栖居的诗意。长征依然在路上,我们现在依然在新时代的阳澄湖上,碧水苍茫,前路可期。这正是我们憧憬的诗和远方。

书中有言:“新中国诞生前夕,人民解放军是中国共产党最好的形象代言人。”

战争年代,没有人民的军队,就没有人民的一切。即便在风轻云霁年月,最炽热的血,也常常流淌在“绿军装”里。

这就是为什么最好的作品,往往出在军旅的原因。

因最好的作品用信仰写成,用赤诚铸就。当年毛泽东说,他的作品哪里是他写的,是用红军战士的血写就的,正是此意。

一切的文人伎俩、雕虫小技、投机逢迎,在这样的作品面前都无地自容。显然,这样的作品,还有“照妖镜”的功效。

《一颗子弹与一部红色经典》的意义,除了钩沉一段中国革命史上威武雄壮的活剧,它还是中国共产党人在复兴前夜黎明到来时斩钉截铁的回顾与誓言:在今天,我们不仅有《丰乳肥臀》,有《活着》这样告别革命的苟且与困惑,更有能重建中国社会的核心价值,有《一颗子弹与一部红色经典》这样锐利、宏阔、丰赡和永恒的精神!处在亘古未有的历史新时期,从事着具有许多新的历史特点的伟大事业,我们应该也一定能生产和创造出超越族群、国界和时空的最好的精神!

这就是"江抗"、新四军和中国人民解放军的精神!

这就是人民立场,依靠人民,为人民而战,和人民在一起!

人民解放军是中国共产党最好的代言人,而中国共产党又是中国人民的代言人,它是"穷人党",是无产阶级政党,是最广大人民利益所在,是人民的一部分,为人民服务是它的精髓所在。

军民如一,天下无敌。历史记住了六十八年前毛泽东在天安门城楼上喊出的"人民万岁"! 历史也必然铭记2015年"九三"大阅兵时,习近平在同一地点喊出的"人民必胜"!

誓言在耳,子弹犹存,红色永恒!

这只能是军事学博士所著

首次读《一颗子弹与一部红色经典》,我即断定:作品不是出自职业作家手笔。这样说,并无隐含对任何人的歧见。

成功的军事文学作品,往往离不开作家独特的军事生涯和专业素养。正如曲波亲身经历了东北冰天雪地的剿匪,才写出了脍炙人口的《林海雪原》;刘知侠经过延安"抗大"近两年严格军政训练并在战场结识了鲁南铁道队英雄,才写出了历久不衰的《铁道游击队》;高建国作为长期奉身军职、熟稔军史、所著《二十一世纪中国军事人才发展战略构想》于2001年以七个同行专家全部给出特优(即满分)评价而跻身全国百篇优秀博士论文的作家,驾驭《一颗子弹与一部红色经典》这个重大革命历史题材所显示的游刃有余的把控能力,在书中是显而易见的。

作品对于一些党史、军史上的著名事件与人物的分析、评价和把握,考验的是作家的政治水平和学术功底。作品第七章《江南一叶》,十一个小标题,九十七个页码,全面、完整、客观地介绍了皖南事变,解开了这个我从初中历史课本上初见并困惑至今的疑团。初读此章,并未意会,太多的事件和人物，驳杂繁复的历史云翳，初始令人看不清切。及至三遍细读，犹了然于胸。波谲云诡的国际国内形势，毛泽东洞若观火的指示，项英的犹豫迟疑及与叶挺的矛盾，作家让历史的片段和种种切切在闪回中集合与冲撞，用确凿权威的文献史料说话，将文字的奔放与学术的严谨熔于一炉。书中对项英的介绍与评价，不掩其功，不诿其过，概述项英六个方面的主要贡献，以及长期困守皖南一隅，没有真正理解贯彻党的六届六中全会精神，对国民党退让太过，只知联合、斗争不够等过失，冷峻、准确且到位，充满理性、科学和辩证。

“纵观和重新审视这一阶段的战略指导，中共中央和毛泽东的一个鲜明思想，就是新四军皖南部队必须北移长江，而且愈早愈主动。今天，人们重温当年中共中央和毛泽东把握时局走势、集纳各方智慧，从眼前与长远、局部与全局的结合上，为新四军制定当时看来势在必行、历史证明完全正确的战略方针和行动策略，都会忍不住顿足慨叹：对这些出迷津、避祸患的金箴之言，哪怕认真落实那么一两条，也断不至于使新四军陷入茂林被歼的悲惨境地！……从根本上来说，是背离正确战略指导的结果。”

这些掷地有声的论断，不是一个普通作家能够写得出的。这不属于才华的范畴，这是战略的范畴。

作家写项英、袁国平、周子昆三位烈士的后代 2015 年参加“九三”大阅兵，用语遒劲隽永：这是当今世界最大执政党和阵容无出其右的中国人民，以国家的名义，给予三烈士的崇高荣誉。作家走出茅山新四军纪念馆，借用鲁迅“有缺点的战士终究是战士，完美的苍蝇终究不过是苍蝇”的警策之言，表达对三烈士历史功过的复杂情感。

是的，危亡之秋，唯见忠勇。为祖国和人民浴血奋斗的每个将士，即使犯有过错，也值得尊重，而不应为历史所淡忘。

三十年史料和情感的积累，在戎习武和研习军史形成的素养，使得作品坚实宽广和深沉厚重，与一般同类作品区别开来。

除了书中浩繁的资料与考证所需的巨量工作——它因之具备文献价

值,还因为,寻常纪实文学作家是很难耗三十年时光孜孜以求一书之功的。在世风浮躁的当下,当红色题材成为一块可让作家获奖晋级的肥肉,瞩目林林总总的此类作品,究竟有多少是真正为信仰而写,或是为收割显而易见的政治红利而写,一般读者是分辨不清的。然而,作为刚出版过两部红色题材作品的作者,我清楚,也看得到。这首先涉及一个问题:是否纯粹?一切有目的的爱,都不是真爱。为名利去写,不过卖字耳,字匠。这样,势必难出上品。道理很简单,《红楼梦》作者是为了获奖而“披阅十载,增删五次”吗?曹雪芹拿了多少稿费?

创造好的作品,首要的条件,是真正想写,如同骨鲠在喉,不吐不快,不为稻粱谋,亦不为蜗角虚名所动。所以,不以稿费为生,不因之而惑,或许是打造“高峰”和传世之作的先决条件。

《一颗子弹与一部红色经典》在枪膛里酝酿了三十年。从1985年,作家第一次到驻豫第二十军,发现了它与其他部队的迥然不同:同为离休老干部,其他部队的多有在家喂鸡种菜抱孙子的,而这支部队的“老员外”,则乐此不疲写书摄影做报告;同样南征北战,这支部队的战斗历程却极为罕见地与诸多脍炙人口的红色经典密切相关——《东进序曲》《黄桥决战》《柳堡的故事》《红日》《战上海》《霓虹灯下的哨兵》……其中现代戏《芦荡火种》《沙家浜》,就取材于该部三十六个伤病员在阳澄湖芦荡斗争的经历。后来,作家到第二十军工作,有了更多机会深度了解这支部队。2005年4月25日,作家到上海参加纪念活动,会上讲话时仰望历史、礼敬辉煌,准确评价新四军不朽功绩,因鲜有大话套话而赢得热烈掌声。他发自肺腑地喊出:“新四军的历史功勋是永存的!”

那次聚会上海,作家邂逅了《血染着的姓名》作者崔左夫。正是他这篇七千字的纪实文学,成为红色经典创作的滥觞。1948年11月,在淮海战役首战告捷的苏北窑湾,子弹携带者、刚刚挥师歼灭国民党第六十三军的刘飞,对前来采访的新华社战地记者崔左夫提出了采写新四军伤病员坚持阳澄湖芦荡斗争,进而保证了苏常太抗日根据地“红旗不倒”的设想。九年后，崔左夫重返苏南，完成了刘飞的战地夙愿。在上海，高建国对崔左夫致以庄严的军礼。然而，他没有想到，绚烂的晚霞稍纵即逝，此后数月，崔左夫溘然长逝，骨灰存放于江苏省东台市新四军烈士陵园。书中记述，崔左夫“归队”了，当年率部东进作战的“江抗”指挥员这一班生死不离的人马，除叶飞怀着未竟之志把自己的“指挥位置”放在了与台湾和金门隔海相望的厦门外，其余成员又进入了一个新的“任职期”，在雨花台这所红色人生“后花园”组成了新的战斗集体，准备完成生前未了事，同时开始新的进击。

刘飞、吴焜、乔信明、廖政国、刘先胜、张藩、曾如清、何志远等“江抗”和新四军将领，齐集雨花台开始了新的进击。

读到这里，眼泪情不自禁溢出。时光飞逝，忠魂犹在。他们在注视着我们，护佑着我们。老兵不死，这样的忠魂是不会死的。

至此，读者不禁会扪心自问：当有一天，我们的自然生命不复存在时，是否也有一个这样的集体和团队，在等待我们归队？我们是否能像他们一样，因这一生没有虚度，并已全部献给了人类最壮丽的事业——为人类的解放而斗争而安然离去？

而“江抗”另一个领导人何克希，则长眠在了浙江四明山，那是他参与创立浙东抗日根据地和新四军浙东游击纵队的地方。

“他是那支队伍的主官，一班人在那里眼巴巴地等着他。”

这样的语言，作家是带着怎样的感情写就的！在他眼里，那些远行的前辈，对事业对理想生死不渝，且从未以“死去”的方式存在，至于在哪里安放自己的灵魂，不过是换一种生的方式而已。只有思想高度契合且心有灵犀，才能道出这样的心声。事实上，在这部雄浑壮阔又不乏沉郁之气的作品里，作家的语言是克制的，丝毫没有廉价的抒情。他十分内敛地把自己对于抗日英雄的深情，把对于他们英雄业绩的膜拜，蕴藏在这样平实的句子里。

此外，作品对新四军东进在战略意义上的解读，以及书中深沉的“东路三问”，那也确是一般作家很难胜任的。

在语言上，太多作品失之粗糙或卖弄。而本书语言精当，甚至在某些地方隐然有学术论文的风格。深湛精准的语言不是一天可以炼成的，我从书中学到了好几个成语。

世间有超越男女之情的东西

塑造立体、鲜活的人物形象，是文学作品中文学性的重要体现。这一点，《一颗子弹与一部红色经典》做到了。阅读中最让我酸楚心痛而落泪的，是书中那一个个鲜活的形象。除了宏阔的历史背景如同枪膛一样，主要人物都在规定“射程”里站起来了。

我读《一颗子弹与一部红色经典》，还有个人独特的视角。因刚刚写过反映山东根据地抗战的作品，所以我惯于从鲁东南的滨海根据地出发，打量整个山东根据地，乃至全国抗战局势。我在搜集和阅读史料时，关注过一个名字：朱克靖。他在滨海党史上出现，是解放战争时期了。也是从党史上，我知道了新四军入鲁后曾驻扎在我的老家莒县，与山东军队合编为华东野战军，但当时我确实不知道华东野战军第一纵队是由闽东而生、由阳澄湖畔的“江抗”发展而来的。朱克靖为郝鹏举所俘并在南京就义，是我一直想了解但又几无所获的一段空白。后来，阅读《一颗子弹与一部红色经典》，我找到了他的来路。

原来，这位北伐先驱是新四军秘书长、联络部部长，早年曾就读于北京大学并接受了马克思主义熏陶，1919年与周恩来、邓小平等赴法勤工俭学，后入莫斯科东方劳动者共产主义大学学习。他奉命到宣布起义的国民党淮海绥靖公署长官郝鹏举所部新编第六路军改编部队做统战工作，却被郝扣押递解蒋介石。

蒋介石规劝朱克靖改换门庭，劝降说客接踵碰壁而归，蒋公不惜亲自出马，连续三次在总统府设宴招待朱克靖。朱克靖坦言：“我有两个生命，一个是肉体生命，一个是政治生命。我虽跨党从事革命，但我是为共产党打天下。现在我已成阶下囚，我宁愿牺牲我的肉体生命，而不能牺牲我的政治生命。”

蒋杀意由此而起。朱克靖月夜留诗作为给妻子的绝笔：

“我生君所依，我死君所泣。良侣须自择，儿女当教齐。”

作家喟叹：“捐躯只为主义真。问平生惟负妻子儿女。”

戴一副眼镜、气质斯文的朱克靖，最终在南京被国民党保密局特务用绳索勒死。而首鼠两端的郝鹏举，则被华野战士在山东威海城南大桥下处决。作家在一篇创作谈里写道：

“革命从来不是入股分红。为党工作不是谋取职位的筹码，而是党员应尽的义务。职务高低只是工作需要和分工不同，共产党人的革命信仰，如日月经天、江河行地，绝不应因职位因素而受到丝毫亵渎和影响。”

我在南京读大学期间，曾到无锡太湖游历。其时，电视剧《沂蒙》正热播，我的无锡同学说我是传统山东人。我自忖，在我的老家父老乡亲奋起抗战时，你们家乡的人在干什么？那年月，在这水网密布地带，有共产党吗？有八路军吗？

现在我知道，这里有共产党。虽无八路军，但有新四军。

山河破碎、生灵涂炭之时，党没有缺席。在江南。

那里高扬着党领导下的“江抗”的旗帜。它以新四军老六团为基底，融汇江南各路抗日武装而成。新四军所来其谁？它是由红军长征时为策应主力战略转移而留在南方的红军游击队改编而成。新四军名号何来？北伐时期，四军如铁。

某一年冬天，我和几个同学到镇江，在金山寺慈寿塔上，看长江浩荡。当时我并不知道，就在这里，九十多年前，有一个美丽、勇敢的女孩子出生了。她就是杨瑞年。杨瑞年1916年7月出生，到《一颗子弹与一部红色经典》出版其英名广为流传的2016年，正是她一百周年诞辰。大江南北，所有读过这部书的人，都会用心中的感慨与崇敬，为她掬一捧热泪。倘若她的英魂有知，也当为之欣慰了。

刘飞的夫人朱一，是杨瑞年在苏州女师的同学，她对杨瑞年的欣赏，延至晚年也不曾稍减。杨瑞年聪慧、美丽、正直且多才多艺，当年在苏州女师闹学潮时，就一马当先冲进省教育厅长办公室怒斥周佛海，在陕西汾河畔八路军学兵队联欢晚会上，她以一曲酣畅淋漓的卡尔斯登舞征服了全场观众，到新四军战地服务团，又成为公认的优秀女演员。但因从山西八路军学兵队带来的"托派嫌疑"，得不到组织信任，她最终未能加入中国共产党。

皖南事变杨瑞年被俘后，利用参加演出之机，帮助多名难友逃出虎口，自己却在赤石暴动中未能逃脱而走上刑场，行刑前高唱《国际歌》，痛斥国民党顽固派，直到第七枪头颅被打碎才倒下。

作家饱蘸深情写道："就在杨瑞年在武夷山下的茶树园中，怀着一颗极其虔诚的心，用尽平生之力，向亲爱的党发出最真挚、最美好、最强烈的心声时，她全然不知，几年来，一个极其残酷的梦魇，竟然如影随形般始终笼罩着她。天晓得山西八路军学兵队的某些领导依据什么突发奇想，认为杨瑞年有'托派嫌疑'，并且正式向接收她的新四军部队作了介绍！杨瑞年虽然在很多时候感到自己不受信任，但对领导掌握的'托派嫌疑'并不知情。而吴焜还天真地以为杨瑞年'是一个年轻党员'！"

杨瑞年牺牲时，与她鸿雁传书的虎将吴焜已经牺牲两年余。

而新"江抗"政治委员吴仲超，因倾慕杨瑞年为她写过诗，但没有得到她的回应。嗣后，吴仲超终生未娶。

作家动情设问："假如杨瑞年没有'托派嫌疑'的幽灵追随，假如她面对种种不公不'霍地站起来'，而改用一种较为委婉的方式，假如她面对缺乏经验的吴焜十分稚拙的情感攻势采取'人约黄昏后'等更加含蓄的做法，她应当一直活跃在最需要她也最能展示其才华的新四军战地服务团，在皖南事变发生前已随多数服务团成员先期过江，而不会深陷囹圄和惨遭杀害。随后，她也应当像张茜等女战士一样，在新四军优秀将领和指挥员中选择一个如意伴侣，度过自己美好的一生。但历史仿佛一开始就注定了杨瑞年的悲剧命运，吴焜与她情感路上的逆风飞扬，疾恶如仇的她面对不当不妥和不公正以无私无畏的品格直面斗争，在大庭广众之下毫无顾忌地展露自己的才艺和专长，直到吴焜和杨瑞年先后壮烈牺牲，这一切都严格地恪守悲剧的定义——把最美好的东西打碎给人看，从而最终铸就了杨瑞年独特的人生轨迹。”

而把这千回百转的命运之慨，把悲怆与高尚、血性与不朽，以及特定时段斗争的复杂与残酷精确地呈现出来，这就是文学。

我在深夜凝视照片上的杨瑞年，她身着军装，神采飞扬。作家写道：英雄正年轻。她家乡的小学里，以她的名字命名的班级书声琅琅。门外，是特意去探访的作家。

在没有得到爱情和家庭，没有得到组织的接纳离开这个世界七十年后，在一位军旅作家的注目和炽热文字里，她以这样的方式重新站了起来。她的笑容依然明媚灿烂。

作家由此慨叹：“革命与获取原本是一道不等式。‘江抗’将士付出与回报的非均衡，喻示始终与信仰相伴而行的危难和逆境，或许是淬炼信仰的真正熔炉和鉴别信仰的试金石。”

我相信，在杨瑞年心底，对主义的信仰，对党的深情与忠贞，并不因组织对她接纳与否而有所增减。这，有她生命尽头那撞进人们心灵、时隔七十多年一直回响到今天，并依然带给我们强烈震撼的七声枪响为证。

那么，我们呢？我作为一个渴望入党尚未遂愿的青年人，当如何进取和生活？武夷山下，杨瑞年在夏天的阳光里看着我们。

烽火远去，硝烟散尽。面对血荐轩辕的先驱，以笔为剑，走进历史深处，像《一颗子弹与一部红色经典》耕耘者那样书写应该书写的人，把自己的生命与热爱投进他们的生命，在这样的书写里，实现作为写作者的价值。这应是我们对祖国和组织热爱的方式。

让我良久叹息不能自已的，还有另一名女共产党员吴恩灼。

在电视剧《亮剑》播出期间，人们以为，亮剑精神，即敢打强敌的精神，是人民军队的本质精神，也是制胜法宝。可我心中总是存疑。一直到这个夜晚，当我反复端详吴恩灼的照片，品味她的故事，我确切地知道，人民军队区别于一切旧军队并无敌于天下的精神,绝不仅仅囿于亮剑精神。

人民解放军的军魂,首先在于有正确的政治方向,有坚定的政治信仰,是人民的军队,是为广大人民的利益而奋斗,绝对和无条件地听党指挥的军队。其次,有艰苦朴素的作风,有系统完整的政治工作制度,官兵一致,军民一心。还有灵活机动的战略战术,面对在数量上、装备上都比自己强大的敌人,你打你的,我打我的,既要消灭敌人,又要保存自己。仅有狭路相逢拼死相搏的匹夫之勇,是不够的。

吴恩灼是中国银行业巨子吴晋航的女儿。当年何克希在四川从事党的地下工作时,因寄居吴恩灼家与之相知相恋。后来,何克希组织暴动失败避走上海,吴恩灼如影随形告别优越家庭,追随何克希走上革命道路。吴晋航连续两年在英国名校为她缴纳出国深造的学费,吴恩灼都没有回头。

作家以抒情的笔触写道:"她向着东方,向着太阳,为了人类最壮丽的事业,也为了自己妙不可言的美好爱情,义无反顾地投入革命怀抱,再也没有回头。"

然而,让人意想不到的是,有一天,这个勇敢弃家投奔亲密爱人的女孩子,消失了。丈夫并不知道她的去向。

烽火年月音讯隔绝数年,失望至极的丈夫终于再筑爱巢。

而一直到新中国成立,人们才知道,当年吴恩灼是奉派回四川执行任务,而且须严格保密,不得告诉任何人,包括丈夫。当她完成任务想回到丈夫身边时,发现那个给了她太多欢乐和痛楚的家已经回不去了。更悲惨的是,付出巨大牺牲并做出巨大贡献的她,新中国成立后在"三反"中被诬后又被打成右派,沦为在工厂拉板车的搬运工,一个戴着眼镜的搬运工。

我曾不止一次想过,那些年,吴恩灼心里是何等况味?

"奉身革命之诚,骤失爱情之痛,当如山的使命把美好的爱情压得粉碎时,巨大的付出和悲怆的结局,阴差阳错集于一个柔弱女性一身,这一以革命名义酿造的悲剧,的确令人嗟叹不已。"

吴恩灼,这个曾经的资本家大小姐,先是背叛了自己的阶级和家庭,后又不惜以牺牲自己的爱情为代价忠诚于党的共产党员，晚年如诉如泣写下一篇洋洋五千言的文章——《回忆我的带路人何克希同志》，深情追述了自己坎坷而无悔的一生。

“在严酷的战争环境中，不惜任何代价完成党交给的艰巨任务，是共产党人至高无上的信条和行为准则。爱情和婚姻，有时其实就是磨盘下的一粒米、砧板上的一块肉。”

书中此言，足以说明吴恩灼承受难以置信巨大牺牲的动因。

这也可以诠释，为什么亮剑精神不是人民军队的军魂。因为在这个以听党指挥为第一要义的战斗序列里，共产党人的信仰才是人民军队的军魂。它必然也必定能够超越人性。

是的，在这个世界上，有比人性，比暖烘的家庭生活、玫瑰色的爱情以及人的本能欲望更高的东西，这就是共产党人的党性，亦即共产党人的信仰。那是更高层次和更大范畴的人性。

在太多精致的利己主义者眼里，人性是世界上最高的东西。任何东西都不能耽误他们作为生物人的享乐。那么，在人性中，人的生命与这些欲望享乐相比，哪个更高呢？当然是生命。可是，当那些“特殊材料制成”的人，因为巍若山岳、坚如磐石的信仰，连牺牲自己的生命都可以在所不惜，那么，些许卑微的享乐和可怜的欲望，还有什么不可以舍弃！

吴恩灼已经做出了舍弃与选择。

作家在创作谈里写道：“革命与爱情的天平上，孰轻孰重，是检验共产党人信仰与忠诚度的特殊重要砝码。”“为了进步和爱情，可以放弃锦衣玉食的优渥生活；为了完成党交给的任务，又毅然牺牲自己美妙无比的爱情。从另一个营垒走来的吴恩灼的党性之纯、信仰之坚，怎不令人肃然起敬！”

品读这些令人潸然泪下的文字，再次觉得：红色革命文化题材的写作，首要的是作家本人对信仰和笔下人物的认同。只有信仰他们的信仰，才能真正理解他们、热爱他们，笔下才有温度，才能感人。否则，一定是隔着的，隔着肉，隔着皮，也绝对不能感人。这也是当下许多同类题材泛滥而精品无多的原因。

从子弹到经典的“窑变”

本书的标识“子弹”与“经典”，都与一个人有关，这就是人民解放军第二十军首任军长刘飞，长征中百炼成钢的战士。

1938年，刘飞被毛泽东从延安派往新四军，铁流东进时任“江抗”政治部主任，因水乡灰色地带“忠义救国军”的一颗子弹射入胸膛到阳澄湖养伤。之后，刘飞与众多伤病员演绎了芦荡坚守奇迹，成为恢复东路抗日根据地星火燎原的火种。

刘飞1939年9月21日负伤，1984年10月24日去世，那颗嵌入胸中的子弹，随他参与了重建“江抗”、北上入鲁、编入华东野战军、参加莱芜和淮海战役，并在窑湾见证了他嘱托崔左夫再现芦荡传奇的过程，伴随他飞翔了整整四十五年。

这颗子弹贯穿全书，让人明了“江抗”、新四军及六师十八旅、华东野战军第一纵队、解放军第二十军的前世今生。

“刘飞一生都像一个盘马弯弓、随时准备衔命出征的战士，始终保持着冲锋和搏杀的战斗姿态。”

不言而喻，红色经典《芦荡火种》和《沙家浜》的诞生，也与刘飞密切相关。无论作为挺进江南的亲历者，还是提出撰写坚持芦荡斗争纪实文学引发红色经典创作，他都是本书第一人物。

习近平总书记指出：“典型人物所达到的高度，就是文艺作品的高度，也是时代的艺术高度。”作家苦心泼墨塑造的“典型人物”刘飞，是全书的基准和标高。作家抓住刘飞集子弹携带者和经典首倡者于一身这一新奇鲜明的特征谋篇布局、敷设主线，从而使书中典型人物的塑造，在充分发挥其传奇性天然优势的同时，又具有内在的生成机理和坚实的逻辑起点。作家以刘飞及其携带的子弹，作为剪裁历史风云、串联人物故事的一条轴线和总的取舍尺度,在浩繁的史料和人物中博采约取,然后收到了阅一人可知信史、染群山以衬主峰的效果。书中通过诸多只属于刘飞"这一个"的命运遭际和生动细节,集小成为大成,在健壮刘飞骨骼、丰满刘飞血肉中,展示从子弹到"经典"化茧成蝶的过程。

我查阅过开国中将刘飞的照片,完全出乎意料的儒雅,五官极其端正,没有一丝一毫粗豪气息。尤其他眼睛里的东西,温暖、亲切。书中描写到,当谭震林要给刘飞介绍对象时,他说:"娶妻当为革命娶,我没文化,要找个知识分子,能相互帮助。"儿女眼中的父母爱情,不仅天长地久,而且是一种文化自觉的结晶。包括刘飞提出的写三十六个伤病员的故事,绝非出于宣扬个人的目的,而是基于对社稷江山的深远考虑。

"当新中国犹如站在桅杆上可以眺望东方一轮喷薄欲出的朝日时,深知江山是白骨堆起来的,胜利的捷报是用烈士的鲜血写成的刘飞,比常人更加深刻地意识到文化传承历史,对于赓续党和军队优良传统的特殊重要性。这是其他任何形式都无可比拟和代替的啊!在窑湾那个硝烟尚未飘散的黄昏,望着从阳澄湖走来的部队官兵,刘飞怎能不热切思念对自己有再造之恩的苏南热土,怎能不对绿苇如海、芦花似雪的阳澄湖心驰神往!似乎是深贮脑海的潜意识被刻骨铭心的记忆唤醒,刘飞这位融铁血红安风骨与芦荡鱼水情谊于一身的红军战士,决意用自己见证的可歌可泣的历史,告诉千千万万后来人,在他们为国家和民族担负起自己的责任时,应该知晓、铭记和坚持哪些东西。当他尚属朦胧的创意变成珍贵的战地之约,蕴含至高至纯党性和在严酷战争中冶炼熔铸的深邃思考,与文学艺术以个性彰显共性的特点规律相契合,这一在中国革命史和文学艺术史上具有特殊意义的跨界碰撞,立刻便灵光四射……经政坛和文苑精英联袂打造并千锤百炼,最终演绎出属于整个革命时代的史诗般壮丽辉煌的经典。

"今天的人们追溯这段丰赡而奇特的历史,不难看出,刘飞可贵的文化自觉,无疑对战争传奇向红色经典演化,起到了重要的助推和催化作用。"

胼手胝足的战士在血与火的冶炼中所形成的可贵文化自觉,生动反映了在新四军这支有文化的军旅中,工农分子知识化的历程,昭示了先进文化在化铁成钢中的神奇功能。

书中有一个故事催人泪下:1944 年,刘飞三岁的儿子刘非常得了白喉病,这个病用青霉素完全可以治好,但军医准备给孩子用药时,闻讯赶来的刘飞坚决阻止说,这种药是同志们冒着生命危险从敌占区搞来的,要留给重伤员救命用,我的孩子不能用!

谁都知道,不用特效药,就等于放弃治疗,放弃孩子的生命。刘飞完全知道这一点,可他还是这么做了。妻子朱一抱着孩子,眼睁睁看着他历经三天煎熬,离开了他刚刚涉足的人世间。

女儿刘凯军把从北京听来的这个故事讲给妈妈听,朱一平淡地说,在那个年代,谁都会这样做的。

原来,妈妈同爸爸一样,认为战士的命比自己孩子的命更重要!

不是铁石心肠的父母对孩子缺少感情,而是因为他们懂得,为了使重伤员转危为安,为了战斗胜利,他们必须这么做。

无须再说,因为更多笔墨已显多余。这就是中国共产党人。这就是人民军队的指挥员。这就是这个国家和民族,为什么能在亡国灭种边缘而图强驱敌,而奋谋复兴的原因!有这样义薄云天的人,是因为有这样把人民利益看得高于一切的政党。

“刘飞儿女记得,多少年来,每逢想起几次在群众掩护下死里逃生的经历,爸爸总是发自肺腑地慨叹:常熟百姓就是子弟兵的再生父母啊!没有他们冒死相救,自己哪能活到今天!

“在孤立分散和与敌周旋作战最艰苦、最困难的岁月,刘飞几度在生死边缘真切地感受到真心实意拥护党和军队的人民群众金子般的心,清晰地触摸到了我军力量之源深根的坚实和脉搏的律动。永远同人民在一起,用生命和鲜血保护人民群众的利益,这正是我军为人民群众所爱戴并始终立于不败之地的法宝所在啊!”

作家在描述抗战中外国记者访问新四军军部,从地图上看到东路地区河湖相连，据点密布，惊问：这个地方没有山，你们怎么隐蔽自己、对付敌人呢？他们得到的是意味深长的回答：

“这个地方也有山，人民群众就是我们的靠山！”

“历史的逻辑无可违拗”，正因为“‘江抗’儿女同东路人民水乳交融、血肉相连，自觉融入‘青纱帐’，依靠‘青纱帐’，服务‘青纱帐’，以无愧于人民子弟兵宗旨的创新实践，在不利中寻求有利，能动地扭转战局态势，用生命和鲜血铸造牢不可破的鱼水深情，成功实施了中国革命史上令人叹为观止的‘反弹琵琶’，形成了苏南无山胜有山的人文地理奇观！”

这些句子之精辟，见解之深邃，似乎易一字也难，有着巨大的力量，如同子弹的呼啸。作家在另一篇创作谈中写道：

“当地球上最为震撼人心的武装远征和南方向死而生的执着坚守，突破人类体能和意志极限登上精神之巅后，欣逢革命理论春风化雨，红军战士在苦难中酿造的优良品格，立刻神奇地升华凝结为宝贵的信仰之钙，一经植入，便永世难移。

“抗日战争是中国共产党走向成熟的关键淬火期，也是毛泽东思想深入灌注和掌握八路军、新四军的重要历史时期。以新四军老六团为中坚的‘江抗’东进苏南之前，普遍进行了党的六届六中全会精神的学习教育，部队官兵尤其是红军骨干，都较为深透地了解了创建敌后根据地，对于推动战略相持新阶段到来的重大意义。中共常熟县委书记任天石，还专门到阳澄湖后方医院给刘飞等伤病员送毛泽东的《抗日游击战争的战略问题》，使他们逐步把握游击战争的特点规律，进一步坚定了克敌制胜的信心。走出大山改编为新四军的红军游击队，也在毛泽东战略策略思想指引下，大步赶上了时代潮流。

“非常之功必有非常之才，非常之才必有非常之志。解码‘江抗’信仰中的红军元素，你会发现，那些长期匍匐社会底层形成鲜明的阶级意识、在三过草地和南方三年游击战争生死锻打中百炼成钢的红军骨干，一经被先进理论所掌握，便夯实了坚如磐石的信仰之基，并具备了那种把党的意志化为政治和行动自觉的优良品格。”

请不要忽视这几段文字。每一句话，都不是随便说说的，可谓字字千钧。从上述分析中，我清楚地看到了四个字：革命理论。

是的，理论之重要，如同武器之于战士，如同灯塔之于航船。没有理论的武装，即使苦难再多，也找不到方向，依然是一盘散沙，而且在错综复杂的斗争中，没有对中央正确战略思想的学习与践行，是不可能取得胜利的。新四军皖南失败，恐怕与红军长征后，南方红军游击队同中央失联三年，不能获取中央指示致使理论武装滞后不无关系。作家回眸历史跌宕直抒胸臆：

“信仰需要灵魂，也需要筋骨。重读‘江抗’历史可以窥知，有了真理之光‘灵魂’烛照，为崇高理想竭诚奋斗的红军骨干的‘筋骨’也会神奇生长，在增殖拓展中创造出惊天动地的伟业。”

东路抗日根据地的建立，芦荡英雄谱写传奇，有一个重要的时间节点，那就是在中国共产党召开六届六中全会之后。

在新旧战略阶段交替和由山地游击战转向平原水乡游击战之际进行的学习教育，对东路根据地创建所起到的重要作用，是怎么估量也不过分的。没有这一步，一切后来的胜利都谈不上。

“入窑一色，出窑万彩。”作家通过那颗“黑与红的经历参半、烙印着特殊历史而又令人憎爱交加”的子弹，翱翔穿越新四军壮丽多舛的历史长廊，引领人们与渐隐于历史帷幕后的“江抗”英雄进行心灵对话。而理论灌注、内生自觉，正是作家以点睛之笔揭示的“江抗”胜利开辟东路抗日根据地的奥秘所在，也清晰勾画了从子弹到经典“窑变”的路径。

恩格斯说：“历史研究的出发点不是原则，而是客观存在的历史。”作家正是以史学的严谨，来进行素材的开掘和细节的求证。与书中主要人物有关的重要战场和场所，他几乎全部去过，而且，“江抗”第二代成了他挖掘珍贵历史细节的宝库。因之，书里的事例是鲜活、翔实和可信的。杨瑞年究竟是不是党员？作家以“打破砂锅纹（问）到底”的精神上下求索，遍寻知情人。

2015年6月20日,高建国几经周折,在上海找到了曾救护新四军伤病员脱险的东来茶馆老板胡广兴的侄子胡小龙,当年那个用芦苇秆换气,潜水托船前行救出被日伪围困多日的新四军伤病员的十一岁少年。一生靠开“老虎灶”和理发为业的胡小龙,在《沙家浜》红透半边天的年月,也从未向人讲他是戏中人,甚至从未讲过东来茶馆的事。由于当年东来茶馆是直属中共常熟县委的秘密交通站,而直接联系的三任县委书记相继牺牲,七十多年来从未有人找过他。将军解释了寻觅之难的原因,郑重告诉他,每一个为国家民族和人民军队做过有益事情的人,党和人民都不会忘记!这是作家田野行走和实地勘察中的生动一例。

这样的态度近乎可怕。从江南水乡飞来的那颗子弹,能够唤醒历史、际会风云,一丝不苟的创作态度,当是重要原因。

刘飞,沐浴阳澄湖朝霞成长起来的中国人民解放军第二十军首任军长;高建国,长在红旗下的第二十军第十七任政委。刘飞1984年去世,高建国次年结缘第二十集团军。他们缘悭一面,却心意相通。《一颗子弹与一部红色经典》在中国共产党诞生九十五周年之际出版,这是新四军劲旅传人对亲爱的党和创造不朽功勋前辈的致敬,是长江后浪向光荣传统源头的致敬!

那么,我的这些或许稚拙的感想,就算是一个祖父辈是八路军,一个政治上逐步觉悟和成熟的80后党外青年,对所有那个时代救国救民的英雄,对呕心沥血再现那个血火交织年代的军旅作家,行出的一个不算标准的军礼吧。

致敬!红色必将永恒!

(作者为中国报告文学学会会员、山东省作家协会会员。《国防大学军事文学院学报》2017年第三期编发)

铭记历史、崇尚英雄的精品力作

——读《一颗子弹与一部红色经典》

沈秋农

读军旅作家高建国的长篇非虚构文学作品《一颗子弹与一部红色经典》，被中华民族伟大抗战精神所显现的天地正气和英雄胆气所感动，被优秀文学作品教育人、感染人的魅力所吸引。我想即使并不深透了解家乡抗战史的常熟籍读者，只需稍稍浏览几页，也定会被书中所叙故事、人物所吸引，因为那许多抗日先辈的英雄群像，那许多可歌可泣的抗战故事和新四军将士对常熟人民的感恩心语，正围拥着你，轻叩你的心房而倍感亲切与自豪、激动与敬仰，从而使人深切感悟在这个奋起追梦、同心筑梦的崭新时代，铭记历史、崇尚英雄依旧是那么重要。

称其是非虚构性文学作品，因为它是以新四军六团以“江南抗日义勇军”名义从茅山出发，东进抗日，在敌人眼皮底下的苏南平原水网地区频频亮剑，越战越勇、越战越强，不断发展壮大的斗争史为写作素材。书中所述这支部队的斗争活动、具体人物都查有实据，但又不是历史文献资料的罗列翻版。具体人物的情感刻画、各种场景的设计描述都符合逻辑的推理和想象。它不是某支部队的战史，但对这支部队的诞生、发展、壮大，在大江南北的征战轨迹都交代得一清二楚。它不是老同志的回忆录，但那许多新四军将士对战争、对理想、对生活、对人际间的关系所表现出的思想、情感、言行都特色鲜明、绚丽多姿，是爱国主义、道德情感与理想信念的统一。作者的视觉和笔触广阔而精细，抬望眼有党中央、毛泽东对新四军如何抗战的宏图大计、高瞻远瞩，有周恩来的雄才伟略、真知灼见，有国民党为防止中共发展壮大而有“溶共”“防共”“限共”方针的提出与实施，有项英与陈毅在新四军是否应该打破国民党画地为牢的种种限制，独立自主地开展抗日斗争所存在的分歧之争。所有这些在作品中做了详略精当的谋篇布局，然后再将新四军挥戈东进、转战大江南北的具体历程与风云战事有机糅合，显得全面翔实，有情有节，丰富生动。可谓大处有纲，详处着墨。

在对“江抗”部队坚持东路抗战的具体斗争活动进行全面梳理与铺陈中，作者首先对老“江抗”的黄土塘遭遇战、夜袭浒墅关火车站、火烧虹桥机场做了场景再现和适度点评，认为黄土塘遭遇战毙日军三十余名，是“江抗”东进的首战告捷；夜袭浒墅关毙敌三十多名打破了日军不可战胜的神话；而火烧虹桥机场是“江抗”东进作战最远的一个标志点，又是威震敌胆、振奋民众斗志的转折点，使“江抗”在江南人民中的威望空前提高。“江抗”西移之后，日伪顽多种反动势力蠢蠢欲动，新开辟的苏常太抗日游击区岌岌可危，留在常熟的数十名伤病员在党的领导和人民群众的支持下，巍然屹立，重整旗鼓，以多种方式扩大武装坚持斗争，在不长的时间里就打响了阳沟溇、张家浜、桐岐三次与日军直接接触的激烈战斗，作品对这三次有着非凡意义的战斗做了绘声绘色的记述与评说。作品以具体真实又鲜活生动的斗争史实，为对那段历史缺乏认知或有所了解又疑信参半者强烈“补钙”。

1939 年 5 月，新四军六团东进抗日，喋血江南，继而由这支部队发展壮大起来的雄师劲旅挥戈跨江，征战千里，为夺取抗日战争的全面胜利和解放战争、抗美援朝的全面胜利做出了不可磨灭的贡献。作为这支部队的指挥者之一的刘飞将军身经百战，功勋卓著，可是在他记忆的密纹里阳澄湖畔后方医院养伤及新“江抗”的建立与壮大的历史一直萦绕于心，故而叮嘱记者“一定要好好写写这支部队”。于是就有了崔左夫的《血染着的姓名》、文牧的《芦荡火种》、汪曾祺的《沙家浜》。随着真实历史的艺术再现，《沙家浜》也就成了铭记历史、缅怀先烈的平台与载体，成为载入史册、家喻户晓的红色经典。可以说这支英雄部队的战史与这部红色经典已浑然一体，难以分割。为了完整地记录这段富有传奇色彩的光荣历史，作者为时代歌咏、为英雄立碑的责任担当使他不仅对最早扛起“江抗”大旗的新四军老六团，对在阳澄湖养伤的三十六个伤病员发展而来的新“江抗”，一直到现在的第二十集团军某部的抗战史、发展史做了追根溯源全景式的文学书写，而且对京剧《沙家浜》诞生的前踪后影也做了情深意真的娓娓而叙。凝眉深处，充满了对历史的怀恋和生活的挚爱，也体现了作者的广博情怀与深厚的文字功底。

我十分感佩作者能将《一颗子弹与一部红色经典》写得如此鲜活感人。“一颗子弹”专指在刘飞将军胸部埋藏四十五年的步机枪弹丸，是英雄投身抗战的历史见证，辉映着中华民族血肉长城的伟大群体；“一部红色经典”自然是指家喻户晓、耳熟能详的京剧《沙家浜》。将历史、戏剧与文学作品有机结合起来，可谓是一次具有创新意义的主题实践。作品既有时代风云的磅礴大气，又有人性固有的细腻真情；有对历史本来面目的还原展示，又能在战争与和平的时空中自由穿梭。除作者对文学作品的结构性技巧掌控自如，匠心妙运外，他还研读了大量历史文献资料，对新四军将士，尤其是对本书关键人物的访谈征集方面耗费了许多时间与心力。寻寻觅觅，孜孜以求，目的就是要把历史写活，让人物灵动。文学就是人学，对于人的描写，在文学中不仅是作为工具、一种手段，同时也是文学的目的所在、任务所在。写人自然会涉及各种情感的显露与宣泄。对于这点，作者是下了功夫的，无论是“江抗”副总指挥猛将吴焜与恋人杨瑞年的炽热柔情，共和国中将刘飞对芦荡生涯的绵绵真情，后方医院院长张贤与爱妻庞露及子女间的挚爱亲情，还是新四军将士勇担时代重任的铁血豪情，常熟人民对新四军伤病员的鱼水深情，文化文艺工作者对英雄部队的满腔衷情，所有这些无不给人留下深刻印象而让人心潮起伏、感慨万千。

作者的“东路三问”一章实际是全书的点睛之作，读来醒目提神。一问历史，“江抗”挺进敌后，何以能在平原水网地区，在日伪卧榻之侧开辟和建立抗日游击根据地？二问历史，以刘飞为代表的新四军将士身经百战，戎马一生，何以对坚守阳澄湖敌后抗日斗争情有独钟？三问历史，《沙家浜》的创作与演出，何以能得到新四军将士和广大人民的深情迷恋而升华成红色经典？这“三问”是作者对1937年至今近八十年历史的提炼与感慨，是引发读者深思互动的内核。作品的成功源自作者对那段中华民族面对外敌入侵不屈抗争岁月的敬畏，对伟大的中国共产党及其领导下的人民军队的热爱，对抗日英雄的敬仰，为我们传递着这个伟大时代的正能量。

（作者为江苏省常熟市档案局〈馆〉原局〈馆〉长、常熟市关心下一代工作委员会副主任兼秘书长。《工人日报》2016 年 4 月 11 日刊发）

向“子弹”敬礼

赵春江

感谢高建国将军。

对像我这样的50后其实也包括60后的人来说，对沪剧《芦荡火种》和京剧《沙家浜》并不陌生，甚至很多唱段都耳熟能详，能哼唱几句。但是，两剧的来龙去脉、前世今生，包括其故事原型、创作过程，过去更囿于时代的局限及意识形态的羁绊，难以拨云见日，还原历史真相。恰恰是高建国将军的《一颗子弹与一部红色经典》，为我们提供了这种可能。

写下这个题目，犹疑了很长时间，最后是想到了两个情节，才决定把这个题目写下去。一个情节十分清晰，战争片《南征北战》里的，敌参谋长说“不是我军无能，是共军太狡猾”；另一部片子记不起名字了，只隐约记得苏军（或盟军）攻占下一座桥梁，指挥官在战斗间隙，用缴获的敌军将领的烟斗悠闲地十分欣赏享受地抽起来，部属见状半开玩笑道：“首长，你这不是敌人的吗？”将军说：“敌人？敌人在哪里！”

这一中一外、一反一正的军事故事，给人无尽的遐思。这就是经典的力量。而高建国将军的《一颗子弹与一部红色经典》，则把我们带到了抗日战争、解放战争和新中国成立后直到今天。说来惭愧，像我这样年纪一大把的人，自以为有点阅历和文化，还对艺术有所爱好，但确实是从高建国将军的书里才完整地了解了《芦荡火种》到《沙家浜》的艰辛曲折的创作历程，更是这本书把一位为共和国打天下的英雄原型铁骨铮铮的军人——刘飞的形象矗立在我们眼前。

看了这本书，更坚定了一个信念，有一句话，必须敞亮地大声地不必羞赧地讲出来，这就是“没有共产党就没有新中国”。换成时下的一句话就是“国家不能分裂，民族必须团结”。这是刘飞他们那一代人抛头颅洒热血换来的，我们后代人及以后的人，谁也没有权利把这个“传家宝”玷污或丢失。

“忠义救国军”顽匪的一颗子弹，射出后在刘飞将军的身体里，一停就是四十五年，直到将军谢世，其夫人朱一及子女破除千百年的世俗观念，含泪决定，将子弹从将军身体里取出，敬献给将军生前戎马生涯的主要战绩地的苏州革命博物馆。

如果让我对高建国将军这部巨著给出精当评价，显然不是我的笔力所能，但书中描述的几个细节，注定会长久萦绕于怀。不论多么宏大的历史，都是由无数的细节连缀组成的。请看：刘飞生前把子弹射入他身体的那一天——9 月 21 日，作为自己的“再生日”。每年这一天，他都像过生日一样，和家人一起吃面条，郑重其事地纪念这个不寻常的日子，以此来感谢那些出生入死拯救自己生命的淳朴善良的乡亲和战友。不是军人，谁能这样达观？还有：20 世纪 60 年代，南京军区司令员许世友与政治委员杜平商量并经军区党委研究，给中央军委打报告，建议任命刘飞为南京军区副司令员。1966 年 8 月，许世友获知军委对刘飞的任命即将下发，电催刘飞赴宁履新，可是由于“文革”影响，任命最终搁浅，师出无名的刘飞就一直默默地履行副司令职责。不是老兵，谁能这样无怨？再看：1951 年 11 月，组织上确定刘飞在职参加军事学院函授学习，时任安徽省军区司令员的刘飞，白天忙工作，晚上抓学习，遇到难题弄不懂就不睡觉，由于过分劳累，加上缺乏营养，两年下来，刘飞的眉毛全掉光了，头发也一块一块脱落。朱德总司令到安徽视察，见前来汇报的刘飞花头光眉，就关切地询问原因。当得知刘飞是读书把眉毛读掉的，非常感动，握着他的手说：“我在安徽见到了一个读书把眉毛读掉的司令，了不起啊！”这可是一省军区司令啊，读书读到像打仗，健康都不要了。对，共产党的军队，读书就是打仗。毛泽东说过，没有文化的军队是不能战胜敌人的。翻开我党我军的历史，又岂不是一部读书史、文化史啊？那些 20 世纪 50 年代授衔的元帅、大将、上将、中将，哪一个是白给的呢！这些曾被笑为“土包子”的群体，不仅是他们同时代的佼佼者，更不逊古今中外任何的同类。没有他们，就不会有今天统一富强的中国。历史，以前、现在、往后，永远都不可以假设，那些吃着中国饭，骂着共产党和人民军队的人，只能向隅而泣。时代已经很宽容了。

感谢高建国将军，身如士卒，亲力亲为，走到历史长河的深处，捞起岁月沉淀的革命珍珠，在阳光下熠熠闪光，砥砺我们如“刘飞不改为官处事和做人的初衷，尊严而有质量地工作生活”。

（作者为吉林省文联副主席、吉林省作家协会副主席、吉林省摄影家协会主席。原载2016年3月10日《吉林日报》）

原生态纪实文学的价值体现

——品读《一颗子弹与一部红色经典》

王书艳

也许时间在我们的记忆中留下了太多的荒芜，湮没了太多的记忆，但有些记忆由于它的沉重和辉煌，是不能，也是无法忘记的。这无论对于一个人，还是对一个民族都是如此。记忆有些保留在头脑里，有些保留在实物里，有些保留在文字里。抗日战争的一段惊心动魄的记忆，就保存在了作家高建国的长篇纪实文学《一颗子弹与一部红色经典》里。

这部五十余万字的著作，以恢宏的气势、翔实的史料、崭新的视角、生动的文笔、深邃的思考，再现了当年新四军艰苦卓绝的战斗历程，披露了许多鲜为人知的历史事实，成功塑造了陈毅、叶飞、刘飞等英雄形象，歌颂了爱国主义和革命英雄主义，弘扬了社会主义核心价值观。特别值得一提的是，作者的创作态度十分严谨，做了大量调查采访工作，作品中的历史事实、故事细节都有准确可靠的来源，从而使这部作品牢牢地建立在了史实之上。对于纪实性文学创作来说，真实是基础，更是生命。

这部作品的艺术构思充满了审美的灵性。作者从自己到苏州寻觅一枚富有传奇的子弹写起，引出了新四军指挥员刘飞的故事。我觉得，《一颗子弹与一部红色经典》“破题”破得好，也就是说开篇好。这样一部笔力千钧、气壮山河的作品，却从寻觅一枚子弹写起，以小写大，充满悬念。虽然只是一个开头，却足见作者的艺术准备和创作才华。

马克思主义的经典作家对于表现重大题材给予了充分的肯定：恩格斯曾经渴望作家描写叱咤风云的革命英雄，建议作家表现工人生活的积极方面。列宁认为，凡是真正伟大的艺术家，至少应当反映出革命的某些本质方面。显然这部作品已经在“描写叱咤风云的革命英雄”,已经在努力探索“反映出革命的某些本质方面”。

与这个重大题材相适应,作者采取了一种高屋建瓴、恢宏澎湃的艺术手法。例如,作者在一开篇就展示了一种广阔的时代背景和文化背景,日本首相近卫文麿的阴谋,毛泽东对抗日战争经验教训的总结,中国共产党六届六中全会的召开,德、意、英、法《慕尼黑协定》的签订,国民党统治集团各派政治势力的角逐,等等。再如,这部作品的大气派还体现在全景式地表现了皖南事变、黄桥决战等重要历史事件。

人物形象的塑造,是文学艺术创作的核心,最能体现作家、艺术家的审美倾向。高尔基说:“写革命英雄必须用史诗式的语言,必须朴实,甚至庄严,要避免任何装饰。”我觉得,《一颗子弹与一部红色经典》已经或者在努力奔向这种艺术境界。在塑造英雄人物形象上,这部作品有以下几个特点。

一是不论是革命领袖还是普通战士,都有一种远大的理想和坚定的政治信仰。在第一章第一节中有一个周恩来与小战士对话的细节就突出了这一点。

二是把人物放在历史紧要关头来表现,也就是说在矛盾冲突中塑造人物。例如,为了更好地表现叶挺、项英等人的形象,把他们放在皖南事变与国民党顽固派的激烈军事冲突中去塑造。

三是表现他们丰富的情感世界,他们的喜怒哀乐,他们悲欢离合的命运。例如,为了把陈毅的形象写得更丰满、更可信,书中还描写了陈毅与张茜的爱情,有两人鸿雁传书、诗词传情的细节。

表现历史,不是为了复制历史,而是要透过历史给今天的人们以新的启示。《一颗子弹与一部红色经典》的另一个可贵之处就是展示了历史的真实性。虚构性文学作品的真实性根本在于本质的真实,而对于纪实性的文学创作来说,却绝不能虚构。柏拉图指出,艺术最严重的毛病是说谎。《一颗子弹与一部红色经典》在史事上力求准确甚至是精确,包括时间、地点、人物、事件的过程等都有出处,绝不妄言。

《一颗子弹与一部红色经典》也可以当作历史来读，当作新四军的军史来读。原因是在这部作品中有真实具体的、有些是作者采访的第一手资料，而对这些资料作者是用一种历史学家的眼光来处理的。

作品在结构上也有自己的追求和特色。这么长一部著作如果按照线性时间来结构，会非常沉闷和平庸。而作者不时地插入现场采访的场景和记录，不仅打破了这种沉闷，也增加了作品的信息量和作者的在场感。艺术的感人之处不在于“丰富”，而在于“丰满”，不论是情节的展开还是人物形象的塑造，《一颗子弹与一部红色经典》的确可以称得上是一部具有重要精神价值和审美特色的好作品。

（作者为报告文学作家、中国报告文学学会会员。原载 2016 年 3 月 10 日《吉林日报》）

军事文学与红色文化的完美融合

——关于《一颗子弹与一部红色经典》

刘万军

一部作品,不同的读者会从不同的角度给出不同的评价。高建国将军所著的《一颗子弹与一部红色经典》,起初我把它当作一部军事文学作品来读,读罢我觉得它是有厚重历史积淀的脚本。这个历史,不只是“江抗”、新四军的历史,也不只是中国革命的历史,还是中国共产党领导中华儿女在军事、政治、经济、外交、科技、文化等诸多领域奋力抗争的历史。我认为一部好的作品,就应是能够把读者带进其中、融入其中,并在分享中受到深深感染与启迪的作品。《一颗子弹与一部红色经典》做到了。

在波澜壮阔的全民族抗日战争史中,“江抗”这一段战史算不上最辉煌;在敌人射进革命先烈先辈躯体的子弹弹片中,这一颗子弹也算不上最典型;在革命战争年代诞生的红色文化中,这一部红色经典也算不上最耀眼夺目。但是,作者却从一颗子弹入笔,透过这段战争史实,写出了抗日战争乃至中国革命战争的艰苦卓绝,写出了无数革命先辈为国捐躯的大无畏精神和高尚情怀,写出了共产党领导下的军民戮力同心、众志成城的历史画卷,写出了诞生于特殊历史背景下的红色经典所焕发出的巨大力量和文化魅力。拜读完整部作品,一幅全民族救亡图存的战争场景和英雄群像图立即浮现在眼前。

以“七七”事变为标志,日本开始了全面侵华战争,中华民族到了生死存亡的边缘。在以毛泽东、周恩来为代表的中国共产党的积极努力下,国共两党实现第二次合作,结成了抗日民族统一战线。但当时作为执政党的国民党,始终没有放弃“反共”的立场。从1939年1月国民党召开五届五中全会起，其“溶共”“防共”“限共”“剿共”活动日益猖獗，秘密颁发了《限制异党活动办法》《异党问题处理办法》《沦陷区防范共党活动办法草案》等一系列“反共”文件，甚至无耻地提出了“宁亡于日、不亡于共”的口号，发动了一次又一次的“反共”高潮，制造了一系列的“反共”惨案。

这本书更见老练劲道的是，作者不单将这些史实搜集挖掘梳理得清晰见底，将一个一个故事、一个一个人物刻画得生动鲜活，耐人寻味，而且将这些史实和故事、人物整合萃取，呈现给读者一顿大餐、套餐而非快餐，越是品读越是值得思考和回味。比如，作品反映的战争史实虽然只是新四军之一部、抗日战争之一个阶段，但作者却把共产党领导的人民军队的整体风貌和中国革命战争的全景展现了出来，把共产党执政的合理性、人民军队取得胜利的客观性，顺理成章地揭示出来。再如，战争给人的印象就是硝烟、暴力、冷酷、血腥、厮杀，但作者将共产党领导的人民军队，运用政治斗争瓦解敌军工作、拥政爱民工作、思想政治工作、浸透心灵的人文关怀等综合手段，在化解敌友矛盾、融洽军政军民关系、凝聚官兵意志等方面，彰显了巨大的魅力，从而自然而然地把我军将领运用武力与谋略艺术指导战争的水平呈现出来。还如，战争一向被认为是男人的专利，但作者不仅把战场上的女人独特的一面展现给了读者，更是在涵养战争元素的舞台经典剧中，再现了女人的特殊风采和艺术魅力。尤其是将那些舞台背后、鲜为人知的东西倾注笔端，更增添了文化经典的巨大力量和价值，同时也为我们如何打造今天的文化经典提供了许多思考。

《一颗子弹与一部红色经典》整部作品既有凝重，又有清新愉快，收放自如，恢宏大气。同时也能从作者身上感受到坚定的信仰信念和满满的正能量。

新中国走过了近七十年的光辉历程，当年革命先烈洒过青春和热血的土地被繁荣发展的物质文明成果所覆盖，在打江山的革命先辈一位一位辞世离开我们的时候，在中国共产党执政面临国际国内复杂环境考验的今天，在国家和军队面临新一轮决定前途命运的改革“大考”面前，在信息高度发达、东西方文化争夺思想文化阵地的无烟战场上，每一位中国人、每一位共产党员和革命军人，都应站在国家民族前途命运的高度，在个人利益与国家利益得失权衡中，坚定地与党中央保持一心，坚决拥护和支持改革，积极弘扬主旋律，传播正能量。这正是这部作品给我们提供的无可辩驳的答案，带给我们发人深省的思考。

期待军事文学的百花园里有更多像《一颗子弹与一部红色经典》这样构思独特、真实生动而又"军味"十足、充满艺术张力的精品佳作问世，也衷心希望这部作品能够得到更广泛的传播，产生更大的影响力。

（作者为吉林省军区大学生军训办公室副教授，大校军衔。原载 2016 年 3 月 10 日《吉林日报》）

让信仰之光红霞满天

——评《人民文学》2015 年第十二期 高建国的非虚构作品《一颗子弹与一部红色经典》

菊　蓉

掩卷《人民文学》2015 年第十二期的首篇长篇非虚构作品《一颗子弹与一部红色经典》，让我致敬《人民文学》编者的用心和包含的热望。作者高建国在字里行间，如指挥一首刚健沉浑的交响曲，将令人由衷缅怀和敬仰的革命英雄先辈的群像，新鲜而热烈地呈现在我们面前，悄溢着艰苦生涯创演历程的况味，如一丝一缕的红霞蕴藏在历史的天空，别有一番美意。

1939 年 9 月 21 日，“江南抗日义勇军”突然遇到“忠义救国军”的袭击，一颗长 2.8 厘米、底部直径 0.7 厘米的子弹，射入时任新四军部队指挥员刘飞的胸膛左侧。谁也没想到，那一颗子弹在他的心脏附近留驻近半个世纪，见证了将军从战争到和平四十五年的军旅生涯，最后从逝者身体中取出后，便成为光耀辉映中国人格筋骨的大写情怀和时代精神。以那颗子弹为线索的红色故事，一句一行刻录下来，辉映成一个人挑战自我、一支军队攻无不克、一个民族坚强站立永不言弃的中国精神，在如今缺少信仰的国人眼里，是那样具体、形象和厚重。

初读时，觉得这部非虚构作品中叙述的故事清浅平易，读着读着，恍然明白作者想用刘飞等共产党人的信仰力量，表达革命先辈用鲜血和生命书写历史、人生经历、心路历程使之成为一种精神纽带。在芦苇荡中的小渔船上，刘飞躺在门板上，想起“江抗”西撤前，党组织对留守伤病员的殷切嘱托：把同志们留在这里，并不单单是因为你们身体条件不行，跟不上主力队伍频繁的流动，更重要的是党需要在东路留下一把火种！党的信任和重托，东路抗日斗争对伤病员的倚重，使刘飞愈感自己责任的重大。面对蚊蝇叮咬和伤痛折磨,来自不同营连的伤病员像离群的孤雁,普遍不安心在芦荡中养伤。有的伤员随着身体逐渐痊愈,也产生了急躁情绪,想早日重返老部队六团。就因为这些,刘飞因势利导做伤病员的思想工作,教育引导大家,养伤既是必须面对的现实,也是党交给我们的重要任务。回部队同日伪顽真刀实枪地干的精神固然可嘉,但留下来养好伤,在坚持阳澄湖敌后斗争中巩固苏常太抗日根据地,更有意义,是对革命的更大贡献。伤病员们渐渐解开心结,把个人的良好愿望放在心里,最终服从革命斗争的需要,坚持在阳澄湖敌后斗争中,机智勇敢地担负地下联络站工作,传送上级指示和重要情报,帮助转运物资药品,危急关头设法脱离险境,等等,为巩固苏常太抗日根据地做出贡献。

如今,中国社会主义进入了一个快速发展时期,我们在丰盈的物质条件中,品味革命先辈的理想、信念、奉献、牺牲这些精神信仰时,才知道支撑他们前行的精神力量如此重要。对一个民族来说,只有精神家园的崛起,才会是真的崛起,才会对共产主义的明天抱有无限憧憬,才会为之努力,甚至献出生命。经济的繁荣和物质的丰富,却无法让部分人填补思想上的空虚和精神上的失落,有人曾发出这样的叩问:什么时候,我们对金钱崇拜,对财富炫耀,从抑制、批判、抵抗,演变成麻木、默然、包容,进而转变为附和、向往、张扬?而在多样化、世俗化、市场化的现代话语中,对金钱和享乐的向往,正侵蚀着社会良知,扭曲着人们的主流价值观和信仰。但这部作品让我们看到就是这样一支衣衫褴褛的队伍,面对敌人的围追堵截,面对艰险的自然环境,面对极端困难的物质条件,他们不畏惧、不退缩,用鲜血和生命,用信仰和决心,写下了人类史上壮丽的诗篇。对信仰的守望,也成了现代国人必须具有的“红色基因”,它是国人在最苦难、最艰险的时候迸发,而在胜利辉煌时刻需要坚守的光芒。

一部有意义的文学作品的创作是艰辛的,但作品中折射出的民族精神和民族文化的可贵思想,无疑是成功的。《一颗子弹与一部红色经典》这部长篇报告文学,就是给读者打开了透视中国共产党人战略运筹和苏南东路地区抗日英雄谱的窗口，引领读者去弘扬先烈们所追寻的信仰。在当今年轻人思想活跃、选择多样化的时代，特别是反映老一辈革命者革命精神的红色经典，亟须重新整理和编辑，占领主流思潮的阵地，以其巨大的精神张力影响每一代人，这关乎民族和国家的未来。当再一次深入重读作品后，那种心生快乐，流下热泪，得到安慰的心潮澎湃大多是真实的。因为那是作者、编者所体现的中国精神底线和高度之真性情。《一颗子弹与一部红色经典》做到了，《人民文学》也做到了。

（作者为陕西省宝鸡市作家协会会员。本文获《人民文学》杂志 2015 年下半年“近作短评”佳作奖，《人民文学》杂志 2016 年第四期刊发获奖作品目录）

宏富而多彩的信仰丰碑

——《一颗子弹与一部红色经典》创作札记

高建国

一种文化现象令人怦然心动，以至于后来引发一部长篇报告文学的创作，这件耐人寻味的往事发生在驻豫第二十集团军，时值1985年秋。

——同为离退休干部，其他部队的多是在家喂鸡种菜抱孙子，而这支部队的“老员外”们则乐此不疲写书照相做报告；

——同样南征北战，这支部队的战斗历程却与诸多脍炙人口的红色经典密切相关——《东进序曲》《黄桥决战》《柳堡的故事》《红日》《战上海》《霓虹灯下的哨兵》……现代戏《芦荡火种》《沙家浜》，就取材于该部三十六个伤病员阳澄湖芦荡斗争的经历。

弹指三十年过去。2015年，作家出版社将我写的反映这支部队英雄传奇的《一颗子弹与一部红色经典》付梓。回首宵衣旰食的创作过程，感受最深的是，贯通全书丰赡瑰丽和永世不竭的信仰之光，是作品为历史传神写照最可宝贵的灵魂。

一

信仰是有性格的。

在拯救民族危亡的血火厮搏中，在大浪淘沙的洪波巨浪里，闪现在共产党人身上的信仰之光，因其独特的阅历、禀赋、文化濡染而同中有异，呈现出赤橙黄绿青蓝紫的斑斓色彩。

北伐名将叶挺是中国共产党领导的革命武装第一任总司令，曾任南昌起义前敌总指挥和广州起义总指挥，1937年秋出任新四军军长。皖南事变中，叶挺不顾个人安危下山与国民党军队谈判，被扣身陷囹圄。蒋介石诱降和威逼交替使用，妄图迫使叶挺改弦更张。威武不能屈的叶挺铁骨铮铮，在上饶国民党第三战区司令长官部詈宴陈词，被囚第八天在狱室墙壁上书写《囚语》，手书致蒋介石快邮代电提出“恳准判挺以死刑而将所部被俘干部不问党籍何属概予释放复其自由”，从桂林押往重庆渣滓洞监狱白日举灯走下飞机以昭“天还未明”，在渣滓洞狱中壮怀激烈挥毫疾书著名的《囚歌》，为“不食蒋粟”在被囚处牧羊蓄畜躬耕陇亩，监禁五年出狱仅十小时就致电中共中央请求加入中国共产党……书中撷取上述生动鲜活的细节，塑造了叶挺血肉丰满的形象，活灵活现展示其独具个性的坚定信仰。

而同为北伐先驱的新四军秘书长和联络部部长朱克靖，早年曾就读于北京大学，并在西风东渐中接受了马克思主义熏陶，1919年与周恩来、邓小平、李富春、蔡和森赴法勤工俭学，后入莫斯科东方劳动者共产主义大学学习，奉命到宣布起义的国民党淮海绥靖公署长官郝鹏举所部新编第六路军改编部队做统战工作，却被首鼠两端的郝鹏举扣押递解蒋介石邀功请赏。朱克靖身陷缧绁，对内战中接连损兵折将的蒋介石是个意外惊喜。蒋决意通过重叙北伐旧谊和诱以禄位，规劝朱克靖改换门庭，以打压中国共产党及其领导的军队的士气。劝降说客接踵碰壁而归，蒋介石不惜亲自出马，连续三次在总统府设宴，企图通过“礼贤下士”来感化朱克靖。爽快赴宴的朱克靖三入总统府，席间大快朵颐。当蒋介石屈尊相劝“老朱同志，到我这里来吧！国家正当用人之际，你帮帮我嘛，不会亏待你”时，朱克靖不温不火诘蒋，抗战胜利后不致力于和平建国，反而发动内战，置百姓于水深火热之中，并凛然申明：“我有两个生命，一个是肉体生命，一个是政治生命。我虽跨党从事革命，但我是为共产党打天下。现在我已成阶下囚，我宁愿牺牲我的肉体生命，而不能牺牲我的政治生命。”离开总统府的华堂盛宴，回到阴暗逼仄的囚室，朱克靖意识到自己与亲人的死别已然不可避免，在风雨晦暝的秋夜畅抒胸臆给妻子写下绝笔诗，学养深厚又坚贞不屈的儒将形象跃然纸上。

一个横眉冷对、大义凛然，一个儒雅内敛、绵里藏针，在中国共产党的英雄史册上，叶挺的刚烈忠勇与朱克靖的风流倜傥，以鲜明的色差和强烈的对比，彰显了坚定的革命信仰之于不同个性的革命家，所折射出的信仰之光的瑰丽多彩和无穷魅力。

二

人生后花园，是一面管窥信仰与忠诚的光可鉴人的镜子。

1957 年，时任福州军区司令员兼政委的原“江南抗日义勇军”主要领导人叶飞，赴上海途中遥望江阴顾山，不禁想起 1939 年 9 月在此牺牲的“江抗”副总指挥吴焜。在他动议下，中共江苏省委批准将吴焜遗骸从江阴顾山迁葬南京雨花台。从那时起，随着“江抗”辽远悠长集结号的召唤，许多“江抗”老战士“百年”后陆续会聚于此，在充满英风浩气的圣土找到了人生归宿。

人生结穴处，归宿最见真情。

雄峙天东的泰山，自古被称为天堂之山“昆仑丘”和群灵之府“昆仑墟”，是“魂气归于天，形魄归于地”的理想归宿地。公元前 1 世纪以后，“中国人死者魂归泰山”之说，就在中原和四夷广泛流布。东汉镇墓铁券上时有“生人属长安，死人属泰山”之语。西晋文学家陆机《泰山吟》有云：“泰山一何高，迢迢造天庭。峻极周已远，层云郁冥冥。梁甫亦有馆，蒿里亦有亭。幽岑延万鬼，神房集百灵。长吟泰山侧，慷慨激楚声。”这首专吟泰山的五言律诗，不书岱宗之巍峨和雄壮，反倒虔诚而悲壮地描摹出华夏子民淡出红尘后，千里跋涉争相会聚魂魄于泰山的景观，生动反映了自汉以降，世人生当趋附长安福地、死则寄灵东岳胜境的社会主流价值追求。

“生在苏杭，葬在北邙。”洛阳城外黄土高原余脉邙山，因其干燥适宜穴居和契合古人身后“不朽”愿望，遂与天堂苏杭齐名，成了帝王将相争相落葬的风水宝地。洛阳盗墓者亘古不绝以致催生“洛阳铲”，其源盖因邙山达官贵人陵冢之盛。

与旧时代人们奢望魂归泰山和官宦富豪对邙山趋之若鹜，是为了步入天堂和续享荣华迥然不同，“江抗”老战士对雨花台这个新民主主义革命时期中国共产党人和爱国志士最集中的殉难地情有独钟，是因为在此安歇一己灵魂，既可与出生入死的战友朝夕厮守，又可寄托自己的理想追求，何尝不是人生最大荣耀！

于是，历史仿佛在冥冥中做出了新的安排，当年率部进军苏南东路地区的“江抗”领导班子成员，除叶飞怀着未竟之志，于2000年4月18日把自己的“指挥位置”放在与台湾和金门隔海相望的厦门外，其余成员又进入了一个新的“任职期”，在雨花台组成新的战斗集体，准备完成生前未了事，同时开始新的进击。

1963年4月7日，国家有关部门将牺牲于淮海战场的华野一纵团长、“江抗”战斗骨干蓝阿嫩的灵柩，从山东战地运抵南京中华门。当八名壮工将蓝阿嫩残旧的黑色棺木从火车上抬下时，车站出现了众多身经百战的“江抗”将领用颤巍巍的手扶棺木前行的壮观一幕。“江抗”将领商定，以华野一纵名义为蓝阿嫩在雨花台立碑，作为对闽东籍“畲族之鹰”蓝阿嫩的最高褒奖。

法国思想家和作家伏尔泰的墓碑上写着：这是我的心脏，但到处是我的精神。“江抗”英雄朴实无华的墓冢，没有精心撰写和镌刻的墓志铭，但一个个巍然矗立、比邻而居的灵魂却共同宣示：生前为实现革命理想并肩战斗，身后为守望精神家园抵足而眠。令人欣慰的是，江南的杜鹃花年年映山红，兼有血谊和亲情的“江抗”儿女们，岁岁来雨花台看望和祭奠自己的亲人，在天上人间的凝目相视和心灵感应中，向父辈汇报自己的奋斗进取和所得所获。雨花台成了英烈与后代传递心灵密码的精神殿堂。

墓园本是凝固的民族精神文化史。到雨花台看“后花园”风景，高远的革命信仰，变得如此生动鲜活、伸手可触！

三

读书入仕，博取功名，这是古往今来中国知识分子不可移易的人生追求。烽火岁月，那些为挽救国家民族危亡而呼啸猛进的新四军将士，以感天动地的举动，颠覆了这一恒久不变的信条，从而为人们如何通过职位观节操、看信仰，打开了新的视角。

1940 年 1 月 14 日，叶挺被国民党军队扣留羁押后，蒋介石起初对将叶挺收入自己彀中期望甚高，指令顾祝同、上官云相说服叶挺发表声明，把事变责任全部推到项英身上，只要说明项英不服从军令、政令，就可委叶以第三战区副司令长官之职。

但蒋介石未曾想到，其诱以官禄的强劲攻势，在叶挺高耸入云的信仰山岳前土崩瓦解、灰飞烟灭。历史的回音壁向世人传导的是叶挺震古烁今的铿锵誓言："人的躯体哪能由狗的洞子爬出"，"我应该在烈火和热血中得到永生"！

来自延安的红军师长吴焜，任新四军老六团副团长，六团东进后任"江抗"副总指挥。从师长到副团长，吴焜官降三级，但忠心未泯。作战中，杀红了眼的吴焜经常疾呼："天红了，地红了，眼睛红了，杀呀！"端着机枪、吹着冲锋号带领部队冲锋。

叶飞曾提醒吴焜说，作为一个指挥员，不能只像一个英勇战士那样猛打猛冲。吴焜郑重回答说，这支部队是您在闽东游击战争中带出来的，依托根据地开展游击战有丰富经验，但军事技术和战斗作风还不够。在实战中还是要各级指挥员以身作则，才能把部队的顽强战斗作风带出来，才能打不垮，拖不烂！江阴反顽，吴焜指挥部队正面佯攻，自己带少量战士从翼侧爬上山顶，一枪撂倒重机枪手，掉转枪口向敌猛扫，不幸头部中弹壮烈牺牲。

不因利禄屈名节，不以官位论忠诚，这就是民族危亡之秋，鄙薄世俗功名的共产党人对信仰的忠贞。

创作中，我久久为这样一个细节所感动：1998 年末，吴焜遗骸从殉难地江阴顾山迁葬雨花台四十一年之际，“江抗”虎将廖政国夫人史凌见吴焜墓墓碑已破损，与周围新建陵墓反差明显，心里非常难过。她赴京请叶飞题写了“吴焜烈士之墓”的碑文，自己拿出一些钱，于 2003 年 4 月 1 日重新为吴焜墓立碑。

对革命和人民忠贞不渝的战士，历史将永远把他记在心里。

在“江抗”先驱浴血奋战的年代，职位甚至都很难给人带来任何现实利益。“一颗子弹”的携带者、“江抗”领导人刘飞，参加红军之初和其他胼手胝足的战士一样，并不愿意当干部。因为那远不如当一名挥舞大刀冲锋在前的士兵来得痛快和单纯。是党的培养教育，才使他们乐于为党和阶级承担起这份领导责任。他们以令人感佩的模范行动昭示后人，革命从来不是入股分红。为党工作不是谋取职位的筹码，而是党员应尽的义务。职务高低只是工作需要和分工不同，共产党人的革命信仰，如日月经天、江河行地，绝不应因职位因素而受到丝毫亵渎和影响。

四

车尔尼雪夫斯基曾这样写道：“历史的道路不是涅瓦大街上的人行道，它完全是在田野中前进的，有时穿过尘埃，有时穿过泥泞，有时横渡沼泽，有时行经丛林。”

革命难免会有逆风千里的苦斗，因不受信任负重前行的苦难行军，成了砥砺革命信仰的特殊砺石。

长江的女儿杨瑞年，是从镇江入伍的新四军女战士。她聪慧、美丽、正直且多才多艺，在苏州女师闹学潮时就一马当先冲进省教育厅长办公室怒斥周佛海，在陕西汾河畔八路军学兵队联欢晚会上以一曲酣畅淋漓的卡尔斯登舞征服了全场观众，到新四军战地服务团又成为公认的优秀女演员，但她因从八路军学兵队带来的“托派嫌疑”而得不到信任，最终也未能加入中国共产党。

皖南事变杨瑞年被俘后，利用参加演出之机，帮助多人逃出虎口，自己却在赤石暴动中未能逃脱而被押上刑场，身中六枪犹高呼“中国共产党万岁”，直到第七枪头颅被打碎才倒下。

杨瑞年是在不被自己挚爱的党信任中，以殉道的精神坚守自己的信仰的。这个被新四军秘书长李一氓誉为“百分之百符合条件的中国共产党党员”，经受着肉体和精神的双重折磨慷慨赴死，以带血的忠诚谱写了悲壮凄美的信仰之歌。她在极为不公不堪的命运刮划中所表现出来的大义坚贞，令山河动容，让风云失色！

有评论家说，这部作品闪现着一种深沉的悲剧色彩。这也许是美好的东西之于革命往往难以避免的一种宿命。

夏光，新“江抗”首任司令员，“芦荡火种”由蓄势待发转向燎原的关键人物，当年华野一纵首长须臾不离左右的高参，因大革命时期一度与党组织失去联系，致使其虽有将军之功，却无将军之誉。新中国成立后，夏光由海军军校校长转业地方工作。由抗战最艰苦岁月独撑一方危局创造历史，到告别军旅赋闲一隅，百岁夏光几十年不坠青云之志，潜心编史修志，为再现波澜壮阔的东路地区革命斗争历史竭尽绵薄，高风亮节为世人敬重。

疾风知劲草，板荡识诚臣。革命与获取原本是一道不等式。“江抗”将士付出与回报的非均衡，喻示始终与信仰相伴而行的危难和逆境，或许是淬炼信仰的真正熔炉和鉴别信仰的试金石。

五

透视“江抗”英雄钢浇铁铸般的革命信仰，神秘的红军元素总是如影随形，贯穿渗透在他们可歌可泣的奋进搏击中，成为“芦荡火种”孤悬敌后生生不息的力量之源。

雾霭笼罩、横无际涯的湖中芦荡，日伪据点像“梅花桩”般分布周遭。

面对虎伺狼窥的险恶环境，年轻的伤病员和医护人员，克服缺医少药和敌人日夜追捕等难以想象的困难，使弥足珍贵的“芦荡火种”得以存留并再度燎原，确保了苏常太抗日根据地像钢钉一样牢牢楔在日伪顽盘踞的心腹地带，久经斗争考验的红军骨干，起到了砥柱中流的关键作用。

1934 年 10 月红军主力长征后，项英、陈毅率领留下策应主力北上的红军游击队，坚持了艰苦卓绝的南方三年游击战争。残酷的战争环境铸造了“从坟墓中爬出来的铁人”，但红军游击队毕竟同党中央失联达三年之久，在封闭隔绝中思想观念难免滞后。党中央决定南方八省红军游击队下山改编新四军之初，一些受命上山传达国共合作指示的领导干部，甚至被视为“叛徒”横遭枪杀。1938 年 4 月，毛泽东安排并接见五十名经长征考验和“抗大”培训的干部，由袁国平率领到新四军任职。经过长征考验和南方三年游击战争磨砺的两部红军有机融合，同中有异的红色基因强强相加，立刻使年轻的军旅产生了不可估量的裂变效应，从而铸就了新四军铁军精神的骨殖和血脉。历史再一次印证了拿破仑的名言：一头狮子带领的一群羊，可以打败一只羊带领的一群狮子。在来自陕北和闽东红军骨干带领下，那些由都市和水乡会聚而来的普通士兵，同仇敌忾，攥指成拳，创造了绝境生存的芦荡斗争奇迹，新“江抗”再度崛起亦势如破竹。当年参与创建新“江抗”的张英将军回首斗争历程，深有感触地说：“一个大局面是要有主力才能支持的。”张英说的“主力”，就是指坚守芦荡具有铁一般意志的红军骨干。

为什么红军多是信仰坚定的钢铁战士？人类历史上亘古未有的长征，是朝圣者的精神炼狱；留守南方的红军三年苦斗，也是化铁成钢的特殊熔炉。“十月革命”一声炮响展现的瑰丽图景与改变自身悲惨命运初衷相契合所产生的深厚动力，在爬雪山过草地和无数次斩关夺隘中锻铸的无坚不摧、万难不屈的精神品格，“支部建在连上”的崭新制度和党对军队绝对领导沁人心脾的滋养和陶冶，还有在同错误路线斗争中对毛泽东正确领导刻骨铭心的感受……历常人之所难历，尝俗世之所难尝，胼手胝足的红军战士，在天造地设中已然成为特殊材料制成的人。“河出潼关，因有太华抵抗而水力益增其奔猛；风回三峡，因有巫山为隔而风力益增其怒号。”当地球上最为震撼人心的武装远征和南方向死而生的执着坚守，突破人类体能和意志极限登上精神之巅后，欣逢革命理论春风化雨，红军战士在苦难中锻造的优良品格，立刻神奇地升华凝结为宝贵的信仰之钙，一经植入，便永世难移。

抗日战争是中国共产党走向成熟的关键淬火期，也是毛泽东思想深入灌注和掌握八路军、新四军的重要历史时期。以新四军老六团为中坚的“江抗”东进苏南之前，普遍进行了党的六届六中全会精神的学习教育，部队官兵尤其是红军骨干，都较为深透地了解了创建敌后根据地，对于推动战略相持新阶段到来的重大意义。中共常熟县委书记任天石，还专门到阳澄湖后方医院给刘飞等伤病员送毛泽东的《抗日游击战争的战略问题》，使他们逐步把握游击战争的特点规律，进一步坚定了克敌制胜的信心。走出大山改编为新四军的红军游击队，也在毛泽东战略策略思想指引下，大步赶上了时代潮流。非常之功必有非常之才，非常之才必有非常之志。解码“江抗”信仰中的红军元素，你会发现，那些长期匍匐社会底层形成鲜明的阶级意识、在三过草地和南方三年游击战争生死锻打中百炼成钢的红军骨干，一经被先进理论所掌握，便夯实了坚如磐石的信仰之基，并具备了那种把党的意志化为政治和行动自觉的优良品格。

信仰需要灵魂，也需要筋骨。重读“江抗”历史可以窥知，有了真理之光“灵魂”烛照，为崇高理想竭诚奋斗的红军骨干的“筋骨”也会神奇生长，在增殖拓展中创造惊天动地的伟业。

六

“生命诚可贵，爱情价更高。若为自由故，二者皆可抛。”匈牙利诗人裴多菲脍炙人口的名句，揭示了爱情的弥足珍贵，也道出了爱情与自由有时亦是一对矛盾体的真谛。

穿巡“江抗”前辈丰饶而壮美的精神世界，你会由衷慨叹，艰苦战争年代的革命与爱情，往往像鱼与熊掌不可兼得一样难以两全其美。这就提出了一个不无沉重的命题：在革命与爱情的天平上，孰轻孰重，是检验共产党人信仰与忠诚度的特殊重要砝码。

曾任“江抗”副总指挥和新“江抗”司令员的新四军浙东游击纵队司令员何克希，其爱妻吴恩灼是中国银行业巨子吴晋航的女儿。何克希在四川从事党的地下工作时，与吴晋航女儿吴恩灼相知相恋。后因何克希组织暴动失败避走上海，吴恩灼毅然追随何克希走上了叛逆之旅。吴晋航连续两年在英国名校为爱女缴纳出国深造的学费，吴恩灼都没有回头。后吴恩灼上级命她潜回四川从事秘密工作，并不得告诉任何人，包括她的丈夫何克希。履行特殊使命竟无法兼及珍贵爱情，这一两难选择对吴恩灼来说的确过于残酷。但她没有犹豫，毅然舍弃爱侣和家庭衔命西征，直到新中国成立才发现，因与自己失联多年丈夫已经另组家庭。此后吴恩灼因被打成右派和开除公职，一度跌入社会最底层，直到十年浩劫后方得平反，恢复了名誉和红军待遇。

奉身革命之诚，骤失爱情之痛，当如山的使命把美好的爱情压得粉碎时，巨大的付出和悲怆的结局，阴差阳错集于一个柔弱女性一身，这一以革命名义酿造的悲剧，的确令人嗟叹不已。我在书中这样写道：“在严酷的战争环境中，不惜任何代价完成党交给的艰巨任务，是共产党人至高无上的信条和行为准则。爱情和婚姻，有时其实就是磨盘下的一粒米、砧板上的一块肉。”

吴恩灼，这个曾经的资本家大小姐，先是背叛了自己的阶级和家庭，后又不惜以牺牲自己的爱情为代价效命于党的共产党员，晚年如诉如泣写下一篇洋洋五千言的文章——《回忆我的带路人何克希同志》，深情追述了自己多舛而无悔的一生。

为了进步和爱情，可以放弃锦衣玉食的优渥生活；为了完成党交给的任务，又毅然牺牲自己美妙无比的爱情。从另一个营垒走来的吴恩灼的党性之纯、信仰之坚，怎不令人肃然起敬！

七

有谁注意过文化之于信仰，对新四军发展的特殊作用吗？

国军的番号，共军的人枪；正规军的头牌，游击队的架构。国民革命军陆军新编第四军，这支由国共两党在反复角力中缔造，却完全由中国共产党主导的革命武装，其最鲜明的特质，是建立在高度文化自觉上的忠诚。

一直以来，在林林总总的各类文艺作品中，共产党领导下的革命武装中的指挥员，多是李云龙式个性鲜明的形象，其中不乏智勇双全者，但总的来说，还是脱不出一介武夫和“大老粗”的窠臼。在以农民为主体的革命队伍中，少小失学的指挥员文化修养先天不足，似乎是历史的必然。

步入云水苍茫的历史腹地，触摸新四军尤其是“江抗”创造的恢宏又别有洞天的历史，人们蓦然发现，多年来已模式化的我军指挥员武有余、文不足的莽夫形象，被彻底颠覆了。

“江抗”老战士施光华回忆，当年“江抗”官兵都是“双枪将”，手中有钢枪，口袋里有钢笔，与同样持有“双枪”（即钢枪和烟枪）的伪军，形成了鲜明对比。

一组来自抗战时期的数据显示，由阳澄湖伤病员发展而来、有“江阴老虎”之称的新四军六师十八旅五十二团，单是一营就有三十多名高中毕业生。该团二连一百零四人，除两名红军干部，七十名上海来的工人、职员和学生，无一人是文盲。

转战苏南和苏中，五十二团做到一次战斗胜利一首歌，一位英模烈士一首歌，一次休息整训一首歌，一次政治教育活动一首歌，歌曲成为凝聚意志力量、推动立功创模的重要形式和载体。1943 年至 1945 年，全团会唱七十六首歌曲，涌现出十六位英雄人物，实现了战斗歌声与战斗英雄同步增长的良性互动。

书中有一个细节：五十二团宿营宝应县王家墩时，闻名苏中的战斗英雄海有鱼见到文化干事黄苇，放下肩挑的水桶，红着脸低声说："要是俺在战斗中光荣了，你能给俺写支歌吗？像唱《模范共产党员沈进洪》的歌那样。"黄苇一把抱住海有鱼说："我写，一定写！"那一刻，两个人都流下了热泪。1945 年 4 月，海有鱼在三垛河伏击战中一连捅死四个鬼子，拼尽全力用刺刀贯通鬼子小队长胸膛将其钉死在墙上，自己腹部也被鬼子刺中，至死不仆怒视着敌人。海有鱼壮烈殉国那天，黄苇挥泪挑灯夜战，将英雄用生命谱写的壮歌写了出来，至今在部队传唱不衰。

这是先进文化催生战斗精神的经典一例。

历史令人信服地证明，这样智勇双全、文武兼备的部队，必然会充分发挥文化涵养信仰的特殊优势，持续为将士吹氧助燃，酣畅淋漓地展现信仰的人文底蕴和志士的旷达情怀。

书中描述了参加红军之初不识几个字的刘飞，在新四军这支有文化部队的熏陶下，其文化自觉向政治自觉跃升的清晰轨迹。曾与连队文书约定以杀敌个数换取识字字数的刘飞，戎马倥偬间时刻不忘学文化，甚至把受过良好教育作为找伴侣的先决条件。当这位从大山中走来的指挥员一步步进入文化殿堂后，终于在硝烟弥漫的淮海战役战场上，向新华社记者提出了撰写伤病员芦荡斗争事迹的设想，留下"一颗子弹"引发"一部红色经典"的佳话。经崔左夫、陈荣兰等军内外文艺工作者接续奋斗，《芦荡火种》《沙家浜》几经折冲樽俎，由回忆录、纪实文学化茧成蝶登上戏剧舞台，成为"铜琶铁板唱大风"的生动信仰教科书。

（《文艺报》2016 年 10 月 10 日整版刊发，《国防参考》杂志 2016 年第十七期、《前卫文学》杂志 2016 年第五期刊发，本文入选《国防参考》杂志创刊三周年精品集，中国社会科学网、中国作家网转载）

历史的此岸与彼岸

——从《一颗子弹与一部红色经典》创作谈逼近历史真实

高建国

真实，是报告文学的生命，也是写实类创作区别于其他文体的本质特征和魅力所在。

七十七年前，一颗来自敌人营垒的子弹，嵌入苏南东路地区抗日英雄、开国中将刘飞胸中，直至将军 1984 年 10 月 24 日谢世方得取出，伴随见证了将军从战争到和平四十五年的军旅生涯。

从乙丑年到乙未年，历经三十年追踪，我以这颗子弹引发沪剧《芦荡火种》和京剧《沙家浜》创作为贯穿线，完成了展示中国共产党人战略运筹和苏南东路地区抗日英雄谱的长篇报告文学《一颗子弹与一部红色经典》，2015 年交由作家出版社出版。

逝者如斯，物是人非。走进七十多年前的危亡岁月，徘徊在历史的此岸与彼岸，令我百般纠结的，还是那个差不多困惑着所有纪实文学笔耕者的难题：怎样最大限度逼近历史真实？

一、二十六把轮椅和五十七副拐杖引发的震撼

上海，延安西路 64 号，中国福利会少年宫内，来自本埠和杭嘉湖平原的鹤发童颜的嘉宾陆续入场，尽展朝晖夕照相映红的生动景观。这是 2005 年 4 月 25 日上午，上海新四军“沙家浜部队”历史研究会，在此组织纪念抗日战争暨世界反法西斯战争胜利六十周年活动。我受二十集团军首长委托，从河南开封专程赴会。

人涌如潮,华发生辉。六百多名白发苍苍的原二十军老战士,把少年宫楼上楼下挤得满满当当。主持会议的刘石安宣布了一个颇具震撼力的数字:会场共有二十六把轮椅、五十七副拐杖!

全场哗然。感慨、赞叹、敬仰,汇聚成一首多声部的奏鸣曲,旋即又化为暴风雨般的掌声。

纵观人民解放军雄师劲旅,抗战中会聚了数量可观的青年学子的二十军,较之其他胼手胝足的工农武装更富文化特质。1985 年,初识这支功勋卓著的新四军主力部队,两个亮点十分抢眼:同为离退休老干部,其他部队的老首长不少在家喂鸡种菜抱孙子,而这支部队的"老员外"则乐此不疲写书照相做报告;同样有着南征北战光荣历史,这支部队与中国革命史上脍炙人口的红色经典有着更多割不断的联系:《东进序曲》《黄桥决战》《柳堡的故事》《红日》《战上海》《霓虹灯下的哨兵》等,都与其战斗历程密切相关。尤其令人称道的是,《芦荡火种》和《沙家浜》,就取材于首任军长刘飞等伤病员坚守阳澄湖芦苇荡的独特经历。新四军老战士、原军文工团团长陈荣兰,转业回上海还领导了《芦荡火种》创作。

在大会主席台,我见到了在二十军和中国戏剧史上都占有一席之地的崔左夫。1948 年 11 月 10 日,在江苏新沂大运河畔水运要津窑湾,华野一纵副司令员刘飞挥师一举歼灭国民党六十三军,拉开了淮海战役首战的精彩序幕。战地硝烟尚未飘散,新华社战地记者崔左夫赶来采访。刘飞闭口不谈制胜秘诀就带他去看部队,恰遇打扫战场归来的一七五团二营。或许是三面环水的战场唤起了刘飞的阳澄湖情结,他叮嘱崔左夫,胜利后要写写二营前身部队新四军伤病员,当年他们坚守阳澄湖芦苇荡的斗争很有特色!

1957 年夏,崔左夫重返苏南实地采访,像一只采得百花酿佳蜜的蜜蜂,辛劳竟日,收获颇丰。虞山脚下,阳澄湖畔,芦花悄吟,桨声细说,那么多动人心弦的故事纷至沓来,一一在眼前呈现,又齐集他的心怀。两个月的奔波,崔左夫完全沉浸在新奇而曲折的苏南水乡抗战岁月中了。他展笺挥毫,一气呵成,用白描的笔触和经典场景精致呈现的手法,将伤病员坚持芦荡斗争出神入化的故事付诸笔端。“秋风起,蟹脚痒。”菊茂蟹肥时节,纪实文学《血染着的姓名》诞生了!作品虽然只有七千字,但充满江南水乡特有的风土人情和生活气息,生动传神地展现了抗日战争相持阶段阳澄湖畔敌我犬牙交错斗争的瑰丽画卷。1958 年 9 月,上海市人民沪剧团党总支书记、副团长陈荣兰在南京巧遇崔左夫,意外获得《血染着的姓名》并赞赏有加。两位新四军老兵金陵晤面,不经意间为《芦荡火种》创作提供了弥足珍贵的滥觞。

那一天,面对崔左夫这位身材瘦长、面容清癯的前辈,我的心中充满了敬意。绚烂的晚霞往往稍纵即逝。自会场邂逅一年零十个月后,2007 年 2 月 24 日,崔左夫在湖北黄石悄然谢世。

二十六把轮椅和五十七副拐杖带来的冲击,是我对二十集团军传奇历史由感性好奇向理性思考转折的拐点。崔左夫所撰纪实文学引发的红色经典创作,为我打开了探察那座蕴藏丰富矿藏的窗口。从刘飞、崔左夫、陈荣兰跨越战争与和平的接续奋斗创造中,我感受到了薪火相传和为再现这段历史倾力笔耕的责任。此后数年,我开始有意识地搜集该集团军的军史、回忆录和有关资料,还慕名访问了大江南北许多新四军老战士。2014 年,当我开始《一颗子弹与一部红色经典》的创作时,我惊讶地发现,多年搜集的集团军前身部队和老前辈的书刊材料,竟然悉数在档!

从水管里流出来的都是水,从血管里流出来的都是血。回望昨天,再现历史,感触最深的是,情感认同是第一要义。只有像先辈那样不忘初心,忧伤着他们的忧伤,感动着他们的感动,才能在同频共振中找准定位,打开让创造力奔涌的闸门。从这个意义上说,正确的价值观和历史观是真实还原历史的基石。

二、寻找东来茶馆的“瘦马”

在重拾东路抗战记忆的日子里，我的脑海中每每萦绕着《芦荡火种》和《沙家浜》中的一帧画面——

天低云暗中，芦苇掩映的湖面上，一叶扁舟悄悄冲破日寇和“忠义救国军”的封锁，载着被围困多日的“江南抗日义勇军”后方医院伤病员，飞快地向指定的湖浜村落驶去……

这一惊心动魄的场景，是阳澄湖真实斗争故事的摹写。岁月流逝并未淡忘人们的关切。那个从日伪眼皮底下潜入湖中、用芦苇秆换气托船前行的少年身上，蕴藏着怎样不为人知的秘密？

1939 年深秋的一天，常熟董家浜西南梅村东来茶馆，来了一位面孔清瘦的中年茶客，径直坐到临窗的桌前，冲着茶馆老板胡广兴喊道：“雨前茶，来一壶！”“雨前茶来啦！”随着一声娴熟的应答，老板端茶快步来到中年茶客桌前，一面布茶一面唱起茶歌。中年茶客在茶馆小坐片刻，边付茶钱边小声向胡广兴交代：“两天内把‘蚂蚁爬，劈里扑’（常熟小商贩的一句缩脚韵，意为蚂蚁爬山，劈里扑落。‘山’谐音‘三’，‘落’谐音‘六’，‘三六’即中共常熟县委给伤病员的临时代号）全部转移到湖西，否则他们都会饿死！”

第二天日落时分，东来茶馆近旁湾汊里，一只无篷小船忽然离岸而去。巡逻的鬼子连声喝问，堤下有人答：“起风哉，绳子断了！”鬼子要村民下湖追船，早已潜在人群中的胡广兴跳下水去，游不到十丈远就双手乱舞，一副濒于灭顶的样儿，在大呼小叫救命声中被乡亲们拉上岸来。鬼子和汉奸气呼呼走开后，已漂远的小船下忽然冒出一个人，驾船飞快驶入湖心芦苇荡，连夜把伤病员转移到湖西张家浜。这个英雄少年，就是胡广兴侄子胡小龙。

东来茶馆是中共常熟县委设立的秘密交通站，以经商作掩护的中共党员胡广兴，按照“茶客”——实为中共常熟县委领导人任天石指示，与侄子冒着生命危险在鬼子汉奸面前巧演双簧，计送小船，帮助被困多日的伤病员跳出日伪封锁圈，在东路抗日斗争史册上写下了精彩而神奇的一笔。但胡广兴有着鲜为人知的苦恼：入党前，他娶有两个妻子，这与党实行一夫一妻制的规定明显抵牾。组织上已要求他妥善处理。年长的妻子与其连理既久，他从感情和为人道德上不忍与其离异；年少的妻子善解人意、情感甚笃，他更下不了决心与她各奔东西。胡广兴陷入了从未有过的矛盾和纠结之中。痛苦抉择后，无法解决家庭矛盾的胡广兴，最终决定离乡去上海做生意。崔左夫写于1957年的《血染着的姓名》载，胡广兴是在不能摆脱既有婚姻束缚又无法面对党的纪律的情况下，无奈退党去上海的。临走时，他对县委书记任天石说：“我瘦马负重，只能走到这里了。我到上海后做点儿正经生意，绝不会做一件不利于共产党的事情，我相信抗战必胜。”

那个春日，我伫立东来茶馆旧址，思绪像阳澄湖水一样在激荡。胡氏叔侄夜湖飞舟救伤员的壮举，其意义不仅在于从被救伤病员中走出了开国中将刘飞和开国少将黄峰，脱险伤病员日后成为苏常太和澄锡虞抗日根据地再度烽火燎原的火种，还在于这一惊心动魄的史实，为后来经典创造者演绎“茶房智斗”核心剧情和塑造阿庆嫂泼辣机警的形象，提供了不可多得的上佳素材。七十多年沧桑巨变，命运之神是如何刓划“瘦马”的？在人海茫茫的大上海，叔侄俩经历了怎样的困厄和坎坷？2015年5月，根据初查获得的有关线索，我请上海新四军“沙家浜部队”历史研究会，函请上海市公安机关帮助查找胡小龙。

5月27日，上海奉贤区奉浦派出所传来消息，奉浦开发区肖塘村胡小龙，年龄、籍贯和经历与查找对象条件相符。抗战中悄然消失于大上海的那匹“瘦马”已有踪影！6月20日下午，我在刘石安和奉浦派出所陈教导员、王警官带领下，径往肖塘村，见到了年逾八旬的胡小龙。攀谈中弄清，当年，胡广兴携家人和胡小龙父母一起，乘船从董家浜经阳澄湖水系至苏州，沿京杭大运河向东进入上海青浦淀山湖，再转入黄浦江抵上海。两家人先是在闵行郊区落脚,靠开"老虎灶"(茶馆)、当篾匠和理发糊口。后因日寇随意杀人抢劫、强奸妇女,地痞流氓也乘势欺人,两家被迫各奔东西。胡广兴去了上海市区,胡小龙随父亲到了奉贤。新中国成立前夕,胡广兴患肺病去世,胡小龙在肖塘靠理发谋生。家人介绍,胡小龙为人低调,迁来肖塘村逾七十年,从未讲过东来茶馆的事,在《芦荡火种》《沙家浜》红透半边天的年月也未对人讲过。两位警官告诉我,胡小龙与街坊邻居相处融洽,全家人在周围群众中有着不错的口碑。崔左夫《血染着的姓名》中讲胡小龙是"青年党员",经询,这位时年十一岁的少年并未入党。

寻找东来茶馆的"瘦马",使几近埋没的草根抗日英雄得以重现,也为作品平添了一抹亮色。历史总是不肯褪去自己神秘的面纱,置身幽深莫测的时光隧道,你会由衷慨叹,没有"众里寻他千百度"那么一种锲而不舍的精神,逼近历史真实还真不易!

三、为了告慰旷世巾帼的在天之灵

穿巡新四军曲折而悲壮的征程,有一颗星始终璀璨夺目并时时令你震撼,她就是闻名新四军部队的女英雄杨瑞年。

杨瑞年 1916 年 7 月生于镇江,十七岁考入苏州女子师范学校,大量阅读进步书刊并投身抗日救亡活动。当苏州女子师范学校无理解聘孙其敏(即后来任第七、八届全国人大常委会副委员长的孙起孟)等进步教师时,杨瑞年走在游行请愿队伍最前列,第一个冲进江苏省教育厅办公楼,当面质问教育厅厅长周佛海。1936 年春,杨瑞年被国民党特务机关逮捕入狱,经亲友奔走,于 1937 年夏保释出狱。在任弼时妹妹任季潘鼓励下,杨瑞年和妹妹杨青年于是年冬天长途跋涉到山西临汾八路军学兵队,不久转到南昌新四军军部。

叶飞夫人王于畊,当年与杨瑞年一起由临汾八路军学兵队分配到新四军。1991 年 9 月,她在散文《长江的女儿》中,生动描述了 1938 年学兵队联欢时，杨瑞年表演舞蹈节目的精彩场景：

> 在雪亮刺眼的汽油灯下，她穿着黑色的紧身服装，上面大概缀了许多亮片，在汽油灯下神奇地飘闪着点点银光。她跳的是卡尔斯登舞，跳得神采飞扬，激越酣畅，皮鞋急骤地敲击着台板，踢踢踏踏，踢踢踏踏，强烈的节奏里充满活力，迅疾的舞步里透着潇洒。她双眼流盼，笑容满面……用眼下流行的话来说，台下的一千多人是一齐被“镇”住了，迸发出一阵阵的掌声。在这吕梁山麓的一个山村里，在这一千多个穿着灰布军服的人们面前，忽然出现了这样一个叫人眼花缭乱的洋舞蹈，不能不令人感到意外和欢乐！落幕后人们还不停地鼓掌，齐声喊着：“再来一个！”终于大幕再次拉开，杨瑞年又重复跳了一遍，这个节目才算结束。

然而，在震惊中外的皖南事变中，杨瑞年不幸落入敌手。在上饶集中营，根据狱中党组织指示，杨瑞年参加了“更新剧团”演出，借机打通对外联系。她以必须由赖少其做布景、邵宇化妆为条件，掩护两位新四军著名画家和掌握大量机密的叶挺侄子叶育青、20世纪末任过浙江省人大常委会主任的陈安羽和另一难友陈文全，利用演戏之机成功逃出魔窟，重返新四军部队。

1942年6月17日下午，在福建省崇安县崇阳溪畔发动的著名的赤石暴动中，五十多名被囚新四军官兵成功脱险，杨瑞年不幸未能逃出魔掌，于6月19日慷慨赴难，身中六枪仍昂首挺立，高呼“中国共产党万岁”，直到第七枪头颅被打碎才倒下。杨瑞年惊天地、泣鬼神的英雄壮举，谱写了“草木为之含悲，风云因而变色”的大义之歌，行刑刽子手无不感到震惊和恐慌，惶惶不可终日，有人甚至负疚逃走，从此洗手不干，并泄露了大屠杀内幕。

就在杨瑞年在武夷山下怀着一颗极其虔诚的心，用尽平生之力向亲爱的党发出最真挚、最美好、最强烈的心声时，她全然不知，自己至死也没有加入中国共产党,居然是因为山西八路军学兵队认为她有“托派嫌疑”,并向新四军做了介绍!

1981 年,皖南事变四十周年之际,原新四军秘书长李一氓撰文写道:上饶集中营的考验和锻炼,最后否定了临汾学兵队的怀疑,那是没有根据的……三十九年后的今天,应该向她道歉,应该为她平反,应该承认她是新四军的大无畏的女战士,应该追认她是百分之百符合条件的中国共产党党员。

当然,认为杨瑞年是中共党员的也大有人在。刘飞的夫人朱一是杨瑞年苏州女师的同学,她认为杨瑞年在学校已经入了党;在杨瑞年帮助下逃生的陈安羽,在《炼狱散记》中有“共产党员杨瑞年”的记述;当年和杨瑞年在新四军教导总队工作过的陈洛痕、蔡园、丁公量等人,都曾面陈或书函证明杨瑞年是共产党员。上述回忆自然令人欣慰,但所讲时间与王于畊的回忆和杨瑞年的家信不相吻合。杨瑞年究竟是不是中国共产党党员?

2015 年 5 月 2 日,我在镇江造访杨瑞年弟弟杨万年家时,杨万年遗孀麻文华老人,建议我询问原国家地质矿产部部长孙大光的儿子孙东梁。孙东梁的母亲张刚是老红军,又是杨瑞年表妹,当年与杨瑞年联系密切,她应该知道杨瑞年入没入党。2015 年 6 月 22 日,我就杨瑞年是否入党与孙东梁通电话,嗣后赴京开会,又抽暇到和平里南街拜访孙东梁。他不无沉重和遗憾地告诉我:“母亲多次讲过,因受‘托派嫌疑’影响,杨瑞年最终未能入党。”

历史总会留下难遂人愿的遗憾!我在书中写道:杨瑞年是不是中国共产党党员,在她牺牲七十三年后的今天,这个问题已不那么重要了。杨瑞年是中国共产党党员,我们为党有这样的好女儿感到骄傲;杨瑞年不是中国共产党党员,虽然令人不胜惋惜和惆怅,但丝毫无损于英雄的光辉。因为作为新四军最著名的女英烈,集正义、勇敢、才华、美丽于一身的一代女杰杨瑞年,已经当之无愧地把自己的名字写进了中国共产党的光荣史册。

四、一百五十四封书信昭示的心路历程

置身宏大叙事,书写历史群像,比田野行走、实地踏勘更为艰难和重要的,是走进湮没于岁月尘埃的人物内心。要使读者真正体察到你所描摹人物的温度和生命质感,从你构筑的精神世界强烈感受到鲜活如初生命的律动,固然需要形似,但更要力求神似。

吴恩灼,中国银行业巨子吴晋航的大小姐,1935 年受进步思想影响并为寄居家中从事秘密工作的共产党人何克希吸引,毅然开启了叛逆之旅,追随何克希买舟东下加入了“江抗”的行列。吴晋航发现独生女投身革命后,立即在英国一所名校为其办理了入学手续并缴纳学费,希冀通过出洋留学吸引女儿重回他预设的生活轨道。父亲的良苦用心并未换来女儿的回心转意。吴晋航哪里甘心掌上明珠远走高飞去过生死未卜的日子,翌年又早早为女儿缴纳了出国深造的学费。但杳如黄鹤的吴恩灼,最终还是令父亲深深地失望了。她义无反顾投入革命怀抱,再也没有回头。

1946 年,吴恩灼的直接上级赋予她一项特殊任务,要她立即潜回四川重点做其父的统战工作,行前不得告诉任何人。那是一个党让你赴汤蹈火眼睛都可以不眨一眨的年月。虔诚而执着的吴恩灼守纪如铁,接到命令后立即消失在熟悉人的视野中,包括自己相依为命的丈夫,并未留下只言片语。经过数年四处打听和令人身心交瘁的等待,时任华野一纵副司令员的何克希终于失望了。经陈毅、粟裕等华野首长批准,何克希另外组织了家庭。

而那个不辞而别、从苏南敌后神秘消失的吴恩灼,在一唱雄鸡天下白的日子里,终于在重庆现身。人们注意到,1949 年,不肯随蒋介石逃台的吴晋航在京参加了开国大典,吴晋航密友刘文辉,也在江山易主前起义于川康。此时,完成了特殊使命的吴恩灼猛然发现,自己已无法回到何克希身边了。

噩运接踵而至。生性耿直的川妹子吴恩灼,1952 年被诬阻挠“三反”而

撤销重庆市妇联保育部长职务,1957 年又被打成右派下放到工厂拉板车。在吴恩灼最无助、最脆弱的时候,有个比她小八岁的基层干部走进了她的世界。他们相互扶持着,度过了那段艰苦而又洋溢着些许幸福的时光。十年浩劫后,吴恩灼得到平反恢复了红军待遇。但她发现,在沦落社会最底层的年月,那种支撑自己苦苦前行卑微甚至堪称可怜的幸福,在物质生活不再成为问题之后,居然慢慢消失了。站在洒满夕照余晖的人生驿站,吴恩灼回首自己毅然同给过她优渥生活的家庭决裂而投身革命的叛逆之旅,禁不住心潮起伏,但想到自己为革命付出的常人所难以承受的巨大牺牲,又免不了忧思悱恻,伤心感怀。她不断给"江抗"老战友张鏖写信,叙说自己的人生际遇,排遣郁积心中的块垒。

这一无可复制的人生跌宕,无疑是个值得深入挖掘的看点!

怎样才能窥知吴恩灼的真实内心世界? 斯人已逝,隐情成谜。山重水复之际,张鏖女儿张小滨在上海发现了父亲留存的吴恩灼 1979 年至 1993 年的来信,共有一百五十四封之多,计十五万五千八百多字! 一道思想的灵光闪现心头:如此宏大的鸿雁传书工程,该储存着吴恩灼内心世界多么丰富而珍贵的精神密码!

品尝苦难时光酿造的精神之酒,虽然苦涩却回味绵长。展笺细读吴恩灼的信,絮絮不休和家长里短的诉说中,不乏骤失爱情的痛苦,敌后统战的误解,无端蒙垢的屈辱,奔走申冤的艰辛……步入充满泪水、叹息和怨懑的心灵深处,我的心被震撼着,又时时被紧揪着。革命与爱情的冲突,竟然演绎了如此令人扼腕痛惜的人生悲剧! 一幅幅含悲抑苦的画面,像一条跌宕起伏、清浊相间的河流,痛苦呻唤着从眼前淌过,留下了红军女战士负重蹀躞的独特轨迹。蓦然,信中两句颇为隽永的话令我怦然心动:贵为小姐易,投身革命难。这是吴恩灼投身革命之初何克希对她的忠告。吴恩灼以战争年代牺牲自己的爱情和家庭,新中国成立后又坠入社会底层三十年的高昂代价,在晚年终于读懂了何克希给她的箴言。1993 年,吴恩灼在重庆江北红军院写下了《回忆我的带路人何克希同志》的文章,为自己多舛而无悔的一生作结。

书中撷取了何克希与吴恩灼最后一次晤面的场景:20 世纪 80 年代初,何克希在杭州时,吴恩灼曾专程去看过他一次。后来的人们描述,何克希一看见走进家门的吴恩灼,恍如隔世,情不自禁倒退两步,双手连连作揖:“对不住,真是对不住啊!”吴恩灼看着英雄暮年的何克希,千言万语,竟一时不知从哪儿说起。

读懂那些叱咤风云但已与今天隔膜的抗日英雄,必须找到走进他们内心世界的路径。那些存于“家庭出版社”“家庭档案馆”的带有私密性的父辈口述实录和书信资料,往往蕴藏着正史和出版物难得一见的吉光片羽。懂得了人物的内心和精神世界,掌握了专属那一代人的细节,历史真实就由朦胧变得清晰了。

五、听妈妈讲那过去的故事

茅山,新四军纪念馆,中共苏南特委书记吴仲超的墓碑赫然在目。岁月迢递,沧桑巨变,英灵憩息地浩气丝毫不减。

吴仲超当年转战江南,戎马倥偬中就颇喜爱文物。1946 年,吴仲超在淮安任中共中央华中分局秘书长,常到旧物市场觅宝。一次,谭震林处理敌产时发现一批文物,即委派吴仲超组建一个班子负责保管。1954 年,经张鼎丞向中央推荐,吴仲超出任故宫博物院院长兼党委第一书记。1972 年,美国总统尼克松访华,吴仲超因接受审查正“靠边站”。周恩来指定吴仲超出面接待,并专门对尼克松介绍说:“这位是吴仲超,故宫博物院院长。”

2015 年,张鏖女儿张小滨给我讲了父母生前讲过的一则轶事。当年,谭震林曾当着新“江抗”领导人的面开吴仲超的玩笑:“吴仲超啊,吴仲超,你到了江南以后,左看有红花,右看有绿草……”逗得新“江抗”领导人捧腹大笑。谭震林开这个玩笑,源于他无意中看到了吴仲超写给新四军战地服务团杨瑞年的一首情诗。

杨瑞年是公认的新四军战地服务团的优秀女演员。在1938年的岩寺和云岭，无论在军部礼堂还是广场，看过杨瑞年演的戏的人，都知道她的表演有多么好。杨瑞年和张茜等出演的《送郎上战场》《刘桂英是一朵大红花》《张德宝归队》《红鼻子》《雷雨》《钦差大臣》等剧目，还有一些京剧、地方戏和舞蹈，都给新四军首长机关和部队留下了深刻印象。当年看过这些戏的存世者，至今都还对杨瑞年惟妙惟肖的表演赞不绝口。吴仲超曾任过新四军战地服务团副团长，对台柱子杨瑞年自然十分熟悉。早在大革命前，吴仲超曾按旧俗娶了一房夫人，参加革命后与妻子失去联系。据说，当年吴仲超寄给杨瑞年那首诗后，没有得到她的回应。新中国成立后，周恩来十分关心年近五十的吴仲超的婚事，想帮他再组织一个家庭，但吴仲超婉言谢绝了。

吴仲超终生未再续妻室。

1984年10月7日，吴仲超因病在北京逝世，享年八十二岁。

1985年9月，吴仲超骨灰安放在茅山新四军纪念馆南侧，成为首个埋骨不寻桑梓地、愿将忠魂留茅山的“江抗”领导人。

重大革命历史题材创作，生动翔实的细节犹如凤毛麟角，寻觅和发掘殊为不易。在“江抗”领导人和历史见证者差不多全部谢世的今天，那些与父辈朝夕相处几十年的第二代，往往成为珍贵信息的富集者。这些在浩瀚深邃的历史苍穹以自己独特方式熠熠闪光的“微星辰”，或热情奔放，或内敛自矜，以特有的历史责任感，向社会释放着关于“江抗”的原生态信息，从而汇成了蔚为壮观、璀璨夺目的精神“银河”。再现当年东路地区波澜壮阔的斗争历史，除了有限的书刊回忆录和馆藏资料外，“江抗”儿女从小到大在耳濡目染中获取的信息，往往成为独家发布的珍闻秘籍，成为塑造“江抗”领导人血肉丰满、生动感人形象的宝贵细节。

当年在阳澄湖养伤的职务最高的伤病员、“江抗”政治部主任刘飞的女儿刘凯军，告诉我一则爸爸妈妈讲过的趣闻：

1940年4月初，新四军三支队副司令员谭震林，受命从皖南千里跋涉奔赴常熟，主持领导苏南东路地区党政军全面工作。一天，化装成绸布店老板的谭震林，带着刘飞、戴克林等人，身着新购置的长袍礼帽和皮鞋，刚刚走出苏州城西阊门外东来旅馆，戴克林的肩膀忽然被人拍了一下，回头看时，只见一个扮相妖冶、眼饧颊红的年轻女子，正站在路边搔首弄姿，望着他哧哧地笑。戴克林知道遇到了妓女，慌忙摆摆手，情急之下竟脱口说道："同志，这不行哎……"话未说完，就感到语中有失。谭震林瞪了戴克林一眼，带着几个人迅速摆脱了妓女的纠缠，走远后对大家说："大庭广众之下，绝不能随便叫同志，那不等于告诉别人你的身份了吗？"众人连连点头，深感从根据地到敌占区，还真有些不适应。因苏州日军每晚 10 点查房，谭震林一行便早早吃了晚饭躲进电影院，连看两三场电影，午夜查房过后再回住处。

历史本是无数重大事件和陆离斑驳细节的集合体。随着这些由"江抗"第二代接续传播的饶有兴味的细节的本色呈现，新四军和"江抗"恢宏壮丽的历史，开始变得伸手可触、真切动人。

六、用好"数字人文"的时代利器

创作中，当我频频引颈向七十多年前的历史纵深眺望时，面对林林总总的事件和人物，难免会感到疑惑。好在赶上了拥有海量网上信息的"数字人文"学术新世纪。今天，随着"数字仓储"和"数字图书馆"的涌现，无远弗届的文献资料可以全文检索和方便查询，皓首穷经和悬梁刺股式的研究考证，在很大程度上开始成为历史。凭借这一科学高效的时代利器，作家可以精准快捷地考证核查重要历史事件的时间、地点等要素，从而为最大限度逼近历史真实，开拓了新的更大空间并提供了前所未有的可能。

原济南军区政委陈仁洪，1941 年初皖南事变时任新四军五团二营营长，20 世纪 80 年代，老将军在回忆录《皖南突围遇项英》中写道，1941 年春节（辛巳年）过后即 2 月中旬的一天，他带人下山，恰与从石井坑突围后隐蔽在附近的项英派出的人相遇，陈仁洪立即与项英取得联系并多次给他送食品。陈仁洪所述时间是否准确？通过网上万年历软件进行查询，弄清1941年春节过后已是2月末，于是纠正了一个记忆有误的时间节点。

有一篇新四军老战士的回忆录写道，1939年3月6日，周恩来在皖南新四军军部做报告后，当晚与新四军官兵一起联欢，并指挥大家引吭高唱《新四军军歌》。经上网检索并与权威史料比对，《新四军军歌》是此后半年才创作出来的。这就避免了在写周恩来皖南擘画新四军发展大计内容时，出现不应有的差错。

考证扑朔迷离的历史事件，时间常喜欢跟人捉迷藏。关于叶飞率新四军老六团东进敌后作战的出征时间，当事人回忆录和有关资料有5月1日和5日两种说法。权衡取舍中，我注意到，新四军一支队司令员陈毅在部队开进前专门给“良团”（即老六团）写信，信的落款时间为5月，部队根据这封著名来信对官兵广泛进行教育动员。陈毅来信时间和部队收信后认真进行教育的史实证明，老六团出发时间是5月5日。但颇具权威的《江抗战史》记载，老六团于5月6日到达武进（今常州市武进区）戴溪桥，与在当地活动的梅光迪所率“江抗”第三路会合，并成立了“江抗”总指挥部。老六团5月5日凌晨从茅山根据地溧阳县水西村出发，6日能否到达武进戴溪桥？经上网查询谷歌地图并测算两地距离，老六团一天多时间走完这段路程，当绰绰有余。

不可否认，信息技术给作家有效逼近历史真实，带来了革命性变革。当严谨求实的分析求证插上“数字人文”的翅膀，传统学术研究和纪实创作需经年累月比对、考订、校勘、辑佚尚难以弄清的问题，霎时就可得到翔实精确的答案。

当然，数字时代，网上信息鱼龙混杂，陷阱无处不在。网上有文章说，当年苏常太抗日民主根据地的太仓县县长郭曦晨，在反“清乡”斗争中被捕入狱，英勇牺牲，被追认为烈士。询问江苏太仓有关部门，结果不能确认郭曦晨是烈士，也说不清他在抗战中的命运遭际和去向。两难之际，我向有“江抗”活化石之称的施光华求教。这位1937年跟随何克希从上海“特科”到东路参加“江抗”、1957年在南京军区司令部办公室主任任上接受过崔左夫采访，为他按刘飞嘱托写出《血染着的姓名》提供珍贵素材的老“江抗”，认真审读作品初稿后告诉我，郭曦晨没有牺牲，新中国成立后，他在上海见到过他。后来弄清，郭曦晨当年被捕后，经党组织营救出狱到广州工作，从而解开了这一悬疑。

（《光明日报》2016年11月25日整版刊发，同日《光明日报》光明网、光明文艺微信公众号转发，《国防参考》杂志2016年第一期刊发，《新华文摘》杂志2017年第五期全文转载，人民网、中国文明网、中华人民共和国国防部网转载，中国作家网2016年11月26日首页头条推荐）

二、文苑回声

《一颗子弹与一部红色经典》荣获第六届“徐迟报告文学奖”

颁 奖 词

《一颗子弹与一部红色经典》 高建国著 作家出版社 2015 年 12 月

这部作品从嵌入开国中将刘飞胸部的一颗子弹切入，以独特的视角揭示了“江南抗日义勇军”的苦难辉煌，勾勒了在民族危亡之际新四军波澜壮阔的成长战斗历史。作品用工笔般细腻的艺术手法，全景展现了以新四军老六团为骨干的“江抗”在党的六届六中全会精神的指引下，大力开展敌后游击战争的峥嵘岁月。浓墨重彩地描写了“江抗”东进日伪重兵据守的苏南水乡，胜利开辟苏常太抗日根据地的艰苦悲壮斗争，在“沙家浜”的一场生死较量中，令人信服地表现了以毛泽东同志为代表的中国共产党人力挽狂澜的丰功伟绩，彰显着共产党人坚如磐石的理想信念。作品中自有许多的沉思和文化内容。

第六届“徐迟报告文学奖”评奖委员会

二〇一七年六月六日

一句话获奖感言

高建国

那颗翱翔于“江南抗日义勇军”和新四军历史的子弹已经呼啸远去，但“江抗”英雄和新四军前辈的伟大形象，将永远矗立在中华民族的精神家园，成为鼓舞亿万人民不懈奋斗实现中国梦的磅礴力量。

颁奖仪式朗诵作品选段

5 月的阳光下，如诉如泣的音乐流水般在墓园荡漾，充溢着江南丝竹特有的人生况味。

墓园本是凝固的民族精神文化史。近代以来，特别是欧洲那个共产主义幽灵漂洋过海来到中国以后，赴义千秋、血沃圣土的雨花台，便以其无与伦比的特有浩然正气，深藏厚植着中华民族百死不悔、万难不屈的精神密码。

伫立在红色天堂的入口处，但见满山忠骨，遍地英灵。

每一座墓碑都是一个巍然矗立的灵魂。

每一个名字都承载着一段光耀千秋的历史。

置身庄严圣洁的民族精神之林，游目骋怀，我仿佛又回到了旌旗招展、鼓角争鸣的烽火岁月：陕北的深远经略，云岭的拨云见日，茅山的星夜进击，澄东的喋血厮搏，阳澄的芦荡坚守，茂林的绝地反击，延安的隐忍取义，窑湾的梦回苏南……曾经点亮“江抗”乃至波澜壮阔中国革命战争历史的一个个或震撼或隽永的场景，一齐在我的眼前迭现、翻飞，一如凹凸有致、栩栩如生的浮雕，山呼海啸般齐集我的眼帘。那一刻，我读懂了何为历史在这里聚焦、风云在这里际会！

……

江南的杜鹃花年年映山红，兼有血谊和亲情的“江抗”儿女们，岁岁来雨花台看望和祭奠自己的亲人，在天上人间的凝目相视和心灵感应中，向父辈汇报自己的奋斗进取和所得所获。昨日的红色追忆令人回味无穷，今天的金色梦想正衍生出新的传奇。

高天流云，江风浩荡，奔流到海不复回的长江，正穿过虎踞龙盘两千六百个春秋的古城金陵，一泻千里，蔚成万千气象。

一个雄心勃勃编织无与伦比复兴梦想的民族，比以往任何时候都更需要永不枯竭的精神动力。而回望七十多年前那场波澜壮阔的战争，人们蓦然发现，炼狱之火熔铸的，正是凤凰涅槃极可宝贵和不可或缺的东西。

大江南北，神州八极，纪念抗战胜利七十周年的热潮正方兴未艾。那是一个民族在新的历史起点上的苏醒和重塑。

（摘自《一颗子弹与一部红色经典》尾声《雨花台上》，第516~517页。朗读者：湖州电视台文化娱乐频道副总监朱鸿洁、湖州电视台首席主播李晓红）

关于推荐《一颗子弹与一部红色经典》参评第六届“徐迟报告文学奖”的函

“徐迟报告文学奖”评奖活动办公室：

根据第六届“徐迟报告文学奖”评奖条件和规则，我社决定推荐2015年12月出版的长篇报告文学《一颗子弹与一部红色经典》参加评选。

《一颗子弹与一部红色经典》，以抗战时期嵌入新四军指挥员、开国中将刘飞胸部的一颗子弹和根据刘飞嘱托产生的描写阳澄湖三十六个伤病员事迹的一部纪实文学，以及由此引发的红色经典《芦荡火种》《沙家浜》的创演为贯穿线，把宏大叙事与细微透视统一于一体，从独特的视角生动揭示了“江南抗日义勇军”苦难而辉煌的奋进历程，是第一部全面、系统、深刻、生动反映“江抗”历史和功绩的纪实文学作品。

这部作品的出版，是重大革命历史题材创作的新收获和新突破。作品把“江抗”东进这一历史事件，放在世界反法西斯战争东方战场国内外各种力量折冲樽俎的大背景下来描摹和展示，着力从历史高峰透视“江抗”东进战术行动所蕴含的战略意义，通过“江抗”在苏常太抗日根据地两度勃兴和新四军皖南失败后逆势崛起，从正反两方面深刻揭示了以毛泽东为代表的中国共产党人审时度势制定开展敌后游击战争和建立最广泛抗日民族统一战线战略策略的正确，以确凿的史实和精湛的描述，令人信服地印证了中国共产党是全民族抗战的中流砥柱和核心力量，没有中国共产党的牺牲、奋斗和隐忍，没有中国共产党高瞻远瞩制定正确的战略策略，就不可能把四分五裂、一盘散沙的中国凝聚和团结起来，形成驱逐日寇出中国的磅礴力量这一颠扑不破的真理。作品塑造的新四军指战员和文艺工作者英勇牺牲、忠贞不渝的群像，栩栩如生、感人至深。在当前意识形态领域斗争尖锐复杂的形势下，这部清新问世、引人注目的优秀作品，不仅是有力澄清各种歪曲诋毁党和军队历史阴霾的扛鼎之作，也是以信史和艺术的双重力量，对党员干部和群众，特别是青少年进行党史军史和理想信念教育的生动教材。

为了写好这部题旨深远的革命历史题材作品，作者独辟蹊径从多方面进行创新探索，把远去和枯燥的历史写得生动鲜活，令人不忍释卷，受到专家学者和读者的一致好评。2016 年 5 月 29 日，由作家出版社、《人民文学》杂志社、山东省作家协会、军委政治工作部宣传局文化处共同在京举办该书研讨会，与会专家对作品的艺术成就和创新给予充分肯定。

中国作协副主席何建明说，高建国的这部作品是非常成功的，从一颗子弹切入，从这样一个比较小的点入手，让子弹飞起来了，翱翔和穿越了整个新四军曲折发展和壮大的历史。切入点不大，但是展示着一个特别宏大深邃的历史场景。人物的穿插也非常好，始终围绕刘飞，围绕沙家浜这几条线来进行革命斗争史的叙述。我觉得是对我们革命先烈的一个非常重要的纪念和祭奠，这种写法非常好。这部作品是非常成功的，非常厚重的，既是难得的革命历史教材，同时也是优秀的文学作品。从党史、军史、地方史的角度看，也是一部非常好的作品。今年纪念红军长征胜利八十周年、建党九十五周年，明年纪念建军九十周年，我们中国作家协会要隆重推荐这部作品。这部作品应该成为这一段时间当中、这几年当中，我们重点推荐的作品。我们出版社和作家协会，也将把这部作品作为一部重要的、优秀的报告文学作品进行推介。这样的作品确实对我们年轻的一代非常重要，即使是了解这些历史的人，我觉得依然要好好学习。

中国报告文学学会常务副会长李炳银说，这个作品有一个特点，切口很小，从一颗子弹进入，但是进入之后非常丰富、非常宽广。我觉得作者写这段历史，不像有些作品写历史光写打仗经过和战役进程，而是始终用心勾勒时代背景、讲清历史事件，把功夫下在写人和人的命运遭际上，给我们提供了很多历史的、细部的，但又很重要的东西，讲出了不少饶有兴味的故事。过去写革命历史有一种倾向，我们叫反对战争恐怖论，革命烈士写得很浪漫，写得很悲壮，但是那种残酷的东西不让写。《亮剑》出来以后，好像写共产党领导的战争就是打打杀杀。但是高建国这部作品告诉我们，共产党不光是打打杀杀，还有智慧，还有像新四军这种文化程度比较高的部队。这是与《亮剑》那种作品不一样的。再有，就是像那些抗战神剧，简直是对我们革命历史、革命战争的一种歪曲的、随意的戏说，很不严肃。但是这部作品，在揭示我们革命历史的时候是严肃的，是庄重的，是动情的，也是很有情感和历史担当的，我觉得这一点很重要。这部作品为我们今天再写革命历史题材、历史内容，提供了一个新的范式。写这样的东西，像过去那种简单的、机械化的、新闻宣传式的写法不行，像《亮剑》和后来的抗战神剧这种写法也不行。我想，就是要很好地真正地还原历史，不是搞所谓的揭秘。现在写历史还有一种值得注意的倾向，就是认为过去宣传的革命都是假的，里面有很多阴谋的东西没有写，有些人要从猎奇、揭秘的角度写，用怀疑的态度去写。现在好多小说，包括一些谍战剧，打着虚构历史的旗号，以党的某个阶段、某场战役为背景，专写一些阴谋的东西，说的都是共产党怎么耍手腕，怎么搞阴谋，怎么欺骗老百姓。所以，我觉得这部作品是正确的、健康的、真实的，揭示我们革命历史当中的一些重要片段，不回避残酷，不回避内部的矛盾，不回避生存的艰难，不回避各种各样的情景，这样的作品有说服力。高建国在繁忙的工作之余，能够提供这样一部作品，真是不简单，令人佩服。

《人民文学》主编施战军说，有几个点，是这部作品非常重要的东西。一是，新四军到底有什么特色？作品中明显可以看出，这是一支文化感非常强的部队。现在一写国共之间的戏，国民党都是绅士，都是有文化的，共产党都是大老粗。但这部作品中的新四军不是这样，可以说从文化上与以往一些作品迥然不同。作品还原了新四军的文化特质和内在精神修养，这是非常重要的一个东西。二是，这样一部写党史军史的作品，怎么提炼出文学性？作者确实下了很大功夫。从刘飞身上的一颗子弹开始往外扩展，故事由此串联开来，这就是文学。三是，作品所展现的硝烟弥漫的历史，如何对当今发挥作用？我们看到，很多作品写历史非常精彩，但是它对当今有多少启示意义，或者说能够非常真切地发挥其在当下的意义？很多作品是找不到门路的。但这部作品真的是找到了门路。作者笔下的东西，真正展现了我们的核心价值观。历史的价值绝不能用别的方式来曲解。对于当今，我们怎么来生活？怎么怀着这样一种历史感来面对今天的生活？在这一点上，无论从书中的老一辈革命家、刘飞，还是从艺术家包括一些老百姓身上，都能得到一种启示。还有一点，这本书写了一段不是特别为人所熟知的重要党史和军史，它激活了革命历史和今天生活的那种切实的关系，这是一个更重要的特点。这部书是近年来比较少见的一部大作品。我希望它能够流传得更远一些，在社会上得到更高评价和重视。

著名评论家贺绍俊说，读这本书的时候，绝对是给人耳目一新的强烈印象。我非常欣赏高建国的这个写法，从一个很小的切口，进入一个很宏大的空间。我觉得，这本书大致有三方面内容：一是新四军特别是“江抗”的历史，二是刘飞的个人史，三是《沙家浜》这部红色经典的成长史。三方面内容每个都可以独立成篇，都可以写一本很厚的书。作者把这三方面内容糅合起来，从一个很小的切口进入，这是一个很特别的写法。他引用了毛泽东的一句话：“中国抗日的游击战争，就从战术范围跑了出来，向战略敲门。”我很有感悟，觉得作者写作时，其实也是从战术范围向战略敲门，他的整个写法，是有一个战略构想的。我觉得高建国的这个文学史写作上的革命成就，首先体现在，他是把时代背景推到前台，让时代背景与经典作品本身来平分秋色。他不仅强调时代背景，还强调了背景的背景，就是把历史背后的逻辑推演得更加透彻。为什么说是强调了背景的背景？比方《沙家浜》的背景，其实是刘飞等伤病员在沙家浜养伤。但作者并不仅仅写刘飞及新四军老六团，写他们的成长发展这样一个过程，而是把这个背景放在整个新四军发展的大背景中写，这就使我们对《沙家浜》这个红色经典背后的历史背景的逻辑，看得更透彻了。作品提供了一种新的写法，一种新的文学构思，就是在背景上做文章，把背景当成正文来写，这就写出一种新意来了。这个写法的确很新，阅读上也很有新鲜感。

《文艺报》主编梁鸿鹰说，作者把报告文学拿到历史大背景和具体事件的结合中来写，我觉得结合得非常好。作者发挥了他善于讲故事、善于抓细节、善于剪裁的能力。作品虽然有五十余万字，但因有大量史实的研读和采访作背景，所以还是有相当的可读性的。

中国作协创联部处长李朝全说，高建国写这本书，借鉴了红色经典的创作方法。从责编讲的情况，包括他自己非常深入的采访，都能看出来他是在一种实地采访、大量勘察史料、掌握大量事实的基础上来创作的，写作中也是吸取了各方面意见，不断修改打磨出来的。所以，这部作品首先提供的是一部经典是怎样炼成的样本意义。

《人民文学》副主编徐坤说，当年陈忠实说过一句话，一个作家到五十岁的时候，能写出一部枕着睡觉的书来就踏实了。这部书真的是可以枕着睡觉的，要入文学史、入军事史的，而且我特别希望作品明年能得“五个一”工程奖。

作品出版后，在社会上引起很大反响和广泛赞誉，本社半年时间五次加印，发行量突破八万册。《人民文学》2015 年 12 月号在头题位置以长篇非虚构文学规模摘发作品，并在卷首语做了突出介绍；今年 1 月起，《光明日报》、《解放军报》、《文艺报》、上海《解放日报》、《南京晨报》、《山东国防报》，分别用一个整版选登该书有关内容，今年《新华文摘》第五期转载了《光明日报》整版选发内容，标题上了杂志封面；《人民日报》《解放军报》《光明日报》《工人日报》《中国艺术报》《大众日报》《辽沈晚报》分别对该书发表评论。其中《解放军报》两次在专版头题位置刊发对该书的重磅评论；《文艺报》用一个整版刊发三位评论家对该书的评论，《吉林日报》也拿出一个整版，专门刊发关于该书的评论，《中国青年报》刊载了对作者的专访。从去年 12 月起，解放军报社主办的《国防参考》开始连载该书，今年计划用一年时间（二十四期）连载完毕；上海《新民晚报》、广州《羊城晚报》、山东《大众日报》、《沈阳晚报》、吉林《城市晚报》、《武汉晚报》等报刊分别连载该书；《文摘报》等报刊分别选载书中有关内容，海内外网站也纷纷对这部作品予以转载。

鉴于长篇报告文学《一颗子弹与一部红色经典》在思想性和艺术性上取得的成就及产生的良好社会效益，我社特向评奖活动办公室介绍有关情况并推荐该作品，希望能引起评审专家重视，使作品得到应有的肯定，以期在更加广泛深入的传播中，引导人民群众特别是青少年更加热爱伟大光荣正确的中国共产党，更加尊崇为民族独立、祖国解放建立不朽功勋的人民军队，更加自觉地践行社会主义核心价值观，并投身构筑中国梦的伟大事业，在资政育人和弘扬正能量方面发挥更大作用。

专此函达，请予支持！

作家出版社

二〇一六年六月二十八日

子弹飞翔化信史

——长篇报告文学《一颗子弹与一部红色经典》创作纪实

王天德　秦富梁

一颗饱浸抗日英雄陈年旧血且锈迹斑斑的子弹，由开国中将刘飞所携，从江南水乡呼啸而来，在历史的天空划出炫目弹道后，已然蝶化为脍炙人口的红色经典。军旅作家高建国创作的长篇报告文学《一颗子弹与一部红色经典》，由作家出版社出版后，因生动再现抗战传奇，在社会各界和读者中引起广泛关注。

文艺界专家认为："江南抗日义勇军"的历史或许已淡出世事流变的激流，但高建国以坚毅自信、专注辽阔的姿态与豪情，把一段看上去人人皆知却难以真知、细知的珍贵历史栩栩如生地勾勒出来，同时巧妙地将《沙家浜》形成的历史脉络及创作背景娓娓道来，作品以具体真实又鲜活生动的斗争史实，为对那段历史缺乏认知或了解又疑信参半者强烈"补钙"。

报刊评论说，这部作品"在历史的还原中反诘与叩问现实"，"犹如一台探寻历史踪迹的 X 光机"，是"一部有着巨大历史容量与思想内涵的作品"，可谓"战争历程和文化精神的双重书写"。

健在的"江抗"老战士、新四军历史研究工作者和"江抗"后代，对这部作品也一致认可，认为该书问世填补了一段空白，了却了他们用喜闻乐见的形式全面再现"江抗"历史的夙愿。

一本书缘何成为洞察"江抗"前踪后迹的信史？新华社记者日前就这部作品成书前后的有关情况，对作家进行了专访。

灵光入心

作品2015年12月出版,但从酝酿到成书却历经三十年。

1985年百万大裁军后,高建国一走入驻豫第二十集团军,便立刻发现了这支部队与其他部队的迥然不同之处。

——同为离退休干部,其他部队的多有在家喂鸡种菜抱孙子者,而这支部队的“老员外”们,则乐此不疲写书照相做报告;

——同样南征北战,这支部队的历史与更多脍炙人口的红色经典密切相关——《东进序曲》《黄桥决战》《柳堡的故事》《红日》《战上海》《霓虹灯下的哨兵》,现代戏《芦荡火种》《沙家浜》,就取材于该部三十六个伤病员阳澄湖斗争经历。1944年参加新四军的军文工团团长陈荣兰,转业后策划了《芦荡火种》的创作。

历史隐秘角,以“江抗”为代表的新四军部队所具有的鲜明文化特质,令高建国不禁怦然心动。原来英勇善战的革命武装,不都是目不识丁的大老粗啊!能打仗、有文化,这或许是我军若干劲旅的本质,却长期被忽略甚至遭曲解的一个重要特征!

高建国披阅史料得知,这支部队是保留最完整的新四军主力。1937年淞沪抗战后,上海民众的爱国热情空前高涨,大量青年学生、市民参加新四军,有不少高中生手拿钢枪,兜揣钢笔。

后来,高建国到这支部队工作,深入了解部队历史和不断接触“江抗”前辈,萌生了再现这段历史的想法,并着手搜集资料。

2005年,上海新四军“沙家浜部队”历史研究会组织老同志纪念抗战胜利六十周年,高建国应邀与会。“当时楼上楼下坐得满满的,多来了一百多人,现场有五十七副拐杖、二十六辆轮椅!”

大会主持人公布的这个数字,令高建国深受震撼。他向几位老阿姨询问陈荣兰的情况,得知她1975年就在上海街头遇交通事故不幸辞世,心里猛地一沉，痛惜和缅怀之情潮水般涌来。那次会上，高建国还见到了《血染着的姓名》的作者崔左夫。1948 年 11 月，刘飞在大运河畔的窑湾古镇挥师歼灭国民党第六十三军，淮海战役首战告捷，新华社战地记者崔左夫赶来采访，刘飞对他提出采写三十六个伤病员坚守阳澄湖芦荡斗争事迹的设想。九年后，崔左夫赴苏南写出的这篇特写，为陈荣兰意外所获，于是成为沪剧《芦荡火种》和京剧《沙家浜》创作的滥觞。

2015 年上海之行，对高建国日后从独特视角再现“江抗”东进和红色经典演化历史，产生了重要影响。随着时间的推移，他越来越紧迫地认识到，作为一个曾与创造历史辉煌的老“江抗”有过交集、占有较多史料，且能以正确的历史观秉笔直书的后来者，应当责无旁贷地肩负起重述、再现和回放历史的责任。

2014 年夏秋时节，高建国利用节假日和工作余暇起笔写作。一开始，他写了中篇报告文学《朝霞映在阳澄湖上》，成稿后感觉比较平，只把大家大致知道的故事又讲了一遍，就放下了。

这一年的 10 月 2 日，高建国来到苏州革命博物馆，伫立在陈放取自刘飞胸中子弹的展柜前凝神结思。1939 年 9 月 21 日，“江抗”政治部主任刘飞，率部在江阴顾山与来袭的“忠义救国军”激战，这颗子弹从敌步机枪中射入他的肺部，于是这位长征红军又有了芦荡养伤的经历，子弹伴随了他四十五年的军旅生涯。烽火远去，厮杀渐歇，但高建国感到，那颗黑与红的经历参半、烙印着特殊历史而又令人憎爱交加的子弹，七十多年来从未停止过飞翔，不仅引发了红色经典创作，而且打开了透视中国共产党人战略运筹和苏南东路地区抗日英雄谱的窗口。

思想的灵光一旦照亮视野，创作激情便喷薄而出。2015 年 3 月 13 日起，高建国另起炉灶、重新架构，以《一颗子弹与一部红色经典》为题，开始还原“江抗”和红色经典成长的历史。

成书后，人们发现，那颗在广袤时空飞翔的子弹，不仅是贯通战争与和平两个历史时期的巧妙构思，而且成为增益作品文学性最为显著的亮点。

中国作家协会副主席何建明说:“高建国这部作品是非常成功的,从一颗子弹切入,从这样一个比较小的点入手,让子弹飞起来,翱翔和穿越了整个新四军曲折发展和壮大的历史,一直到解放后。我觉得这是对革命先烈的一个非常重要的纪念和祭奠,这种写法非常好。”

著名评论家白烨认为,这部作品有三个贡献。一是由刘飞身上的一颗子弹切入,构成了抗战时期一部重要的史诗,而且充满悬念,甚至可以说化残土为传奇。作者通过深入采访、自己踏访、实地调查、史料整理等多种方式,全面准确地把这段历史写出来了。二是以阳澄湖三十六个伤病员的故事为主线,揭示了新四军在艰难环境中的苦斗。新四军特别难,难就难在它是处在一种特别复杂的政治和自然环境中。书中把这段历史写出来了,重要的是把这种顽强、坚韧的精神写出来了。三是作品把二十军的历史写出来了,这是很有价值的。二十军是三野第一个军,贡献非常大,刘飞是二十军首任军长,二十军的历史应该得到完整展现。

底色苍茫

如果说,《芦荡火种》《沙家浜》是“江抗”后迹的闪耀结晶,那么,顺着子弹射来的方向,高建国在“江抗”前踪的追寻上,坚持由线到面、由浅入深,努力把镜头拉远,将“江抗”东进的重大而深远意义,放在当时国际国内大背景下透视和观照。

翻阅这部厚重之作,主人公刘飞出场前,作家不吝笔墨,用一整章的篇幅,以大笔勾勒的写意手法,凝重深沉地概述日本侵略军占领大部中国气焰冲顶时,唯有以毛泽东为代表的中国共产党人,对中国时局的深刻转变和走向做出正确判断——

“作品不拘于刘飞等伤病员芦荡斗争经历,而是把传奇故事还原于历史大势:在抗战由战略防御进入相持阶段之时,毛泽东高瞻远瞩做出党的工作重点是在敌后农村开展游击战争的重大战略决策。新四军挺进苏南,在中国革命史上奏响了意义深远的东进序曲。”文学评论家、山东师范大学教授孙书文如是说。

中国报告文学学会常务副会长李炳银认为，这部作品正确地、健康地、真实地揭示了革命历史中的一些重要片段，不回避残酷，不回避内部矛盾，不回避生存的艰难，不回避各种各样的情景，这样的作品有说服力。作品为我们今天再写革命历史题材，提供了一个新的范式。写这样的东西，像过去那种简单、机械、新闻宣传式的写法不行，像抗战神剧的写法也不行，就是要很好地、真正地还原历史，不搞所谓的揭秘。

回首创作的心路历程，高建国深有感触地说，战士投掷手榴弹，必须先向后引弹，借助反作用力，才能使出全身气力投得远。要使“江抗”东进战术行动的战略意义跃然纸上，必须把抗日战争阶段转换特定时期波谲云诡的国内外形势分析透，帮助人们透过扑朔迷离的历史迷雾，认清“江抗”开辟苏常太抗日根据地，无异于在中国最富足的地方给日伪心脏插上一把刀，一举扭转一度沉闷的江南抗战局面。全书开篇有了深邃厚重的基调和底色，“江抗”进军东路“四两拨千斤”的作用就显而易见了。

西部战区陆军某集团军副政委高大光感到，这本书不仅是开展党史军史和理想信念教育的好教材，而且是在反思历史中研究战略的好教材。记者在与作家交流中感悟到，这部作品令人信服地展示了两个千载难逢的历史契机：一是全面抗战爆发中国面临亡国灭种之祸时，一盘散沙的中国人民开始实现历史性的空前凝聚，从而奠定了中华民族伟大复兴的起点；二是在即将亡国的愁云惨雾笼罩中国的历史关头，毛泽东石破天惊提出持久战的伟大战略思想，像暗夜中的一盏明灯照亮了中国的抗战道路。随着敌后游击战争的开展，中国抗战出现了正面战场和敌后战场两翼齐飞的壮观景象。中国共产党人以其远见卓识、历史担当和勇于牺牲的精神，在赢得民心中逐步由历史舞台边缘走向中心，成为领导全民族抗战的核心力量和中流砥柱。

高建国认为，抗日战争是中国共产党走向成熟的关键淬火期，也是毛泽东思想深入灌注和掌握八路军、新四军的重要历史时期。吃透这个重要阶段性特征,就能站到历史制高点上俯瞰既往,统驭史料,科学辩证地进行宏大叙事。

"中国抗日的游击战争,就从战术范围跑了出来向战略敲门,要求把游击战争的问题放在战略的观点上加以考察。"著名评论家贺绍俊说,"读了作品摘引毛泽东的这句话,我突然很有感悟,我觉得高建国他写这部纪实文学,其实也是从战术范围跑出来去向战略敲门。他的整个写法,我觉得是有一个战略的构想。"

虔诚求索

七十多年的战争岁月渐行渐远,历史深处蒹葭苍苍。访谈中,记者询问创作中的困难是什么?作家笑答:再现"江抗"战争传奇,一是缺少鲜活的血肉,二是莫衷一是的说法令人难辨真伪。

为了最大限度逼近历史真实,高建国调动了三十年间自己的全部生活和思想积累,运用了从原始到现代的各种方法和工具。2015 年,他利用节假日数次到江南察看重要战地遗址,寻访健在的老"江抗",定向补充材料。在田野行走、实地踏勘和直访当事人、知情者的同时,他还运用现代信息技术甄别求证。1939 年 5 月 4 日晚,新四军六团东进作战前夜,新四军副军长项英急电陈毅反对东进。一支队司令员陈毅星夜召见六团团长叶飞商讨对策。有史料描述,当晚天空挂着上弦月。利用网上万年历软件查询,当晚出现在天空的是一轮满月,从而保证了此处天象描写符合历史真实。

在上海,高建国来到"最后的护理员"、当年曾在阳澄湖后方医院护理过刘飞的卫生员、上海瑞金医院原院长白山家,看到了许多摄于战地的照片,为作品增加了几个感人细节。在无锡,高建国抢救性探访"最后的伤病员"吴志勤,从其在江阴负伤时间、与刘飞和吴焜的接触、入阳澄湖后方医院养伤经白山护理等情况,断定他是三十六个伤病员中唯一的存世者。六十年前,崔左夫为写《血染着的姓名》,采访过有"江抗"活字典之称的南京军区司令部办公室主任施光华。时隔一个甲子，高建国再访年届九十七岁的施光华，印证了当年陈毅确定“江抗”番号的珍贵历史细节。有史料载，太仓县县长郭曦晨是抗战烈士。高建国请教施光华，他忆起，全国解放后他在上海见过郭曦晨。后查明，郭被捕后，经组织营救去广州工作了。有回忆录讲，周恩来1939年春到皖南视察新四军同大家一起唱《新四军军歌》，经高建国查证，这首歌是周恩来离开皖南半年之后才创作出来的。

中国作家协会创研部副主任李朝全说，高建国写这本书借鉴了红色经典的创作方法，包括非常深入的采访。他是在实地采访、大量勘察史料、掌握大量事实的基础上来进行创作的，创作中吸取了各方面意见，经过不断修改打磨出来的。所以这个作品首先提供的，就是一部经典是怎么炼成的样本意义。

“真实是写实类作品的生命，报告文学的力量在于真实。只有坚持文学性、思想性和文献性的统一，才能为时代留下一部信史。”高建国说，再现七十多年前那场战争，还要延伸到北伐、土地革命战争等更为辽远的历史时空，要对大量繁复、驳杂的事件和人物做出准确判断与取舍，是非常困难的。他认为，越是得之不易和引人入胜的东西，越要警惕“时光陷阱”，要去伪存真。

一次节日慰问，高建国从新四军五团走出的将军何志远家得到史料，据此写了何志远皖南事变中利用随身携带的法币和“大江币”，机智地从国民党搜山部队脱身的情节。经向“江抗”领导人之一蔡悲鸿之子蔡晓鹏求证，得知“大江币”是皖南事变重建新四军后才在根据地银行发行的货币，纠正了一处记忆误差。

高建国还尽心探访“江抗”后代，努力调动这些代际传承中的“桥梁”的积极性，从中获取第一手珍贵史料。曾以“到上海区扩军”而享誉“江抗”的老战士张鏖，其女儿张小浜在2016年整理父亲遗物时，意外发现“江抗”女战士、原中国银行业巨子吴晋航女儿吴恩灼，20世纪七八十年代写给父亲的一百五十多封信。吴恩灼投身革命后，受命重返敌占区执行秘密任务而痛失家庭，新中国成立后因蒙冤沉沦社会底层三十年，但她始终对党忠贞不渝。高建国及时采访张小浜，为这个感人至深的形象增色不少。

正是本着对历史负责和以信史告慰前辈的精神，高建国把求真作为创作的前提。他自信，全书所有细节皆有所本，无一杜撰。

寻找《沙家浜》中沙四龙的人物原型胡小龙，是该书创作的一段佳话。高建国确信，1939 年秋，在日伪封锁阳澄湖妄图困死隐身芦荡的新四军伤病员的危急时刻，如果不是胡小龙悄悄下湖解缆推出小船，在水下用芦苇秆呼吸托船进荡救出伤病员，东路的抗日斗争史就要改写。高建国几经周折，经上海新四军“沙家浜部队”历史研究会和上海市公安局帮助，在上海奉贤区找到了湮没民间半个多世纪的草根抗日英雄胡小龙，得知其叔父、常熟县委地下交通站东来茶馆老板胡广兴，抗战中因难舍双妻不得不退党带胡小龙到上海谋生，后因病去世，而胡小龙则低调存世不为人知，从而在书中描绘了一幅陆离斑驳而又令人回味无穷的江南水乡抗战风俗画。

仰望丰碑

充沛并激荡于全书中最深厚、最动人的情感，是信仰的力量。作家坦言，自己始终是仰望着“江抗”这座信仰的丰碑，含着热泪为他们记录这段恢宏而悲壮的历史的。

作品中可见，作家运用典型化手法，着意在拯救民族危亡的血火厮搏中、在大浪淘沙的洪波巨浪里，展现不同性格的共产党人身上的信仰之光，因其独特的阅历、禀赋、文化濡染而同中有异，从而呈现出赤橙黄绿青蓝紫的斑斓色彩。

北伐名将、新四军军长叶挺，皖南事变中不幸身陷囹圄。蒋介石诱降和威逼交替使用，但铁骨铮铮的叶挺手书致蒋快邮代电，提出“恳准判挺以死刑而将所部被俘干部不问党籍何属概予释放复其自由”，从桂林押往重庆渣滓洞监狱白日举灯走下飞机以昭“天还未明”，狱中壮怀激烈挥毫疾书著名的《囚歌》,监禁五年出狱仅十小时就致电中共中央请求入党……而同为北伐先驱、毕业于北京大学并赴法勤工俭学和到莫斯科学习过的新四军联络部部长朱克靖,奉命到宣布起义的国民党郝鹏举所部做统战工作,却被首鼠两端的郝鹏举扣押递解蒋介石邀功请赏。内战中接连损兵折将的蒋介石,企图通过重叙北伐旧谊和诱以禄位来降服朱克靖,以打压共产党士气,甚至三次在总统府亲自宴请朱克靖。爽快赴宴的朱克靖席间一面大快朵颐,一面不温不火诘蒋,历数蒋抗战胜利后不致力于和平建国,反而发动内战,置百姓于水深火热之中,公然申明:“我有两个生命,一个是肉体生命,一个是政治生命。现在我已成阶下囚,我宁愿牺牲我的肉体生命,而不能牺牲我的政治生命。”回到阴暗逼仄的囚室,朱克靖在风雨晦暝中慨然给妻子写下绝笔诗。书中通过这些极具感染力和震撼力的情节,集中展现横眉冷对、大义凛然的叶挺的刚烈忠勇,也成功凸显了儒雅内敛、绵里藏针的朱克靖的风流倜傥,以鲜明的色差和强烈的对比,彰显了坚定的革命信仰之于不同个性的革命家,所折射出的信仰之光的瑰丽多彩和无穷魅力。

作家倾情描摹的雨花台红色人生“后花园”,更是一面管窥信仰与忠诚的光可鉴人的镜子。1957 年,叶飞提议,将 1939 年在江阴顾山牺牲的“江抗”副总指挥吴焜遗骸迁葬雨花台。从那时起,随着“江抗”辽远悠长集结号的召唤,众多“江抗”老战士百年后陆续会聚于此,在充满英风浩气的圣土找到了人生归宿。于是,历史仿佛在冥冥中做出了新的安排,当年率部东进苏南的“江抗”领导班子成员,除叶飞怀着未竟之志将自己的灵魂安放在与台湾和金门隔海相望的厦门外,其余成员又进入了一个新的“任职期”,在雨花台组成新的战斗集体,准备完成生前未了事,同时开始新的进击。品读这些华彩篇章,谁的心中不是激情澎湃,为忠贞不渝、生死相依的“江抗”英雄洒一掬热泪!高建国写道:墓园本是凝固的民族精神文化史。到雨花台看“后花园”风景,高远又不无缥缈的革命信仰,变得如此生动鲜活、伸手可触!

记者采访时,“江抗”总指挥部参谋长乔信明之子、全国人大法制工作委员会主任乔晓阳，特地给高建国打电话，对作品为“江抗”传神写照所取得的成就表示充分肯定，对作家以顽强的毅力和精湛的文字，生动准确描述抗战时期内忧外患交织和变幻莫测复杂形势及危亡岁月的英雄人物表示钦佩，对作家的辛勤劳动表示感谢。

中宣部文艺局办公室主任赵海虹讲道，高建国创作的这部作品当中，对笔下人物都充满着真情，是带着真情来写的，带着真情去创作的。看着书中摘录的这些信件，你就感觉好像跟这些历史人物在进行一次心灵的对话，确实让我们感觉到革命的伟大、人性的美好，那种震撼感光靠文学创作是达不到的。

《人民日报》海外版文艺部主任刘琼评价道，任何历史都是当代史，著史者的历史视野和价值取向，决定了他对史料的处理方式。这部作品的超越性，恰恰是能够以今人的情怀，历史地还原一群信仰共产主义的军士，如何在特别不利于游击战争的艰险环境里，克服各种困难甚至牺牲生命，坚守住信仰的英雄壮举。

著名文艺评论家汪守德认为，在时下某种任意抹黑甚至是颠倒历史的乱象面前，作家表明自己坚定鲜明的政治立场与态度，其所进行的不仅仅是新四军历史和浓郁文学化色彩的写作，而是竭力从历史与现实的层面，让人看到历史苍茫、血色迷漫中，新四军这支部队令人赞佩的战斗意志、文化气质和精神境界。

（作者为新华社记者。《新华每日电讯》2017 年 5 月 19 日编发，《文艺报》2017 年 6 月 2 日刊发。新华网 2017 年 6 月 7 日转载，北京文艺网 2017 年 6 月 9 日转载）

一颗来自敌人营垒子弹的诉说

——专访长篇纪实文学《一颗子弹与一部红色经典》作者高建国

李雪红

新年伊始,军旅作家高建国的《一颗子弹与一部红色经典》(作家出版社出版)面世了,这部五十多万字的作品因涉及在中国家喻户晓的红色经典《沙家浜》,甫一面世,即引起读者的广泛关注。捧书细读,才发现此书所涉已远远超越《沙家浜》之范畴。作为一部再现苏南烽火抗战史的纪实文学,其呈现手法也颇有新意。日前,本报记者对作者高建国进行了专访。

《中国青年报》记者:这么一部五十多万字记录历史的大作品,你却选择从一颗小小的子弹切入,创作时是怎么考虑的?

高建国:这个问题提得蛮有意思。全篇之所以从子弹切入,我自己考虑,首先是结构上的需要。以"子弹"和"经典"两个要素作题目,本身带有悬念,比较吸引人,同时又构成了贯穿作品七十多年历史纵深的一条明线。

与此相对应,作品还设置了以毛泽东为代表的中国共产党人,根据抗日战争由战略防御到战略相持转换的阶段性特征,构筑开展敌后游击战争大战略及推进战略实施,乃至从 20 世纪 60 年代起组织领导艺术地再现当年大战略制定实施这一暗线。我尝试让一明一暗两条线在作品中并行不悖,开合有致,使作品构成一种复式结构。

其次,我认为这有利于揭示和彰显作品的个性。一颗子弹引出一部红色经典,这段波澜壮阔的历史,只有像以新四军老六团为基础的"江南抗日义勇军"这样有鲜明的红军传承和基因,又以上海一带有文化的青年官兵为主体的党领导的抗日革命武装,才能够创造和书写。

另外,这颗子弹有着很深的寓意和很强的象征意义,它来自"忠义救国军”的美械装备，却引发了红色经典《芦荡火种》和《沙家浜》的创作，使昔日名不见经传的小镇横泾成为江南绿色名镇，而且经芦荡英雄血肉之躯几十年化育，已经成为主人公刘飞人格和精神的象征。

《中国青年报》记者：是什么样的原因让你选择重现这段历史？

高建国：20 世纪 80 年代中期百万大裁军，原武汉军区机关和部队一部与济南军区合并。我一接触刚转隶的第二十集团军部队，就发现这支部队与其他部队有两个迥然不同之处：同为离退休老干部，其他部队的老首长有的在家喂鸡种菜抱孙子，而这支部队的“老员外”们则乐此不疲地写书照相做报告；同样有着南征北战的光荣历史，这支部队与中国革命史上脍炙人口的红色经典有着更多割不断的联系——《东进序曲》《黄桥决战》《柳堡的故事》《霓虹灯下的哨兵》《红日》《战上海》等等，都与其战斗历程密切相关。尤其令人称道的是，沪剧《芦荡火种》和京剧《沙家浜》，就取材于第二十军首任军长刘飞等三十六个伤病员坚守阳澄湖芦苇荡的独特斗争经历。1944 年参加新四军的第二十军文工团团长陈荣兰，转业去上海后还参与了《芦荡火种》的创作。

随着时光的流逝，我越来越紧迫地认识到，在“江抗”老战士大都已经谢世的今天，曾经与创造过这段历史的老“江抗”有过交集、相对熟悉军史并能够以正确的历史观反映那段烽火路程的我们这一代人，应当责无旁贷地肩负起重述、再现、回放历史的责任，这是促使我动笔写这部作品的重要原因。

《中国青年报》记者：纪实文学是文学，但更要纪实，必须追求事实与真相。你把自己这部历史题材的作品定位为长篇纪实文学，那么在写作中，你是如何把握真实呈现与文学描述之间平衡的呢？

高建国：真实是纪实文学的生命和艺术魅力所在。而写七十多年前发生的那场战争，还要延伸到北伐、土地革命战争等更为辽远的历史时空，大量、具体、翔实地掌握史料并做出恰当的判断与取舍，是非常困难的。

为最大限度地逼近历史真实，我首先是弄清读懂当时的时代环境，从国际国内的大背景和各种政治力量博弈中正确分析和认识一些重要历史事件，为准确把握作品的基调奠定坚实基础。

其次，我特别注重借助可靠史料并做好去伪存真工作。由于年代久远，即使是亲历者的一些回忆也未必完全准确。如有的回忆录讲，周恩来1939年二三月间到皖南新四军军部同大家一起唱《新四军军歌》，实际上这首歌是周恩来离开皖南半年之后才创作出来的。这样的“穿越”是在借鉴史料中要认真注意的。

再次，发挥好历史“活化石”的作用。我请五十八年前为崔左夫创作纪实文学《血染着的姓名》提供过素材的九十七岁的老首长施光华把关，结果老首长提出，稿中提到的一位“烈士”他解放后在上海见到过，这让我避免了一起差错。

寻访重要遗址印证和感受当年的重大事件和战斗，对我的写作也很有帮助。在采访和写作中，我还注意发挥“江抗”老前辈子女的作用，从他们那里采访到许多鲜为人知的生动细节。当然，依靠上级主管部门和军地权威专家把关，也是必不可少的。

《中国青年报》记者：这部作品纵贯七十年的历史时空，其中涉及若干重要历史人物和事件，创作中你是怎样把握史料与文学的关系的？

高建国：这个问题触及作品构建中一个绕不过去和不可回避的特殊矛盾。由于作品属于重大革命历史题材，其内容仅靠单一的纯文学描述难以承载，宏大叙事势必要使用大量重要而确凿的史料。作品展现了“江抗”在苏南东路地区两度勃兴艰难竭蹶的历史进程，虽不是在编著“江抗”战史，但作为较为全面记述“江抗”发展历程的大型纪实文学作品，应成为言之凿凿的“江抗”信史和外传。所以，我要求自己的作品必须“史料为基”。

另外，在描述国际国内局势、重大战略形成和发展过程时，精当有力的政论和夹叙夹议的写法必不可少，有的章节甚至出现了“思想大于形象”这一逸出文学常规的现象。这是由作品题材的特质所决定的。我觉得，这种厚重历史题材的写作，在基调和风格的把握上，应坚持文学、史实和思想三金铸一。

《中国青年报》记者:历史是过去的今天,今天是历史的延伸,正因为历史与现实有如此紧密的关联,人们才常说要以史为镜。你期待读者在你所呈现的这段历史中得到什么?

高建国:一切历史都是当代史。我们回首七十多年前那场付出巨大民族牺牲的战争,很重要的就是铭记历史,以史为鉴,在向历史和传统致敬中汲取有益的东西。从“江抗”在东路的两度勃兴和经历的成败利钝中可以看出,在历史大转折时期,正确的战略判断与指导,对于一个政党和一支军队来说至关重要。

同时,坚定的理想信念是艰难奋战而不溃散,和从低潮走向高潮的决定性因素。没有刘飞、夏光这些革命理想高于天的红军钢铁战士的核心领导作用,伤病员就不可能在日伪顽军的夹击中顽强生存。他们的坚守,保证了以阳澄湖为中心的苏常太抗日根据地“红旗不倒”。

《中国青年报》记者:看了你这部作品才发现,《沙家浜》这部红色经典的前生不仅起源于沪剧《芦荡火种》,更可追溯到1957年第二十军五十九师文化科副科长崔左夫的纪实文学《血染着的姓名——三十六个伤病员斗争纪实》,一部经典作品的诞生可真不容易。

高建国:确实是这样。在这部作品的采访、写作过程中,我更加深切地感受到生活是创作的源泉,任何经得起历史检验、为群众所喜闻乐见并传诸后世的优秀文艺作品,都是深刻体察和准确反映那个时代特有精神的产物。《芦荡火种》和《沙家浜》的创作道路,就是自延安文艺座谈会以来革命文艺创作的方向。在亿万人民同心共书中国梦的新的历史时期,要创作无愧于伟大时代、无愧于伟大祖国、无愧于伟大人民的传世佳作,就必须按照习主席在文艺座谈会上的重要讲话精神,扎根人民,扎根生活,为人民立传,为时代写照,才能有效解决文艺创作有数量缺质量、有“高原”缺“高峰”的问题。

《中国青年报》记者:作为一部记录历史的作品,大背景描写、宏观叙事是必不可少的,你的作品中也不乏此表现手法。但在细读时,我注意到你同时也非常注重微观观察、故事呈现、细节叙述，在创作中，你是如何考虑二者之间平衡的呢？

高建国：这部作品展现了红色经典创意萌发和化茧成蝶的经过，其中必然伴随着“江抗”成长壮大的历史，也不可避免地要在历史大纵深上勾勒我党制定实施抗日游击战争大战略的过程，因而，全景式宏观叙事是内在需求。创作中，我特别注意把握宏观与微观的关系，因为没有宏观，看不清背景和走势；没有微观，又难以打动人、感染人。我的做法是，首先，从总体上搭建好叙事框架的四梁八柱，使历史真实与叙事逻辑统一起来。其次，注意撷取一些生动耐读、有思想张力的历史细节，作为作品的血肉点缀其间。同时，叙事中从结构到行文，我都注意要有一点故事性，中国人是“吃”故事的。

《中国青年报》记者：在写作中你遇到过困难吗？如果遇到过，那么最大的困难是什么？你是怎样克服的？

高建国：写作中当然遇到过很多困难，如一些记述历史事件的文字语焉不详，一些历史片段的资料几近空白，一些历史人物评价难以把握，等等。但最大的困难，还是如何处理遵循文学创作规律与全面客观反映苏南东路地区抗战两次勃兴和新四军发展历程的关系问题。

创作之初，我写了一篇题为《朝霞映在阳澄湖上》的小中篇，基本讲清了《沙家浜》这部红色经典的前世今生，但稿子显得比较平。另起炉灶时，我从以毛泽东为代表的中国共产党人构筑敌后游击战争大战略切入，用芦荡英雄刘飞胸中的一颗子弹，把构筑实施战略与艺术再现战略贯穿起来，力求使新四军老六团东进作战的战术行动彰显宏大的战略背景，这样也使子弹有了重要的象征意义。这个构思虽然对那段历史的反观和描述有了新的视角，但任过“江抗”政治部主任和旅团主官的刘飞毕竟只是一个中高级领导干部，再现波澜壮阔的东路抗战史必须要写大将，必须要塑造好老六团东进的决策者陈毅和“江抗”与新“江抗”主要领导人叶飞、谭震林等叱咤风云的抗日名将的形象。既要着力刻画好刘飞这个充满传奇色彩的人物，又要着眼历史真实从全局上为东路抗日英雄群体传神写照,这种个体与群体关系的处理把握,让我颇费心思,自认为也颇下了一番功夫。当然,是否达到了预期效果,还有待读者检验。

(作者为《中国青年报》编委兼军事部主任、主任编辑。原载 2016 年 1 月 15 日《中国青年报》,当日《中国青年报》官方网站中青在线转载)

让史识与史实对话　书写时代情怀

——访《一颗子弹与一部红色经典》作者高建国

魏　雯

近日，长篇纪实文学《一颗子弹与一部红色经典》在作家出版社出版，作品巧妙地以一颗子弹为引，真实还原了1939年新四军老六团以"江南抗日义勇军"名义东进，在日伪心腹地带开辟抗日根据地的传奇历史，并解密了20世纪60年代初描写这一历史传奇的沪剧《芦荡火种》及移植改编的京剧《沙家浜》的前后经历。

作品中，那些令人由衷缅怀和景仰的革命先辈和艺术家鲜活生动，而作品立足于战略高度的构想更是高屋建瓴。作品凸显了那段烽火连天的岁月中所蕴含的时代气息和革命精神，让史识与史实对话，书写了宏大与深刻的时代情怀，这是军旅文学独有的担当。

把宏大叙事与细微刻画结合——唤醒时代记忆

2015年12月号的《人民文学》，用近三分之一的篇幅选载了高建国的《一颗子弹与一部红色经典》。"刚健沉浑的交响曲"，是《人民文学》编辑部对作品的评价。

这部五十余万字的长篇纪实文学，在着力还原新四军健儿用赤诚和热血奏响东进序曲，素有家国情怀的艺术家呕心沥血打造红色经典历史本身之余，独具匠心地用"江抗"英雄刘飞胸中的一颗子弹将它们巧妙地结合起来，进而铺陈开去。

作者在作品的前半段埋了两条线，一明一暗。老六团东进是明线，通过刘飞的经历，透视新四军江南抗战的艰难历程。另一条线，作者写以毛泽东为代表的中国共产党人，在抗日战争由战略防御到战略相持转换阶段，确定全党工作重心是开展敌后游击战争并制订新四军行动方针，彰显了新四军老六团东进这个战术行动的战略背景及其深刻的历史意义。当年，正是毛泽东正确的战略思想，在中国向何处去的重要历史关头，改变了中国的政治军事格局，打开了全民族抗战的新局面。两条线索在作品后半部分，通过崔左夫的纪实文学《血染着的姓名》、沪剧《芦荡火种》和京剧《沙家浜》合二为一，融为一体。

历史上，也许是红色经典的影响力太大，也许是时间太久，人们更多地记住了《芦荡火种》和《沙家浜》，却在无形中淡忘了新四军东进苏南开展敌后游击战争这段艰难竭蹶的历史。高建国没有忘记，相反，那些被岁月风尘所遮蔽的英雄始终记挂在他的心中。“我想写一写。”他说，“《芦荡火种》《沙家浜》作为中国中年以上的一个集体文化映像，是书写英雄传奇的一个很好的载体，我可以从这一点入手，把宏大叙事与细微刻画结合，唤醒时代记忆。”

文学的力量在于真实——为时代留下信史

创作伊始，高建国就很明确，要写一部非虚构作品。“真实是作品的生命，文学作品的力量也在于真实，我要把政论、史学、文学三者结合，为时代留下一部信史。”他说。

最初，他写了一个两万字的小中篇，后感觉文章太平，于是推翻原作，重新立意，以一颗子弹和红色经典为贯穿线，并补充查找了若干资料，原计划写五万字，但写着写着，一些事件和人物就跑了进来，赶都赶不走，挥洒出五十余万字，大大突破了原来的预想，“我想把党史、军史和爱国主义信念都灌注到作品中”。

高建国曾在第二十集团军工作过五年。这个部队与许多红色经典有缘，如《柳堡的故事》《东进序曲》《霓虹灯下的哨兵》《红日》等等。当年，正是在二十军文工团工作的陈荣兰，转业到上海沪剧团后组织创作了沪剧《芦荡火种》。利用工作之便，高建国收集了不少有关“江抗”的历史资料和文学作品，决定下笔写作后，这些收藏了十余年的资料全部派上了用场，很多书他都看过好几遍，重点的地方还用红蓝笔做了标记。

在那些尘封多年的文字中，他感受到了细节和真实的力量。皖南事变后，部队难以突围，为了不落在敌人手里，许多新四军女战士解下绑腿，挂在树上，结束了自己的生命。读到这里，他的心震颤了，“那不是一个战士，是一群，这是怎样一种革命精神”？历史太残酷了，却是一种残酷的真实。

为了补充细节，他采访了“江抗”的后代，虽然他们也已经年近或年过古稀，但父辈们讲述过的革命故事，依然历历在目。刘飞的女儿记得，当年谭震林带着刘飞、戴克林等人取了化名，穿着长袍、戴着礼帽，翻过大茅山，秘密来到苏州，住在一家旅馆。因为日军每晚 10 时要查房，谭震林便带着同志们每天早早吃完晚饭就去看电影，连看三场，以躲过日军盘查。

创作过程中，有些史料要反复分析比对。比如在一篇回忆录中，记载着周恩来在皖南新四军军部的最后一天，和全员合唱《新四军军歌》。高建国觉得这个细节有些疑点，经过认真核实比对，发现《新四军军歌》是在周恩来离开皖南半年后才创作的。

凸显时代气息与革命精神——军旅文学独有的担当

为了作品，高建国曾无数次地寻访。

在苏州革命博物馆，他见到嵌入刘飞将军身体四十五年的子弹；在南京雨花台，他缅怀“江抗”副总指挥吴焜；在江苏省新沂市窑湾镇古运河码头，他仔细聆听当年的儿童团员讲述战斗故事。

沪剧《芦荡火种》和京剧《沙家浜》中，春来茶馆和老板娘阿庆嫂的形象深入人心。在寻访中，高建国得知，春来茶馆的原型东来茶馆已经消失不再，阿庆嫂的原型胡广兴也已去世，但他的侄子胡小龙，正是当年在日伪眼皮底下悄悄下湖解缆潜水，用芦苇秆呼吸托船驶进芦苇荡，转移被日寇围困的新四军伤病员的少年英雄，也已经八十七岁。

见到高建国时，老人很诧异："七十多年没有人问过这个事，怎么现在你来问了？"东来茶馆属于地下交通站，只有上级知道它的任务，但在抗日战争中，常熟县委两任书记李建模、任天石相继牺牲，因此胡广兴和胡小龙的身份再也无人得知。"您和您叔父的功绩应该得到尊重，你们都是抗日英雄！"高建国握着老人的手，感到那双手在轻轻颤抖。

在写作中，高建国要为英雄们立传，更要凸显那段烽火连天的岁月中所蕴含的时代气息和革命精神，这是军旅文学独有的担当与情怀。

（作者为《沈阳晚报》、沈阳网记者。原载2015年12月10日《沈阳晚报》）

一本书还原《沙家浜》背后的历史

王　海

这是与红色经典《芦荡火种》和《沙家浜》息息相关的一本书，这还是在历史的还原中反诘与叩问现实的一本书，这更是一本从浩瀚斑驳的史料中跳脱出来进行独特审视的书——《一颗子弹与一部红色经典》，作者高建国，作家出版社出版。

他身材魁梧，声音洪亮。12 月 8 日下午，他侃侃而谈两个小时没间断——很显然，他特别熟悉 1938 年秋天前后，中国处于十字路口时期，关于新四军敌后抗日的这段历史，并且极富感情。高建国对这本书整整构思了三十年，却在“不经意间”，数月时间完成了五十余万字的长篇纪实作品。

一段传奇造就永不谢幕的《沙家浜》

谁能想到，就是这颗来自敌人营垒的子弹，竟然引发了红色经典《芦荡火种》和《沙家浜》的创作，成为我们了解中国革命史的一扇窗口。

——选自《一颗子弹与一部红色经典》

高建国这本书的构思非常巧妙，并未用“讲史”的传统手法展开，而是用“一颗子弹”将两段历史还原。

1939 年 5 月，根据党中央和毛泽东的战略决策，新四军一支队司令员陈毅派出叶飞带领老六团以“江南抗日义勇军”的名义，挺进苏南敌后，在日伪心腹地带开辟根据地,史称"江抗"东进,并成就一段传奇历史,在抗日战争和中国革命史上奏响了具有深远意义的东进序曲。

历史,总是给人以不经意的转折。在打了火烧虹桥机场等漂亮仗后,"江抗"遭遇突袭,时任政治部主任的刘飞左胸中弹。这颗子弹直到四十五年后的1984年刘飞辞世后方才取出——它就是书名中的"一颗子弹"。

2014年,高建国特意来到苏州革命博物馆,亲眼看见了这颗凝结了特殊历史的子弹。可当年谁能想到,就是这颗子弹,竟然引发了红色经典《芦荡火种》和《沙家浜》的创作。

后来,刘飞在阳澄湖养伤期间,以他为代表的三十六名伤病员在芦苇荡中与日伪斗智斗勇。这段日子始终萦绕在刘飞心头,难以释怀。

1957年,新华社随军记者崔左夫遵刘飞嘱托,深入阳澄湖地区采访,获得了1939年那三十六名伤病员坚持敌后斗争的材料,然后完成了纪实文学《血染着的姓名》。

一年后,上海市人民沪剧团以此为基础,创作了影响巨大的沪剧《芦荡火种》。之后,又被移植改编为京剧《沙家浜》。至此,"江抗"传奇与红色经典永久地结下了不解之缘。

提到《芦荡火种》和《沙家浜》,其中,最为精彩的就是"茶坊智斗"这场戏。这里面,还有一段特别有意思的故事。

高建国在书中提到,最初剧本里的春来茶馆男老板,以当年常熟县委秘密交通站负责人、董家浜西南梅村东来茶馆老板胡广兴为原型。但沪剧团方面提出,沪剧以旦角戏为主,戏里男角多,不利于发挥剧种特色,建议把茶馆老板改为老板娘,所以设置了阿庆嫂这一人物,原剧中茶馆男老板的侄子胡小龙变为沙七龙,并为其新添妈妈沙老太。戏剧主要情节也变成了阿庆嫂为掩护伤病员与敌人斗智斗勇的故事。为便于舞台表演,剧中三十六名伤病员减为十八名。

2015年5月,高建国在上海奉贤区找到了八十七岁的胡小龙。这才得知,茶馆老板原型胡广兴抗战中因难舍双妻不得不退党离乡到上海,后因病去世。而草根抗日英雄胡小龙,则低调存世不为人知。可当年,胡广兴在日寇封锁芦荡企图困死新四军伤员的时候,掩护侄子胡小龙,胡小龙在水下用芦苇秆呼吸,托船潜行将伤病员安全转移。

高建国对此感慨万分,在看望胡小龙的时候,高建国说:"真诚地感谢您和您的叔父在中华民族最危险的时候,在新四军伤病员最困难的时候,为护佑东路地区抗日火种做出的贡献!但您千万不要以为共产党把您忘了,当年了解你们情况的人都牺牲了,这些年我一直在研究这段历史,今天终于找到您!我们要让千千万万的人都了解和铭记抗日英雄,您应该受到应有的尊重。"

五十七副拐杖感动作者还原历史

垂暮之年的"沙家浜部队"老战士,对自己亲身参与创造的新四军光荣历史的珍视,远胜过对自己功绩的评价!

——选自《一颗子弹与一部红色经典》

从构思到书稿完成出版,高建国说,这是几十年的积累。

1985 年前后,他开始接触到中国人民解放军第二十军。"二十军就是'沙家浜部队'发展而来的。这支部队不但有党领导下的人民军队的共性,而且有鲜明的个性。"他说,这支部队的个性,就是"在历史上,他的前辈们有文化"。这支部队是保留最为完整的新四军主力。

淞沪会战爆发后,上海民众的爱国热情空前高涨,大量的青年学生参加新四军,还有社会各界的人,他们文化底子不薄,不少人都是高中文化。"他们打仗时都是'双枪',手里有钢枪,兜里有钢笔。所以现在的红色经典,和二十军有关的特别多,比如《柳堡的故事》《东进序曲》《霓虹灯下的哨兵》《红日》等,最典型的就是《沙家浜》。"二十军的红色经典,都是官兵记载下来的。当年,哪怕在散步的时候,高建国也经常想着如何将历史还原,呈现给大众。

后来,在2005年,上海新四军“沙家浜部队”历史研究会组织老同志纪念抗战胜利六十周年,高建国也参加了这次会议。“当时楼上楼下坐得满满的,多来了一百多人。上海市的、外地的老同志都来了。现场有个统计,当时有五十七副拐杖、二十六辆轮椅……”

刘飞的亲属也在现场。当事人的后代和作者开始有了正式的接触。渐渐地,高建国从2014年开始,着手写书还原历史。

一开始,他原本没计划写这么长,就几万字,但他自己并不满意,觉得太平,又提笔重新写,结果写着写着停不下来了,“因为记载下来的动人的英雄和事迹太多了,赶都赶不跑。比如有一个情节,几十名新四军被俘后组织暴动,七十多人冲出去五十多个,剩下的都被抓回来。顾祝同勃然大怒,下令枪毙,其中一名女新四军,是‘江抗’副总指挥的朋友,身中六枪后,还在高喊口号,第七枪打中头,她才牺牲”。高建国感叹:“这些优秀的共产党人,这些材料都太好了!”

向历史走出的老人求证细节

由红色历史真实切片所引发的浓浓兴趣,再去重温红色经典《芦荡火种》和《沙家浜》,就会对中国革命怎样从昨天走来、迈向明天有一个形象、直观而又全新的认识。

——选自《一颗子弹与一部红色经典》

“真实就是这本书的生命,也是力量!”在高建国两个小时的介绍中,多次提及真实的重要意义。

在创作过程中,他没有采用纯文学的手法。“当时国际国内形势复杂,多方政治势力进行较量,并且也涉及了高层领导人的斗智斗勇,用纯文学是没法表达的。”而真实的历史往往很容易突破文学的技巧,“内容越往后可读性越强”。

在高建国的办公室里，最多的就是书——其中很大一部分是厚厚的、记载新四军历史的书。他不停地，也很自信地介绍不同的书籍对还原历史起到了何等作用。

这些书，很多都是平时的积累和定向搜集过来的。来源有北京、上海新四军历史研究会，还有老同志及子女的著书，他从这些书稿里搜集到了很多细节。同时，他也联系了当事人的后代，通过转述，更夯实了细节的真实性。在不同信息的支持下，高建国也反复比较、分析，确保真实。

“不光这些啊，我还把书稿寄给过一个叫施光华的老‘江抗’看，人称‘江抗’活化石，都九十七岁了。你别说，老人还真修正了一个小问题。然后我再四处核实这个问题，尽量不留瑕疵。”其实，以高建国的年纪，完成书稿也费了不少心血。

他去了很多遗址进行实地采访，也找到了一些“老人儿”。“以前吧，我知道二十军有个战斗英雄，但不太清楚具体情况。这次经过核实，我才了解，这位英雄在淮海战场窑湾战斗里，和另外一个人用计谋俘虏了四百多个敌人！”他还找到了窑湾战斗中十一岁的儿童团员，也回忆了许多内容……

“大江东去，不舍昼夜。一颗子弹为我们打开了洞察和深省一段历史的窗口。子弹无言，活生生的历史见证所蕴含的丰富信息，日复一日以特殊的穿透力直抵受众心灵，从而使他们对中国革命斗争的历程和军民鱼水情的本质，有了更加真切深刻的认识和理解。”他如此为这本书做了总结。

（作者为《辽沈晚报》文娱新闻部主任、聊沈客户端首席记者。原载 2015 年 12 月 11 日《辽沈晚报》）

文学真实·哲学意蕴·深入生活

——兼论《一颗子弹与一部红色经典》

孙书文

推动人类精神前进的是那些给世界制造难题、话题的人，同样，中国当代文坛的前行需要能够制造文学难题、话题的作品。报告文学的文学性与真实性的关系是什么？什么是报告文学的哲学意蕴？何为“深入生活”？《一颗子弹与一部红色经典》（高建国著，作家出版社2015年版。文中未特别注明的引文皆引自该书）出版后，引起多方面的反响，正源于这是一部引人思考的作品。

一、报告文学的真实是历史真实与文学性的融合

法国大文豪巴尔扎克说：文学获得全世界闻名的不朽的成功的秘密在于真实。但同一个巴尔扎克还说过几乎相反的话，他曾把文学称为“庄严的谎言”。德国的大诗人、理论家席勒把文学真实称为“诗意的真实”。鲁迅先生则更为具体地提出，艺术的真实不同于历史上的真实，历史必须有其事，而创作则可以缀合，抒写，只要逼真，不必实有其事也。在报告文学中，因文体本身的特殊性，文学性与真实性的关系更为突出。两者相互阻碍，还是相得益彰？《一颗子弹与一部红色经典》提供了自己的思考。

这部作品的首次亮相，是在《人民文学》2015年第十二期“非虚构”栏目选发。2010年，《人民文学》设立“非虚构”栏目，随后“非虚构”成为一个热词，被《钟山》《十月》《中国作家》《天涯》《长城》等文学期刊效仿。“非虚构”一名在被广泛关注的同时，也引发了广泛的置疑。这一命名本身是带

有鲜明的策略性的。李云雷在2016年中国艺术研究院举行的青年文艺论坛第五十六期《重建文学的社会属性——“非虚构”与我们的时代》一文中提到,“非虚构”的提出主要针对两个问题:第一,是虚构文学本身的问题。受先锋文学的影响,注重形式、技巧、叙述方式,让文学与具体的社会现实离得越来越远。第二,现实比我们的小说更精彩。近年来,国内作品有代表性的被列为非虚构的有梁鸿的《中国在梁庄》、慕容雪村的《中国少了一味药》等等。这一类作品关注的是比较小的主题,着意于打一口“深井”。这与2016年获诺贝尔文学奖的阿列克谢耶维奇不同,她的作品《战争的非女性面孔》《最后一个证人》《锌皮娃娃兵》《死亡的召唤》《切尔诺贝利的回忆:核灾难口述史》,都是有着大主题的大作品。这一区别,也与中国文坛对非虚构的“共识”有关:它不等于一般人所说的报告文学或者纪实文学,也不同于杜鲁门、卡波特所写的“非虚构”小说,而是深入、翔实,具有鲜明个人观点和情感的社会调查,是非作家的普通人拿起笔来书写自己的生活、自己的传记。非虚构区别于传统的虚构文学——其重心仍在“确有其事”;区别于以事件为中心的新闻式写作——新闻写作无法进入生活细部,或者幽暗心灵的深处;也区别于传统的报告文学——报告文学更契合于主流意识形态的宏大叙事。

《一颗子弹与一部红色经典》的作者是以个人的视角切入一支部队的历史、一部红色经典的历史,带有突出的个人特质,同时又有着鲜明的宏大叙事的底色。在这样一部作品中,文学性与真实性的关系得到突显。文学性是近百年,尤其是近四十年中国文学发展研究中的一个关键词。这个概念源于俄国形式主义理论,这一理论派别着力于文学语言形式的创新,比如将“陌生化”奉为文学之文学的标准。这一派理论之所以在中国学界受到重视,与20世纪中国文论界急于摆脱对文学“外部规律”“外部关系”研究的依赖有着重要关系。与这一流派的理论接续,新批评、结构主义文论、现象学文论、接受美学、解构主义文论等相继影响、登陆中国。纯文学的观念,与这一系列思潮相关。到了20世纪90年代以后,新历史主义、女性主义、后现代主义、后殖民主义、生态主义、审美文化研究、媒介研究等理论又表现出“向外转”的趋势。文学性,不是指所谓纯而又纯的文学,不仅仅是文学语言等形式上的去旧翻新,它包含了历史、哲学、社会现实等极为丰富的内容。报告文学的文学性与真实性的关系,也是在这一背景下展开的。

报告文学的真实性首先是历史的真实。《一颗子弹与一部红色经典》的作者的努力点在于“怎样最大限度地逼近历史真实”,到常熟寻找东来茶馆的“瘦马”,去镇江、北京……各处查证杨瑞年是否入党,等等,都属于此类努力。“从乙丑年到乙未年,历经三十年追踪”[①],赴史实发生地进行实地考察、搜集材料时,除当事人的回忆录外,拓展和下延搜集材料的范围,搜寻内部出版物、家庭存留的材料,等等。正因如此,作品展示出强烈的历史真实的特色。报告文学面临的问题是,对翔实史实的追求,会不会成为其文学翅膀飞翔的阻碍?正如傅强在《在历史的还原中反诘与叩问现实》一文中所提到的,“史料的翔实并不是评价一部传记优秀与否的标准”,“历史所蕴含的复杂意味与内涵才是作家所要着力之处,因为它几乎决定着作品所达到的品位与高度”,“意味与内涵并不如我们想象的那样,或为历史所固有,或漂浮为历史的表象,它常常被历史的风尘所遮掩,甚至湮没,以至于消亡;它的复活与重现,有赖于作家的思想深度与价值取向。历史与作家在非虚构文学创作的过程中其实也是一场生死博弈,能否从浩如烟海且斑驳芜杂的史料中跳脱出来,进行独具慧眼的审视,考验着作家的思想及能力是否足够强大”[②]。这是富有深度的论述。

在历史真实性与文学性的关系问题这一层面上,《一颗子弹与一部红色经典》的回答是:真实性与文学性汇聚于“有生命”的历史之中。这种生命感突出表现在对重要的历史事件、历史场景的生动地文学性再现,例如对周恩来赴皖南新四军军部传达党的六届六中全会精神,如对皖南事变的展示,等等。“新四军的历史,由于震惊中外的皖南事变,既在民族的胸鼓里长鸣着一曲铁血浩歌,也在国家的身躯内留下了一种刻骨铭心的疼痛。”[③]作者也曾写道:“情感认同是第一要义。只有像先辈那样不忘初心,忧伤着他们的忧伤,感动着他们的感动,才能在同频共振中找准定位,打开让创造力奔涌的闸门。从这个意义上说,正确的价值观和历史观,是真实还原历史的基石。”[④]作者把历史的疼痛写出来了。实景逼肖,则神境生。探入历史深处,写出了历史的生命,文学之“神”也呈现出来。习近平总书记《在中国文联十大、中国作协九大开幕式上的讲话》中说:“面对生活之树,我们既要像小鸟一样在每个枝丫上跳跃鸣叫,也要像雄鹰一样从高空翱翔俯视。中国不乏生动的故事,关键要有讲好故事的能力;中国不乏史诗般的实践,关键要有创作史诗的雄心。”写出有生命的历史,是针对当下精神孱弱的“补钙”。

高尔基曾说,写革命英雄必须用史诗式的语言,必须朴实,甚至庄严,要避免任何装饰。《一颗子弹与一部红色经典》以一颗子弹破题,驱遣文学的想象,展现出恢宏的气势,实现了历史真实性与文学性的融合。

二、深沉哲学意蕴的镕铸

亚里士多德在《诗学》中写道,诗比历史更富有哲学意味。文学性与历史真实的关系,直接引发对文学哲学意蕴的思考。文学要写出人类社会的必然性。历史所写是一个,而文学所写是富有更丰富意味、更深哲学的“这一个”。历史中的“一个”是实然存在,文学中的“这一个”则是哲学的存在。报告文学与时代有着紧密的关系,时代性也是其立足的基础所在,但报告文学同样是“文学”,也应塑造出“共名”式的典型。徐迟写《哥德巴赫猜想》,陈景润不只是陈景润一个人,而是甘于寂寞、以科学创新奉献人类的典范。“这一个”是要超越时代,但超越时代的法宝,不是淡化了时代背景,而恰恰是在特定时代中所爆发的超越时代的力量。对于陈景润而言,那个特定的时代,是他生长的营养液,也是历练其精神的“化学试剂”。伟大的作家从不满足于做静止的观察,有人说川端康成的创作方法是把人物放在试管中,这正如把金属放在油中、火中、酸中、碱中观察反应一样,通过环境的逆化来创造最特殊的情境。因而，一个守财奴恋爱，让他爱上一个富甲天下的千金小姐，作品的情境就会因组成因素的意蕴指向单一而失去张力，如狄德罗所说，如果你写一个守财奴的恋爱，就让他爱上一个贫苦的女子。这在报告文学中具有同样的道理。

文学的哲学意蕴，在一个层面是表现出历史的必然性。《一颗子弹与一部红色经典》书写了“江抗”特殊的一段历史，同时也折射出中国共产党抗战的大历史。党的六届六中全会，是在特定历史时期召开的重要会议。毛泽东认识到，随着由战略防御向战略相持阶段的转换，全党工作的重心要转到敌后游击战争上来。《一颗子弹与一部红色经典》写出了这一战略决策在新四军落地生根的曲折、艰难的过程，以及这一战略决策在一个个革命者个体生命中所产生的巨大作用，凸显了中国共产党的牺牲、隐忍，更写出了这背后的睿智，从一个独特的视角证明了没有中国共产党的中流砥柱作用，抗战不可能取得胜利。作者抓住“现象”，从现实生活的感性形态入手，塑造“栩栩如生”的形象，刻画“五光十色”的背景，呈现出“生动性和丰富性”的情节，使作品体现并保持强烈的艺术审美特色。更为重要的是要表现生活的内在的、本质性的、普遍意义的规律与发展趋势，显示了现实或历史的客观必然性。要达到这两点，需要做到“对现实关系的真实描写”。所谓“现实关系”，是指人类社会在特定的历史条件下由特定的生产关系决定、制约形成的阶级关系、政治关系，以及其他各种社会关系。正如车尔尼雪夫斯基所言：“历史的道路不是涅瓦大街上的人行道，它完全是在田野中前进的，有时穿过尘埃，有时穿过泥泞，有时横渡沼泽，有时行经丛林。”

哲学意蕴的另一个层面是，《一颗子弹与一部红色经典》的作者在人物生命存在方面用力，写出了生命深沉的厚度和强烈的光亮。“千古奇冤，江南一叶”，周恩来在皖南事变后痛心写下的诗句，也是新四军这支队伍崇高的悲剧性的写照。作品书写的一系列悲剧英雄，是作品令人掩卷沉思的思考点所在。新四军被围，突围之望渺茫，叶挺给每个人照相，下山谈判，折断手杖，“透过北伐名将耀眼的光环，审视叶挺壮怀激烈而又不乏坎坷的一生,其政治上的不够成熟又显而易见,其中既有事业受挫时的悲观失望,也有遭遇不公时的消极怨愤”,北伐名将,“抗战岳飞”,有着独特的命运。作品动人者,再如吴焜与杨瑞年的恋情。“虎将吴焜怀揣着杨瑞年的书信和照片血洒疆场,杨瑞年心里装着‘中国夏伯阳’(指吴焜)的英雄形象大义凛然走向刑场”,“这对志同道合的青年男女的悲怆情感经历……引发对战火中恋情的深沉思考”。这其中尤为动人者是杨瑞年的经历。在八路军随营学校联欢晚会上,她身着黑色紧身衣,一曲酣畅淋漓的卡尔斯登舞,舞步激越,顾盼生辉,成为一道亮丽的风景。她背着“托派嫌疑”,被误解、被不公平地对待,但在头颅被击碎的前几秒钟里,她还用尽最后一口气喊出“中国共产党万岁”!原新四军秘书长李一氓在读罢《杨瑞年和她的弟弟》一文后写道:“这个同志牺牲三十多年了,抱着一种殉道的精神,为抗日的民族气节而牺牲,为共产党的事业而牺牲。而牺牲又还要经历一段精神和肉体都难堪的历程。这就不是简单叫不怕苦、不怕死所能达到的了。”作品写出了现实、历史极其丰富的面相。作者对杨瑞年当年是否是中共党员一事,进行了多方面的求证,这些文字中蕴藏着对这段悲情历史的细细品味。“文献和记忆的吉光片羽,促使我一次又一次地叩响沉重的历史之门,发出超越事件本身和时代局限的深沉诘问。”甚至于可以说,这一颗子弹,也带有丰富的哲学意味,“这颗子弹在很大程度上改变了刘飞乃至家人的命运和人生轨迹,引发了那么多耐人寻味的故事,从一定意义上说,也对国家和民族的精神文化史产生了影响。它承载的东西实在是太多、太多了。”这种哲学意蕴的核心是“贯通全书丰赡瑰丽和永世不竭的信仰之光”[⑤]。

在这样的一出大戏中,每个人的命运都是奇特的。比如,刘飞、杨瑞年、于玲……直至崔左夫、陈荣兰、汪曾祺,每个人的命运都充满了偶然与必然。哲学的意蕴,赋予作品以庄严的品格,体现出壮美的风范。

三、真正“深入生活”

文学创作，是否需要“深入生活”，在理论界也并非没有争论。尤其是到了互联网时代，一机在手，便知天下大事，有些写作者认为凭借互联网，也能创作出优秀的文学作品。但“纸上得来终觉浅”，对时代的认知、对生活的体味，还需要“深入生活”。

“深入生活”的方式有许多，比如有组织地深入生活的活动，还有一种是作家自觉地定点生活在自己所书写的领域、地域，如乡村、企业、军营等等。柳青扎根长安县皇甫村十四年，创作出《创业史》这一跨越时代的文学经典，并直接影响了陈忠实、路遥、贾平凹等作家的创作，历来为人们所称道。习近平总书记曾讲：“对人民，要爱得真挚、爱得彻底、爱得持久，就要深深懂得人民是历史创造者的道理，深入群众、深入生活，诚心诚意做人民的小学生。我讲要深入生活，有些同志人是下去了，但只是走马观花、蜻蜓点水，并没有带着心，并没有动真情。要解决好‘为了谁、依靠谁、我是谁’这个问题，拆除‘心’的围墙，不仅要‘身入’，更要‘心入’‘情入’。”如何能做到“身入”“心入”“情入”，是个值得思考的问题。

《一颗子弹与一部红色经典》的作者用了三十年的时间来酝酿和创作这部作品，走访了所涉的重要事件发生地——上海、南京、杭州、苏州及江阴、吴县、句容、窑湾，借助可靠史料并做好去伪存真，发挥历史“活化石”的作用，寻找亲历感，重访重要遗址印证和感受当年的重大事件，无疑是做出了“深入生活”的巨大努力。但在这表面之下，还有更多值得体味的内容。比如，作品与作者是有缘分的。作者作为一个军人，一个经历过不同的部队的军人，体会到二十集团军这支部队不同的文化品格，体会到这支部队强烈的文化自信，对自己所在部队历史的追溯带有强烈的使命感、责任感，这就是非“外人”可道者。这种“深入生活”是天然缘分的结果。甚至可以说，这一段历史也只有这样一位作者才能写出如此独特的况味来。

当然,只靠“缘分”“职责”的“深入生活”似乎还显不够,因为如此的“深入生活”有可能会流于生活的原生态写作。作品中动情的、动人的“东路三问”显然是超越了这种表面意义上的“深入生活”。文学是在创作者与时代的碰撞之中生长的。文学要反映时代,但所谓的原生态时代现实是不可能存在的,文学书写的是经作家“肉搏”过的时代生活。文学要求作家所具有的“生活”,是“见、识、情”的浑然如一。人们通常所强调的“生活”,实际上强调的是一个“见”字,而忽略了它与“识”和“情”的不可分割性。在文学与生活的关系上,胡风的理论值得借鉴。他在向文学青年介绍文学参考书、阐释苏联文学顾问会著的《给初学写作者的一封信》以及法捷耶夫的《我的创作经验》时,借法捷耶夫之口提出了主观交涉论。信中要求“初学写作者”“手触生活”,只写自己“所深知的”,也即作者受感动、消化了的东西。胡风认为,这一可贵的忠告可以预防文学创作中的两种不良倾向,即将文学创作当作冷静地记录自己的观察的客观主义与借客观事物表现自己灵魂的主观主义。如果说“艺术的认识方法”即文学对生活“由认识到表现”的过程的话,那么,“真正的艺术上的认识境界只有认识的主体(作者自己)用整个的精神活动和对象物发生交涉的时候才能够达到”。用法捷耶夫的话来总结,就是“全部积蓄起来的材料”,跟一种艺术家“在自己的心中早就孕育起来的”“基本的思想、观念”,“起了某种化学上的化合”。与主观主义和客观主义主客观各执一方、格格不入不同,胡风特别强调主客观互涉之后双方所发生的融合以及根本性质的改变。为此,他们特别偏爱化学的词汇,强调“客观的东西”要“通过作家的主观”“结晶为作品的内容”。这种化合的时代,充满了创作者与时代的“肉搏”,反映这个时代的疼痛与世道人心,而这种反映才具有动人的力量。

抗日战争是中华民族历史上的大劫难,也是人类文明史上的大劫难。战争本身与对战争的认识,也构成人类文明有机组成部分。中国抗战理应成为中国当代文学开掘的富矿。在抗战这一土壤上,也应开出繁盛的文学花朵。从另一个角度来说,也必须开出这样的花朵——文学是一个民族的良心所在，折射着、印证着一个民族文学的精神高度与思虑深度。《一颗子弹与一部红色经典》的作者认为："时下荧屏上的一些抗战神剧，时常为人们所诟病。病灶所在是严重失真。"他由此呼唤"真正意义上的抗战文艺的回归"。这部作品逼近历史真实、镕铸哲学意蕴、真正"深入生活"，给人以强烈的震动和崇高提升感，也正是作者创作"真正意义上的抗战文艺"的努力之作。

参考文献：

①④高建国. 连接历史的此岸与彼岸——从《一颗子弹与一部红色经典》创作谈逼近历史真实. 光明日报，2016－11－25.

②傅强. 在历史的还原中反诘与叩问现实. 光明日报，2016－04－06.

③焦凡洪. 历史生命的壮美书写. 文艺报，2016－08－29.

⑤高建国. 宏富而多彩的信仰丰碑——《一颗子弹与一部红色经典》创作札记. 文艺报，2016－10－10.

（本文系作者2017年6月3日在中国当代文学经典化研究会上的发言）

创作主体融入作品文本的精彩还原

——从《一颗子弹与一部红色经典》谈作家创作的“代入感”

王书艳

一部追寻远逝烽火岁月的报告文学作品,怎样才能真实还原渐行渐远的历史,在深长而准确的回眸中,给今天的读者以真实而新颖的艺术呈现?作家高建国倾数十年军旅生涯思想、情感和史料积累,精心锤炼创作的长篇报告文学《一颗子弹与一部红色经典》,就是全身心潜入历史纵深,在与喋血抗争的英雄群体息息相通中奉献的一部精品力作。

一

了解内情的人都知道,高建国创作这部重大革命历史题材作品,前后历时三十年,积淀之丰、酝酿之久、开掘之深,都是趋时逐潮的急就篇难以比拟的。作品创作中一个得天独厚的机缘和优势,就是早在20世纪80年代中期,作家就被这支源于闽东红军和坚守阳澄湖芦苇荡新四军伤病员英雄部队的文化特质所吸引,而这种由抗战中大批投身新四军的上海等地青年学生所形成的有着鲜明特色的禀赋,在工农革命武装中并不习见。后来,高建国又在这支部队工作数年,从历史与现实的交叉融合上,熟悉和把握了所在部队的特点、性格和精神脉络,恰好也从工作和文学的双重视角,完成了对部队历史的熟稔、认知和作品的酝酿与构思。可以说,这部作品从创作冲动的萌发、史料素材的搜集,到主题思想的确立、作品框架的形成,再到英雄群像的勾勒,都是随着作家思想情感和工作生活逐渐融入与“江南抗日义勇军”血脉传承的英雄部队,是作家倾心致力于部队建设和倾情书写英雄传奇的同频共振、同构共生的过程。

纪念抗日战争胜利七十周年前后，是抗战题材报告文学创作的喷涌期。在刚刚结束的第六届“徐迟报告文学奖”评选中，《一颗子弹与一部红色经典》脱颖而出，获得三年一度的全国报告文学最高奖项，这绝非偶然。由于历史的原因和其他一些复杂因素，一个时期以来，反映新四军战斗历程的大部头文学作品的创作殊为不易，且很容易引发争端。《一颗子弹与一部红色经典》的可贵之处在于，忠于历史，辩证透视，秉笔直书，客观公允。作家透过云遮雾障的历史帷幕，在工笔描绘“江抗”东进及其成长壮大历程的同时，用大写意的手法，清晰地展现出新四军波澜壮阔、跌宕起伏的历史，在战略与战术两个层面的有机互动和相互映衬中，立体凸显了江南抗战的艰难与曲折、丰富与多样。作品问世后，存世新四军老战士、“江抗”后代和新四军历史研究者，普遍表示认可并反响强烈，这与作者长期致力于“江抗”和新四军历史研究，特别是在由“江抗”发展而来的部队做过领导工作，具备驾驭重大敏感题材的能力和经验，创作中自始至终保持了一种很强的“代入感”直接相关。纵观新中国成立后军事文学发展的历程可以看出，至今仍脍炙人口的《林海雪原》《铁道游击队》等佳作的创作者，无一例外都是战争和传奇的亲历者，都是作家在回溯烽火岁月之际，对刻骨铭心经历的一种源自内心、发乎真情的文学书写。《一颗子弹与一部红色经典》的成功，再次印证了优秀现实主义作品创作的一个规律：作家亲身经历和深度融入所描述的生活，是作品成功的基本前提和重要保证。

二

习近平总书记在文艺座谈会上深刻指出：“爱国主义是常写常新的主题。拥有家国情怀的作品，最能感召中华儿女团结奋斗。”与时下不少重人间烟火气，却自觉不自觉忽略和失去了时代、家国、社会精神筋骨的作品迥然不同，《一颗子弹与一部红色经典》正是总书记希冀的高举爱国主义大旗、洋溢着丰沛家国情怀的革命英雄史诗，也是一部有着黄钟大吕般雄浑壮美的主旋律力作。作家以燃烧自己生命这样一种近乎殉道的精神，把个体身心的深刻体悟贯穿作品创作全过程，进而实现了穿越时空的生命置换，以博大的情怀和催人泪下的艺术力量，铸就了这部融现实思想价值和独特审美意义于一体的长篇巨著，使世人从一个独特的角度，纵观和全面领略“江抗”乃至新四军铁血万里而又悲壮多舛的历史，让读者在生切感受铁军精神的五彩斑斓和丰饶富丽的同时，又由衷赞叹革命的伟大、人性的美好。

在作品酝酿和书写过程中，高建国在潜滋暗长中俨然把自我深深融入作品文本之中，追逐着鼙鼓未歇的“江抗”乃至新四军的战斗序列，感奋着他们的感奋，忧伤着他们的忧伤，时常沉浸在作品中民族英雄和抗日骁将生死攸关的境地而忧心似焚，以至忘情呐喊。比如创作过程中，他曾多次沉浸在新四军茂林被围的危境和绝地，情不自禁地对历史进行假设：新四军不是有一门迫击炮吗？那门炮在东流山保卫战中曾经使用过并建立奇功，为什么部队在星潭被阻时不调过来打掉扼控山隘要冲的碉堡？星潭是国民党顽军包围圈的外围，突破星潭，打开通道，皖南新四军部队就脱险了！他甚至还想到，即使没有炮打掉国民党顽军构筑的碉堡，也可以采取在桌子上蒙上几床浸水的棉被，组织官兵顶着“土坦克”对碉堡实施爆破攻坚的战术手段！那么多的指挥员，为什么没有想到这一点？谈及身陷上饶集中营的新四军战地服务团优秀女演员杨瑞年，多次利用外出演戏之机掩护狱中难友冲出魔窟，他不由得连连叹息：杨瑞年在掩护别人脱险之际，自己也完全有机会挣脱魔掌啊！那个绿满山冈、风吹幽篁的秋日，在江阴定山湾“江抗”副总指挥吴焜衣冠冢前，高建国凝目墓碑真切感受虎将的英风浩气之际，思想的羽翼又在历史的天空中折冲翻飞：当年经“江抗”总指挥部秘书长陈同生修改的吴焜写给杨瑞年的书信是否寄出？吴焜牺牲时身上还揣着杨瑞年寄给他的那张英姿飒爽、清秀可人的照片吗？从一个作家的本位，置换到文本人物中的一员，高建国在穿越时光隧道的过程中，常常不自觉地把自己当成当年战斗的指挥员，他在追寻那些远去的军旅和回访曾经血火交迸的战地时,已然融入战斗序列和铁军之中,置身于杀声震天、争烈斗激的严酷场景。情到真时始动人。正是因为作家怀着对民族危亡的深挚关切和对革命先驱的悲悯情怀,他才能冲破七十多年岁月关山迢递的重重阻隔,最大限度接近历史真相,在与既往亲历者休戚与共中实现全景式回放,为后人并不真正和翔实知晓的“江抗”英雄传神写照。

作品开篇对纵贯全书并翱翔于“江抗”乃至新四军历史的“那件红与黑的经历参半、凝结着特殊历史而又令人憎爱交加的文物”——子弹的描述,新颖、别致、精当,意蕴丰厚且颇有震撼力:“铁质弹头被岁月的利齿咬噬得凹凸不平,似在诉说着它与寄居主人的爱恨情仇;深褐色的斑斑锈迹宛如凝结的陈年旧血,使人油然想起它蛰伏抗日英雄血肉之躯的年深日久。”这段先声夺人的描写,是作家通过子弹寄主刘飞的子女,反复观摩实物照片后,又专程赴苏州革命博物馆实地瞻仰,在作品整体构思中对子弹连接历史与现实、战争与和平、生活与艺术的神奇作用凝神构思,然后才饱蘸激情写下的。这一饶有兴味的过程不由得令人怦然心动:在革命历史题材文艺作品的书写中,没有一种重返“现场”和与书中人物结为命运共同体的真挚情怀,作家不全身心地贴近并谛听历史脉搏的律动,单凭在隔空传递中管窥蠡测,是难以写出如此令人真切感知历史生命和温度的文字的。

三

作家把个体生命融入作品文本,离不开礼敬革命历史和崇尚志士英烈的家国情怀,同时,也需要在正确的历史观和科学求实方法的导引下,进行艰苦深入的田野行走、实地踏勘和亲身体察。从作品中可以窥知,十多年来,作家数次来到阳澄湖畔,遥望抗战中消失在蒹葭苍苍中东来茶馆老板胡广兴叔侄的背影,缅想因护佑“芦荡火种”而厥功至伟的中共常熟县委地下交通站站长的命运遭际,心中每每有如湖涛舐岸难以平静。这样一种大义和悲悯,激励作家锲而不舍,几经周折,终于在上海奉贤区找到了湮没七十多年的草根抗日英雄胡小龙，弄清了引发《沙家浜》中“茶坊智斗”这一出彩戏和阿庆嫂及东来茶馆的种种切切，在作品中留下了令人感喟无穷和荡气回肠的篇章。在淮海战役痛歼国民党第六十三军首战告捷的窑湾古镇，在刘飞当年养伤的上海同仁医院，在新“江抗”诞生的常熟东塘墅庙宇，在镇江杨瑞年母校和亲友家中，在阳澄湖畔当年德国人指导国民党顽军修建的钢筋水泥碉堡旁，在“江抗”英雄百年之后循着辽远悠长的集结号再度会聚的雨花台，作家都在用自己的脚步虔诚地丈量壮怀激烈的历史，用自己的灵魂悉心感知历史隐秘之处的絮语和细说。随着历史深处的吉光片羽的闪现，似曾相识甚或是家喻户晓的故事被作家写出了陌生感和新鲜感，那些用心血和汗水浇铸的鲜活细节和片段，无不是作家用生命体察和书写历史的结晶。

著名作家余秋雨说：“伟大作品的一个重大秘诀，在于它的不封闭。不封闭于某段历史、某些典型，而是直通一切人；也不封闭于各种‘伪解决状态’，而是让巨大的两难直通今天和未来。”《一颗子弹与一部红色经典》正是在开放和贯通今昔的广袤平台上，以宏阔的视野、深邃的思想、悲悯的情怀、瑰丽的画卷、感人的形象，再现波澜壮阔江南抗战历史的杰出作品。披阅这部深沉厚重之作，与作家晤面并进行深入的交流，你会感到，著作者不仅仅是以一个作家的身份来观照和构筑这部作品，他时而会站在读者的角度，客观审视作品的局限和缺憾，时而又以作品中主人公的身份，忘情地投入对文本的思考和拓展。他总是能以高屋建瓴的洞察力，分析并解决创作中遇到的难题。完全可以这样说，这部作品的震撼问世，不仅因作家成功地将创作主体融入作品文本而产生的强烈时代感和感染力，从而使作家的文学生命实现了一次新的辉煌涅槃，而且必将给革命历史题材的创作，打开新的思路和视野。

（《吉林日报》2017 年 6 月 8 日刊发）

寻找东来茶馆的“瘦马”

高建国

一、“瘦马”非马

在苏南纵横数十里的阳澄湖，十八个泾、三十六个浜、七十二个溇，还有难以计数的荡，临水傍村处时见温馨可人的茶馆。

1939年秋深的一天，常熟董家浜西南梅村东来茶馆，来了一位面孔清瘦的中年茶客，径直坐到一张临窗的桌前，冲着茶馆老板悠闲地喊了一声：“雨前茶，来一壶！”

“雨前茶来喽！”随着一声娴熟的应答，那个被唤作胡广兴的老板端起一壶雨前茶，三步并作两步来到中年茶客桌前，两眼机警地扫视四周，边布茶边朗声唱起了茶歌：“饭后茶消食，酒后茶解醉；午茶能提神，晚茶难入睡……”

中年茶客在茶馆小坐片刻，趁付茶钱之机小声向胡广兴交代：“两天内把‘蚂蚁爬，劈里扑’（常熟境内小商贩的一句缩脚韵，意为蚂蚁爬山，劈里扑落。‘山’谐音‘三’，‘落’谐音‘六’，‘三六’即中共常熟县委给新四军伤病员的临时代号）全部转移到湖西，否则他们都会饿死！”这位神秘的中年茶客，就是中共常熟县委委员、原常熟“民抗”司令员任天石。

阳澄湖畔乃膏腴之地，因连年丰收而得名的常熟古来富庶，当地群众有到茶馆休憩聊天的习惯。抗战爆发后，常熟县委在东来茶馆设立秘密交通站，站长为中共党员胡广兴。

1939 年 5 月，新四军老六团团长叶飞率部以“江南抗日义勇军”名义东进苏南，五个多月间连战皆捷，队伍由七百余人猛增到五千多人。10 月初“江抗”北渡前一个晚上，在雾霭笼罩的阳澄湖畔留下刘飞、夏光等五十余名伤病员和医护人员。常熟县委把他们安置在湖畔港汊的芦苇丛中。

翌日日落时分，董家浜湾汊里，一只无篷小船忽然离岸而去。巡逻的鬼子连声喝问，堤下有人答：“起风哉，绳子断了！”鬼子要村民下湖把船拉回来，早已潜在人群中的胡广兴跳下水去，游不到十丈远就双手乱舞，装出濒于灭顶的样子，被乡亲们拉上岸来。鬼子悻悻离去后，小船下忽然冒出一个人，驾船飞快驶入湖心芦苇荡，连夜把伤病员转移到湖西张家浜。这个靠芦苇秆换气潜水托船到湖心，趁天黑驾船进芦荡转移伤病员的小伙子，就是胡广兴的侄子胡小龙。

这一年的 11 月 6 日，根据新四军江南指挥部指挥陈毅指示，以阳澄湖后方医院三十多名痊愈伤病员为基础组建新“江抗”，“芦荡火种”迅速呈燎原之势，一年时间又发展到五千多人，后改编为新四军六师十八旅。但胡广兴有着鲜为人知的苦恼：入党前，他娶有两个妻子，入党后，一夫两妻的家庭现状，与党实行一夫一妻制的纪律规定明显抵牾。党组织已经给他提出了这个问题。年长的妻子已结发多年，胡广兴从感情和为人道德上不忍与其离异；年小的妻子善解人意且情感甚笃，他更下不了决心与她各奔东西。胡广兴陷入了从未有过的矛盾和纠结之中。崔左夫写于 1957 年的《血染着的姓名》记载，痛苦抉择后，无法解决家庭矛盾的胡广兴，最终决定退党离乡去上海。临走时，他对常熟县委书记任天石说：“我瘦马负重，只能走到这里了。我到上海后做点儿正经生意，绝不会做一件不利于共产党的事情，我相信抗战必胜。”

二、战地有约

1948 年 11 月 8 日，华东野战军第一纵队副司令员刘飞指挥部队在苏北首战窑湾，围歼黄百韬兵团第六十三军。

窑湾城三面环水，东濒骆马湖，西傍京杭大运河，北临老沂河，是京杭大运河畔的一处水运要津。根据窑湾地形特点和敌人仓促布防、立足未稳、士气低落等情况，刘飞决心不予敌以喘息机会，采取急促勇猛的战斗行动发起攻击。纵队在行进间即令所辖三个师从东、北、东南三面包围压缩敌人于窑湾。11日下午4时30分，总攻开始，一纵仅用六小时即歼敌两个师五个团共一万三千七百七十二人，生俘七千人。次日晨，第六十三军军长陈章企图渡运河逃跑被击毙。

窑湾战斗创造了攻坚作战以一个纵队歼敌一个军的范例，华东野战军首长通令嘉奖。新华社战地记者崔左夫赶来采访，刘飞闭口不谈制胜妙诀，反而讲起了自己“走麦城”的几个战例，随后带崔左夫去看部队。正是夕阳西下时分，刘飞一行沿运河西岸碉楼与飞檐掩映的老街信步而行，迎面走来刚打扫完战场的五十九师一七五团二营官兵。

“这个部队的前身是新四军六师十八旅五十二团，最早的一批骨干是‘江抗’在阳澄湖留下的三十六个伤病员，他们坚守芦荡斗争的经历很有意思，将来你一定要写写这支部队！”

大捷之后话失利，这本已使崔左夫颇为诧异；司令员战地一往情深地忆起阳澄湖养伤往事，这更使崔左夫掂出了那段隐没在蒹葭苍苍中历史的分量。崔左夫约略知道刘飞抗战时期在阳澄湖养过伤，胸膛里至今还带着“忠义救国军”的一颗子弹。在那个决定中国命运的伟大战略决战初战告捷的傍晚，不满二十二岁的战地记者崔左夫凝望晚霞夕照中的大运河，郑重地把刘飞的嘱托刻在了心上。

1957年夏秋时节，崔左夫赴苏南采访两个多月，获得了“江抗”伤病员坚持芦荡斗争的大量生动鲜活材料。虞山脚下、阳澄湖畔，芦花悄吟、桨声细说，那么多动人心弦而又富有传奇色彩的往事纷至沓来，一一在眼前呈现，又齐集他的心怀。菊茂蟹肥时节，崔左夫收获了苏南之行的宝贵成果——纪实文学《血染着的姓名》。作品虽仅有七千字，但生动传神地展现了抗日战争相持阶段，苏南水网纵横、湖荡棋布地带敌我犬牙交错斗争的瑰丽画卷。那时他哪里会想到，这篇充满江南水乡特有风土人情和历史气息、武装斗争与地下斗争交相辉映、浸透军民鱼水情的未定稿，后来成为艺术家打造红色经典的滥觞！

三、草根入戏

就在崔左夫认真践约深入苏南采访之际，上海市人民沪剧团编剧文牧被电影《铁道游击队》所吸引，正日思夜想创作一部抗战传奇剧。文牧抗战期间在上海郊县村镇跑码头演戏，熟悉上海远近郊风土人情和日寇、汉奸等各色人物，但对我军官兵不甚了解。恰好，1944 年参加新四军的第二十军文工团团长陈荣兰，抗美援朝后转业回上海来沪剧团任党总支书记、副团长。文牧邀陈荣兰一起创作抗日传奇剧，一门心思想抓现代戏创演的陈荣兰欣然应允。

1958 年 9 月，陈荣兰专程赴南京军区，得到了老战友崔左夫写的《血染着的姓名》一稿，不禁喜出望外。陈荣兰将这篇反映三十六个伤病员坚持芦荡斗争的传奇故事带给文牧，一下子唤起了文牧的抗战记忆。剧作家以其特有的眼力和敏感，迅速锁定了这个题材。陈荣兰在老军长、上海警备区副司令员刘飞帮助下，带文牧等人赴当年由阳澄湖伤病员发展起来的第二十军五十九师一七五团搜集素材，写出了沪剧《碧水红旗》，送正在住院的刘飞征求意见。刘飞扶病提出剧本要进一步贴近生活的意见，拿出自己上一年写的反映阳澄湖斗争的八万字回忆录《火种》供他们参考。文牧、陈荣兰根据这一珍贵史料，重新调整修改剧本并更名为《芦荡火种》。

最初剧本中的春来茶馆老板，以《血染着的姓名》中东来茶馆老板胡广兴为原型。陈荣兰提议说，戏中满舞台都是大老爷们，不好看。沪剧以旦角戏为主，戏里男角多，不利于发挥剧种特色，影响戏的观赏性，建议把茶馆男老板改为老板娘，得到文牧赞同，在剧中设置了阿庆嫂这一人物，并对全剧人物关系重新做了构思和布局,增加了在幕后“跑单帮”的阿庆。为解决剧中原老板侄子胡小龙与少妇老板娘不宜同住茶馆的问题,男团胡小龙改名为沙七龙,另添妈妈沙老太,沙氏母子成为阿庆嫂的得力助手。阿庆嫂起初叫阿兴嫂,取东来茶馆老板胡广兴名中的“兴”字。后觉“兴”字音显得平,名字中间的字应响亮有力,遂将“兴”字改成“庆”字。为便于舞台表演和使戏剧整体更为紧凑,剧中三十六个伤病员减为十八个。所有人物生活的原生态痕迹都进一步淡化,使艺术虚构成分得到强化,剧本的戏剧性明显增强,从而完成了对历史史实和人物原型的第一次超越。坚持写实主义的文牧和陈荣兰,将剧中生活原型胡广兴由男变女塑造成阿庆嫂的形象,但胡广兴的侄子、草根抗日英雄胡小龙,却被牢牢铸进了跌宕起伏的剧情。这个后来因人物关系调整改名为沙七龙的角色,虽着墨不多,但性格鲜明,戏份质量很高。其中嘴衔芦苇秆潜水托船进芦荡转移新四军伤病员的情节,完全是当年胡小龙湖上历险真实故事的摹写。后在移植改编为京剧《沙家浜》时,江青审看后认为沙奶奶不搞计划生育,生的孩子太多,沙七龙遂改名为沙四龙。

四、上海觅踪

今年五一,我来到阔别已久的沙家浜。波光潋滟的阳澄湖上轻舟穿梭,湖岸春来茶馆游人如织,京剧《沙家浜》中郭建光的唱腔响遏行云。春和景明中,我的眼前不禁浮现出当年“瘦马”无奈离去前同任天石告别的情景。一个郁积已久的声音在心头响起:护佑“芦荡火种”有功的胡广兴离开常熟到上海后,究竟经历了怎样的坎坷和磨难?

或许是受我的热切期盼感染,5 月 13 日,上海新四军“沙家浜部队”历史研究会原会长刘石安,协调研究会致函上海市公安局,请求协助查找胡氏叔侄的线索。5 月 27 日,上海奉贤区奉浦派出所传来信息,其辖区确有镇江籍胡小龙,1928 年生,曾在常熟经过商,现居奉浦开发区肖塘村。

抗战中悄然湮没的“瘦马”胡广兴，行踪已现上海！

6月20日，正值端午节，在奉贤区奉浦派出所教导员陈军华、警官王思军带领下，我和刘石安来到肖塘村胡小龙家。八十七岁的胡小龙银发灰衫，面色红润，双目炯炯有神。霎时，我的脑海中闪过一帧画面：天低云暗中，一叶扁舟悄悄冲破日伪封锁，载着被困多日的伤病员飞快向张家浜驶去。东路地区抗日斗争星火燎原神奇而关键的一笔，就是由当年十一岁的湖区少年、眼前这位精神矍铄的老人书写的。我向胡小龙表达了由衷的敬意，感谢他和他叔父在中华民族最危险的时候，为保护抗日火种做出的贡献。告诉他，由于直接领导东来茶馆的常熟县委书记李建模、任天石先后牺牲，胡广兴去向不明，直到今天才找到他。当我把一支东北老山参和慰问金交给老人时，我感受到了那双粗糙大手的颤抖。

从胡小龙儿子胡东良口中得知，当年胡氏叔侄从镇江来到常熟董家浜后，靠开茶馆、当编织芦苇的篾匠和兼营理发谋生。常熟沦陷后，积极投身抗战的胡广兴入了党，按照县委早开门、早打烊，利用晚上时间做交通员工作的指示，以茶馆为依托，为新四军伤病员送医送药和传递情报，为确保以阳澄湖为中心的苏常太抗日根据地红旗不倒做出了贡献。

1940年秋冬之交，胡氏叔侄两家人乘一条木船来到上海后，先是在闵行郊区落脚，依旧靠开“老虎灶”（茶馆）、理发、当篾匠糊口，受尽了日本人和地痞流氓的欺辱。后因闵行难以立足，两家便各谋生计，胡广兴去了上海市区，胡小龙随父亲到了奉贤县肖塘镇。解放前胡广兴患肺病在上海去世，两个儿子有一人返回镇江。胡小龙一家在肖塘靠理发谋生。由于为人和气，与街坊邻居相处融洽，全家人有不错的口碑。胡东良特意说明，听父亲讲，胡广兴来上海时没有办理退党手续，因找不到党组织，与党失去了联系。

据胡东良回忆，在他七八岁的时候，胡广兴回到镇江的儿子曾两次来肖塘看望胡小龙，每次都带着镇江特产香醋，可惜没有留下电话和住址，只隐约记得他说过家离镇江不远，住在铁路边。前几年，胡东良曾数次去镇江找分离多年的叔叔，但由于不知叔叔的姓名和电话住址，每次都抱憾而归。胡东良告诉我，新中国成立后，胡小龙在肖塘村从未讲过阳澄湖和东来茶馆的事，即使在《芦荡火种》和《沙家浜》红透半边天的年月，也未讲过两部戏同自己的关系。

胡东良诚挚的话语，使我心中涌起一股热浪。告别倚门送行的胡小龙，我深情凝望这所简朴两居室的门牌——肖塘村1215号。胜利之本、力量之源，在中国最广大的民众中，在中国最普通的村巷里。在千百万像胡小龙这样的草根抗日英雄面前，曾经不可一世的日寇焉能不败！

五、现身可期

从赤日炎炎的盛夏，到芦花飞雪的深秋，充满希冀又困难重重的查询，始终在执着地进行着。由于胡小龙年事已高，对胡广兴到上海后期的情况没有什么印象，寻访犹如雾里探花，庶无成效。据悉，公安部门的户籍档案始建于20世纪50年代初，当时的登记限于存世和嗣后出生的居民。上海、镇江市公安局利用信息平台筛查居民电子信息，均未发现上一两代人中父亲或祖父叫胡广兴的人。在此期间，我请常熟市委书记惠建林和武装部领导帮助查找，刘石安也专程前往常熟进行协调。但寻访当年东来茶馆所在的董家浜镇年长者，无人知晓离开常熟七十五年的胡广兴及其家人的情况。

山重水复疑无路之际，在镇江市公安局发现存有日伪时的原始户籍档案。这使艰难的查询依稀可见柳暗花明又一村的前景。镇江有原始户籍档案，上海是否也有？在查档案的同时利用现代传媒广而告之，是否能早日发现“瘦马”行踪？

胜利日大阅兵唤醒了潜藏在国民心灵深处的英雄情结，越来越多的热心寻访者相信，那个湮没在历史烟尘中的东来茶馆“瘦马”，在大上海和镇江现身有日。毕竟，每个为挽救民族危亡做出过贡献的人，都应当为历史所铭记。

（《解放日报》2016年1月20日刊发，当日《解放日报》网络版转载）

附录一：

媒体刊载(播)《一颗子弹与一部红色经典》名录

* 上海《新民晚报》2015 年 11 月 28 日至 2016 年 1 月 1 日连载
* 沈阳军区《前进报》2015 年 12 月 8 日选载
* 《光明日报》2015 年 12 月 9 日选载
* 《南京晨报》2015 年 12 月 11 日转载
* 《沈阳晚报》2015 年 12 月 11 日至 2016 年 1 月 13 日连载
* 《文摘报》2015 年 12 月 12 日转载
* 吉林《城市晚报》2015 年 12 月 14 日至 2016 年 1 月 15 日连载
* 广州《羊城晚报》2015 年 12 月 25 日至 2016 年 1 月 10 日连载
* 《山东国防报》2016 年 1 月 1 日转载
* 《解放军报》2016 年 1 月 6 日选载
* 上海《解放日报》2016 年 1 月 20 日刊载
* 山东《大众日报》2016 年 2 月 10 日至 4 月 27 日连载
* 《文艺报》2016 年 2 月 17 日选载
* 《武汉晚报》2016 年 5 月 2 日至 9 日连载
* 《作家文摘报》2016 年 9 月 30 日、11 月 1 日、11 月 25 日，2017 年 3 月 3 日、4 月 21 日选载
* 《国防参考》杂志 2015 年第二十二期至 2017 年第五期连载
* 《前卫文学》杂志 2016 年第四期、第五期、第六期选载
* 《神剑》杂志 2016 年第五期选载
* 《新华文摘》杂志 2016 年第五期、2017 年第五期转载

* 《解放军健康》杂志 2016 年第五期、第十一期,2017 年第一期、第二期、第三期、第五期选载
* 新华网、人民网、中国作家网、中国社会科学网、中国军网、全军政工网、中国青年网、新浪网、搜狐网分别选载、转载作品有关内容和评论,2017 年 6 月中国作家网转载全书
* 中央人民广播电台 2017 年 7 月起连续播出全书有关内容

附录二：

《一颗子弹与一部红色经典》研讨会首发式书讯新闻要目

*《文艺报》2016年6月3日：高建国长篇报告文学《一颗子弹与一部红色经典》：展现波澜壮阔的红色历史画卷

*《光明日报》2016年6月13日：长篇报告文学《一颗子弹与一部红色经典》研讨会召开

*《解放军报》2016年6月13日：《一颗子弹与一部红色经典》研讨会召开

*《中国青年报》2016年6月13日：《一颗子弹与一部红色经典》研讨会在京召开

*《人民日报》新书架2016年7月12日：《一颗子弹与一部红色经典》

*《新民晚报》2016年7月31日：想起了“春来茶馆”那一幕

*《解放日报》2016年8月1日：《一颗子弹与一部红色经典》首发

*《文汇报》2016年8月2日：展现江南抗战史　弘扬“沙家浜”精神《一颗子弹与一部红色经典》首发

*《作家通讯》2016年第六期：高建国长篇报告文学《一颗子弹与一部红色经典》研讨会在京举行

*《山东作家》2016年夏季刊：高建国长篇报告文学《一颗子弹与一部红色经典》研讨会在京召开

三、作品萃英

一颗子弹与一部红色经典(缩编)

高建国

刚柔并济,本期所求也。

长篇非虚构作品《一颗子弹与一部红色经典》,是刚健沉浑的交响曲,一方面扎实再现艰苦卓绝的战斗历史和义勇无私的英雄生涯,一方面全力还原与此相关的一部戏剧名作的创演历程。两者融汇,那些令人由衷缅怀和敬仰的革命先辈和艺术家的群像,重新鲜活在我们面前,震撼并感动着今人的心灵。那一颗子弹,充满辩证,更饱含热望,自敌方呼啸而来,在心脏附近留驻半个世纪,一旦从逝者身体中取出,便成为教育和温暖后人的发光体。人格筋骨、大写的情怀,光耀辉映在弘扬和书写中国精神的时代。这篇作品在史识如何与史事对话、如何处理思想基础和艺术追求的关系、如何更清晰地激活蕴藏在历史中的核心价值以作用于当代人心等诸多问题之上,都给我们以诚恳实在、有理有据而富有情义说服力的启示。

长篇小说《北鸢》,以古典白话小说般的语感、织品或瓷器式的细腻的质感,让我们进入20世纪20年代中期及其后的现代时光。温柔知性如江南民歌《茉莉花》,苍凉疼惜如《悲怆小夜曲》,无论哪一个时代,日常生活都有写不尽的繁华离乱幽曲浮沉,若再遭遇无可避免的国殇、家变、人散,小日子被大难所掀翻,柔情无所附丽,柔顺势必无助,日常则定然陷入无常,曾经的柔若无骨怎能不渐趋如铁似钢?

刚柔并济——中国故事、中国精神之性情大抵亦如是。

——编者

(《人民文学》2015年第十二期卷首语)

引子

共和国六十五岁华诞假日，我从上海赶往苏州，去寻找一颗子弹。

说来的确有些令人匪夷所思：国庆黄金周专程到有天堂美誉的苏州，竟然是为一睹一颗神秘子弹的真容！

北寺塔、虎丘、寒山寺……在寸土寸金的苏州高新工业园区三香路，步入七千平方米的苏州革命博物馆这所省级爱国主义教育基地，我终于见到了期待已久的镇馆之宝——那颗黑与红的经历参半、凝结着特殊历史而又令人憎爱交加的子弹：铁质弹头被岁月的利齿咬噬得凹凸不平，似在诉说着它与寄居主人的爱恨情仇；深褐色的斑斑锈迹宛如凝结的陈年旧血，使人油然想起它蛰伏于抗日英雄血肉之躯的年深日久。

这不是一颗普通的子弹。

1939 年 9 月 21 日，这颗长 2.8 厘米、底部直径 0.7 厘米的弹丸，从由国民党军统特务头子戴笠网罗的特务、流氓、封建把头和反动军官发展起来的“忠义救国军”的一支步机枪中射出，嵌入十六年后荣膺共和国中将军衔的新四军部队指挥员刘飞胸中。这颗子弹，伴随和见证了将军从战争时期到和平年代四十五年的军旅生涯，直至将军 1984 年 10 月 24 日谢世方得取出。谁能想到，就是这颗来自敌人营垒的子弹，竟然引发了红色经典《芦荡火种》和《沙家浜》的创作，成为我们了解中国革命史的一个窗口？

子弹与火种

1937 年，在民族危亡的紧要关头，中国共产党摒弃前嫌，同国民党实行了第二次合作，并组建新四军。新四军成立后，虽困难重重，但坚持抗日。1939 年，新四军一支队一团担负茅山地区游击战争任务，六团则向东路开进。为防止国民党顽固派寻找借口破坏东进，一支队司令员陈毅把茅山地区的地方武装编成新六团，由段焕竞任团长，对外行动使用新四军六团番号，老六团以“江南抗日义勇军”名义东进，并成立“江抗”总指挥部。新四军一支队六团对外改称“江抗”二路，由吴焜兼任司令员。合编后的“江抗”由原“江南抗日义勇军”三路司令员梅光迪任总指挥，但只挂名，不随军；新四军一支队六团团长叶飞（化名叶琛），向国民党第三战区请“长假”后任副总指挥，指挥老六团和东路所有部队。原“江南抗日义勇军”三路副司令员何克希（化名王耑），延安分配来的原红六军团十八师师长、新四军六团副团长吴焜（化名吴克刚），分别任“江抗”副总指挥；曾任红十军团第二十师参谋长的新四军六团参谋长、1934年在怀玉山掩护方志敏突围的乔信明（化名汪明）任参谋长；曾任中共苏南特委书记、苏皖区委书记的吴仲超（化名吴铿）任“江抗”司令部政治委员；原红四方面军独立师政治部主任、新四军六团政治处主任刘飞，将原名刘松清改为刘清，任“江抗”政治部主任。

刘飞，1905年生于湖北黄安（今红安）县贫苦农家，三岁丧父，七岁到地主家放牛，因不堪凌辱转而给猪贩子做脚夫，不料大病一场背上沉重的高利贷。1923年秋，不满十八岁的刘飞到汉口当茶役，后又到码头扛大包，在社会底层受尽欺压。

1926年10月，北伐军攻克武汉后，刘飞在汉口加入党领导下的夏口工会。1927年11月，刘飞毅然参加黄麻起义，担任乡、区两级苏维埃主席和赤卫军二营七连连长。1930年1月，刘飞带七连五十余名队员参加中国工农红军。

刘飞个子不高，但力气很大，双手能拧裂胳膊粗的青毛竹；抡起大刀来，四五十人轮流上阵也不是他的对手。在汉口，他和工友们一起揪斗码头老板和工头，率先打死几个朝工人开枪的码头巡捕。刘飞首次参战夜袭平汉路（今北京至汉口路段）上的杨家寨车站，就挥舞大刀冲在全营最前面，接连砍翻几个国民党兵，受到表扬并被提升为副班长，还入了党。

刘飞少小失学，起初和其他红军战士一样，连干部都不愿当。为了弥补自己文化知识上的缺憾，征战中，他以杀敌个数换取文书教的字数。1931

年 3 月 9 日，在广水东双桥战斗中，刘飞一人砍杀二十多个国民党兵，战后找文书学了二十来个字。两次反“围剿”中，刘飞继续以杀敌换习字，激励自己不断学习进步。抗日战争中，组织上专门给政治部配了一名技术书记，一半时间做政治部日常文字工作，一半时间帮刘飞学文化。

1932 年 10 月 19 日，在湖北枣阳解红四方面军总部之围恶战中，连长刘飞率部再建奇功，战后被提升为营政治委员。此后，刘飞任团政治处主任、红四军供给部政治委员，长征中任团政治委员和红四军独立师政治部主任，曾三过若尔盖草地。

1939 年 5 月 6 日，合编后的“江抗”千余官兵，从武进戴溪桥、洛阳一带出发，渡过京杭大运河，跨过京沪铁路，进入东路地区，并取得多次胜利。

“江抗”连战皆捷，树起了抗日救国的大旗，为开展统一战线工作创造了十分有利的局面。刘飞按照上级“发展进步势力，争取中间势力，孤立顽固势力”的指示，以“江抗”政治部主任的身份，亲自出面同杨筱南、胡肇汉、强学曾、杨忠、赵北等地方武装头目进行谈判。由于他秉持大义，态度诚恳，言之在理，大大小小的“草头王”都心悦诚服，表示愿意归顺“江抗”统一指挥，在特定时期有效防止了他们勾结日伪顽与“江抗”为敌，对壮大“江抗”力量、建立抗日游击根据地起了重要作用。

1939 年 9 月初，“江抗”为执行上级关于开辟澄东，使东路与澄西、丹北地区连成一片的指示，主力部队回师锡澄地区。9 月 8 日，“江抗”第三路撤回常熟地区。9 月 21 日，“江抗”主力在江苏省江阴县顾山南麓遇到“忠义救国军”第五、六支队和第十支队残部突然袭击，刘飞率“江抗”二路一部自东向西奋力反击。部队突入“忠义救国军”前沿阵地后，刘飞随即跃起，带领部队向山上猛冲。当他挥舞着短枪冲到半山腰时，突然胸部左侧中弹，口鼻蹿血，扑倒在地。警卫员何彭福和战士小孙哭喊着从地上扶起刘飞，刘飞镇静地问：“背后有没有血？”

何彭福哽咽着说：“没有。”

“没打穿就没事!”刘飞挣扎着起身冲出几步,又一头栽倒在地。

山坳里,何彭福含着泪水用绷带横着给刘飞包扎,但刘飞手臂一动绷带就脱落了。在刘飞的指导下,何彭福给刘飞做了斜角包扎,后来又去找来一块门板,和卫生员一起,把他抬到隐蔽处。刘飞问:“我们的部队打上去没有?”

何彭福说:“部队已经占领了山头,敌人被我们打下去了。”

刘飞脸上露出了笑容。

叶飞得知刘飞负伤,火速派“江抗”五路政治处主任张志强把刘飞送往阳澄湖后方医院。张志强原名郑潮涌,化名“老牛”。当时,从江阴、苏州到常熟须乘船走水路。“老牛”找来一条八九成新的木船,放好褥垫,安置刘飞躺下,然后和警卫员何彭福一起,从水上把刘飞送到苏州太平桥伤员转运站。一些人得知子弹是从刘飞胸部左乳上打进去的,都感到凶多吉少,认为刘飞这一去怕是回不来了。“江抗”指挥部甚至通知了部队准备为刘飞开追悼会。但刘飞在伤员转运站经女护理员包蕴打止痛针和清理瘀血后,奇迹般地活了下来,换乘小船被转送到阳澄湖上的后方医院。

三天后,“江抗”向西北转移行至江阴徐霞客故里马镇(今霞客镇)湖塘里,又遭“忠义救国军”侧击。吴焜亲率一个排驱赶敌人,不幸头部中弹。官兵把吴焜抬到马镇时,他已停止了呼吸。刘飞在后方医院得知吴焜牺牲的噩耗,悲恸万分。刘飞肺部伤口受到刺激,不由得大口吐血。那两天,医护人员的心都提到了嗓子眼儿。

“江抗”东进五个多月后,10 月初,鉴于国民党第三战区不断向新四军施压并频频挑起战端,为团结抗日,避免与国民党军冲突,以新四军东进部队为主体的“江南抗日义勇军”主动西撤,向苏北发展。

1939 年 10 月初的一个晚上,叶飞率“江抗”转移到武进以西开辟新战场,在东路雾霭笼罩的阳澄湖畔留下了四十余名伤病员和十多名医护人员。无锡抗联会根据中共无锡县委的指示,把分散在锡东、锡北等地一批行动不便的重伤员,集中到茅塘桥、厚桥,再用船送到常熟东乡、横泾地区。中共常熟县委把他们连同原来分散隐蔽在芦滩、芦荡的伤病员集中起来，安置在阳澄湖畔一个港汊的芦苇丛中。

无人预料到，就是这片芦苇荡，成了后来许多故事的发生地。

刘飞从苏州太平桥转移到常熟县横泾镇，先期进入阳澄湖养伤。和他一起集中隐蔽在阳澄湖芦苇荡中的伤病员，有夏光、黄烽等十多个红四方面军和闽东红军骨干，有苏南红十三军革命后裔、汇入“江抗”的东路地区“民抗”的赵阿山和吴有民，也有1934年组织的抗敌后援会地下斗争者。“江抗”政治部主任刘飞，理所当然地成了伤病员的主心骨。

阳澄湖地处江苏省吴县、常熟、昆山三县交界处，湖面纵横数十里，素称鱼米之乡，是宁沪杭一带久负盛名的阳澄湖大闸蟹产地。后方医院所在的横泾镇有八百多年历史，有建于明末清初的著名人文景观毛晋汲古阁，向东与有千年历史的古镇唐市连接，二者堪称姊妹镇。散落在两镇周围的是弯弯曲曲的河道，共有十八个泾、三十六个浜、七十二个滃，还有难以计数的荡。此地村庄大都随河道命名。

武汉失守后，国民党在华中敌后留下二十余万人枪。“江抗”西撤时，湖区形势异常险恶，一夜之间日伪军布下数十个据点，其中，在南天门等地由德国人指导修筑了一批钢筋水泥结构的永久性工事。日伪军采取软硬兼施的手段迫使地方杂色武装伪化投降，一些国民党部队溃散后与当地反动武装同流合污，刘飞等隐身在密匝匝芦苇丛中的伤病员，成为日伪顽匪日夜追捕的对象。为了隐蔽，附近西董家浜抗日群众同伤病员约法三章：不能生烟火，不能唱歌，不能出港汊。

后方医院既没有固定的病房，也根本不在后方，前后左右都布满了敌人的据点。在后方医院养伤，好比是阎罗殿里讨生活。刘飞入院后发现，阳澄湖地区港汊星罗、水网密布，前村后村可望而不可即，没有船只寸步难行。芦苇荡里地形十分复杂，没有人带路根本进不来，进来了也出不去，颇像《水浒传》里描写的梁山泊。湖上条件虽然十分艰苦，却在虎视狼窥的险恶环境中，为伤病员提供了难得的隐身和养伤之处。新中国成立以后，刘飞在

莫干山疗养时曾写过一篇回忆文章,对阳澄湖上的后方医院做过如下描述:

> 我们经常流动在横泾、陆巷、肖泾、长浜、张家浜、西董家浜一带,最远的敌伪据点离我们不过一二十里,近的只有几里。情况较好时,农家的客堂、厨房、牛棚、猪圈是我们的病房,卸下的门板,是我们的床位。情况不好,就只能常在阳澄湖上漂泊,数叶渔舟,就是我们的一切。

刘飞入住后方医院之初,是在"水上流动病房"——小船上度过的,先后由二十四岁的包蕴和年仅十六岁的女护理员白山护理。当时,他的伤势十分严重,船上药品奇缺,医护人员又缺乏治疗经验。刘飞忍着剧烈的疼痛,一声不吭,常常面带笑容鼓励医护人员克服困难,做好医疗工作。刘飞不怕伤痛的革命英雄主义精神,感染和教育了后方医院工作人员,两名女战士天天用盐水给他冲洗伤口,用凡士林纱布条引流,经精心照料,一周后,刘飞的伤口不再出血,未发生恶性炎症。刘飞稍能走动,就召集医护人员讲形势,教育大家坚持革命,不懈奋斗,迎接新的革命高潮的到来,给大家以很大鼓舞。看着刘飞伤口逐渐愈合,颇有成就感的白衣战士自豪地说:"我们是恢复战斗力的劳动者!"

阳澄湖上的金秋,绿苇如帐,芦花怒放。伤病员们躺在船舱里,仰望蔚蓝天空上不时掠过的南飞雁群,耳畔交替响起摇橹的吱呀声、鱼跃出水面的溅击声和受惊水鸟的啼叫声,他们却无心欣赏这充满诗情画意的湖上美景。白天借着秋阳虽然可以睡一会儿,但可恶的铁嘴花蝇在伤病员间飞来飞去,专门乘隙叮伤口,大家只好用芦苇叶子来包伤口。入夜,湖上的气温低得让人打寒战,大家把稻草垫子盖到重伤员身上,轻伤员搂在一起,挤在中间的可以凭借相互的体温睡一会儿觉,隔一段时间就来个里外换班,轮流取暖。有个叫谢锡生的轻伤员从滩外回来,带给每人一节雪白鲜嫩的芦柴根,一咬一口甜水。闽东的伤病员说,跟福建龙眼差不多;常熟籍的伤病员赵阿山说,当地人夏天把它当冰淇淋吃。有人主张组织力量到滩外去挖,但立刻被夏光制止了。芦苇就是帐篷，挖少了岂不暴露自己？赵阿山捉来十几只青壳、白肚、金爪、黄毛的大闸蟹，有人嚷道："海蟹不如江蟹，江蟹不如河蟹，河蟹不如溪蟹，溪蟹不如湖蟹！"大家兴致勃勃准备打牙祭，但想到起火违反规定，生食容易腹泻，只得不情愿地将大闸蟹放生。谢锡生拍着赵阿山肩膀说："等把鬼子打跑了，我们到你家去，让你老婆烧大闸蟹给大伙儿吃！"大伙儿噼里啪啦鼓了一阵掌，谁知赵阿山却伤心地流下了眼泪。原来，他的妻子在"江抗"东进之前，就被日本鬼子残杀了！国恨家仇更激起了伤病员坚守芦荡、抗战到底的决心。赵阿山的身世遭际，后来触动了作家和剧作家敏感的神经，不但写进了军旅作家崔左夫的纪实文学作品，而且成为上海市人民沪剧团编剧文牧塑造《芦荡火种》中沙七龙形象身世背景的借鉴。

在芦苇荡中的小渔船上，刘飞躺在门板上，想尽办法了解斗争局势，掌握伤病员思想，因势利导开展工作。在湖波舐岸的节律中，他想起"江抗"西撤前，党组织对留守伤病员的殷切嘱托："把同志们留在这里，并不单单是因为你们身体条件不行，跟不上主力队伍频繁的流动，更重要的是党需要在东路留下一把火种！"

面对蚊蝇叮咬和伤痛折磨，来自不同营连的伤病员像离群的孤雁，普遍不安心在芦荡中养伤。有的伤员随着身体逐渐痊愈，也产生了急躁情绪，想早日重返老部队。刘飞因势利导做伤病员的工作，教育引导大家，养伤既是必须面对的现实，也是党交给的重要任务，回部队同日伪顽真刀实枪地干的精神固然可嘉，但留下来养好伤，在坚持阳澄湖敌后斗争中巩固苏常太抗日根据地，更有意义，是对革命的更大贡献，个人的良好愿望最终要服从革命斗争的需要。在刘飞耐心疏导下，伤病员的心结渐渐解开了。

鉴于敌人日夜追捕伤病员并封锁芦苇荡，刘飞把一些轻伤员组织起来担任警戒，让当地籍贯的伤病员带领大家采摘芦根、菱角和鸡头米，边疏导，边工作，使伤病员的思想逐步稳定下来。

十几天后，刘飞目睹"江抗"西撤后日伪军的横行无忌，亲身感受群众日夜盼望"江抗"重返东路的迫切心情，考虑到多数伤病员身体开始康复，便组织大家深入讨论，正式向上级打报告要求重建“江抗”。金秋十月，“江抗”五路政治部主任张志强，专程从新四军江南指挥部赶到阳澄湖后方医院，代表陈毅看望刘飞等伤病员，介绍了当前“江抗”主力首要任务是北上开辟苏北抗日民主根据地，部队马上就要北上的情况，并捎话给刘飞，陈毅司令员要留守在阳澄湖的伤病员和当地武装力量组织东路抗日游击武装。不久，陈毅批准了刘飞重建“江抗”的建议。芦荡火种，终于再次闪烁起了火光。

萧瑟的秋风掠过芦荡，在同日伪周旋中再度隐身湖上的伤病员，更觉饥寒难耐。作为伤病员中职务最高的领导者，刘飞肩上仿佛压着千钧重担，思绪像波荡的湖水一样在翻滚。参加革命十三年来，他还从未孤悬敌后。在如此困难和特殊的环境中同穷凶极恶的敌人周旋和坚持斗争，是他们必须面对的难题。

刘飞深知，以阳澄湖为中心的苏常太抗日根据地，是新四军继开辟茅山抗日根据地之后，依靠当地党组织和人民群众的大力支持，在日伪顽重兵据守、各方势力和斗争形势犬牙交错的平原水乡，建立的第一个革命根据地。从某种意义上说，“江抗”西撤后，东路抗日根据地的存亡，系于后方医院几十个伤病员和医护人员身上！他们的任务不仅是养伤，而且要保证苏常太抗日根据地红旗不倒，始终给人民以希望和力量！留下来的几十名伤病员，就是坚持敌后斗争和显示存在的革命火种。刘飞认为，目前，敌我力量悬殊是显而易见的，但权衡力量强弱不仅要看数量，更要看质量。后方医院的伤病员中，既有经过二万五千里长征的红军战士，又有 1934 年 10 月中央红军长征后，留在南方独立开展艰苦卓绝三年游击战争的闽东红军战士，还有十几名信仰坚定、不怕牺牲的白衣战士。有这些身经百战、久经考验的革命火种，有当地党组织的正确领导和人民群众的大力支持，东路地区抗日根据地，就一定会像尖刀一样，牢牢楔在日伪统治的心脏地带。

刘飞的想法得到了中共江南特委和常熟县委的重视。特委组织部长张英、常熟县委书记李建模、常熟“民抗”司令员任天石，经常来到刘飞隐蔽的地方,一起研究如何坚持敌后斗争的问题。一天,他们带来了毛泽东写的《抗日游击战争的战略问题》油印小册子。刘飞和大家一起学习后,受到很大启发和鼓舞。刘飞想,“江抗”在的时候,经常截击“扫荡”的敌人,炸毁敌人运兵运粮的船只,并在主要水道打下明桩暗坝,分段切断,使敌人的水上交通处于肢解瘫痪状态。现在,虽然“江抗”西撤,但党的组织还在,伤病员这些骨干还在,苏常太抗日根据地还有很好的群众基础,只要坚持下去,按照党的要求继续为开展敌后游击战争积极创造条件,就一定会迎来东路抗日根据地再度兴盛的那一天。

强烈的使命感和责任感,激励刘飞一有空就召集伤病员开会、谈心,鼓励大家发扬南方三年游击战争时期,部队与上级失去联系但官兵矢志不渝对党忠诚的精神,始终保持高昂的革命乐观主义精神,战胜伤病,早日重返抗日最前线。刘飞身负重伤仍拼命为党工作的精神,也深深感染和激励着伤病员。为防敌人突袭,刘飞组织大家制订了应对不同情况的方案,安排轻伤员担任警戒,还口述书信给湖区一些地方武装头领胡肇汉等人,明以公理,晓以大义,使其避免与“江抗”伤病员为敌,防止他们和日伪勾结增加伤病员坚守芦荡的压力。刘飞还时刻注意与当地党组织保持联系,紧紧依靠党和湖区内外的进步群众,做好伤病员掩护和医疗生活保障工作。

但是,嵌进刘飞身体的那颗子弹却致使他伤口恶化,不得不被抬到张家浜救治。他们刚进村鬼子就来了。几个老乡赶紧拿来白布将刘飞从头到脚裹起来,往河浜抬去。鬼子上前盘问,老乡说是个死人,抬去安葬,才得以脱险。刘飞刚被放进小船,鬼子又追来了。老乡迅速撑船离岸,小船箭一般钻进芦苇荡,终于摆脱了敌人的追捕。

秋雨连绵,湖水暴涨,芦苇荡中少有立足之地。到10月中旬,少数重伤病员不治牺牲后,又零星转来了一些新的伤病员。入夜,患难与共的战友们手拉着手,不敢打盹儿。但清晨发现,有个伤病员还是被湖水冲走了,也不知姓甚名谁。艰苦的环境加剧了一些伤病员思想的波动,有的提出要找大部队去,不愿憋在这里受窝囊气。刘飞意识到这样下去不行,必须赶快恢复和健全党的组织。根据他的指示，知识分子家庭出身、因严重腹泻入院的六团作战参谋夏光，召集全体伤病员开会，登记了与会的三十六人的姓名和经历，并安排伤势较轻者放哨。会上有人还提议，以伤病员为主体，组建“江南抗日义勇军留守总队”，由已基本康复的夏光担任队长。夏光笑笑说，现在还不是时候，何时能走出芦苇滩，就立一个番号。此后，陆续又有一些伤病员进入阳澄湖芦苇荡中的后方医院，前后有上百人之多。但由于当事人后来所撰的回忆录，都浓墨重彩地对三十六个伤病员做过描述，夏光受刘飞委托在芦苇荡举行的这次会议，遂成为一个标志性的事件，成为文学家和各路笔杆子构筑经典、演绎历史的上佳素材，并永远镌刻在中国革命的光荣史册上。

传奇走进文学

1939 年 10 月，陈毅在做出“江抗”主力与新四军挺进纵队合编、执行向苏北发展的战略决策的同时，对苏南东路地区的工作也做了具体部署。他要求，留在东路的部队由江苏省委领导，与地方党组织配合，坚持和发展群众性的游击战争，积极开展统一战线工作。对国民党顽固派的破坏和进攻，要给予必要反击，同时，在斗争中应采用各种灵活机动的战术。

11 月初，陈毅派原“民抗”政治处主任、“江抗”三路政治处主任杨浩庐，会同原“民抗”部队调出的陈岳章、张梦莹和章铁民三名营连级干部，在已回江阴县委工作的张志强带领下，从江阴西石桥出发，经戚墅堰坐火车到苏州，转乘班船到阳澄湖太平桥，而后转到常熟陆巷传达指示。

杨浩庐和他的战友到达陆巷后，马不停蹄会见了坚守芦苇荡后方医院的刘飞和夏光，并与在东塘市一带坚持斗争的张英、李建模、任天石、蔡悲鸿、翁迪民等人取得了联系。杨浩庐分头向军地有关领导同志传达了陈毅的指示：为执行抗日民族统一战线政策，“江抗”主力西移待机，留在阳澄湖地区的部队人员与地方党组织配合，重新建立武装，坚持原地斗争。杨浩庐征求刘飞意见，请他担任新组建部队的司令员。刘飞聆听陈毅指示后很受鼓舞，但考虑到自己伤势较重，不能带部队行动，遂推荐已完全康复且有战斗经验的夏光出任司令员。

1939年11月6日，在东路特委代理书记张英主持下，东路地方党、"江抗"、"民抗"三方负责人，在常熟东塘墅一所破庙里召开会议。参加会议的除张英外，还有常熟县委书记兼"民抗"政治处主任李建模、"民抗"司令员任天石、"民抗"参谋长薛惠民、苏州县工委书记翁迪民和夏光、杨浩庐、蔡悲鸿，刘飞因行动不便，未能出席这次在新"江抗"历史上具有特殊重要意义的八人会议。会议经过充分讨论，决定建立"江南抗日义勇军东路司令部"，由夏光任司令员，杨浩庐任副司令员兼政治处主任，实际履行政治委员职责，原六团总支书记黄烽任政治处副主任，继续保留"江抗"东塘墅办事处，仍由蔡悲鸿任主任。

会后，刘飞把自己和警卫员何彭福的短枪交给特务连，使新"江抗"有了两支打得响的枪。新"江抗"成立时，人枪两缺，枪支尤甚。除了刘飞拿出的两支短枪外，只有老"江抗"修械所留下的几支打不响的步枪。尽快解决手中有枪的问题，成了新"江抗"的当务之急。

刘飞了解到，当地的周嘉禄和高发泉家里还有不少枪。新"江抗"司令员夏光也想起在常熟芦巷高发泉家养伤时，无意中发现高发泉在河边船舱稻草下藏有一挺轻机枪和十支步枪。周嘉禄是常熟陆巷人，家有土地并做生意。高发泉则是一农村小商贩。上海沦陷后，他俩利用国民党军溃败时遗弃的武器弹药，拉过不到二百人的便衣游击队，周嘉禄当司令，高发泉为副官。"江抗"东进后，刘飞曾亲自出面做团结争取他们的工作，将他们的队伍编入"江抗"第五路，周嘉禄被委作"江抗"五路第二支队支队长，高发泉无意恋栈，回家当了百姓。刘飞想到周嘉禄的弟弟周嘉善是"江抗"二路即新四军六团的一名优秀连长，经东路特委代理书记张英和新"江抗"领导人夏光、杨浩庐、任天石研究，决定利用周嘉善这层关系，由曾同周嘉禄打过交道的夏光出面，动员周嘉禄再度出山抗日，通过他说服高发泉把武器献出来,终于初步解决了武器的问题。

与此同时,刘飞和夏光还动员未随“江抗”西撤、化整为零在当地隐蔽的原“江抗”独立大队大队长殷玉如集合旧部,取出埋藏在各地的枪支,派出得力干部前往整训并给殷部充实骨干,使之成为新“江抗”的一个连队,仍以原番号活动,重点控制何市地区。

新四军江南指挥部的成立和新“江抗”的蓬勃发展,使新“江抗”官兵备受鼓舞,但刘飞依旧离不了床板和两根拐杖。他多想一跃而起,和战友们并肩战斗在阳澄湖上啊!但胸部隐隐作痛的伤口和已嵌入肺部的子弹却时刻提醒着他,枪伤未愈,战斗暂时与他无缘。

鉴于刘飞稍一咳嗽就吐血,湖上后方医院无法将子弹取出,陈毅决定通过地下党组织安排刘飞去上海治疗。刘飞不愿在新“江抗”刚刚成立的时候离开战场,但想到只有尽快治好伤,才能重返抗日前线,于是表示服从组织的决定和安排。

1939年11月上旬末的一天,常熟浒浦口码头铅云低垂,阴风怒号。刘飞头戴呢礼帽,身穿棉长袍,取道这里乘江轮前往上海。码头上,警卫员何彭福要求与他同行,刘飞说:“我一个讲湖北话的已经够呛了,再加上一个小闽东还了得!”何彭福依依不舍地返回新“江抗”,担任了司令员夏光的警卫员。

在上海党派来的地下交通员的接应和掩护下,刘飞顺利登上长江客轮,通过关系被安排在船上职员的休息间。船进吴淞口,上船检查的日本兵未检查休息间。第二天,刘飞平安到达上海十六铺码头。地下交通员叫了一辆祥生公司的出租汽车,把刘飞送到地下党员荣健生住的亭子间。刘飞在荣健生处逗留时,荣健生把床让给刘飞,自己睡地铺。躲避四五天后,刘飞来到上海英租界内美国圣公会办的同仁医院,住进了外科大病房第四床。当时,同仁医院外科主任是美国一个很有名望的手术专家。

护送刘飞入院的护士长张晨年纪虽轻,但早已是中共地下组织成员。

他对院方说，刘飞是他的远亲，名叫王福祥，在湖北老家种田时为流弹所伤。大家见刘飞皮肤黝黑，忠厚老实，也都深信不疑。经检查，刘飞胸部的子弹在靠近心脏的肺腔，因体质较弱，需要卧床静养，待体质恢复到一定程度，再决定是否手术。

刘飞以顽强的毅力积极配合治疗，就餐、大小便都卧床进行。三个月后，刘飞体质明显增强。但医生检查后认为，刘飞肺部的弹头已被结缔组织包裹，今后将不致由异物引起周围炎症或损伤重要脏器。因靠近心脏，现在手术有一定危险性，待弹头外移至浅表组织时再取出为宜。经征求刘飞意见，院方决定暂不做手术。

真是生死冤家啊！刘飞意识到，“忠义救国军”送给他的这个礼物，恐怕今生今世要与自己不离不弃了。带着这颗子弹，刘飞从上海返回苏北新四军一支队驻地，很快又重返“江抗”。

2015 年 6 月 20 日晚，笔者来到位于当年英租界内的长宁区愚园路 786 号上海交通大学医学院附属同仁医院。初夏的夜上海草木葱郁，温馨可人。步入建于清光绪六年(公元 1880 年)的百年老院，只见院区新老建筑群迥然不同但相映成趣，目睹镶嵌在古旧建筑上的“百年名院　经典品质　同怀仁术　博极医源”的院训，一种历史的沧桑感不禁油然而生。将近七十六年前，伤势十分严重的“江抗”政治部主任刘飞，在新四军江南指挥部指挥陈毅的关怀下，身披阳澄湖的飞花和水渍，俨然一乡间老农进入这所美国教会医院，得到了三个月时间的宝贵治疗和调养，从而再次焕发勃勃生机，精神抖擞重返抗日前线。阳澄湖“江抗”后方医院的骨干张贤、蒋游、褚杰等医护人员，也都来自同仁医院。英国租界的特殊环境，美国教会医院的避险功能，百年名院的优质资源，这些都为“江抗”和东路根据地的建设发展，提供了弥足珍贵而又可靠的支持和帮助。在民族危亡之秋，不同肤色的人们所拥有的财富、属于不同价值观群体的资源，都被一种充满正义感的神奇力量统合起来，转化为浩浩荡荡将日寇驱逐出中国的洪波巨浪。同仁医院对刘飞的救治和为“江抗”后方医院输送的医务人员及器械药品，就是汇入这磅礴浪潮的涓流飞花。从今天的时间节点上回溯和审视当年同仁医院对刘飞实施的保守治疗，人们愈益强烈地感受到，这一医疗方案，不仅积极稳妥地保证了刘飞在较短时间和东路根据地最需要的时候重返战场，而且也使嵌入刘飞胸部的那颗子弹——这一有着非同寻常价值的文物——得以存留下来。

时间到了1948年冬，淮海战役东部战场，华东野战军第一纵队正以摧枯拉朽之势，向国民党军队发起猛攻。这是一支由土地革命战争时期创立的闽东工农革命武装，与抗日战争中诞生的新四军六师十八旅及浙东游击纵队融合发展而来的英雄部队。1932年9月14日，陶铸在福建福安兰田领导发动“兰田暴动”，创立闽东工农游击第一支队，后发展为中国工农红军闽东独立师。闽东独立师缩编为新四军老六团后，也把红军血脉延续到新四军劲旅。历史上，这一战役军团其序列总是排在第一，曾为新四军第一纵队、山东野战军第一纵队。1948年9月24日，华野一纵挟济南战役胜利声威挥师南下，司令员叶飞因患黑热病留济治疗，南下作战部队由副司令员刘飞代行指挥。

11月8日，刘飞率部首战江苏新沂窑湾镇，围歼黄百韬兵团第六十三军。这是淮海战役战略决战第一阶段作战即歼灭黄百韬兵团的首战。歼灭第六十三军之役，就是风烟万里的黄淮海大平原上整体联动走出的一步好棋，是一个完整的追击、拦截、围歼的作战过程。

窑湾战斗创造了我军运用急袭战法，在攻坚作战中以一个纵队歼敌一个军的范例，也是解放战争以来，我军伤亡较少、俘获较多的一场漂亮歼灭战！华东野战军首长予以通令嘉奖。

窑湾之战的硝烟尚未飘散，新华社随军一支社记者崔左夫等人，就兴冲冲赶到一纵指挥所采访刘飞。

此时的刘飞刚四十三岁，个子不高，黑里泛红的脸上一双眼睛炯炯有神，没有人能看出，他的身体里仍然留着那颗子弹。这颗子弹跟着他南征北战，他们似乎达成了和解。

刘飞身穿一件合体的皮夹克，威武中透出几分英俊。来自苏中公学三大队的崔左夫，和很多同学一样都担任过连队的文化教员。战斗间隙，这些稚气未消甚至不乏“小资调”的年轻人，常喜欢给英武且从不盛气凌人的刘飞画人物素描：

“看他骑马的姿势很像夏伯阳，不是骑，而是两脚站在马镫上……”

“胡子很密，斯大林式的！”

“还有那左轮手枪套配上锃亮的子弹，真神气！”

“他讲话的神态极好，简直是活动的雕塑，那咬嚼筋跳个不停，还有那手臂，边讲边卷袖子，那身结实的腱子肉，像一个运动员要蹦出起跑线似的……”

“他这个人的特点就是好动、好问、好学、好想。”

此刻，记者发现，刘飞上唇蓄了多年的斯大林式浓密胡子不见了，脸刮得干干净净。看到记者打量他的着装，刘飞朗声笑道：“这是国民党联勤总署投到济南的美国军用物资，兵团许世友、谭震林首长分送纵队领导一件。”说话间，这位浑身仿佛有使不完的劲儿的优秀指挥员，双手的十指又像往常一样一刻不停地动了起来。刘飞拍拍身穿的皮夹克，诙谐地说：“这东西能遮风挡寒，将来夺了天下，建议毛主席、朱总司令员把部队冬季服装搞成这样好不好？”

冬日的旷野里响起了一阵愉快的笑声，宛如春风鼓浪。

正是夕阳西下时分，晚霞倒映在大运河、老沂河和骆马湖上，新生的古城窑湾映衬着浮光跃金的水系，像是一帧恬静而又热烈的画卷。刘飞一行沿运河西岸碉楼与飞檐掩映的老街信步而行，迎面走来一支刚刚打扫完战场下来的部队。刘飞一问，原来是纵队所属的五十九师一七五团二营官兵。

“这个部队的前身是新四军十八旅五十二团，最早的一批战斗骨干是“江南抗日义勇军”在东路作战留下的三十六个伤病员！”刘飞说。他神采飞扬,指着征尘未洗的官兵对崔左夫继续道:“他们在阳澄湖芦苇荡中坚持敌后斗争的经历很有意思,等胜利了,你们一定要好好写写这支部队!有一首歌叫《你是游击兵团》,是这个团的团歌,是黄苇作的曲,他现在当宣传科长了吧?科长要当好,可还要多写歌子。”

刘飞避而不谈制胜秘诀,反而一往情深忆起了“江抗”伤病员在阳澄湖养伤的往事,这更使崔左夫意外中又颇感耐人寻味。但司令员硝烟中的殷殷嘱托,还是令他掂出了那段扑朔迷离历史的分量。崔左夫约略知道刘飞抗战时期在苏南作战负伤后到阳澄湖养过伤,胸膛里至今还带着“忠义救国军”的一颗子弹。莫非是大运河畔古城窑湾浓郁的水乡风情,唤起了刘飞对当年那段刻骨铭心岁月的回忆?多年跟随首长南征北战的崔左夫,深知这个工农出身却酷爱学习的指挥员,对革命文艺和知识分子有着一种特殊的偏爱。

在决定中国命运的伟大战略决战初战告捷的那个傍晚,不满二十二岁的新华社战地记者崔左夫,凝望晚霞夕照中的大运河,默诵着刘飞对他的嘱托,口中喃喃自语:阳澄湖,芦苇荡……这成了他们之间的一个未完成的约定。

从《血染着的姓名》到《芦荡火种》

新中国成立的礼炮,转瞬就响过了九载。

抗美援朝胜利后,第二十军五十九师驻防杭州。担任师文化科副科长的崔左夫,忙得像一只高速旋转的陀螺。从 1946 年 8 月,在中共山东分局机关报《大众日报》刊登处女作《开赴前线》后,崔左夫一发不可收,始终笔耕不辍。新中国成立后,上海的文化工作社出版了他的第一部著作《胜利的创造者》;1951 年 3 月,华东人民出版社出版了其报告文学集《淮海前线目击记》;抗美援朝期间,崔左夫不幸负伤,在医院用左手完成了记录抗美援朝光辉历程的《战斗在长津湖畔》一书并出版,该书获得了朝鲜民主主义人民共和国三级国旗勋章。他因左手著书,故改名左夫。欣欣向荣的新中国极大地激发了崔左夫的创作激情,但他始终没有忘记自己和刘飞在淮海战场上的约定。三十六个伤病员的故事像一块奇异的磁石,时时在吸引着他,随着时间流逝,引力也越发增大。

1957年夏,崔左夫受命到苏南收集红十三军和苏南地区的抗战史料,在上海见到了亲历“江抗”在苏南斗争、发表过《猛将吴焜》等回忆录的上海第一医学院院长兼党委书记陈同生,意外获得了1939年“江抗”三十六个伤病员在阳澄湖坚持敌后斗争的简要材料。这使他喜出望外。这年全军开展“解放军三十年征文”活动,南京军区政治部组织数名作家和记者集中采写。崔左夫得以重返苏南实地采访两个多月,像一只采得百花酿佳蜜的蜜蜂,辛劳竟日,收获颇丰。虞山脚下、阳澄湖畔,芦花悄吟、桨声细说,那么多动人心弦而又富有传奇色彩的往事纷至沓来,一一在眼前呈现,又齐集他的心怀。

中国革命的历史舞台是宏大的,独具特色的阳澄湖武装斗争,无疑是一个极具典型意义的样本!

令崔左夫感奋不已的是,两个多月的采访,他已经能够令人信服地解析始终让国内外一些军事学家感到困惑的战争奇观:在东有上海、西有南京、南有杭州,处在大城市包围中且交通发达的平原水乡,日伪军的据点像梅花桩般占据了各个乡镇和交通要道,尤为严峻的是,1941年7月起敌人实施“清乡”行动,用竹篱笆把各个村分割封锁起来,巡逻艇日夜穿梭来往于河道水网之中。但就在敌人的眼皮底下,以刘飞、夏光为首的新四军伤病员,在党的领导和人民群众支援下,始终战斗在湖泊星罗棋布、河道纵横交错的苏常太三角地区,在阳澄湖建立了巩固的抗日根据地,创造了中国革命史上的奇迹!

崔左夫展笺挥毫,开始在历史的具象中描摹和书写波澜壮阔的篇章。为了最大限度逼近历史真实,崔左夫特意找到一七五团团歌《你是游击兵团》的词作者过鉴青。崔左夫还找到了《你是游击兵团》的曲作者、当年从华中鲁迅艺术学院音乐系分配到新四军六师十八旅五十二团的文化干事、后任总政治部组织部青年处处长(相当于现青年局局长)的黄苇,专程拜访了当年任中共澄锡虞工委委员、新四军江南保安司令部所属警卫一团政治处主任的江苏省委书记处书记包厚昌,曾在"江抗"任过组织科长的南京军区军史编辑室的谭肇之等人,其中屠淑芳做了长达一周的认真回忆,订正了一些重要史实。南京军区司令部办公室主任施光华,当年随何克希从上海"特科"来到"江抗",与刘飞、朱一多有接触,熟悉"江抗"在苏南两度兴起的全过程,人称"江抗"活字典,他给崔左夫介绍了"江抗"东进前后的大量情况。

"秋风起,蟹脚痒。"菊茂蟹肥时节,崔左夫收获了苏南之行的宝贵成果——纪实文学《血染着的姓名——三十六个伤病员斗争纪实》诞生了!作品虽然只有七千字,但充满了江南水乡特有的风土人情和生活气息,生动传神地展现了抗日战争相持阶段,苏南水网密布地带敌我犬牙交错斗争的瑰丽画卷,读来饶有兴味。显然,作品题目是由陈毅作词的《新四军军歌》中"光荣北伐,武昌城下,血染着我们的姓名"一句歌词演化而来。崔左夫将稿子打印二百份,分送有关部门和当年阳澄湖斗争亲历者征求意见,并作为"解放军三十年征文"送交南京军区政治部宣传部。那时他当然无法预想,就是这篇浸透着特定年代历史气息、充满了苏南地区生动鲜活的湖上特色、武装斗争与地下斗争交相辉映、浸透军民鱼水情的未定稿,为后来的剧作家们打造红色经典《芦荡火种》,提供了多么珍贵的素材!

1958年的春天在"大跃进"浪潮中到来了。上海市人民沪剧团编剧文牧,正被一种莫名的冲动搅扰得坐卧不宁。两年前,上海电影制片厂拍摄的电影《铁道游击队》上映后,在社会上引起很大轰动。"西边的太阳快要落山了,微山湖上静悄悄……"影片插曲《弹起我心爱的土琵琶》的抒情慢板,终日在文牧脑间萦回,使他如痴如醉。他太想创作一部抗日战争题材的传奇剧了。

文牧原名王文爵，1919 年出生于上海松江县，从小就喜爱盛行于浦江两岸的申曲。申曲是沪剧前身，是唱出来的上海话，渊源于浦江两岸的民歌俚曲，后受其他民间说唱及戏曲影响进入花鼓戏时期，清末形成上海滩簧。文明戏时代，发展成为小型舞台剧申曲。文牧高小毕业后曾在松江南门外一间米行学做生意，1936 年弃商拜师学唱申曲，随先生参加小型申曲班，在上海郊县村镇跑码头演唱，做过演员，编过幕表戏，自己也挑过戏班，是从小受申曲浸泡并喂大的艺人。

1941 年上海沪剧社成立，申曲正式改称沪剧。上海沦陷后，为了混饭吃，文牧随戏班继续上庙台、进茶馆，有时到大户人家唱堂会戏，甚至在沪郊"白相人"聚赌处唱赌场戏。在战后的北新泾河浜，他见过全副武装的水中腐尸和狼藉满地的弹药。在嘉定县北桑庙，戏班正在一家三进头的瓦房堂屋里演唱，忽听人喊："日本兵来了！"文牧和女演员连戏装也来不及脱，就跳窗落荒而逃。

乱世江湖，戏班的足迹遍及奉城、青村、三官堂一带的茶馆，文牧在同三教九流打交道中阅尽世间乱象，也听人绘声绘色讲述一个叫傅春堂的人，用拾来的枪在剃头店里打死一个日本兵，拉起队伍打游击的故事。在日、伪、顽势力相互勾结又明争暗斗的复杂环境中，为了在夹缝中求生存，戏班不得不同爱唱申曲的汪伪团长搞好关系，以保护团里女演员不吃大亏，也防止演出中道具和行头箱被砸坏。在青浦淀山湖，文牧一行甚至还与日本兵同船渡水去商榻，途中目睹了日本兵朝天鸣枪，惊得湖边芦苇丛中野鸭乱飞的情景。文牧熟悉上海远、近郊的风土人情和民间习俗，对抗战初期日寇、汉奸、流氓、乡保长等各色人物也不陌生，当年也听说过青浦抗日游击队的故事，一度想创作一部反映淞沪抗日游击队斗争生活的剧本，但一琢磨起剧中我军指战员的形象，他的眼前就一片茫然。

冥思苦想中，文牧把目光投向了沪剧团党总支书记、副团长陈荣兰。陈荣兰又名熊兰，江苏江都人，1929 年生，1943 年到上海读中学，1944 年年仅十五岁就参加了新四军，1946 年入党。她先是在新四军浙东纵队织布厂担任文化教员，因参与演出话剧《流寇队长》调入政工队，后到一纵文工团，莱芜战役前开始饰演《白毛女》中喜儿的A角，新中国成立初期任第二十军文工团团长，参加过抗美援朝。1953年9月，陈荣兰转业回到上海，先是到上海市越剧团研究所工作，不久又调到上海市人民沪剧团工作。1954年7月，陈荣兰任沪剧团副团长，不久又兼任了沪剧团党总支书记。

生活和阅历从来都是不辜负人的，身为书记又懂业务且经战火考验和部队文工团领导岗位锻炼，陈荣兰绝对是上海市人民沪剧团的核心人物。在主持剧团工作十三年间，她充分发挥自己的政治、专业和经历优长，在把方向、抓重点中出色履行职责，牢牢把握文艺为人民服务、为社会主义服务的“两为”方向，建立以创作为中心的管理体制，精心组织编导和老中青三代演员积极创演现代戏，亲身参加了沪剧《金黛莱》的编剧组和《战士在故乡》的导演组，不间断地组织演创人员下基层深入火热的生活，使素来以演西装旗袍戏为主的上海市人民沪剧团，从此开创了新局面。

业内有个说法，京剧演的是帝王将相，越剧演的是才子佳人，沪剧演的是普通百姓。陈荣兰转业后，之所以迅速从上海越剧团“跳槽”，与她个人认为越剧唱腔软绵绵、难以表现现实生活有直接关系。陈荣兰引导大家充分认清沪剧在反映和表现现代生活上的独特优势，组织编导人员认真学习党的路线方针政策，遵循沪剧艺术创演规律，亲自参与和组织推出了一批反映火热现实生活的现代戏剧作。陈荣兰主持上海市人民沪剧团工作期间，该团创演的歌颂自由恋爱、反映婚姻制度变迁的沪剧《罗汉钱》，进京给毛泽东等中央领导同志汇报演出后，由上海电影制片厂拍成戏曲艺术片。后来，陈荣兰又先后组织创作了《星星之火》《芦荡火种》《母亲》《金黛莱》《战士在故乡》《鸡毛飞上天》《八连之风》《巧遇记》《艰难的历程》等现实主义的精品力作。其中，《星星之火》1959年亦由上海天马电影制片厂拍成戏曲艺术片。

文牧对近四年来在陈荣兰直接领导下，积极开展编演现代戏艺术创作实践的探索感受尤深，打心眼里佩服陈荣兰的政治觉悟、艺术眼力和“咬定青山不放松”的韧劲，尤其对陈荣兰历经十几年战火硝烟、熟悉军队的历史和生活非常感兴趣。他对陈荣兰讲了创作设想和苦于不熟悉部队生活的困难，邀陈荣兰一起创作。一门心思抓现代戏创演的陈荣兰欣然同意，两人商定写一台暂名《淞沪抗日游击支队》的戏。陈荣兰还是战争年代那么一股风风火火的劲儿，加班加点写出了一个故事梗概和剧本提纲。

1957年，中国人民解放军建军三十周年前夕，《红旗飘飘》编辑部向全军高级干部征集革命回忆录。当年苏南东路地区丰富多彩的斗争生活，成了高级将领争相撰写的热点题材。军人和艺术家的双重敏感，积极创演现代戏的强烈责任感，都促使陈荣兰很快把艺术触角伸向这一区域。

1958年9月，陈荣兰专程赴南京军区政治部宣传部，索阅有关“解放军三十年征文”未定稿。《挺进在上海近郊》《夜袭浒墅关》《火烧虹桥机场》……走进高级将领笔下惊天地、泣鬼神的战争世界，陈荣兰如获至宝，将这些珍贵的回忆史料悉数收入自己的创作资源中。

在宁期间，一天，陈荣兰与自己转业前在同一个部队工作的崔左夫不期而遇。和平年代，在同一支部队共同经历过战争岁月的战友相逢，令人格外亲切和激动。他们谈了许多艰苦而难忘的往事，也谈了这些年各自的工作和生活。当崔左夫得知陈荣兰赴宁的使命后，主动给她提供了刚刚写好的《血染着的姓名》一文。这篇诞生于阳澄湖畔，以江南水乡特有的旖旎风情和精彩呈现，展示了抗日战争时期全新的革命武装斗争画卷的纪实文学，立刻紧紧地攫住了陈荣兰的眼睛。她当即表示：“这篇东西有不少传奇色彩，我带回去请团里编剧组看看，他们肯定喜欢。”

沪剧团编剧接到陈荣兰带回的稿子后兴奋不已，尤其是一直渴望创作抗日传奇剧的文牧，看了新奇而别具特色的三十六个伤病员湖上斗争的故事，一下子唤起了当年他在上海近郊跑码头的抗战记忆，那些支离破碎、杂乱无章的生活积淀，仿佛纷纷扬扬的飞雪流絮，从不同年代、不同方位的贮存中一齐跑了出来，围绕着一条无形却清晰的主线，渐渐整合成一个错落有致、秩序井然的统一体，进而转化为鲜活生动的创作灵感。

踏破铁鞋无觅处，得来全不费功夫！兴奋不已的文牧不禁击节叫绝，以剧作家特有的眼力和敏感迅速锁定了这个题材。他感慨万分地对陈荣兰说，这个素材新鲜、传奇，有特色，使他想起了抗战初期在沪郊生活经历中遇到的许多场景，想起了一些传说中的抗日英雄形象，完全可以写个引人入胜的东西！他打算改变原来的创作计划，毕其功于一役，全力创作阳澄湖伤病员坚持敌后斗争的戏。陈荣兰很赞同文牧的想法。她在给崔左夫的信中写道："文牧看完征文稿后说，根据《血染着的姓名》，可以编一个抗日传奇剧。"

历史往往在不经意间的巧合中演绎出精彩。陈荣兰南京邂逅崔左夫，成了三十六个伤病员斗争故事从生活到舞台的一个枢纽。

几天后，陈荣兰带文牧去拜访自己崇拜而又敬重的老首长、当年阳澄湖伤病员领导人、时任上海警备区副司令员刘飞的爱人朱一。刘飞是1957年南京军区公安部队整编时，由该部队司令员调任正兵团级的上海警备区副司令员的。

陈荣兰和文牧的到访，唤起了朱一对苏南抗战峥嵘岁月的回忆，她为终于有机会圆刘飞在窑湾放飞的芦花梦而感到由衷高兴。她知道1948年，在淮海战场上首战窑湾一役，刘飞与崔左夫有过一个约定。

1958年11月，在朱一的热情帮助下，陈荣兰、文牧和参与创作沪剧《星星之火》《鸡毛飞上天》的女剧作家宗华一起，到杭州市留下镇西穆坞村军营，访问了当年由阳澄湖伤病员发展壮大起来的第二十军五十九师一七五团。部队特地把在湖州第二十军军部写作"解放军三十周年征文"的原第二十军文工团演员朱仁抽调回来，负责协调和安排几位艺术家的活动。当年在军文工团演《白毛女》时，陈荣兰饰演喜儿，朱仁饰演大春。久别重逢，陈荣兰和朱仁自然格外高兴。恰逢师文化科干事李吉祥在团里组织文艺会演，陈荣兰和宗华兴致勃勃地和官兵们一起观看了团战士业余文艺演出队演出的独幕小话剧《芦苇塘》。这台小戏，同样取材于一七五团一营二连前身新四军伤病员在阳澄湖芦苇荡坚持斗争的真实经历。得知上海市人民沪剧团的领导和专家观看演出，团战士业余文艺演出队的小伙子们紧张得汗都出来了，有的登台表演时几乎连声音都发不出来。但陈荣兰很快就看懂了剧情，她扭头对文牧和宗华说，这不和我们要搞的东西一样嘛！原来这个团就是新四军伤病员在阳澄湖芦苇荡坚持敌后斗争故事的发源地。陈荣兰决心把了解一七五团历史和熟悉官兵，作为创作中必不可少的重要功课。她和文牧、宗华认真听取了团领导对部队成长壮大历程和建设情况的介绍，翻阅了一七五团的历史资料和有关文章，到连队和训练场感受火热的军营生活，还召开了连队官兵参加的座谈会，在与官兵面对面的交流碰撞中，熟悉了解官兵，重拾军营记忆，试图从新一代"江抗"人身上，去捕捉前辈筚路蓝缕的创业足迹。

登山则情满于山，观海则意溢于海。陈荣兰、文牧和宗华的杭州军营之行，使他们找到了从今天回溯昨天的路径。三人有一个共同的感觉，当年崔左夫笔下那个雾霭笼罩、危机四伏的湖上芦苇荡，离自己近了，变得清晰了。

正逢部队纪念建团十九周年，三人还兴致勃勃地参观了部队史馆，见到了三十六个伤病员名单和部分照片。他们聆听官兵高唱团歌《你是游击兵团》时，被深深震撼了：

> 阳澄湖畔，虞山之麓，三九年的严冬，三十六个伤兵病员高举共产党的旗帜，在暗影笼罩着的鱼米之乡，埋着头流着血呀流着汗，辛苦地耕耘着被野狗蹂躏的田园。东路人民的救星生长了，游击队变成了民抗，民抗又锻炼成了一支强大的江抗。江抗，江抗，你不断地战斗，你的威名震彻了江南，你的钢刀刺破了敌汪心房。啊！游击兵团，游击兵团，你是党的模范游击兵团，你是战胜日寇的怒潮……

这首歌，是黄苇当年在五十二团二营当文化干事时，收集了三十六个伤病员、"江阴老虎"、反"清乡"斗争和转战江北地区等史料后，同老"江抗"成员、宣传股长过鉴青反复酝酿后一起创作的。谁知生孩子易，起名字难。两人先后琢磨过《三十六个伤病员》《江阴老虎团》《工农兵团》等歌名，最后由过鉴青根据陈毅关于六师十八旅要成为游击兵团模范的指示，敲定为《你是游击兵团》。已是胸有成竹的过鉴青，两天就写出了初稿。黄苇则忙着去连队收集战士们曾经唱过哪些歌，喜欢什么曲调，为歌曲寻觅基本旋律和节奏。部队打哈拖沟后，《你是游击兵团》歌词经团政治处主任彭冲修改，并吸收老“江抗”指战员意见，初步定稿。团首长要求黄苇抓紧配好曲调。

黄苇到连队征求意见，指导员丁毕克建议，曲子既要有江南风味，又要有英雄气魄！战士们快言快语说，团歌唱起来要有劲道，要好唱，听起来像个模范游击兵团的模样。一句话使黄苇的心里开始亮堂起来。模样就是形象，就是歌曲的灵魂和基调！

三天后，黄苇向股长过鉴青交上了为团歌谱好的曲子。经团领导和部分干部、老兵试唱并提出修改意见，过鉴青和黄苇又改动了个别字句和音符，11 月由歌咏队正式示范演唱，博得全团官兵热烈的掌声。此后，各营连争相教唱《你是游击兵团》，这首歌迅速普及十八旅并波及苏中军区第一军分区，成为部队官兵传唱不衰的战歌。为了烘托气氛，增强表现力和感染力，过鉴青和黄苇又将团歌写成两部合唱，歌咏队到旅部表演时得到旅首长好评和大会奖励。在 1943 年的江苏江都、高邮和后来诞生过《柳堡的故事》的宝应地区，《你是游击兵团》这首歌，抗日军民无人不晓，个个会唱。

时任十八旅政治部主任的刘飞和参谋长夏光认为，由阳澄湖三十六个伤病员发展起来的新“江抗”部队，不仅仅是指五十二团，还包括整个十八旅，因此，《你是游击兵团》是团歌，也是旅歌。于是，这首歌又有了“歌颂十八旅”的副标题。歌曲展示的伤病员群体在艰难竭蹶中发展为游击兵团的不平凡历程，成为鼓舞苏南抗日军民团结一心坚决战胜日伪顽的精神力量。

在转战苏南和苏中的征程中，五十二团做到了一次战斗胜利一首歌，如《淮宝进行曲》《大官庄之歌》等，车桥、三垛河、顺河集、兴化等战役战斗，都有为其专门创作的歌曲；一位英模烈士一首歌，如沈进洪、陶祖全、叶诚忠、朱宝山、马思进等英烈，都有讴歌其英雄事迹的歌曲；一次休息整训一首歌，如《练兵进行曲》《整训歌》《学习军事》《掷弹歌》等，都是在休整中应运而生的；一次政治教育活动一首歌，如开展团结进步、反对内战、诉苦立功等活动，都专题创作相关歌曲以增强活动效果。此外，还创作了瓦解敌军的《叫老乡》《回头打东洋》、加强军民团结的《拥政爱民小唱》等歌曲，成为鼓舞军心士气、凝聚意志力量、推动立功创模活动蓬勃开展的重要形式和载体。据当年五十二团的统计资料显示，1943 年至 1945 年 3 月，全团各单位会唱的歌曲共计七十六首，其中三十首是新歌。在嘹亮的歌声中，全团涌现出费阿大、唐国平、张仁友、王和兴、徐柏生、吴福根等十六名英雄人物，实现了战斗歌声与战斗英雄同步增长的良性互动。

1943 年秋，在纪念新四军成立六周年之际，五十二团创作演出了赵杰编导的《朱宝山转变》一剧，生动地反映了一个青年战士在部队熔炉锻铸和革命歌曲熏陶下茁壮成长的故事。九连战士朱宝山是 1943 年从伪军解放过来的，开始放哨怕鬼，行军掉队，经老兵耐心帮助和热心带领，逐步适应了人民军队的战斗生活。尤其是连队指导员对他进行了为谁当兵、为谁打仗的阶级和民族意识教育，他通过学唱团队创作的《模范共产党员沈进洪》等歌曲，内心受到深深的震撼，思想有了很大转变，决心在革命队伍里好好干，由一个后进新兵成为连队骨干。三垛河伏击战中，朱宝山冲锋在前，和战友们共同缴获了一挺九二式重机枪，光荣立功。1945 年“七一”节，《朱宝山转变》在部队演出，坐在台下的朱宝山泪光闪烁，心潮起伏，九连的同志格外兴奋，羡慕不已。大幕一落，热烈的掌声经久不息，“向朱宝山学习”的口号声和《团结进步》的歌声此起彼伏，九连受到了很大的激励和新的洗礼。8 月攻打兴化城的战斗中，朱宝山主动要求参加突击队，率先冲上西北城墙，在云梯被打断、后续部队受阻的情况下，他和另外三位勇士与伪军展开白刃格斗，最后英勇牺牲在城头。

1943 年，五十二团在江苏省泰州市兴化县安丰镇举行了一次全团歌咏比赛，各营、连、排、班都能够唱几首比较长且难度大的歌曲，如两部轮唱的《你是游击兵团》、三部轮唱的《保卫黄河》和《新四军军歌》等，时任五十二团政治处主任的彭冲亲自担任评判小组组长。这位在新四军部队中锻炼成长，新中国成立后曾担任过党和国家重要领导职务的革命家，亲笔修改润色过《你是游击兵团》团歌歌词，也成为一七五团乃至今天二十集团军官兵津津乐道的一段佳话。

在团史馆，深受触动和感染的陈荣兰和文牧，又瞻仰了崔左夫描述过的叶诚忠等以命相搏从日寇手中夺取的九二式重机枪。这位闽东籍的红军战士，一直战斗在有着“江阴老虎”美誉、以三十六个伤病员为骨干发展起来的二支队，担任过诞生在阳澄湖畔的一连连长，1944 年在宝应县大官庄乡战斗中牺牲，时任副营长。为了今天的新中国，多少像叶诚忠这样的烈士，以自己宝贵的生命铺平了胜利的道路！出于纪念这位为“江抗”发展做出特殊贡献的红军烈士的考虑，在嗣后的剧本创作中，陈荣兰和文牧特地在剧中安排了伤病员排长“叶思中”这一人物。

从小跑江湖、戏班出身的文牧，对抗战时期犬牙交错的复杂斗争局势，感到十分难以把握。返回上海后，文牧反复研读《中国革命史讲义》，弄清了“江抗”在东路地区开辟抗日根据地这个时期，正逢日本首相近卫文麿发表声明，汪精卫发表艳电降敌，国民党发动了国共合作以来的第一次反共高潮。这使他意识到，这台戏的时代背景，应反映出敌、顽、伪既相互勾结又相互牵制的情况。同时，剧中我地下工作者要摸清敌人情况并利用“忠义救国军”内部的矛盾，小心机智地掩护伤病员。

陈荣兰、文牧与其他主创人员多次沟通，反复琢磨，构思了《智斗》这场戏。两人认为，《智斗》是全剧的重头戏，创作演出的难度也最大，必须在这场戏中使人物性格定型，矛盾开始激化，定下整部戏的基调。这场戏写好了，有了人物、情节的轴心，随着剧情发展达到高潮就好写了。大家一起敲定了戏的故事梗概和框架。虽然文牧写戏前从未到过阳澄湖，但他多年在上海郊县跑码头，对淀山湖和社会各色人等比较熟悉，写起来很顺手，很快拿出了反映“江抗”三十六个伤病员斗争生活的沪剧剧本《碧水红旗》。

因刘飞既是剧中的重要人物原型，又是该剧素材的重要提供者，更是该剧创作的热情支持者,陈荣兰决定,首先将剧本送到刘飞那里征求意见。

这时刘飞已到上海警备区工作。在科技先进、人文荟萃的远东大都市,他迫切感到自己的科学文化素养与上海市各行各业人员的巨大差距。参加革命后,刘飞在参与打碎一个旧世界的革命斗争中,深感学文化的重要,战争年代行军作战间隙见缝插针抓紧学习。新中国成立后,在建设一个新世界的历史征程中,他更是感到自己知识和本领的有限,进而产生了一种比战争年代更加强烈的求知欲望和学习动力,虽担负着繁重的领导工作,仍孜孜不倦刻苦学习。

1951 年 11 月,组织上决定让刘飞在职参加军事学院函授学习,时任安徽军区司令员的刘飞,竟激动得眼噙泪花,对夫人朱一说:“组织上对我们年纪大的干部还这么注重培养教育,说明组织还是对我们寄予希望的。我得下把劲好好学,多增加一点为党工作的本领。”刘飞白天忙工作,晚上抓学习,遇到难题弄不懂就不睡觉。由于过分劳累,加上缺乏营养,两年下来,刘飞的眉毛全掉光了,头发也一片片脱落。安徽军区机关有人俏皮地说:“刘司令的头,像绣球,有山有水有河流。”

在努力向书本学习的同时,刘飞虚怀若谷,不顾军务繁忙,利用一切机会抓紧向内行的人学习。

后来朱德到安徽视察,见前来汇报的刘飞花头光眉,就关切地询问原因。当他得知刘飞是读书把眉毛读掉的,非常感动,握着他的手说:“我在安徽见到了一个读书把眉毛读掉了的司令,了不起啊!”朱德离开安徽时,还特意向刘飞赠送了两本书。

当时刘飞的胃病已经到了很严重的地步,经常疼得脸色发青、直冒冷汗,正在上海华东医院治疗。陈荣兰、文牧和著名沪剧表演艺术家丁是娥到医院拜访时,身体十分虚弱的刘飞仍专门抽出时间,热情接待他们一行。他把帮助上海市人民沪剧团创作演出好这台戏,作为自己义不容辞的责任,同时也把与陈荣兰、文牧和丁是娥的接触,作为向三位艺术家学习的好机会。刘飞认真听朱一念完了剧本,详细询问了剧本创作情况,高兴地表示沪剧能反映部队生活，是一件非常好的事情，提出该剧的创作和演出都要进一步贴近生活的意见，并拿出自己 1957 年 7 月在浙江莫干山疗养时写的回忆录供他们参考。这篇题为《火种》的八万字的回忆录，是应《红旗飘飘》编辑部之约，为纪念建军三十周年而撰写的，由刘飞抱病口述，朱一和秘书高松记录整理完成，部分内容以《阳澄湖畔》为题，在上海《萌芽》、南京《雨花》和江苏《新华日报》上发表。这篇以刘飞亲身经历写成的回忆录，写了“江抗”东进途中在伪江苏省政府大门口水陆码头浒墅关车站打得漂亮的夜袭战；写了部队乘胜挺进上海近郊火烧虹桥机场的战斗；写了“江抗”为避免摩擦，主力西撤后伤病员在阳澄湖芦苇荡英勇坚守的情景；写了医护人员面对鬼子搜查宁可牺牲也不丢弃抢救伤病员药物的感人事迹；写了护理员中的“小鬼”一身孤胆佯装拾粪尾随鬼子侦察的惊险情节；写了“派头很大”的茶客如何来董家浜东来茶馆交代两天内把伤病员转移湖西的任务；写了东来茶馆老板胡广兴侄子潜入水中将一艘挣断缆绳的船悄悄送进芦苇荡转移伤病员的故事；写了新“江抗”司令员夏光根据组织安排，向当地游杂武装首领智取人枪的生动过程。文牧、陈荣兰根据这些珍贵的第一手资料，又对剧本做了重要修改。受刘飞回忆录影响，文牧和陈荣兰按照主创人员建议，将剧本更名为《芦荡火种》，使戏剧能更准确地反映当年坚持敌后斗争的价值和地域特征。

从 1948 年 11 月窑湾之战，到上海市人民沪剧团登门征求剧本意见，一晃十年时间过去了。当年苏北大运河边萦绕在纵队副司令员刘飞脑中的芦花梦，终于从生活走到舞台，就要以上海人喜闻乐见的艺术形式，展现在广大观众面前了。刘飞在欣慰之余，愈加怀念在阳澄湖和后来征战中牺牲的后方医院病友，他感到自己的生命不仅仅属于自己，作为世界反法西斯战争东方主战场九死一生的幸存者，他不仅要加倍努力完成战友们未竟的事业，而且有责任把他们光耀千秋的英雄业绩和伟大精神，传诸后世，培塑今人。

老板娘原来是老板

1939年深秋的一天，常熟董家浜西南梅村东来茶馆，来了一位面孔清瘦的中年茶客。他径直坐到一张临窗的桌前，冲着茶馆老板悠闲地喊了一声："雨前茶，来一壶！"

"雨前茶来喽！"随着一声娴熟的应答，那个被唤作胡广兴的老板端起一壶雨前茶，三步并作两步来到中年茶客桌前，一双机灵的眼睛扫视四周，边布茶边朗声唱起了茶歌："饭后茶消食，酒后茶解醉；午茶能提神，晚茶难入睡；空腹饮茶使人心慌，过量饮茶令人清瘦；淡味茶清香养神，隔夜茶勿要入口；滚烫茶伤胃，慢饮茶无愁……"

中年茶客在茶馆小坐片刻后，趁付茶钱之机小声向老板胡广兴交代："两天内把'蚂蚁爬，劈里扑'（常熟境内小商贩的一句缩脚韵，意为蚂蚁爬山，劈里扑落。'山'谐音'三'，'落'谐音'六'，'三六'即中共常熟县委给伤病员的临时代号）全部转移到湖西，否则他们都会饿死！"这位神秘的中年茶客，就是负责安置和救护伤病员的中共常熟县委委员、原常熟"民抗"司令员任天石。

原来，坐落在阳澄湖畔的东来茶馆，是中共常熟县委设立的一个秘密交通站。老板胡广兴是中共党员，以经商作掩护，做党的秘密交通员工作。刚才胡广兴唱的茶歌，是向县委领导任天石汇报工作。

翌日日落时分，董家浜湾汊里，一只无篷小船忽然离岸而去。巡逻的鬼子和汉奸连声喝问，堤下有人答："起风哉，绳子断了！"鬼子要村民下湖把船拉回来，早已潜在人群中的胡广兴跳下水去，游不到十丈远就双手乱舞，做出濒于灭顶的样子，在大呼小叫的救命声中，被乡亲们拉上岸来。被蒙骗的日本鬼子和汉奸气呼呼走开后，已漂远的小船下忽然冒出一个人，驾船飞快驶入湖心芦苇荡，连夜把三十多个伤病员转移到湖西张家浜。这个靠一根芦苇秆潜水托船到湖心，趁天黑驾小船进芦苇荡连夜转移伤病员的小伙子,就是东来茶馆老板胡广兴的侄子胡小龙。

东来茶馆老板胡广兴,是后来担任中共常熟县委书记并领导新四军伤病员的任天石少年时的同学。在“江抗”主力西撤、伤病员苦守芦荡和湖浜村落、东路根据地建设处于低潮的困难时期,胡广兴凭借熟悉当地地形和敌、我、友情况的优势,与侄子胡小龙一道,机智勇敢地担负起地下联络工作,给伤病员传送上级指示和重要情报,帮助转运物资药品,危急关头设法使伤病员脱离险境。阳澄湖畔的东来茶馆,成为东路地区党向伤病员及抗日武装和人民群众传达指示的一处驿站,成为鼓舞军民在困境中战胜日伪顽的希望所在,其贡献颇为新四军伤病员和当地群众赞许。尤其是在日寇封锁芦苇荡,妄图困死伤病员的紧急情况下,胡广兴和胡小龙叔侄俩冒着生命危险巧演双簧,计送小船,由胡小龙潜入水中,巧妙避开敌伪盘查,以手托船驶入芦苇荡,帮助伤病员迅速跳出日寇的封锁圈,在东路地区抗日斗争史册上,留下了精彩而神奇的一笔。但胡广兴有着鲜为人知的苦恼:入党前,他娶有两个妻子,入党后,一夫两妻的家庭现状,与党实行一夫一妻制的纪律规定明显抵牾。党组织已经对他提出了这个问题,要求他妥善做出处理。年长的妻子已结婚多年,他从感情和道德上不忍与其离异;年小的妻子善解人意,和他感情甚笃,胡广兴更下不了决心与她各奔东西。胡广兴陷入了从未有过的矛盾和纠结之中。

痛苦抉择后,无法解决家庭矛盾的胡广兴,最终决定离乡去上海做生意。崔左夫写于1957年的纪实文学《血染着的姓名》一文有所记载,胡广兴是在不能摆脱既有婚姻的束缚又无法面对党的纪律规定的情况下,无奈退党后去上海的。临走时,他对中共常熟县委书记任天石说:“我瘦马负重,只能走到这里了。我到上海后做点儿正经生意,绝不会做一件不利于共产党的事情。我相信抗战必胜。”

这稿剧本写的春来茶馆男老板,就是以当年董家浜西南梅村东来茶馆老板胡广兴为原型的。看了剧本,陈荣兰提议说,沪剧是以旦角戏为主的,戏里的男角太多,不利于充分发挥沪剧剧种特色,削弱了戏的观赏性,是否可以把茶馆老板改为老板娘，这样可以增添很多戏，情节也会更加曲折生动。她还建议，剧中的老板娘，由沪剧团的当家名旦丁是娥饰演。

丁是娥原名潘咏华，浙江湖州南浔马腰镇人，1923 年出生于上海虹口虬江桥畔外婆家，九岁从师学艺，是全国著名沪剧演员，花旦、正旦、老旦，样样俱工，在长期的艺术创造中形成了以瑰丽多变为特色的丁派风格。1952 年，丁是娥在首届全国戏曲观摩大会上，因饰演《罗汉钱》中的小飞娥，受到毛泽东、周恩来等党和国家领导人的接见。文牧当然知道，从小生长在上海又在部队演了那么多年戏的陈荣兰，确实深得戏剧之三昧，按她的意见调整，把茶馆男老板改为老板娘，由丁是娥来演这个角色，戏肯定更有看头。文牧与陈荣兰经深入讨论和缜密思考，一致感到把剧中的男老板换成老板娘，既是剧情所需，也有坚实的历史文化根基。

阳澄湖是著名的鱼米之乡，人口稠密，村头街尾都有茶馆。当年，离伤病员隐蔽的芦苇荡不远处，还有董家浜的涵芬阁茶馆、白泥滃的陆家茶馆，都是新四军的交通站。经营茶馆的关林嫂和陆二嫂，丈夫因参加共产党和抗日武装斗争，先后牺牲在故乡土地上。当年新"江抗"成立后，受命主持东路地区党政军全面工作并担任"江抗"东路指挥部司令员兼政治委员的谭震林，就曾得到过涵芬阁茶馆的掩护和帮助。1982 年 5 月 20 日，谭震林旧地重游，来到阳澄湖畔的董家浜，见到尚健在的关林嫂，动情地说："常熟有许许多多阿庆嫂，关林嫂不也是一个嘛！"当年，这些史料虽未进入刘飞和崔左夫的作品，但仍不失为上海市人民沪剧团创演的重要历史背景和艺术构思的依托，也为阿庆嫂的人物原型提供了新的可能。

英雄所见略同的文牧和陈荣兰一拍即合，在剧中设置了阿庆嫂这一人物，并相应增加了在幕后"跑单帮"的阿庆。这毕竟是个牵一发而动全身的改动。随着老板娘的出现，全剧的人物关系都需要重新构思和布局。文牧和陈荣兰在调整人物关系中，逐一解决了三对矛盾。

其一，兵荒马乱的年月，店主夫妻同在，老板娘总不能抢在老板前面去同胡传奎、刁德一等人打交道，必须把老板打发走；但老板走后，只剩年纪不大的老板娘,“忠义救国军”的胡司令、刘副官,还有顽劣的天子九等人会不会对她动邪念?因此,必须把老板娘与胡传奎的关系设计得更亲近和合理些。崔左夫《血染着的姓名》中有在水塘边洗衣的女护士蒋淑芳,用被单遮住蹲在水边桥下的伤病员叶诚忠的细节。文牧移花接木,设计了一个当年胡传奎遇日本鬼子追击时,阿庆嫂曾急中生智把他藏在水缸里的情节,这样既有利于表现阿庆嫂机智应变的性格特征,又可以为“讲义气、知感恩”的胡传奎成为“挡风的墙”做好铺垫。既然阿庆嫂同胡司令有生死之谊,凭借胡的势力,别人也就不敢动她的坏脑筋了,同时,也有利于阿庆嫂对付刁德一。

其二,茶馆里只有一个老板娘,身边又有一个成年的侄子胡小龙,少妇和男团住在一起很不妥当。于是,文牧将胡小龙改成沙七龙,另添一个妈妈沙老太,把崔左夫《血染着的姓名》中伤病员赵阿山的身世融入沙七龙身上,沙家成为新四军家属,沙氏母子成为阿庆嫂的得力助手。文牧还把常熟人民支援、掩护伤病员的事迹,有选择地移接到阿庆嫂的戏里去,使剧情更加饱满和吸引人。

其三,阿庆嫂与胡传奎、刁德一“智斗”的这一场戏能否真实可信和立得住,关键是阿庆嫂必须知己知彼,熟悉当地情况和敌人内部矛盾,同时还要胆大心细,谋胜一筹。文牧在创作中注意把握一点,即阿庆嫂的智慧,主要不在于要什么花招,而是在于善于利用敌人之间的矛盾来保存自己。剧中的阿庆嫂不仅对变化着的敌我情况了如指掌,而且善于及时观察分析瞬息万变的情况并做出判断,因而总能料事在先、因敌而动,把斗争的主动权牢牢抓在自己手里。

文牧起初给阿庆嫂起名阿兴嫂,取东来茶馆老板胡广兴名中的“兴”字。后来觉得“兴”字音显得平,名字中间的字应响亮、有力,于是把“兴”字改成“庆”字。

至此,沪剧《芦荡火种》自纪实文学和回忆性史料激发生活积淀,到形成故事梗概和剧本初稿,再到着眼舞台和艺术效果进行调整修改和升华,完成了对历史史实和人物原型的第一次超越。

戏剧的主要情节，由新四军伤病员在艰难困苦中隐蔽在芦苇荡坚持与敌斗争，变为阿庆嫂为掩护新四军伤病员，与敌人斗智斗勇的传奇故事。剧中主要人物阿庆嫂为我党地下联络员，郭建光成为新四军指导员，胡传奎是有抗日倾向的地方武装头领。为便于舞台表演和使戏剧整体更为紧凑，陈荣兰和文牧将剧中三十六个伤病员减为十八个。所有人物生活的原生态痕迹都进一步淡化，使艺术虚构成分得到强化，剧本的戏剧性明显增强。

1960年五六月间，热心的刘飞又安排《芦荡火种》剧组六十余人，到五十九师有关部队下连当兵，体验生活。陈荣兰率领剧组来到由三十六个伤病员起家的原型部队，演职人员一下子就被这支部队的传奇经历和火热生活吸引住了。恰逢驻杨家牌楼的师警侦连去余杭农场劳动，剧组男女演员大部分住在了警侦连，邵滨孙等主要演员还到一七五团代职。剧组边向解放军学习，体验军营生活，边修改排练《芦荡火种》，在追寻历史中感受官兵战斗情怀，最大限度地变艺人演兵为兵演兵。

那时正是共和国遭遇三年困难的饥馑年月，演员们全身心投入，与部队官兵同甘共苦，有模有样地下连当起了兵。饰演刁德一的邵滨孙，大概因为在《金黛莱》《战士在故乡》等剧目中饰演过部队领导，这会儿正儿八经地代理起了一七五团三营副营长，他和战士们一起吃山芋藤饭、抽山芋藤烟，每天还和战士们一起出操跑步。其他演员在训练中也像战士们一样摸爬滚打，操枪打靶，有的衣裤都磨破了，军人服务社供应的解放鞋和针线包，很快被演员们抢购一空。青年演员还踊跃到附近的芦苇荡野营露宿，亲身体验新四军伤病员当年在芦苇荡坚持斗争的革命精神。在跟班训练和不误戏剧排练的前提下，演职人员还热情地为解放军服务，每天早晨起床号吹响后，趁连队官兵在操场集合之际，总有一些演员争前恐后奔向战士寝室收集衣被鞋袜，洗净补好晒干。那段时间，营区大礼堂夜夜灯火通明，剧组不是排练《芦荡火种》,就是演出沪剧传统名剧《罗汉钱》《阿必大》《杨乃武与小白菜》和现代戏《鸡毛飞上天》,场场博得满堂喝彩。

一个月下来,剧组获得了排练与体验军营生活双丰收,邵滨孙等人还被部队评为"五好战士",获得了纪念章和证书。当时五十九师有四个建制团,部队官兵亲切地把上海市人民沪剧团称为"五十九师第五团",剧团团长自然为团长,书记为政治委员,剧组被誉为"部队文工团"。剧组离开营区时,部队敲锣打鼓列队欢送,演职人员乘坐的车刚一开动,战士们就紧随其后挥泪道别,于是,剧组人员情不自禁下车与战士握手拥抱,如此送送停停足有三四回,剧组与官兵依依不舍,难分难别。有了这段经历,演员们在思想感情和气质、演技上,有了很大长进,与各自饰演的角色对上了号,尤其是饰演新四军更有精气神。

丁是娥事后深有感触地说:"只有坚持不断地深入生活,十分注意找寻自己与英雄人物的思想差距,才能找到、找准自己与所创作或所扮演的新人物的差距,才能正确地、有深度地塑造新人物。"

对于不熟悉军营官兵的编剧文牧来说,下到有着"江抗"光荣传统的部队体验生活,收益是全方位和长远的。从刻意创作叫好又叫座的抗日传奇剧,到开始运用我党抗日斗争的战略策略思想,来观照透视东进作战我与日伪顽跌宕起伏的斗争,文牧的创作视野开始走出芦苇荡,创作中自觉将芦苇荡与全国抗日大战场联系在一起,大大深化了剧作的主题。再加上文牧一向善于广征博采,充分听取各方面意见择善而从,从军营返回上海后,对剧本进行再次修改提高就显得顺手多了。

为了使演员们直观真切地感受阳澄湖芦苇荡奇特而又艰苦的斗争生活,为准确把握剧中角色心理和一招一式奠定坚实生活基础,陈荣兰专门带领剧组演职人员,到新四军伤病员战斗过的常熟横泾乡采风和体验生活,演员们穿巡芦荡,泛舟湖上,在水天交融中感受创作意境。

如今的常熟市沙家浜革命传统教育馆中,陈列着当年上海市人民沪剧团党总支书记、副团长陈荣兰,率领《芦荡火种》剧组人员在阳澄湖芦苇荡中采风和生活的一组照片：一张是，陈荣兰手抓船舷，半身浸在湖水里，在浪遏飞舟中体验当年伤病员水上坚守的艰辛；另一张是，上海市人民沪剧团演员行进在湖畔芦苇丛中，这张照片也留下了陈荣兰的倩影——时年二十九岁的陈荣兰风姿绰约，一双明眸顾盼生辉，饱经炮火硝烟洗礼的战地艺术家气质呼之欲出。

走在阳澄湖畔崎岖泥泞的水乡小径上，在东方大都市饱受海派文化濡染而对湖区生活十分陌生的演员们，感觉自己不仅开始置身于剧中角色生活的环境，而且已经开始走进他们的内心世界，并逐渐融为一体了。

《芦荡火种》，光荣绽放

《芦荡火种》剧组走出杭州军营后，首演在杭州胜利剧院就一炮打响，返沪后在上海人民大舞台演出，更是好评如潮。

1959 年 6 月 30 日，沪剧现代戏《芦荡火种》正式定稿。关于剧本署名，陈荣兰定为集体创作，文牧执笔，导演杨文龙。“上演税”的分成，也是一个不可回避的问题。陈荣兰决定，文牧百分之六十，三位有关人员百分之四十，其中陈荣兰百分之十。这个分配比例，反映了上海市人民沪剧团编创导人员对《芦荡火种》的贡献率，也体现了陈荣兰尊重知识、尊重劳动、尊重创造的特质和先人后己的品格。半个多世纪以来，上海沪剧院一直坚持和沿袭这个分配比例，从陈荣兰和文牧等过世到今天，沪剧院历届领导仍如数将“上演税”分给编创导人员的遗孀或子女。

从烽火岁月的“芦荡火种”到新中国舞台上的艺术之花，形成了中国革命文艺史上动人心弦而又颇为奇特的景观：新四军纵队指挥员刘飞在硝烟弥漫的淮海战场上深情缅怀芦荡往事，为在中国历史上产生巨大影响的红色经典剧作的诞生播下了希望的种子；崔左夫的《血染着的姓名》、刘飞的《火种》、过鉴青和黄苇的《你是游击兵团》，三种产生于不同历史时期又有着不同表现形式的纪实和歌曲作品，共同为《芦荡火种》的创作提供了扎实的历史佐证和丰厚的生活养料;上海市人民沪剧团编导创作集体特别是剧作家文牧和新四军老战士陈荣兰联袂创作,为珠联璧合打造史诗般的抗日正剧提供了坚实支持;亲历阳澄湖芦荡艰苦岁月的刘飞,还有把花样年华献给党和军队革命斗争事业的巾帼朱一等前辈,他们热忱而无私的帮助和鼎力支持,为文艺工作者最大限度逼近和再现威武雄壮的革命武装斗争画卷创造了极为有利的条件;上海市人民沪剧团党组织和以陈荣兰、文牧、丁是娥为代表的演职人员,他们以奉献的精神进行的创造性劳动,对《芦荡火种》这朵中国戏剧百花园中的奇葩展蕊怒放,起到了不可替代的重要作用。

1960 年 1 月 17 日,沪剧《芦荡火种》首次彩排,而后正式在上海人民大舞台公演,开始走向全国。全剧由杨文龙导演,丁是娥饰阿庆嫂,解洪元饰郭建光,石筱英饰沙奶奶,邵滨孙饰刁德一,俞麟童饰胡传奎。全剧音乐设计为万智卿、沈开文、何树柏,舞美设计为魏征,灯光设计为蒋鉴明。

当时全国共有两千八百多个戏曲剧团,戏曲舞台上,以帝王将相、才子佳人为主角的传统戏占绝对优势,表现工农兵形象的现代戏凤毛麟角。《芦荡火种》的问世,无疑像一朵报春花,吸引了文艺界和社会公众的关注。这部在党的"百花齐放、百家争鸣"方针指引下,遵循戏剧艺术创作规律,植根革命现实主义深厚土壤,艺术地展现抗日战争特定阶段苏南革命武装斗争、独具特色壮丽画卷的优秀原创性作品,在上海公演后,引起很大反响,"茶坊智斗"等场次尤为观众扬袂击节。据统计,仅上海一地,就有不同剧种的九个剧团移植《芦荡火种》,全国演出该剧的有三十一个剧团之多。随后三年,文牧和陈荣兰又根据演出实践中发现的问题和艺术锤炼中产生的思想升华,对剧本做了多次修改。1963 年,当修改后的《芦荡火种》再度搬上舞台时,演员阵容又略有调整。从此,《芦荡火种》成为上海市人民沪剧团的优秀保留剧目。

1963 年 12 月 22 日,应中共北京市委邀请,上海市人民沪剧团《芦荡火种》剧组赴京演出,获得巨大成功。

1964 年 1 月 9 日，由中国剧协等单位出面，文化部艺术局局长周巍峙亲自主持，为沪剧《芦荡火种》在京组织专题座谈会。周巍峙由衷地称赞："沪剧团四次来京演出，一次比一次进步。"《人民日报》还发表戴不凡的剧评《喜看沪剧〈芦荡火种〉》。

1 月 11 日，《芦荡火种》剧组为驻京部队慰问演出，肖华、彭绍辉、刘志坚等三总部首长观看演出，并上台同全体演职人员合影留念。

1 月 23 日，刘少奇、李先念、薄一波、张鼎丞、罗瑞卿等党和国家领导人，在国务院礼堂观看了上海市人民沪剧团演出的《芦荡火种》。几位领导人认为戏演得蛮好，登上舞台，亲切接见全体演职人员，并与大家一起合影留念。1941 年 1 月皖南事变后临危受命担任新四军政治委员的刘少奇，看过《芦荡火种》的演出后，对该剧给予很高评价，在与京剧的比较中，特地肯定了沪剧的长处："沪剧的阿庆嫂周旋于胡、刁之间，利用敌人矛盾，这一点比京剧好。"这意味着《芦荡火种》反映的新四军战斗历程的表现形式，得到熟悉中国革命斗争和新四军历史的中央领导同志认可，剧目在政治和艺术上都是站得住脚的。

剧组载誉返沪后，自 1964 年 3 月 5 日起，《芦荡火种》再次在上海美琪大剧院公演，连续九个月演出三百七十多场，观众五六万人次，成为上海市人民沪剧团 1953 年建团以来，连续演出时间最长、上座率最高的剧目，也创造了上海解放十五年来戏曲舞台演出的纪录。

1964 年 1 月 23 日，《芦荡火种》剧组在京为党和国家领导人演出时，陈毅副总理因出访未能出席观看，但他的夫人张茜看了演出，颇为动情。或许是张茜看戏之后的激动和亢奋感染了陈毅，1964 年夏天，陈毅出国路过上海时，特意要求观看上海市人民沪剧团演出的《芦荡火种》，并专门叮嘱，不搞专场演出，和群众一起看戏。那天下午 3 点，陈毅和张茜来到美琪大剧院，和来自全市各行各业的观众一起看戏。作为"江抗"东进作战和开辟东路抗日根据地的"执行导演"，看到上海市人民沪剧团艺术地再现当年波澜壮阔的斗争场景，陈毅感到一种少有的激动和亢奋。

演出结束后，他健步登上舞台，亲切接见全体演员，祝贺演出成功，赞扬这出凝聚着艺术家心血的戏剧，生动反映了江南抗日群众与人民军队一条心的史实。剧中的阿庆嫂智勇双全，是一名优秀的地下工作者，也是一位出色的老板娘。

当年“江抗”东进的决策者、新四军军长、新中国成立后上海市首任市长陈毅，在上海特意提出观看《芦荡火种》并给予充分肯定，这使新四军老战士陈荣兰和沪剧团全体演职人员感到格外高兴。作为“江抗”东进的决策者，很少有人比陈毅更熟悉和更深刻了解“江抗”进军东路这段艰难竭蹶的奋斗史。宝刀赠壮士，佳作奉知音，能把剧组几年呕心沥血创造的艺术结晶，呈现给那帧恢宏斗争画卷的设计者，上海滩的沪剧人领略到一种夙愿得偿的惬意。

1973 年 1 月，上海市人民沪剧团与爱华沪剧团部分合并后，改名为上海沪剧团。

1980 年 2 月，中共中央为刘少奇同志平反昭雪。4 月初，上海沪剧团为纪念这一重大事件，特意重新上演《芦荡火种》，由刚刚出院的丁是娥饰演阿庆嫂。4 月 8 日晚首场演出时，人们在观众席上惊喜地发现了头发花白但精神矍铄、步履依然轻快的朱一。见到装扮成阿庆嫂的丁是娥和其他熟悉的同志，朱一激动得难以自已。她充满深情地对演员们说，刘飞同志因健康原因，不能前来看戏，只能由我代表他来看望大家，祝你们演出成功！一语未了，特邀观众与演员们手握在了一起，泪流在了一处。

白驹过隙，往事如烟。从运河古镇战火硝烟中畅想胜利后再现阳澄湖斗争可歌可泣历史到如今，将近三十二年过去了。当年阳澄湖畔暗影笼罩着的悲惨田园，早已成为人民当家做主幸福耕耘的鱼米之乡。在《芦荡火种》创演初期曾给予上海市人民沪剧团宝贵政治支持、“文革”中蒙冤的新四军老政委刘少奇，也终获昭雪。一部《芦荡火种》的创作史，是形象再现党领导中国革命武装斗争胜利史诗的探索史，也是共和国艰难曲折发展进程的艺术折光。三十六个伤病员的斗争故事，从生活到艺术，从纪实到戏剧，其中的艰辛和甘苦，只有亲身创造和再现这段历史的人，才能真正领略！

1976年粉碎“四人帮”后，《中国大百科全书》戏曲卷决定为沪剧《芦荡火种》编写一个条目，上海沪剧团首位饰演阿庆嫂的著名演员丁是娥提出，《芦荡火种》的产生，不要忘记为当时二十军的记者崔左夫记下一笔，这个戏是根据他的《血染着的姓名》一文改编的。

1983年，新出版的《中国大百科全书》戏曲卷的《芦荡火种》条目中，有“剧本取材于崔左夫所写的《血染着的姓名》”的记述。此后，崔左夫陆续收到一些读者来信，询问从未发表过的《血染着的姓名》一稿的情况。1985年春，崔左夫在订正写于1957年秋的《血染着的姓名》一文时，在开头增加了这样一段文字：“《芦荡火种》从彩排到正式上演，我看过多次，平心而论，该剧除了历史背景、环境气氛和郭建光、阿庆嫂等受了真人真事的引发外，全剧主要是剧作者的再创造。”崔左夫和丁是娥两位与《芦荡火种》有着密切关系的作家和艺术家，时隔九年在不同场合对《芦荡火种》创作过程和剧本与借鉴史料关系的看法，显露了他们忠于历史、推功于人的高尚人品，也较为客观地揭示了《芦荡火种》源于生活、高于生活的艺术品质。

1982年9月，在上海沪剧团的基础上，组建了上海沪剧院。

1985年8月，创作后沉寂二十八年的《血染着的姓名》，终于在《大江南北》创刊号面世。

从沪剧到京剧

1963年春夏之交，上海市人民沪剧团正在紧张修改的《芦荡火种》，引起了江青的注意。5月3日，江青在杭州胜利剧院观看了沪剧《芦荡火种》的演出。在这之前，上海市委书记陈丕显夫人谢志成，曾经陪同江青观看过《芦荡火种》彩排。当看到舞台上芦苇荡中的芦苇既小又稀，而接应新四军的船很大，无法隐蔽时，谢志成便对江青说，这个布景不符合实际，应当改一改。江青很重视谢志成的意见，表示马上到芦苇荡实地去看一看，体验一下生活。不久，陈丕显和上海市公安局局长黄赤波驱车乘船上百里，专程陪江青去阳澄湖畔看芦苇荡。

江青看了沪剧《芦荡火种》以后，感到戏的基础不错，便给国务院文化部打招呼，将这部戏推荐给北京京剧团移植改编为京剧，同时，把北京京剧团作为她搞“京剧革命”的“试验田”。

京剧是中国国粹。1790年徽班进京，揭开了一百七十多年京剧发展史上波澜壮阔的序幕；随着其后的“汉调北上”，促进了各剧种之间在北京这个特定地域和人文环境中的相互竞争与吸收，形成了昆、梆、徽、汉诸腔纷呈的繁荣局面；又通过“徽汉合流”与“皮黄交融”，最终实现了从徽班内部逐渐演化向京剧的嬗变。博采众家之长的京剧，经过数代艺术家精心琢磨实践，逐渐形成了一套相对独立、完整的表演体系，产生了一大批内容与形式高度统一的传统戏精品。京剧的表演注重写意和象征，讲究唱、念、做、打，有一套与表现旧时代生活相适应的相对固定的表演程式。另外，作为京剧表演的重要手段和载体，如韵白、小生的小嗓、水袖、髯口、雉尾、厚底靴等，已成为独具特色和别有风味的艺术元素，但这些京剧与生俱来的标志性的东西，又成为京剧从传统向现代转型的桎梏和羁绊，很难用于表现现代生活。因此，创作高水平的京剧现代戏，确实是一场从内容到形式都必须进行脱胎换骨改造的革命。

江青推荐的沪剧《芦荡火种》剧本，使北京京剧团感到是一个很大的挑战，同时又敏锐地意识到这是一个千载难逢的重要契机。移植改编现代戏虽属创新性实践，但对北京京剧团来说，已不是第一次“吃螃蟹”了。《芦荡火种》剧情曲折、人物鲜活，具有移植改编的良好基础。以北京京剧团雄厚的创作实力和马连良、谭元寿、张君秋、裘盛戎、赵燕侠“五大头牌”演员的强大阵容，移植改编和演好这台戏应当说胜算是很大的。北京京剧团领导和编导分析认为，这部戏的主人公，是肩负地下联络员使命的茶馆老板娘，由本团1958年出演过《白毛女》中的喜儿、有搞现代戏艺术创作经验的赵燕侠扮演，非常对路，准“有戏”。另外，沪剧的语言基础是属于吴方言的上海话，《芦荡火种》的沪剧本性，决定了这出戏只能在上海和江浙一带有限传播。移植改编成南北咸宜、中国大多数人听得懂的京剧，可使这一精品走向全国，因而具有里程碑意义，值得放手一搏。

1963 年 11 月，北京京剧团正式启动在中国戏剧史、文艺史乃至政治生活中具有特别意义的京剧现代戏移植改编工程。京剧团决定，由党委书记薛恩厚、副团长肖甲、艺术室主任杨毓珉和专职编剧汪曾祺四人成立创作组，集智聚力从事《芦荡火种》剧本京剧化移植改编，汪曾祺为主要执笔者。同时确定，由迟金声任导演，李慕良、陆松龄负责音乐设计，由赵燕侠、谭元寿分别担纲出演阿庆嫂和郭建光。

剧本剧本，一剧之本。不同剧种移植改编的全部基础和关键，在于按照剧种特性和要求，扬长避短写好剧本，使移植改编后的剧本既得其韵不失其形，又能满足本剧种舞台呈现的内在要求。薛恩厚和肖甲一身二任，既当领导又搞业务，手中各有一摊活。好在执笔改写剧本的担子主要压在汪曾祺和杨毓珉肩上，这两人是同出一校的西南联大高才生，汪曾祺后来还被誉为“革命时代的士大夫”。汪曾祺早年为沈从文得意门生，饱读诗书，学养深厚，深得沈先生真传。北京文学界有这样一则逸闻，当年老舍任北京市文联主席时曾风趣地说：“我在市文联只怕俩人，一个是端木蕻良，另一个就是汪曾祺。他们书读得比我多，学问比我大。”这虽是老舍奖掖后进的谦和之言，也足见其对汪曾祺的欣赏和看重。

汪曾祺是江苏高邮人，在接受移植改编京剧《芦荡火种》任务之前虽未到过阳澄湖，但从小在高邮湖边长大的他，对江南水乡风情十分熟悉，抒情写意挥洒自如。移植改编中，汪曾祺悉心把握沪剧与京剧的特点和差异，对剧本做了重新定位，将移植改编的重心放在增强戏的文学性上。

2014 年秋，笔者经上海新四军“沙家浜部队”历史研究会原会长刘石安协调，从上海市图书馆借得五十年前上海人民出版社出版的沪剧《芦荡火种》剧本，又从上海沪剧院获得了《芦荡火种》草创时期供研究修改用的油印本剧本复印件，与1974年人民文学出版社出版的《革命样板戏剧本汇编》（第一集）中京剧现代戏《沙家浜》剧本进行比对，对移植改编中两剧的借鉴传承和创新升华的轨迹，有了一个明晰的认识。

第四场戏《智斗》堪称全剧精华，文牧的沪剧本为刁德一设计的“基本调”戏文是：“新四军在此日脚长，一定是，茶馆店里常来往。既然是，行得春风有夏雨（故意地），我要问一声，你对他们照顾得如何样？”汪曾祺在沪剧剧本基础上，为阿庆嫂和刁德一设计了一段堪称现代京剧经典的台词。京剧剧本中，刁德一抓住阿庆嫂“司令常来又常往，我有心背靠大树好乘凉”一句台词，阴险地唱道：“新四军久在沙家浜，这棵大树有阴凉，你与他们常来往，想必是安排照应更周详？”阿庆嫂则洞穿肺腑，以地下交通员特有的机敏和犀利揭穿刁德一的蛇蝎心肠，若无其事地妙语应对。文牧的沪剧剧本为阿庆嫂设计的“吴江歌”戏文是：“摆出八仙桌，招接十六方。砌起七星炉，全靠嘴一张。来者是客勤招待，照应两字谈不上。”汪曾祺改写为：“垒起七星灶，铜壶煮三江。摆开八仙桌，招待十六方。来的都是客，全凭嘴一张。相逢开口笑，过后不思量。人一走，茶就凉，有什么周详不周详？”这段脱胎于沪剧市井生活语言，经加工提炼如行云流水般干净利落的唱词，通俗晓畅、韵律铿锵，把茶馆老板娘阿庆嫂热情周到、灵活机智而又圆通泼辣的性格特征及非凡胆略和才干，展示得活灵活现、淋漓尽致，为这一核心唱段和阿庆嫂的形象塑造增色不少。每逢戏演到这里，全场观众总会对跌宕起伏的剧情和妙语连珠的唱段，情不自禁报以热烈的掌声。上级主管部门起初审查时对这场戏中的“江湖口”即江湖游民气息大为不满。汪曾祺以剧作家的执着，坚持把这段戏文保留了下来。历史证明，正因为在高度程式化的板腔体唱词中，创造性加入充满现代生活甚至是江湖游民气息的白话诗词，才使得京剧《沙家浜》变得更加富于美感和艺术表现力，以新的发现和新的运用，独辟蹊径开掘出人物形象的心灵之光。

移植改编后，创作者又根据《芦荡火种》浓郁的地下工作色彩，几经斟酌，将剧名改为《地下联络员》。

1963年夏秋之际，中国思想文化领域风云激荡、山雨欲来。那段时间，北京市委确定重点抓好三件事：一是戏曲演现代戏，特别是京剧演现代戏，二是继续组织文艺工作者深入工农兵生活进行创作，三是开展文艺界的思想革命。首都文艺界闻风而动，各文艺团体以极大的热情投入艺术创演实践中，一时间，“写社会主义”“演现代戏”，成为当时北京文艺界最响亮的革命口号，在首都舞台形成一股清新之风。

正是在这一特殊政治背景和“旧形式要搞新内容”的艺术氛围中，北京京剧团创作组快马加鞭，仅用一周时间就把剧本改定。当时，北京市已确定在12月初举办现代题材剧目观摩演出周，为使移植改编后的戏赶在演出周与观众见面，北京京剧团又趁热打铁，以超常的速度推出了移植改编后的《地下联络员》。

在北京市尽心竭力抓这台戏移植改编之际，江青也以异乎寻常的热情接见剧团主创人员，送给每人一套《毛泽东选集》，要求他们努力学习毛泽东著作，把这场具有世界意义的“京剧革命”进行到底。

剧组彩排时，江青、彭真和总参谋长罗瑞卿前往观看。由于仓促上马，并未完全得原剧真髓，加之对剧种之间的艺术转换缺乏经验，修改后的戏难免有些粗糙，很大程度上失去了原剧的神韵，又没有充分展示京剧特有的表现力，审看效果不尽如人意。演出结束后，江青上台接见演员，一言未发就气呼呼离去。事后，她又专门让警卫参谋打来电话，要求此剧不得再演。江青对《地下联络员》的强烈排斥态度，使北京京剧团感受到了前所未有的巨大压力。

北京市委第一书记、市长彭真的态度却迥然不同。不知是出于改变首都文艺工作被动局面的强烈责任感，还是因为解放前在白区长期从事地下工作，故对反映秘密斗争的戏剧格外感兴趣，他对这出并不被看好的戏竟颇有好感，认为不妨演几场。北京京剧团还在报上做了广告。当时，《地下联络员》预售票已经售出三场。后来，彭真考虑到江青有明确要求，戏也确实需要认真打磨，指示停演重排，并把市委书记处书记邓拓和陈克寒、宣传部部长李琪、北京京剧团党支部书记赵鼎新几位领导同志叫到家中开碰头会，说服李琪和赵鼎新给买了票的观众退票并道歉。此后，彭真在百忙中多次来到剧团，亲自找剧团领导和主要演员谈话，充分肯定移植改编后的戏基础是好的，满怀信心鼓励大家说：“我看这个戏能改好，你们不要泄气。”

北京市存档的材料和当事人的回忆，还原了当年北京京剧团聚焦突出问题全力攻关的过程。那时，北京京剧团面临三个迫切需要解决的问题：一是戏的剧本存有不少矛盾和问题，亟待调整修改；二是演员的表演不到位，需要下功夫研究提高；三是演职人员不熟悉工农兵生活，迫切要求有针对性地深入下去，在生活中找到角色定位。北京京剧团根据彭真和北京市委的指示，不惜工本，前后用三个多月时间，下大气力对这出戏进行全面加工改造。鉴于改好剧本是解决所有问题的基础和关键，北京市委特事特办，把创作组的编剧安排进风光宜人的颐和园龙王庙，为他们潜心改好本子提供最好的条件。

北京的秋天，是一年中最美的时节。位于颐和园昆明湖南部蓬莱岛上的龙王庙秋叶泛黄，益发显得幽静宜人。龙王庙又名广润灵雨祠，由十七孔桥与颐和园东岸毗连，是当年慈禧太后从紫禁城乘船来颐和园必到的进香之处。这处在中国近代史上与国运兴衰密切相关的皇家园林，仿佛天生就与京剧有不解之缘。园中建于清光绪十七年（公元 1891 年）的德和园大戏楼，是慈禧当年赏戏的所在。许多光彩夺目的京剧大家，如曾经主演过中国第一部电影《定军山》的著名演员谭鑫培等，就时常在此为宫廷献艺，致使德和园大戏楼成为推动清末京剧艺术进入极盛时期的主要平台。

无巧不成书的是，七十多年后，谭鑫培的曾孙谭元寿，又饰演了《沙家浜》中的重要角色郭建光，而《沙家浜》剧本修改质的飞跃，又是在历史上梨园世家大展风采的颐和园实现的。当然，那时衔命改稿、背如悬鞭的剧作家们是无暇发思古之幽情的，但颇有江南风韵的湖光山色，确实对激发剧作家的创作灵感起到了重要作用。当年参加改戏的一位编导回忆说，剧中郭建光对沙奶奶说的“一日三餐有鱼虾……心也宽，体也胖”，是剧中朗朗上口的台词,也是编剧们栖身颐和园改戏夫子自道的真实生活写照。

重整旗鼓再次移植改编《芦荡火种》,创作组仍采取集体讨论、分头执笔,最后由汪曾祺统改的方式,尽可能把集体智慧和创作个性统一起来。有了第一次尝试的经验教训,又得天时地利人和,移植改编仅用十天时间即大功告成。其间,汪曾祺的过人才智再度得以充分彰显,主要场次《智斗》《授计》,还有贯穿全剧的那些美不胜收、回味无穷的精美唱词,大都出自他的生花妙笔。当初文牧在塑造刁德一这个人物形象时,为了突出他为人奸刁,同时叫得顺口,给他取了一个生动传神、入耳难忘的名字,但只是安排了一个教官的职位。为更好地衬托阿庆嫂和发展剧情,汪曾祺等人把沪剧《芦荡火种》中的教官刁德一,调整为"忠义救国军"参谋长。沪剧"茶坊智斗"一场戏虽也有三重唱,但舞台上的胡传奎只是一个背影,主要是阿庆嫂和刁德一两个人出戏入戏、斗智斗勇的"背供"唱腔。

沪剧中的胡传奎,在京剧中改名为胡传魁。由"奎"变"魁",虽仅一字之差,却有其深意在焉。创作组反复推敲,确定把胡传魁拉进矛盾冲突之中,这样既可以为三人之间的心理较量拓展较大空间,也便于舞台调度上推陈出新。经精心调整修改,春来茶馆老板娘、中共地下工作者阿庆嫂与"忠义救国军"参谋长刁德一和司令胡传魁,以团团转的圆场调度、巧妙周旋的"背供"唱腔,以及接下来刁德一对阿庆嫂的明夸暗诈、阿庆嫂的机智应答、刁德一居心叵测的跟进试探,都把阿庆嫂的泼辣机警、刁德一的阴险歹毒、胡传魁的愚蠢自负,表现得淋漓尽致。

如何用京剧的传统程式反映现代生活,是创作现代革命京剧的一个难点。传统京剧里各种角色行当都有一定程式,它们是演员塑造角色和人物的基本语汇。但用与旧时代生活相适应的程式表现现代生活内容,往往会因时代差异而导致错位,甚至令人啼笑皆非。移植改编中,编导在塑造剧中人物时,必然要以与之相对应的行当唱腔和表演方式做基础或借鉴,如阿庆嫂、郭建光、胡传魁以传统京剧的旦行、老生或生行和花脸行为基础。但工于心计、阴险狡诈的刁德一的人物设计,应定位在哪个角色行当,编导一度心中无数，举棋不定。因为按照传统京剧的角色定位，刁德一既非丑角，又非生角，亦非净角，找不到与之相对应的行当。编导几经商议，最后根据人物的社会身份，在角色定位上做了相应艺术处理，即唱念以老生行为基础，而台词运用和舞台语调唱腔、唱法则着重突出其汉奸参谋长身份和阴险毒辣狡诈的性格特点，通过跨行当这一特殊角色定位方法，基本解决了特定角色与程式对号的问题。

七分剧本三分演。为取得最佳舞台呈现效果，北京京剧团多措并举，进一步调整，加强了演员阵容。主要是，调回正在长春拍电影的谭派嫡系传人、著名老生演员谭元寿饰演郭建光，由京剧名家赵燕侠和青年演员刘秀荣轮流饰演阿庆嫂，同时，召回马派代表人物马连良义子马长礼饰演刁德一，安排周和桐饰演胡传魁，通过遴选名家出演强化反面人物刻画，以更好地衬托阿庆嫂的机智和郭建光的英勇。群英荟萃的强大阵容，黄金搭档的角色配置，更兼精湛绝美的表演技艺，使整台戏演得激情四射，光彩照人，呈现出一派新意与亮色。此外，全剧的执行导演肖甲、迟金声，音乐设计李慕良等，也都是一时之选，可谓强强联手，各擅胜场，尽显大家风范与睿智。

京剧《芦荡火种》更名《沙家浜》

国务院文化部始终关注着《芦荡火种》的移植改编。1963 年 12 月下旬，中共北京市委邀请上海市人民沪剧团《芦荡火种》剧组进京演出时，文化部即考虑利用这个有利时机，组织北京京剧团与上海市人民沪剧团面对面进行观摩学习和交流，为京剧移植改编创造更好的条件。北京京剧团和上海市人民沪剧团采取对口观摩交流的方式，即编剧对编剧、导演对导演、演员对演员，在演出排练全过程跟进学习观摩，并开展个性化交流。京剧程式化的东西多，生活化的东西少，在与沪剧对口观摩交流的过程中，就直接从沪剧“拿来”了一些东西。如京剧中阿庆嫂拿抹布、提铜壶这些接地气和来自生活的动作，就是京剧演员借鉴沪剧演员表演而设计的。

对于上海市人民沪剧团来说，这次进京演出的一个特殊收获是刘少奇等党和国家领导人，于1月23日观看了沪剧《芦荡火种》的演出。那天正是癸卯年腊月初九，演出成功的喜悦写在每一个人的脸上，全团上下其乐融融，大家仿佛度过了一个愉快的节日。

甲辰龙年春节前夕，上海市人民沪剧团圆满完成演出任务，即将离京返沪。显而易见，这次进京演出，是一个互鉴共学、双向提高的共赢过程。上海市人民沪剧团凭借首都文艺舞台这个宽广且有巨大影响力的传播载体，提升了自身和戏剧的知名度及辐射力。而北京京剧团则通过与上海市人民沪剧团现场对接和零距离观摩体悟，思想上产生了新的飞跃，编创人员对这出戏应该怎么改、怎么演，有了全新的认识，找到了京剧传统艺术与现代生活的结合点，可以说编演已是胸有成竹。

为帮助演员准确把握所饰演角色，文化部和北京市方面还安排剧团到北京军区部队下连当兵、体验生活。这对多年来只习惯于演封建帝王和才子佳人，根本不熟悉工农兵等当代人物的演员来说，可谓雪中送炭，正当其时。在全面系统认真观摩的基础上，通过扎实到位的生活体验，特别是借助深入军营生活熟悉军人形象这个桥梁，剧团名家新秀的艺术潜质，在感知军旅生活、塑造英雄群像中得以充分释放，全剧的表演大有起色。如剧中沙奶奶《沙家浜总有一天要解放》的核心唱段，编导兼收并蓄，在传统唱腔中刻意融进民歌和地方戏曲因素，使之更加流畅和富有时代感。借鉴部队战斗训练动作改进编排，导演确定《聚歼》一场戏中，郭建光在持枪与身边之敌搏斗时，还甩枪撂倒了远处的敌人。这些武打技艺，既脱胎于传统京剧武技，又是在现代生活基础上概括提炼出来的，集小成为大成，实现了京剧传统艺术与现代生活的完美结合。剧本前后大改两次，剧名重新改为《芦荡火种》。全团上下通力合作、精心打磨，对全剧的表演、唱腔、音乐和舞台美术进行全面精细加工，使全剧的艺术品位、表现形式、创新技法以及各种音乐元素的博采交融和贯通运用，都达到了令人叹为观止的程度。整台戏从剧本、导演到表演，都精细严谨，厚重大气，赋予了古老京剧鲜活的艺术生命,给人耳目一新之感,并可尽享审美愉悦。

1964 年 3 月底,彭真等北京市领导在广和剧场审看了北京京剧团修改后的《芦荡火种》,顿觉眼前一亮,对在文艺革命和推陈出新中涌现出的这朵现代京剧奇葩大加赞赏,连声说“你们改得好,演得好”,当即批准对外公演。公演在北京市工人俱乐部举行,从 1964 年 3 月 31 日至 5 月 30 日,连演四十五场,观众五万多人,场场爆满,获得巨大成功。许多人凌晨四五点钟就到售票处排队买票,戏开演前剧场门外经常有人等买退票。《北京日报》开辟《文艺为社会主义服务,为工农兵服务》专栏,对京剧演现代戏问题展开讨论,还发表社论赞扬“京剧《芦荡火种》既成功地表现了现代革命斗争生活,又不失传统京剧的浓郁韵味,是京剧表现现代生活的一次成功尝试”。剧团排演的另一部现代京剧《杜鹃山》剧组,甚至提出了“赶芦荡、超芦荡”的口号。

1964 年 4 月 8 日,北京京剧团致函上海市人民沪剧团。

上海市人民沪剧团:

这次承蒙您团的大力支持,在短促的时间里为我们赶制了二支跑云灯和一支水灯的机头,已于上月二十三日收到,并已经我团搞灯光的同志试验,效果很好,制作亦很细致。

这次工作,要感谢您团的孙逸民同志的热心帮助,特别是你团灯光组的邹福根等同志,在为我们制作的过程中,到处奔波,寻找零件,又很认真负责地按[安]装[,]为[你]们这种兄弟般的支援,致以崇高的谢意。

此致

敬礼

向陈团长郭团长丁是娥同志致意

北京京剧团(章)

六四年四月八日

4月27日,党和国家领导人刘少奇、周恩来、朱德、邓小平、董必武、陈毅、陆定一、邓子恢、聂荣臻、张治中等,在人民大会堂观看了京剧《芦荡火种》,盛赞演出成功。

1964年5月11日,北京京剧团再次致函上海市人民沪剧团,介绍移植改编和演出《芦荡火种》情况,感谢上海市人民沪剧团的支持和帮助。

上海市人民沪剧团全体同志:

你们好,我团根据贵团剧本移植改编的《芦荡火种》经过了几个月的排练,在党中央宣传文化部门和北京市委的关怀指导下,和贵团的大力支援,以及各方面的关心和帮助下,终于在三月三十一日上演,迄今已经演出了二十三场,观众达三万人次。演出后受到北京市文艺界和广大观众的欢迎和好评,使我们得到很大的鼓舞。

这次我团排演现代戏,再广泛的也可以说京剧排演现代戏,还是个新生事物,也是检验京剧能不能演好现代戏,能不能为社会主义服务,为工农兵服务的一场意义深刻的革命。

在这次革命中,我们全体同志在党的领导和关怀下,明确了京剧必须演现代戏的认识,充满热情,满怀信心地进行创作。在创作过程中,当我们遇到困难的时刻,贵团给予我们全面的帮助和人力物力的支援,使我们得到很大的启发。在我团排演《芦荡》的过程中,贵团全体同志经常关心,不断写信了解情况,我们深深地感谢同志们的关怀,告慰同志们:《芦荡火种》演出后,《北京日报》于五月八日发表了社论,十一日又再一次发表社论,祝贺《芦荡》演出成功,这是党给予我们的荣誉,这荣誉应该归功于党,归功于贵团的帮助和支援,为此向贵团全体同志汇报和感谢,并随信将这二次载有社论的报纸寄去。但正如社论上所说的:我团演出的《芦荡》并不是完美无缺的,还存在着很多的问题和缺点，还有待于进一步听取各方面意见后，再进行加工整理。

仅此致以革命敬礼

北京京剧团

一九六四年五月十一日

5月27日，《中共北京市委关于贯彻毛泽东对文艺问题批示情况的第二次报告》集中笔墨介绍了京剧《芦荡火种》移植改编和演出的经验。《芦荡火种》凭借京剧这一在中国具有最广泛影响力的艺术载体，迅速在祖国山南海北走红。

就在京剧《芦荡火种》火爆上演之际，1964年4月的一天，江青在上海飞往北京的专机上偶然从《北京日报》上获悉京剧《芦荡火种》的演出盛况。当晚，江青就急切地赶到剧场看戏。北京京剧团因之前没有编演好这部戏一直抱愧于心，那天的演出格外卖力。但江青看完演出后大发雷霆：你们好大胆子！没经过我就公演了！不行！这出戏是我管的，我说什么时候行了才能对外演出！

此后，江青以京剧革命和搞试验田的名义，把北京市委及有关部门甩在一边，直接介入戏剧修改，那些随心所欲的指示，常让剧团忙得通宵达旦，也令演职人员苦不堪言。剧组的人还记忆犹新，当年移植改编中，江青曾莫名其妙地要求拿掉著名的"茶馆"戏，但所有参与者都认为阿庆嫂、刁德一和胡传魁这一场三方斗智斗勇的对唱很精彩，可以说是戏中之戏，实在难以割舍。彭真也认为应予保留。这场戏的去留之争，惊动了总理周恩来。他对刚刚看过的这部戏的剧情十分熟悉，且赞赏有加。弄清事情原委后，周恩来针对江青的意见明确表态，"茶馆"这场戏"要上"。后来毛泽东看了演出后，也肯定戏排得好，上台接见演员并同大家合影。经过一场有惊无险的斗争之后，具体领导这次艺术实践的北京市委宣传部部长李琪长吁一口气，感喟万端地对剧组人员说："大家胜利了，如果不是毛主席的肯定，'茶馆'这场戏肯定是没有了。"

后来人们在回忆这段历史时,比较客观的看法大致有三:江青按个人喜好朝令夕改指挥戏的移植改编,扰乱了正常的排练进程,不利于调动编导及演职人员的创作积极性和充分发挥他们的聪明才智;全剧按照她的要求,调动一切资源,集中笔墨描写正面人物,塑造光彩夺目的英雄形象,难免使英雄人物塑造落入不食人间烟火的"高、大、全"窠臼,对塑造血肉丰满且可亲可敬的时代英雄是个无形桎梏;移植改编京剧过程中,删去了原剧"喜堂聚歼"等富有传奇色彩的情节,加入了一些带有浓厚政治色彩的公式化、概念化的内容,使该剧的生活气息和生动性有所减损和削弱。当然,更多的人也认为,尽管江青的插手给沪剧《芦荡火种》移植改编为京剧留下诸多遗憾,但主导这部戏移植改编的,毕竟还是带领人民创造恢宏革命斗争历史并且有很高政治水平和艺术造诣的领袖集团,同时还有一大批才华横溢、富有真知灼见和有生活、有经验的艺术家。瑕不掩瑜,经过时光的检验,凝聚着众多政治家和艺术家心血的京剧《芦荡火种》,已经当之无愧地成为京剧现代戏中璀璨夺目的明珠。

当年参加过剧本修改和戏的编导的人也承认,江青还是懂一些戏剧的,她在不恰当地把自己的情绪和偏好带进戏剧修改的同时,对这台戏的完善也有某些建树。如提出郭建光在芦苇荡里隐蔽时要派侦察员过湖去侦察,不能无所作为;为了烘托湖上斗争的紧张气氛,江青出点子让伤病员报告说:"指导员,鬼子的汽艇来了!"还有在"军民鱼水情"一场戏中,推敲"朝霞映在阳澄湖上"唱段时,江青对金秋时节阳澄湖区芦花、稻谷、绿柳三种植物颜色的把关等,这些建设性的修改意见,得到大家赞同,并被后来的演出实践证明是正确的。

在沪剧《芦荡火种》和京剧《芦荡火种》(后定名为《沙家浜》)红遍全国的年代,剧中人物命运在各界观众中产生强烈共鸣,与剧情对号入座的种种传说也不胫而走。从不愿张扬自己的刘飞积极支持创作反映三十六个伤病员事迹的戏剧,本意是想宣扬革命英雄主义精神和军民鱼水情,但了解刘飞阳澄湖斗争经历的人,常常自觉不自觉地把刘飞与剧中人物郭建光对号,给刘飞平添了莫名的烦恼。他浑身是嘴也说不清，也无法回应人们善意的猜测和联想。素来低调的刘飞，开始采取回避办法，决意从此不再写有关个人经历的回忆文章。

新中国成立以后，曾第一个为阳澄湖伤病员传神立照的战地记者崔左夫，多次请求给刘飞写回忆录，但刘飞总是说："一将功成万骨枯，我刘飞个人算不了什么。"婉言加以谢绝。崔左夫虽然没有苏南东路地区艰苦斗争生活的体验，但也是抗日战争时期从江苏东台三仓镇参军的新四军老战士，又十分熟悉"江抗"的斗争历史，是刘飞传奇生涯的理想代言人。在复杂的政治生态和文化背景下，崔左夫为最终未能为一代名将刘飞再书华章而抱憾终生。

1964 年 6 月 5 日至 7 月 31 日，全国京剧现代戏观摩演出大会在北京举行。全国十九个省、市、自治区的二十八个剧团参加演出，共上演了三十七台戏。根据同名沪剧移植改编的《红灯记》和《芦荡火种》，根据长篇小说《林海雪原》改编的《智取威虎山》，以及取材于抗美援朝战争志愿军第六十八军二〇三师渗透迂回支队奇袭南朝鲜首都师"王牌团"的《奇袭白虎团》，都被大会列为优秀剧目。

观摩演出期间，毛泽东看了其中两台戏。7 月 17 日晚，毛泽东看了上海京剧团演出的《智取威虎山》；7 月 23 日晚，毛泽东、刘少奇、周恩来等党和国家领导人来到人民大会堂，一起观看了北京京剧团演出的《芦荡火种》。

毛泽东对京剧这门传统艺术十分喜爱，听京剧是他工作之余最大的乐趣和精神享受。可以说，他是一位真正的京剧知音。但毛泽东不愿打扰别人，故很少观看京剧名家演出。于是，身边工作人员就给他搞了一些京剧唱片。20 世纪 50 年代，当时所有京剧名家的唱片，他那里都有。在异彩纷呈的京剧流派中，毛泽东比较喜欢听老生戏，言、马、谭、高老生四大派的戏百听不厌，如言菊朋的《卧龙吊孝》、马连良的《借东风》、谭富英的《失街亭》《空城计》《斩马谡》、高庆奎的《逍遥津》，他都能一字不落地唱出来。毛泽东尤爱高昂激越的高(庆奎)派和委婉细腻的言(菊朋)派。对于高派代表剧目《辕门斩子》、言派代表剧目《让徐州》等著名唱段,毛泽东均耳熟能详,欣赏时常常陶醉其中。

关于毛泽东观看京剧《沙家浜》的地点,以及看完戏后是否在现场讲修改意见,这些年一些报纸杂志和网络上的文章,多有不同说法。2014 年 9 月 27 日,笔者利用赴京开会之机,在北京市东城区陶然亭公园附近信然庭小区的一所公寓,拜访了当年饰演郭建光的北京京剧团德高望重的京剧表演艺术家、京剧生行谭派艺术的第五代传人谭元寿。

据谭元寿回忆,1964 年 7 月 23 日晚,毛泽东是在人民大会堂小礼堂看的京剧《芦荡火种》,而且看得非常认真和入神。演出结束后,毛泽东即与剧团编导和演职人员在现场进行座谈,并现场提出修改意见。毛泽东说,戏是好的,胡传魁、阿庆嫂、刁德一人物刻画得好。在肯定《芦荡火种》的同时,毛泽东也提了几点重要意见:一是觉得剧中新四军的音乐形象不饱满,要鲜明地突出新四军战士的音乐形象;二是军民鱼水关系不够突出,要加强军民关系的戏;三是结尾不合适。原沪剧《芦荡火种》的结尾是新四军利用胡传奎结婚,化装成吹鼓手和轿夫,出其不意对赴宴的日军和“忠义救国军”头目进行袭击。汪曾祺等人在移植改编京剧时,也保留了沪剧中“喜堂聚歼”的情节。毛泽东认为,这样一来,结尾成了闹剧,全剧就成为风格不同的两截子了,应该改为新四军正面打进去,要突出武装斗争的作用,强调用武装的革命消灭武装的反革命。戏是两截,改起来不困难;不改,就这样演也可以,戏是好的。

在那个不寻常的北京仲夏夜,毛泽东是否触景生情,又油然忆起二十五年前,他和他的亲密战友运筹帷幄,精心谋划敌后包括江南地区抗日游击战争的往事?人们无法窥知文韬武略的政治家隐秘的心曲,但艺术家们倾情念唱做打,生动再现抗战相持阶段艰难曲折的历史画卷,必定会唤起当年他在陕北黄土高原思接千载、视通万里的宏阔思维。洞悉历史发展脉络并能准确把握事物本质的共和国领袖,于漫不经心中轻轻点拨,就以“正面打进去”这一画龙点睛之笔，赋予了红色经典揭示历史本真和重启历史回声的高贵品质，使创新探索中的京剧现代戏，最大限度逼近历史真实。

深刻的主题思想，是红色经典保持高远意境和持久生命力的灵魂。从着意突出地下斗争主线，到艺术地再现用武装的革命消灭武装的反革命，毛泽东这一带有鲜明指向性的修改意见，不仅为剧情和结构的重要调整厘清了思路，而且使全剧的主题和思想张力有了很大提升。后来的创演实践和社会效果证明，只有打江山、立传统的革命领袖，才能洞穿历史迷雾，对中国革命斗争胜利规律有着明晰认知和准确把握，从而在纷繁复杂的历史背景和艺术创作实践中举重若轻，一语中的地抓住戏剧修改和艺术跃升的要害。

在谈到这出京戏的名字时，毛泽东幽默地说，芦荡里都是水，革命火种怎么能燎原呢？再说，那时抗日革命形势已经不是火种而是火焰了嘛！故事发生在沙家浜，中国有许多戏用地名为戏名，我看这出戏就叫《沙家浜》吧。改起来不困难，不改，就这样演也可以。

智者乐水，仁者乐山。《芦荡火种》天生就是亲水的。它所展示的瑰丽画卷，撷取自江南港汊星罗、水网密布的乡村；表现这一扣人心弦的斗争故事的创意，萌发于京杭大运河、老沂河和骆马湖三面环水的窑湾这一水运要津；移植改编结构性、根本性的调整和飞跃，是在颐和园昆明湖南部的蓬莱岛上完成的；经毛泽东点石成金，移植改编后的京剧剧名，又借鉴传统戏剧手法以故事发生地的湖滨小村冠名。从窑湾织梦到人民大会堂拍板，在跨越战争与和平的十六年时空中，共和国的政治家、艺术家和优秀军事指挥员们，不谋而合地在氤氲着江南水乡特有风情的地理人文环境中演绎历史，铺陈剧情，使《沙家浜》充满了“烟笼寒水月笼沙”的诗化意境和“青山隐隐水迢迢”的别样美感，对全剧的文化品位和艺术魅力是个极大增益。

毛泽东随后谈到京剧的唱词，又提醒说，京剧要有大唱段，老是散板、摇板，会把人的胃口唱倒的。

在那个夜晚，毛泽东仿佛不再是共和国领导人和党的领袖，而是一位颇为痴迷和深得京剧三昧的票友。在场的梨园名伶想不到毛泽东对京剧还这么有研究，都不禁为主席对京剧独到的见解而暗自佩服。毛泽东对京剧《芦荡火种》的肯定和中肯的修改意见，再加上他和蔼而又风趣的言谈举止，使大家那颗悬着的心终于放了下来。

到了"十一"前后金风送爽时节，《芦荡火种》剧组按照送戏到工农兵中去的要求，先是到北京军区某部为战士演出，接着又去电子管厂为工人演出，最后来到昌平县为农民演出。北京市文化局局长张梦庚专程来到昌平演出现场，向大家传达彭真转达的毛泽东八九月份在北戴河会议期间，对京剧《芦荡火种》的重要指示。主要是这出戏戏名要改，就叫《沙家浜》，剧情最后改成新四军正面打进去，武装斗争解决问题。这次现场口头传达，把毛泽东7月23日看戏后讲的修改意见的要点和精髓，简洁明了地讲出来了。剧组人员普遍感到毛泽东的指示字字千钧，同时又深感责任重大，进一步增添了改好戏、演好戏的压力和动力。

创作组移师上海，闭门谢客苦干十天，完成了对剧本的新一轮修改。根据毛泽东的意见，全剧的总体框架和布局做了调整，主要是丰富了郭建光的戏份，由郭建光取代阿庆嫂为全剧主要英雄人物，而以阿庆嫂为主的秘密工作则降为辅线，同时通过丰富剧情，加强了军民关系的内容。修改后的戏按照"三突出"原则，浓墨重彩塑造郭建光这个一号人物。郭建光等十八名伤病员被困芦苇荡十多天仍如挺拔青松斗志不减这场戏成为全剧核心，郭建光的唱词由七十八句增加到一百零一句，并精心设计了四个重点唱段。为体现毛泽东"从正面打进去"的指示，剧中增加了《奔袭》《突破》《聚歼》三场戏，将原剧阿庆嫂带人化装送新娘混进敌巢一举消灭胡传魁的结尾，改为郭建光养好伤后杀出芦苇荡飞兵奇袭沙家浜，鲜明体现了武装斗争的主线。

上海沪剧院艺术室主任褚伯承，曾对沪剧《芦荡火种》和京剧《沙家浜》的区别做过比较：

	沪剧《芦荡火种》	京剧《沙家浜》
首演时间	1960 年 1 月	1964 年 2 月
作品来源	部分取材于纪实文学《血染着的姓名》	根据沪剧《芦荡火种》移植改编
剧情侧重点	以地下斗争为主	突出武装斗争
一号人物	阿庆嫂	郭建光
阿庆嫂结局	继续隐蔽从事地下工作	公开亮出共产党员身份
刁德一身份	教官	参谋长
最后一仗斗争方式	乔装改扮潜伏于胡传奎婚礼中,相机歼敌	飞兵奇袭,正面武装攻入沙家浜

总体框架确定后,汪曾祺又对剧本做了统改和润色,同时,由李慕良设计好新词句的唱腔,由肖甲安排好舞台站位。

随着剧本定稿,移植改编的重心转到了导演身上。导演迟金声系马派名家,演了半辈子戏的他深知,演惯了传统戏的京剧演员改演现代戏和塑造现代人物,对许多人来说无疑是个痛苦蜕变的转型过程。作为艺术创造进程的组织者和演员转型的引领者,导演就是要独具慧眼发现创造灵感,善于恰到好处点石成金,帮助演员一步一步扎实走好转型路。迟金声和另一名导演肖甲分工合作,由他主抓郭建光的戏,肖甲主抓阿庆嫂的戏,两人昼夜在排演现场,及时发现、捕捉、筛选、整合大家的创新火花,对冒出来的各种金点子适时进行沟通协调,进而做出正确的判断和取舍。同时,鼓励演员大胆地向现代戏中的现代人物形象靠拢和迈进。按照舞台表演的起承转合,两位导演组织演职人员逐个细节精心推敲打磨,以聚沙成塔、集腋成裘的劲头,引导创作团队一步一步向打造艺术精品的高峰攀登。据谭元寿回忆,为了确保演出效果,有关部门还特意从国外为《沙家浜》剧组进口了十几个麦克风,用完后全部上交了公安部。

在沪剧《芦荡火种》紧锣密鼓移植改编为京剧的过程中，上海市人民沪剧团根据毛泽东观看京剧《芦荡火种》的指示，也抓紧对沪剧剧本进行改动。一南一北两个剧组相向而动，形成了京沪双城两个极富特色的剧种互鉴共进的生动艺术景观。

1964年7月23日，毛泽东在人民大会堂小礼堂观看北京京剧团演出的《芦荡火种》时，北京京剧团特邀上海市人民沪剧团领导和主要演员陈荣兰、丁是娥等到场观摩。

演出开始前，有人对陈荣兰咬耳朵，告诉她，毛主席看戏的反应可要注意哦，戏结束后，如果毛主席站起身来，鼓鼓掌就走，那你的戏就没什么；如果坐在那里不动，你可要做两种准备，一是受表扬，一是准备挨批。

那天晚上，演出接近尾声时，站在后台的陈荣兰屏住呼吸，透过幕布缝隙，紧张而仔细地看着台下毛泽东的神情和动作。戏刚一演完，只见毛泽东拍掌站起，并没有马上要走的意思。陈荣兰心里一沉，暗自说，糟糕，戏演砸了！没想到毛泽东鼓掌后很快又坐下了，这时，陈荣兰才放下心来。接着，毛泽东把北京京剧团领导、编导和主要演员叫到身旁，陈荣兰也在其中。在亲切融洽的气氛中，大家一起聆听了毛泽东对京剧《芦荡火种》的修改意见。陈荣兰近距离目睹毛泽东的丰采，亲身感受了领袖宽阔的眼界、深邃的思想和特有的艺术禀赋与气质，受到一次终生难忘的感染和教育。返回上海后，陈荣兰立即向有关部门领导汇报了进京观摩情况和毛泽东的指示，上海市人民沪剧团党支部组织全体演职人员，认真学习领会毛泽东的指示，研究讨论了贯彻落实的具体措施，抓紧展开了沪剧《芦荡火种》的修改和完善工作。

此后不久，陈荣兰专门带《芦荡火种》剧组，重返第二十军五十九师一七五团深入生活、修改剧本，研究加强戏中的武装斗争和如何解决“从正面打进去”的问题。经过集聚群智，沪剧《芦荡火种》加了一场“瓮中捉鳖”的戏，主要情节是，胡传奎与周翻译官妹妹结婚，郭建光率伤愈归队的伤病员与阿庆嫂里应外合，在胡传奎家婚宴现场将敌酋和日伪军一举聚歼。

1971年,上海市人民沪剧团曾按京剧演出本演出过沪剧《沙家浜》,1980年5月又复排了沪剧《芦荡火种》。

多年后,站在历史的高峰回首移植改编曲径通幽但又别有洞天的过程,人们愈加深刻地认识到,遵循京剧创作和传承的规律,将传统京剧艺术的精髓嵌入现代革命斗争题材,使传统为魂、现代为体,用中国气派、中国风格、中国元素和老百姓喜闻乐见的艺术形式,讴歌和展现党领导的革命武装斗争波澜壮阔、多姿多彩的历史,这是京剧《沙家浜》在用传统形式表现现代内容和跨剧种移植改编的双重惊险跳跃中,最终能够取得成功的制胜之道。

1965年4月底,北京京剧团《沙家浜》剧组抵沪排练,5月1日在上海人民大舞台公演。

一直追踪这台戏修改的观众惊讶地发现,全新打造的京剧《沙家浜》整体舞台呈现已焕然一新,不仅武装斗争主线和郭建光形象明显加强,赵燕侠塑造的阿庆嫂在舞台上也鲜活灵动、光彩照人。《智斗》《授计》《审沙》几个重点场次,既妙趣横生又京剧味儿十足,使观众在享受高水平视听盛宴的同时,能够尽情领略老北京京剧团原汁原味的艺术风格和特色。

至此,从纪实文学《血染着的姓名》《火种》,到沪剧《碧水红旗》《芦荡火种》,到京剧《地下联络员》《芦荡火种》,再到定名为《沙家浜》,阳澄湖伤病员扑朔迷离的斗争故事,终于从零散资料和坊间传说,化为生动翔实的革命回忆录和非虚构文学作品,再到为社会大众所喜闻乐见的现代戏剧广为传播,经有着不同阅历和艺术禀赋的剧作家、各具千秋的艺术表演家、斗争亲历者、导演中国革命武装斗争威武雄壮活剧又有很高文化艺术造诣的领袖共同创造,几经折冲樽俎和起承转合,终于进入中国京剧现代戏亦即无产阶级革命文艺的经典殿堂,从而载入史册。

《芦荡火种》和《沙家浜》的成功,制度的优越性是一个不可否认的重要因素。红色经典是社会主义大协作的产物,是政治家、军事家、艺术家和广大人民群众集体智慧和创造的结晶。很少有这样一部戏,牵动上自领袖集团,下至军地文艺工作者和部队官兵、人民群众的关注,承载了那么多的政治意蕴。革命领袖对中国革命主流特征的准确把握，刘飞等新四军老战士对坚持阳澄湖芦荡斗争原生态创作素材的艺术直觉，文牧刻意追求的传奇剧情和渗透其间的江湖色彩，汪曾祺充满诗意的散文化语言，都使发生在苏南湖汊河网地区独具特色的斗争，得以集中优质艺术元素绝佳呈现，从而具有了从本质上揭示中国革命历史进程的典型意义和异乎寻常的感染力。

至此，从江南水乡走来的《沙家浜》，经过近二十年的长途跋涉，终于修成正果，在被奉为革命现实主义与革命浪漫主义完美结合的典范和无产阶级革命文艺圭臬的同时，迅速传遍大江南北，进入千家万户。

真理是时间的女儿。时过半个世纪，在潮起潮落、社会环境和人们的价值观念深刻转变的今天，《芦荡火种》和《沙家浜》之所以仍有经久不衰的生命力，能在中国戏剧艺术之林中独树一帜、引人入胜，很重要的原因是作家、艺术家秉持革命现实主义的优良传统，使剧作深深植根于江南水乡革命斗争的深厚土壤，从而使两部戏始终站在时代的前沿登高望远，在创作中左右逢源，以深刻的主题思想和内涵统领全剧，以新奇的剧情和独具特色的细节征服观众，达到了革命性与艺术性、先进的思想与完美的形式的内在统一。山有多高，水有多长，是东路抗日根据地丰富多彩的抗敌人物和事迹，为剧作舞台形象塑造，提供了取之不尽、用之不竭的生活源泉。

1965 年 3 月，京剧《沙家浜》演出之前，文牧专门陪同北京京剧团领导到阳澄湖边的湘城、张家浜等地去采风，实地感受和把握剧作的时代背景和人文环境。上海市人民沪剧团 1980 年 5 月复排《芦荡火种》时，也仍然坚持把深入生活作为突出强调的一个原则和基点。从案头准备到初排，短短两个月时间里，剧组人员曾三进沙家浜，再次来到四十一年前首演《芦荡火种》时曾深入的芦苇荡，从思想感情到艺术呈现都产生了新的飞跃。导演和舞美设计在阳澄湖芦苇荡中写生、取景，在湖中终日盘桓，获得了新的艺术灵感，决定丰富发展原来的舞美创作，取消二道幕，用四个可移动的芦苇丛分隔演出的时空板块，以调节剧情发展节奏，强化人物活动氛围。这个设想付诸实践后取得了良好的舞台效果。

永远坚持向火热的生活汲取创作激情，在精益求精中努力使剧作常演常新，这正是红色经典的特殊魅力所在和成功之道。它是艺术精品，也是艺术化了的历史片段和画卷。

1965 年 3 月 18 日至 20 日，《人民日报》发表京剧《沙家浜》初改本。

1967 年 5 月 31 日，《人民日报》发表已确定为“样板戏”的京剧《沙家浜》剧本。

1968 年 5 月 23 日，时任上海市文化系统革命筹备委员会主任和总管上海《智取威虎山》《海港》两部样板戏的于会泳，在《文汇报》发表《让文艺界永远成为宣传毛泽东思想的阵地》的文章，首次提出了“三突出”概念，其理论表达是：“在所有人物中突出正面人物，在正面人物中突出英雄人物，在英雄人物中突出中心人物。”于会泳把这一理论的发明权拱手送给了江青。从此，这一来自革命样板戏创作实践，反过来又能动指导样板戏创作和其他文艺创作的理论原则，成为中国文艺界的金科玉律。

1968 年 7 月 1 日，毛泽东、周恩来观看了中央乐团演出的革命交响音乐《沙家浜》。

1970 年 6 月，《红旗》杂志第六期发表京剧《沙家浜》定型本。

1971 年，京剧《沙家浜》被长春电影制片厂拍成电影。这部“样板戏影片”整整拍了一年零八个月，由因拍摄《平原游击队》《英雄儿女》而声名鹊起的武兆堤执导，是长影自“文化大革命”爆发以来，出品的第一部影片。江青明确要求，剧中每一个动作、每一句台词都不能做任何改动。这一极为苛刻的要求，给影片拍摄工作带来不少难题。

1971 年 8 月，京剧《沙家浜》影片拍摄完成，9 月在全国正式公演。江青看过影片后很高兴，突然心血来潮，表示要在第二天接见剧组主要演员。得到通知后，在京负责送审的厂长苏云和样板团团长慌忙打电话通知厂里，让赶紧买火车票，送剧组有关人员回京。谁知江青又突发奇想，让空军司令员吴法宪派专机去长春接演员。长影接到通知后，演员们已经从长春连夜坐火车返京了，厂里只得派小汽车追火车，上演了一幕生死时速的比拼。好在那时火车速度不快，小汽车终于在四平火车站追上了火车。厂方人员进了演员们的包厢，来不及多解释，赶紧请他们下车，连夜把演员们又拉回厂里。第二天上午，演员们坐空军专机直飞北京。

1971 年 9 月 23 日至 29 日，应朝鲜对外文化联络委员会邀请，革命现代京剧《沙家浜》《智取威虎山》在朝鲜国庆期间赴朝演出二十余场。

1973 年，珠江电影制片厂又将粤剧《沙家浜》拍摄成电影。

子弹与文物

当京剧《沙家浜》搬上银幕成为样板戏影片时，作为原型之一，刘飞正闷在家中，整天闭门不出。史无前例的“文革”已经进行了五个春秋，刘飞感到彷徨，也感到苦恼。

刘飞看样板戏影片《沙家浜》，是在军区小礼堂。那天晚上，刘凯军也跟着爸爸一起去了。坐在后排的刘凯军看到，影片放映过程中，刘飞始终端坐在那里，未与左右观众有过任何交流。影片放映后，新四军指导员郭建光的形象更加深入人心，走进千家万户。一些熟悉的人见到刘飞，总忍不住要问：“刘老，《沙家浜》里的郭建光，是不是以你为原型塑造的？”

刘飞对这类问话内心是反感的，但又不便表露，听到后总是平静地回答说：“郭建光是戏剧和电影中的艺术形象，是新四军指战员的代表，和我没有关系。”

1984 年 10 月 24 日，芦荡英雄刘飞在南京军区总医院与世长辞。那颗在江阴顾山与刘飞结缘的子弹，随着由青及壮到老的刘飞时疾时徐地飞了四十五年一个月零两天，在划出任何同伴都难出其右的奇特轨迹后，终于走完了自己的旅程，在乱石穿空、惊涛拍岸的江城南京找到了归宿。

刘飞一生都是一个盘马弯弓、随时准备衔命出征的战士，始终保持着冲锋和搏杀的战斗姿态。在他生命的词典里，原本就没有“死亡”二字。超乎寻常的旺盛生命力，使刘飞生来似乎就是为了书写传奇的，他的生命本身就是一部令人荡气回肠的传奇——

这个大别山的儿子初入人世三载，便经历了父亲病亡和两个当童养媳的姐姐相继饿死的苦难。在风刀霜剑严相逼的恶劣环境中，他没有夭折和屈服，小小年纪给地主当雇工，又到武汉码头扛大包，像顶石破土的山间竹笋，顽强地存活并生长起来。

作为红军部队的一名骁勇士兵，作战时挥舞大刀冲锋在前是他不变的定位，几度弹雨横飞，几度深陷重围，他都置之死地而后生，斩关夺隘，硬是杀出一条血路。

江阴顾山遭遇战，“忠义救国军”的子弹打入刘飞紧贴心脏的肺部，在缺医少药并无法手术、终日在水雾蒙蒙和浪花飞溅的芦荡中穿梭极易感染的恶劣条件下，天佑奇人，造化使然，刘飞又一次摸着阎王鼻子闯过了鬼门关。

罹患癌症胃切除了五分之四，经历了极“左”的思潮泛滥和“文革”等远比芦荡坚守和逐鹿中原更为复杂艰险的环境，刘飞不改为官处世和做人初衷，有尊严有质量地又工作生活了二十年！

有人认为，他的这种顽强生命力，已经超出了人们寻常的思维与想象，甚至超出了生命科学的解释。

现在，英雄的乐章余音绕梁，生命的绝响昭示着一种超越物质本体的永生精神。那颗听惯了赤子在抗日战争和解放战争中勇猛冲杀的呐喊，熟视刘飞在和平年代忠诚为党治军带兵不平凡历程的子弹，不再与主人一道呼啸猛进，而是在芦荡英雄的人生终点处，静静聆听人们对他的怀念和祈福。

崔左夫是在江城黄石收到刘飞逝世讣告的。从这年夏天起，已经离休的崔左夫，每天傍晚都在长江边上的防洪堤漫步，望着江轮在江心顺流东下，璀璨的灯光倒映在水中，像是一道浮光跃金的玻璃围墙。眼前的景象常常使他想起窑湾战斗后运河西岸那个傍晚，想起像运动员一样矫健的刘飞。前不久，崔左夫还给朱一去信询问老首长身体健康状况，提出打算去南京看望他们，商量为老首长写回忆录事宜。然而三个月不见回音。11 月 4 日上午，崔左夫突然接到一个白色大信封，拆开一看，竟是刘飞同志治丧委员会发来的讣告。

这是崔左夫多么不希望发生的事情。当这一天真的到来的时候，偏偏又阴差阳错，致使为老首长送行的重要通告成了令人遗憾终生的迟到信息！崔左夫看看手表，距开追悼会的时间只剩六小时了！无法插翅又心急如焚的崔左夫手持讣告，拖着沉重的步子踟蹰于长江大堤上，无奈地望着江中东去的轮船和江岸的高压电线，似乎想通过它们向下游的石头城遥寄心中的悲痛，代为传递无尽的哀思。下午三时，崔左夫赶到电报大楼，向刘飞治丧委员会发去一封题为“敬悼刘飞首长”的电报，把对刘飞的钦敬和哀悼浓缩在一首五言绝句中：

将殂钟山麓，兵哀楚江滨。
魂追陈粟去，遗爱后人钦。

上海市人民沪剧团第一位饰演阿庆嫂的演员丁是娥，是10月27日上午在团里参加学习时，突然接到上海警备区一位同志打来的电话，才得知刘飞三天前逝世噩耗的。她缓缓放下电话听筒，二十多年来刘飞热情关怀《芦荡火种》创作的往事历历在目，悲恸的心绪不禁像潮水一样袭来。丁是娥最后一次见到刘飞，已是1979年的年底。当时，她因病住进华东医院动手术，恰巧刘飞也在这里住院，而且同住三楼。见了面，丁是娥感到刘飞明显衰老了，心里不免有点凄楚。但刘飞精神依然健旺，喜欢交谈，只是由于病魔缠身，已很难用清晰的语言表达自己的意思。刘飞常偕朱一一起来丁是娥病房探望和聊天，有一次来时因走路快，加上地板滑，不慎摔了一跤。丁是娥十分担心，又感到歉意，但刘飞朗声一笑，很快又进入了关心的话题。丁是娥拿起笔来，满怀对刘飞的敬仰和怀念之情，写下了深情绵邈的《怀念刘飞同志》一文，回首自己亲身经历的刘飞关心支持《芦荡火种》创作演出的历历往事，纪念这位为建立新中国流血负伤、为《芦荡火种》和《沙家浜》诞生做出特殊贡献的老首长。

深秋的南京傅厚岗32号，刘飞亲手种植的金桂、银桂正散发着馥郁的芳香。刘飞生前不善歌咏，但喜唱红军歌曲《八月桂花遍地开》。爱屋及乌，入住傅厚岗后遂广植桂树，日久便绿荫遮地。1984年11月3日，在南京这所重要的近现代建筑中，女主人朱一正主持召开一个特殊的家庭会议。

对于生死，经历了二十二年残酷战争岁月几度命悬一线的刘飞向来达观。在照料长期重病卧床的刘飞的年月里，朱一和孩子们对刘飞随时可能发生不测也早有思想准备。令家人感到纠结的是，怎么处理那颗伴随了刘飞四十五年、已经成为他身体一部分的子弹？

让它随英雄之躯一并羽化乘风而去，一家人似有不甘。毕竟这颗子弹在很大程度上改变了刘飞乃至家人的命运和人生轨迹，引发了那么多耐人寻味的故事，一定程度上也对国家和民族的精神文化史产生了影响。它承载的东西实在是太多太多了。

这颗子弹，还有着其他的传奇故事。1945年9月中旬，刘飞率刚刚胜利攻取兴化城的教导旅奔赴海安休整。苏中根据地为部队补充了兵员，官兵们兴致勃勃观看了前线剧团演出的大戏《甲申记》。9月18日，全旅集合在海安大操场上，刘飞站在一张方桌上给全旅指战员讲话。多少年后，人们还记得这次战前鼓动的主要内容：一是庆祝教导旅在战斗中成立；二是动员全旅官兵发扬铁军有我无敌的战斗精神，坚决拿下如皋城，消灭拒绝投降的伪独立十九旅，活捉旅长孔瑞五！

士气正旺的指战员群情激昂，高唱战歌，浩浩荡荡奔赴战场。

伪独立十九旅有四个团的兵力，经一天一夜激战，教导旅勇猛果敢扫清如皋城外围，占领了如皋西门和北门城关。守敌除少量被歼外，大部溃退城内负隅顽抗。刘飞指挥教导旅顺利进抵护城河边，伺机向如皋城发起攻击。

19日晚，刘飞感到胸部伤口隐隐作痛，到了下半夜，遂觉疼痛难忍。天赐良机！刘飞敏锐地察觉到，老天爷通过伤口这个最灵验的气象预报员在向他预告：两天之内必有大雨！刘飞掐指一算，9月20日恰好是中秋节，这一天,伪军必定松懈,是攻城的好时机。如夜里再有大雨做掩护,那真是天助我也,再好不过了！刘飞顾不得伤口疼痛,急忙起身连夜召开作战会议,部署雨夜作战任务,要求各团务于20日白天做好攻城准备,尤其要尽力筹足泅渡护城河用的门板、大木盆、粗树干等就便漂浮器材。

20日白天万里无云,一丁点儿也看不出有雨的样子。有人开始犯嘀咕,对刘飞的预测是否准确感到疑惑。但军令如山,加之刘飞亲自督察,三个团的准备工作丝毫没有放松。晚10时许,倾盆大雨如期而至,幸运的是,老天没有送来雷电。刘飞一声令下,部队迅速强渡护城河。在昏暗雨幕的掩护下,全旅仅用三小时,就抬山炮、携云梯,于21日凌晨渡过护城河,守城伪军竟然没有察觉。

虽然各团都到达预定的攻城出发位置,但有的连队人员没有到齐,不少弹药经大水浸泡可能已经失效。此时,要不要发起登城总攻？天很快就要亮了,部队在城上打不开突破口怎么办？旅团领导焦灼的眼光都一齐望着刘飞。刘飞沉静地对大家说,大雨给我们带来了一些困难,但更给我们“出其不意,攻其不备”创造了难得的有利条件。刚才,全旅几千人泅渡护城河,敌人没有发现,就说明了这个问题。他手一挥,斩钉截铁地说:“按计划坚决发起总攻!”

在刘飞指挥下,攻城部队趁着雨势迅疾在城西和城北架起云梯,同时登城突破。战斗英雄周文江,是全旅第一个爬云梯登上城墙的勇士,他带一个突击班,每人一把大刀、八枚手榴弹,乘敌不备蹿上西门城头,挥舞着寒光闪闪的大刀东砍西杀,把成排的手榴弹甩向仓促应战的敌群,击溃了敌人一个营,教导旅后续部队迅速突入城内。

9月21日上午,刘飞率部和由东门、南门攻入城中的兄弟部队一起,干净利落地解决了龟缩城区的敌十九旅四千余名伪军,大部分伪军来不及反抗就束手就擒。此时,距战斗发起还不到两小时。

部队清查俘虏时,发现伪旅长孔瑞五失踪,盘查四门和搜索全城均未找到。22日,组织搜查城南定慧寺,一个战士爬上藏经阁,用手电筒一照,发现缝隙处露出衣裳一角。战士当即对空鸣枪，厉声喝道："下来!"魂飞魄散的孔瑞五连声说："我下来，我下来!"狼狈万状地爬了下来。至此，战斗圆满结束。上级原来限定七天拿下如皋城，结果教导旅在少量兄弟部队配合下，仅用两天时间，智取与巧攻相结合，就出色地完成了任务。

总攻前夕，江西兴国籍红军战士、长征后从陕北分配到新四军的三团政治处副主任曾先燕，不幸被流弹击中，医生紧急抢救，终因伤势过重，于当夜光荣牺牲。在以小的代价夺取大的胜利的如皋之战中，曾先燕的牺牲，是苏中军区教导旅重大的损失。

战后，不少干部、战士缠着刘飞问："你怎么知道天要下雨的?"

刘飞笑着指指胸口说："是顽军留在我这里的弹头提示我的。"

回首神奇的如皋之战，朱一不禁感慨万千：莫非是受刘飞血肉之躯教化，顽军的子弹也有了灵性？几度朝暮晨昏，两代人曾为这颗子弹的去留反复思忖，颇费踌躇。现在，一个新的意念在朱一的心头萌生：在刘飞遗体火化前，动手术将子弹取出来！她深知，这样做，显然有悖于世俗常理，但假如刘飞有知，是会理解和支持她的。

"刘飞和我是真正意义上的无产者，我们终其一生，没有给孩子留下房子、汽车和钱财，这颗子弹，就是能留下来的最珍贵的遗产了。"说话的是朱一。此刻，在决定家庭特殊重大事项的庄严时刻，妈妈政治嘱托般的一席话，好似重槌擂鼓，使六个素来自立自强又十分孝顺的儿女感受到一种摄人心魄的特殊分量。

泪眼婆娑中，朱一望着孩子们满含深情地说："有人说，人死了不能再动刀，否则就是对死者不敬，也不吉利。我和你们爸爸干了一辈子革命，我们是唯物主义者，不能被传统的旧观念捆住手脚。这颗国民党顽固派的子弹，折磨了你们爸爸四十五年，但生死相伴，已经成为他身体的一部分。我看，把爸爸身上这颗子弹取出来，用来教育子孙后代，这既是我们家的传家宝，对社会也是一件功德无量的事啊!"

妈妈的话，说出了孩子们人人心中所有但又人人口中所无的意思。几十年与妈妈心心相印也最能理解这位革命母亲的孩子们都懂得，爸爸身体里的这颗子弹，已经成为远胜过任何物质财富的宝贵精神遗产！妈妈的提议，赢得了全家人一致赞同。

刘飞逝世前因肺部感染，南京军区总医院在抢救时曾为他拍过正侧位胸片。从片中可以看出，当年紧贴心脏部位的子弹，已经移位于靠近后背的肺部。11 月 4 日，南京石子岗殡仪馆，在刘建华、刘晨华、刘国欢三个儿子的见证下，南京军区总医院医生从刘飞背部取出了这颗子弹。擦去血迹后，孩子们小心翼翼地把子弹放进妈妈事先准备好的一个小盒中。

1984 年 11 月 4 日下午 3 时，刘飞的追悼会在南京石子岗殡仪馆隆重举行。追悼会会场庄严肃穆，上海沪剧院送的花圈在追悼会会场惹人注目。在送花圈的单位中，沪剧院的规格并不高，但谁都知道这只花圈的分量和特殊意义，因而被摆在比较显眼的位置。沪剧院院长丁是娥代表全院演职人员，专程赴宁参加追悼会。在与熟稔而敬重的老首长痛苦诀别之际，这位著名沪剧表演艺术家哀思如潮，心绪难平。没有刘飞和崔左夫，没有陈荣兰和文牧，就不会有永载史册的沪剧精品《芦荡火种》！斯人远去，精神长存。《芦荡火种》已经成为刘飞和他的战友、文友的纪功碑，任凭时序更替、岁月流逝，那颗子弹和红色经典的前世今生，都是人们津津乐道的话题，从而成为一种永不泯灭的历史记忆。

健在的三十六个伤病员代表夏光参加了追悼会。这位新四军老战士，当年曾与刘飞在阳澄湖芦荡中同生死、共患难，并受命重组“江抗”。陈荣兰和文牧创作《芦荡火种》塑造新四军指导员郭建光形象时，根据夏光坚守芦荡斗争的重要贡献，特意取了他名字中的“光”字为主角命名。此刻，看着安卧鲜花丛中的刘飞坚毅的面容，想到与自己一起浴血奋战的首长和战友此一去山高水长、征途迢递，无声的泪水伴着绵绵追思潸然而下。

哀乐低回中，和夏光一同赶来为刘飞送行的“沙家浜部队”老战士有上百人，他们中有由三十六个伤病员发展起来的新四军十八旅五十二团第一任团政治处主任张鏖，有在阳澄湖后方医院养过伤的南京军区防化部离休干部李立功，有1939年在阳澄湖战斗过的“民抗”老战士、上海市海港医院院长顾定宇，有从“沙家浜部队”转业地方工作的上海市商业一局党委书记陆慕仁和上海市外贸局局长孙更舵等。

含泪送行的老战士中，1939年在阳澄湖芦苇荡中轮流看护过刘飞的包蕴和白山两名白衣战士，显得十分引人注目。包蕴，别名瑞英，原籍浙江宁波镇海，1915年出生于苏州阊门外通贵桥下塘；1939年8月入伍；1942年2月入党，历任“江抗”后方医院和新四军六师十八旅野战医院护士、护士长，新四军六师十六旅卫生部第三休养所所长等职。白山是上海人，1923年出生。当年，在阳澄湖后方医院，两位军中小丫何等年轻，就像春天的芦荡中刚刚蹿出湖面的两株绿苇，青葱嫩绿，散发着淡淡的清香。驱逐日寇，光复山河，救亡图存的使命和革命理想烛照着她们的青春岁月，艰苦和危险似乎不属于这些乐天达观的女战士。

刘飞负伤转入湖上后方医院第三天清晨，湖区一位老大娘气喘吁吁赶来报信说：“快跑，鬼子来了！”原来，狡猾的鬼子得知湖上后方医院刚刚转移，便悄悄扑了上来，妄图实施偷袭。生死关头，身着便衣的包蕴和白山不知哪儿来的气力和胆子，急忙把刘飞放在门板上，蒙上被单，佯装抬死人迅速冲出门去。未到村头，就听到鬼子哇啦哇啦乱喊乱叫，两人转身往村后抬，忽见一条大河横在眼前。鬼子远远看见两个女人抬了一堆白东西，一面追，一面叫：“花姑娘，不要跑的，不要跑的！”千钧一发之际，河畔有人召唤：“快，快上船！”原来一位老大爷摇船经过这里，一看就知道鬼子追的是新四军，急忙靠岸，待包蕴和白山把刘飞抬到船上，老大爷急忙连撑几篙，小船箭一般驶离湖岸，眨眼就隐没在芦苇丛中，鬼子兵追到河边气得顿脚大骂也无可奈何。

在两位女战士看来，冥冥中神灵似乎总在护佑着刘飞，多少次他都与死神擦肩而过。走过艰苦卓绝的战争岁月，刘飞这棵经历过无数风霜雨雪的青松依然郁郁葱葱。现在正值国靖民安的和平年代，刘飞的生命之树还应不断增添新的年轮,"沙家浜部队"的老战士们还盼望和他一起回首昨天,继续把弥足珍贵的"芦荡火种"带到明天,播布在祖国建设发展的新征程和千百万后来人的心里。但谁能想到,这棵经冬逢霜愈加挺拔的青松,却在"日出江花红胜火"的春天里猝然倒下,酷似战斗进行曲的生命乐章戛然而止。巾帼有幸,在改变了国家和民族命运的伟大抗日战争中追随刘飞战斗在阳澄湖上,这是两位新四军女战士终生的荣耀和自豪。此刻,面对无比钦敬却与自己阴阳两隔的首长,包蕴和白山怎不泪如泉涌,柔肠寸断!

追悼会结束后,朱一和孩子们虔诚地捧着这颗曾危及刘飞生命,又促成了英雄传奇的子弹,毕恭毕敬地把它供奉在刘飞遗像前。在射入刘飞身体之际,这颗子弹是敌人意志和力量的体现,是凶恶的、狰狞的。四十多年的日夜相处,这颗子弹已与刘飞身体血肉相连、融为一体,是圣洁的、令人景仰的。刘飞生前已经把9月21日作为自己的"再生日",每年这一天,他都像过生日一样,和家人一起吃面条,郑重其事地纪念这个不寻常的日子,以此来感激那些出生入死拯救自己生命的淳朴善良的乡亲和战友。如今,征战一生的刘飞驾鹤西去,唯有这颗陪伴了他近半个世纪的子弹,似还留着他的体温,传递着他的生命密码。朱一和孩子们商定,刘飞走后,每年顾山战斗纪念日即9月21至22日,她和孩子们都要在刘飞遗像和子弹前燃起一炷香,缅怀将军以惊人的毅力携弹征战的非凡人生。在家人的眼中,这颗子弹已经成为戎马一生的刘飞人格和意志的化身,看见这颗子弹就像看见了刘飞。

刘飞在苏南抗战中的特殊经历和朱一的健在,使南京傅厚岗32号这所民国建筑成了抢救挖掘珍贵史料的富矿,时任苏州市党史办主任的乔家霖,成了刘飞家的常客。刘家这颗不同寻常的子弹,引起了这位颇富职业敏感的文史工作者的注意。

1990年年末,苏州市确定建设苏州革命博物馆。翌年春天,这项如城市地标一样与苏州具有同等名片效应的工程正式启动。乔家霖立刻意识到，要是能把这颗经历了那段传奇斗争经历的子弹陈列在馆中，能在很大程度上提升馆藏文物的价值和品质，进而给来自五湖四海的观众以特有的震撼力和冲击力！他把自己的想法向朱一和盘托出，朱一沉默了。

从内心讲，朱一真是舍不得这颗子弹。近半个世纪的烽火历程和风雨人生，刘飞与家人的成败和荣辱，这颗子弹无时无刻不参与其中。在失去刘飞的岁月里，子弹已经成了妻子对丈夫、孩子对父亲生动可感的寄托和念想，成为军人世家特有的精神图腾。这个家庭真是不能没有这颗跟随了刘飞大半辈子，也牵动朱一和孩子们的心几十年的子弹啊！但转念一想，苏州革命博物馆是全面展示苏州地区革命历史最权威、最神圣的殿堂，把这件珍贵的传家宝存放到博物馆去，不仅家人依然可以瞻仰，而且可以在更大范围激励和教育人们特别是年轻一代，使一家之宝变为万家之宝，何乐而不为呢？朱一再次召开家庭会议征求孩子们的意见，全家慨然做出捐赠子弹的决定。

1993 年 5 月 21 日，朱一和女儿刘晓亮、刘凯军及长子刘建华，在乔家霖陪同下，把子弹送到了正在建设中的苏州革命博物馆。苏州革命博物馆征集到取自芦荡英雄刘飞身上的子弹的消息，在业界不胫而走，有好几家来自北京和其他地方的博物馆，都派人做朱一的工作，希望这件珍贵的文物能够入藏他们这些等级更高、受众更广的博物馆，以产生更大的影响力和教育效应。朱一深为这些博物馆对这颗子弹的看重所感动，但她认为，人应讲诚信，既然她和孩子们经过郑重的讨论决定把子弹捐赠给苏州革命博物馆，就不能再反悔，否则，既是言而无信，也是对刘飞和子弹的不尊重。当年刘飞是在苏州地区江阴顾山受伤并到常熟阳澄湖养伤的，关于这颗子弹的故事，每一个细枝末节，差不多都与苏州息息相关。收藏和陈列这颗不寻常的子弹，苏州最有资格；在烽火岁月里演绎了那么多精彩故事的子弹，置身苏州革命博物馆，也是最好的去处和归宿。

1993 年 10 月 1 日，苏州革命博物馆建成开馆，朱一携女儿朱行行和儿子刘晨华，应邀出席开馆仪式，并同与会领导和观众代表一起，瞻仰博物馆和陈列在第一展厅抗日战争展区的子弹。刘飞从参加革命后，他的生命和一切，都不再属于个人和家庭，而是属于党和军队事业。如今，这颗曾与刘飞融为一体的子弹，同样超越个人和家庭的权属，成为社会公众共同的精神财富。看到展厅中络绎不绝的参观者在陈放子弹的展柜前驻足、凝目，朱一顿时倍感欣慰。

岁月不居，时节如流。如今，开馆二十二年的苏州革命博物馆，已经先后接待来自祖国山南海北和海外一百五十多万人次的参观。在博物馆为刘飞专设的展柜中，陈列着那颗子弹和刘飞战争年代使用过的徕卡照相机以及个人名章。当年捐赠相机时，朱一专门做过说明，这架相机本是时任华野第一纵队政治委员赖传珠的战利品，1946 年，他用相机换走了时任一纵二师师长刘飞那支心爱的左轮手枪。人们从展柜中的子弹、相机和名章这些有生命、有温度的物件上，更加直观真切地熟悉了刘飞这位带有传奇色彩的芦荡英雄，也由此更加深入地了解了《芦荡火种》"芦荡火种"和《沙家浜》的由来以及其展示的波澜壮阔的革命斗争历史，从而更加珍惜人间天堂的良辰美景。

1994 年 2 月，在"江抗"老战士施光华等老同志的热情筹划下，无锡市新四军历史研究会曾举办陈毅诗词书画展览，后又到新落成的苏州革命博物馆巡展。在硕果仅存的"江抗"老战士中，施光华算得上熟知"江抗"东进和东路抗日民主根据地两度勃兴历史全过程的"活化石"。筹划书画展期间，施光华不禁又想起了当年陈毅亲赴江阴火线的往事。他永远记得，1939 年 10 月初那个月明之夜，伫立江阴要塞的陈毅俯瞰长江横槊赋诗壮怀激烈的场景。曾在陈毅麾下参加东进作战的施光华，对老首长的诗词有一种特殊的偏爱。尤其是亲身经历和见证了江阴顾山反顽那段历史，他独钟陈毅《夜过江阴履国防废垒有作》这首脍炙人口的诗作，总是反复吟诵，百读不厌，常常在有声有色的背诵中陶然忘返，沉醉其间。在准备这次书画展期间，施光华特意请了无锡市一位书法家，恭录了陈毅这首诗，作为压轴作品展出。

在锦绣江南流光溢彩的秋天，苏州革命博物馆也迎来了自己的丰收季：

刚刚入藏陈列取自名将刘飞身上的子弹，又迎来了国之元戎的诗词。那些天，陈毅大气磅礴又文采斐然的诗词，重又唤起了馆内观众对烽火岁月的追忆，刘飞和家人奉献的那颗神奇子弹，仿佛还在飞翔中叙说神奇而又令人壮怀激烈的东路往事。置身在这充满浩然正气的神圣殿堂，恍惚间，施光华感到文韬武略兼备的新四军江南指挥部指挥者，又点起他的爱将雄兵，按照新的战略指令，在美丽富饶的苏南东路地区，开始了新的进击。

1999 年，在有关部门大力支持下，施光华等人再次在苏州革命博物馆组织书画展。为纪念毛泽东对新四军发出的第二个“五四指示”，他专门创作并亲笔书写了《纪念“江抗”东进》一首诗：

五四宏文指路明，义师东进建奇功。
钢刀直插敌心脏，传遍江南鱼水情。

一诗未了，当年“江抗”指战员按照党中央和毛泽东战略部署，以锐不可当之势挺进东路所建立的不朽功勋，已跃然纸上。

2015 年 4 月 14 日，沈阳军区装备部军械装甲部组织相关技术专家，根据刘飞子女和苏州革命博物馆提供的馆藏子弹照片和有关数据，查阅相关技术资料，结合当时的历史背景和装备情况反复比对和辨别，得出如下判断：鉴于该枪弹口径为 7.62 毫米，长度约为 63 毫米，有效射程约为 600 到 1000 米，其最有可能是蒋(美)式 0.3 英寸步机枪弹，配用于勃朗宁系列轻重机枪、自动步枪。该枪是二战和抗美援朝战争时期美军主要装备，广泛装备步兵和装甲作战车辆，同时也是美国援助蒋介石军队的主要轻武器。

2015 年 5 月 5 日下午，在取自刘飞身躯的子弹入藏苏州革命博物馆二十二年之际，摄影家线云强带着一种莫大的崇敬，专程来到苏州革命博物馆，对那颗引发和见证了诸多传奇的子弹进行影像描述和诠释。

千万里我追寻着你——从刘飞负伤的江阴顾山，到水陆衔接的伤员转运站苏州太平桥；从“江抗”后方医院所在的阳澄湖畔，到“老王”就医的上海同仁医院;从刘飞萌发再现芦荡艰苦斗争史实梦想的窑湾大运河,到子弹最终的归宿苏州革命博物馆,摄影家的镜头,始终为那颗不寻常的子弹所吸引,聚焦并扫描着刘飞携弹征战的足迹和人生。

在工作人员引导下,线云强来到第一展厅抗日战争展区。在玻璃展柜前,那颗千呼万唤始出来的子弹,终于出现在眼前。线云强像是走到了时光隧道的入口处,在子弹的引领下再次穿越了七十多年风烟浩荡的历史。英雄之躯四十五年的化育,革命圣殿二十二年的供奉,早已使子弹有了超凡脱俗的灵性。摄影家屏住呼吸,用中国最虔诚的传统礼仪,双手合十,恭恭敬敬地向展柜中的子弹鞠了一躬。

怎样拍出这颗充满神话般传奇的子弹的神韵和内涵?寻访和追随子弹八千里路云和月的灵感,犹如电光石火瞬间在脑海闪过,霎时,一股源自心底的创作激情喷涌而出。他熟练地取出照相机,透过镜头从展柜上方垂直下视,美的发现者看到了一幅奇幻的画面——灯光折射下,子弹周边出现了一束圆形光影,犹如日月星辰,与子弹交相辉映,遐思中似觉子弹飞翔在浩瀚无垠的宇宙太空;光影折射的扑朔迷离的色彩,又仿佛中国绘画所营造的苍凉泼墨,不经意间就点染出子弹与英雄始为敌、终为友,欲拒还迎、爱恨交加的纠结一生。

摄影家转到展柜侧面,换了一个300毫米的相机镜头,稍纵即逝中摄取了取景屏中显露的弹头前的光影。那光影好似当年子弹从枪膛飞旋而出,在弹道空间激起了如梦如幻的气流;锈迹斑斑的子弹影像,又恍如历史尘埃,给画面平添了特有的岁月沧桑。相机快门咔嚓咔嚓地响着,摄影家频频调整着自己的身姿和角度,每一个瞬间的定格,都是他的心乃至身体的每一个细胞与子弹的真情对话,仿佛这颗子弹已与他休戚与共、骨肉相连。当他揩把汗,有些疲惫地收起相机,同博物馆工作人员一道心满意足地检视并欣赏着取景框里的作品时,才猛然意识到,这次激情四射的创作,已经历时近两个钟头,连开饭的时间都过了。而博物馆的众多工作人员也惊异地发现,原来那颗锈痕累累、凹凸不平的子弹,在读懂了它的非凡历程和内涵时,居然可以拍得如此灵光闪耀，神采飞扬！

2005 年 4 月，上海新四军第二十军历史研究会在沪组织二十军老战士纪念抗日战争暨世界反法西斯战争胜利六十周年活动，“沙家浜部队”老战士再度聚首上海。时任二十集团军副政治委员的笔者，受集团军军长和政治委员委托，代表部队专程前往上海出席纪念活动。

列车驶出中原大地，在绿满天涯的江南原野上奔驰，人的思绪也随着铿锵的车轮声，飞向辽远的时空。

笔者第一次走进二十集团军这支曾描绘过阳澄湖朝霞的英雄部队，是 1985 年秋天。时值百万大裁军格局新成，驻守开封的陆军第二十军整编为合成集团军，由原武汉军区转隶济南军区。初识这支战争年代建功大江南北的新四军主力部队，就发现它与其他部队两个迥然不同之处：同为离退休老干部，其他部队的老首长有的在家喂鸡种菜抱孙子，而这支部队的“老员外”们则乐此不疲地写书照相做报告；同样有着南征北战的光荣历史，这支部队与中国革命史上脍炙人口的红色经典有着更多割不断的联系——《东进序曲》《黄桥决战》《柳堡的故事》《红日》《战上海》等等，都与其战斗历程密切相关。尤其令人称道的是，沪剧《芦荡火种》和京剧《沙家浜》，就取材于第二十军首任军长刘飞等三十六个伤病员在阳澄湖芦苇荡坚持敌后游击战争的独特经历，从战争年代到新中国成立初期曾担任军文工团团长的陈荣兰，转业去上海后还参与了《芦荡火种》的创作。

既当之无愧地创造历史，又多姿多彩地再现历史，这是一支能打仗、有文化，硬实力与软实力俱佳的雄师劲旅！

出于对德高望重和文武双全老前辈的景仰，赴上海之前，笔者认真做了功课，仔细阅读了军史有关章节和资料，并做了深入思考。

4 月 25 日上午，纪念大会在上海静安区延安西路市少年宫举行。战争与和平两个历史时期献身第二十军部队建设的老战士，从上海市区和远近郊，从杭嘉湖平原，络绎不绝来到纪念大会会场。平日时常洒满朝晖的上海市少年宫，在这个盛大的节日平添了晚霞的绚丽。纪念大会预定五百人参加,结果多来了一百二十余人,包括一些行动不便的伤病残老战士。六百多名白发苍苍的“沙家浜部队”老战士,把少年宫楼上楼下挤得满满当当。

负责组织这次活动并主持会议的刘石安,在主席台宣布了一个颇具震撼力的数字:今天大会会场共有二十六辆轮椅、五十七副拐杖!全场哗然。感慨、赞叹、敬仰,汇聚成一首多声部的奏鸣曲,俄顷又化为暴风雨般的掌声。

这是历史功勋的见证,也是“芦荡火种”精神的闪光!

在主席台,笔者见到了《血染着的姓名》的作者崔左夫。面对这位身材瘦长、面容清癯的前辈,我的心中充满了敬意,向他致以庄严的军礼。但那一刻我没有意识到,绚烂的晚霞往往稍纵即逝,这次会场相逢,是我第一次也是最后一次同崔老晤面。纪念大会之后不到两年,2007 年 2 月 24 日,崔左夫在湖北黄石谢世,骨灰安放于江苏省东台市三仓镇新四军烈士墓园。

2014 年,《解放军文艺》编辑部主任王瑛主编的《解放军文艺编年》出版,在这本时逾一个甲子的作品名录大全中,我找到了崔左夫两部短篇小说的题目:一是发表于 1959 年四月号的《更正的故事》,二是发表于 1962 年四月号的《没有战斗的胜利》。今天的年轻人,已经很难有机会去领略军旅作家崔左夫当年的作品,但他所著《血染着的姓名》一书卷首的三句话,却长久留存在人们的记忆里:

> 无论是危难或是太平时期,国家不需要潇洒的儿子,需要的是倾心效力的男子汉。
>
> 不知历史不明过去的心井,注定会成为一口枯井。
>
> 没有文化意识的富有者,注定要沦为精神侏儒。

那天,参加庆祝活动的还有刘飞的儿子刘建华、刘国欢和女儿刘凯军、朱行行,当年火烧虹桥机场的老六团二营营长、“江抗”东路第二支队支队长,后来担任第二十军军长的廖政国的儿子廖年、女儿廖颖等人。刘石安给我介绍了上海沪剧院党总支书记金雪苓，首位饰演胡传奎的八十二岁老演员邵滨孙，第三代阿庆嫂饰演者、国家一级演员、著名沪剧表演艺术家马莉莉等特邀嘉宾。亲历阳澄湖烽火岁月的硕果仅存者，与创造红色历史和演绎红色经典前辈的传人，同台出席有着特殊意义的纪念活动。两代人超越年龄、跨越“代沟”的交融和交流，令人顿生无限感慨。

在浩瀚的历史长河中，每个人都是匆匆来去的过客。戎马一生，最在意的也许就是一个评价。那一刻，置身经历过战争岁月久别重逢的老战士之中，我强烈地感受到，垂暮之年的“沙家浜部队”老战士，对自己亲身参与创造的新四军光荣历史的珍视，远胜过对自己功绩的评价！

在会场外，迎面碰到了几位参加会议的老大姐。我随口问道：“大姐，你们过去是二十军哪个单位的？”

“我们是二十军文工团的！”

不无自豪的口吻，异口同声的回答，依稀可见当年战地文工团的风采。

我一怔，急忙又问：“当年军文工团团长陈荣兰现在在哪里？”

“陈荣兰 1973 年在上海骑车外出时意外去世了……”

我的心沉下去了，半晌没有作声。

曾为新中国红色经典创作建立殊勋的新四军女战士的生命之花，没有在枪林弹雨中被摧残，却在和平年代繁花似锦的东方大都市意外凋零，怎不格外令人唏嘘！

陈荣兰 1944 年春毅然离开上海，奔赴浙江四明山参加新四军浙东游击纵队。那时，铁蹄践踏下的锦绣江南正遍地狼烟。一个甲子的时光过去，当“沙家浜部队”老战士聚首改革开放中雄姿勃发的大上海时，却再也看不见他们熟悉的女文工团员的倩影，听不到她甜美的歌声。遗憾！令人椎心泣血的遗憾！枪林弹雨中的幸存者，怎能不“独怆然而涕下”！

经刘石安介绍，我见到了陈荣兰在上海交大工作的女儿阮薇兰，她也参加了今天的纪念大会。我握着她的手，代表“沙家浜部队”受过红色经典哺养的官兵，向她表示由衷的敬意。

“我到现在都不能去那个路口！”谈到母亲的意外身亡，眼圈泛红的阮薇兰仍难抑心中的悲痛。从她断断续续的讲述中，我约略了解了陈荣兰人生最后时刻的情景。

1973年11月27日，陈荣兰到上海人民大舞台参加区县和文化院团领导干部会议。当她骑自行车行驶到南京西路和陕西北路附近的蓝棠皮鞋店门口时，为躲避突然冲出来的一个少年，急刹车摔倒在地，送医院后因伤重不治身亡。

往事不堪回首！那一年，陈荣兰只有四十三岁。

在她永远离开毕生钟爱的舞台时，距她奔赴浙东四明山参加新四军刚好三十周年，距她从朝鲜战场解甲返沪投身沪剧现代戏创演刚好二十周年，距她开始参与红色经典《芦荡火种》创作刚好十周年。

在“沙家浜部队”老战士纪念伟大的抗日战争胜利六十周年之际，陈荣兰应该当之无愧地在主席台就座。然而，天妒英才，残酷的现实使所有人的美好期许都化为永久的遗憾。一想到为把芦荡往事转化成经典剧目甘当桥梁纽带的一代女杰英年早逝，就愈加使人扼腕痛惜！

2015年6月21日晚，我特意来到陈荣兰骤然离世的上海南京西路、陕西北路路口。夜幕下的街道车水马龙，灯火璀璨的商店里顾客川流不息。当年蜚声大上海的蓝棠皮鞋店已迁往他处。此去不远，就是陈荣兰人生最后一天准备去听报告的上海人民大舞台，那是她和她的团队倾力打造的沪剧《芦荡火种》在上海首演成功并引起轰动的殿堂。由此向北一百五十米，是上海滩最负盛名的剧院之一美琪大剧院，那里是当年黄金荣等上海大亨经常呼朋引类欢度良宵的所在，也是陈荣兰率团演出《芦荡火种》给上海人民留下精彩难忘记忆的地方。四十多年的时光过去，那个毕生致力于红色文化传播的女战士的倩影，依然鲜活如初——

淮海战场堑壕里手持竹板宣传鼓动的文工团员；

解放上海时在歌剧《白毛女》中大放异彩的喜儿；

率领艺术团队创演《芦荡火种》的专家型领导……

悠悠历史长河，每个人的生命，都只不过是转瞬即逝的一朵浪花。陈荣兰的一生虽然短暂，但这朵有着铁军底蕴、一生都为革命文艺而飞舞的浪花，却以令人难忘的个性和特色，永远融入了历史。

仍有几个谜团

三十六个伤病员都有谁?

三十六个新四军伤病员坚持阳澄湖敌后斗争的传奇故事，日后经回忆录和戏剧、电影广为传播后，一些当年曾有过阳澄湖战斗和养伤经历的老同志争相对号入座。由于当时经常栖身芦苇荡的伤病员居无定所，无法保留存档名单，一些人在时间计算上不完全以夏光召开的第一次芦荡会议为准，加之年代久远、当事人记忆上的模糊和差别，后人统计三十六个伤病员的口径也不尽相同，致使第二十集团军军史馆和所属部队有关旅团史馆所列伤病员名单，与苏州革命博物馆、沙家浜革命传统教育馆所列名单及有关回忆文章的记载有出入。在夏光主持的第一次芦荡会议之后进入阳澄湖后方医院养伤的伤病员，以及当年曾工作战斗在阳澄湖上的警卫人员和医护人员，也都以跻身三十六个伤病员行列为荣。一时间，谁是三十六个伤病员众说纷纭，莫衷一是。

第二十集团军军史馆所列三十一名伤病员名单是：刘飞、夏光、黄烽、吴立夏、潘阿兴、赵阿三、李之毅、张金雷、康金龙、陈金荣、叶耀青、狄凡、叶成忠、张英、薛村、张世万、何刚、周义大、王新明、金辉、金耀忠、袁阿毛、费介成、王佑才、巫中、叶克寿、李立根、谢锡生、李朱、黄德清、何彭福。

第二十集团军五十八旅旅史馆所列三十六名伤病员名单是：刘飞、夏光、黄峰、吴立夏、潘阿兴、赵阿三、李之毅、张金雷、康金光、陈金荣、叶耀卿、狄凡、叶诚忠、张英、薛村、张世万、何刚、周义大、王新明、钱卓云、金辉、金耀忠、袁阿毛、朱墨陶、费介成、王佑才、巫中、叶克寿、李立根、谢锡生、李朱、刘义龙、黄德清、吴志勤、陈明、何彭福。

第二十集团军六十旅旅史馆所列三十二名伤病员名单是：刘飞、夏光、黄峰、吴立夏、叶成忠、张世万、王新明、金耀忠、费介成、叶克寿、李朱、巫中、谢锡生、潘阿兴、李之毅、袁阿毛、何刚、王佑才、李立根、何彭福、黄德清、金辉、赵阿三、张金雷、陈金荣、朱墨陶、狄凡、薛树、顾金龙、叶耀青、周义太、张英。

原第二十军五十九师一七五团团史馆和沙家浜革命传统教育馆所列三十六名伤病员名单是：刘飞、夏光、黄烽、吴立夏、叶成忠、张世万、王新明、金耀忠、费介成、叶克寿、李朱、潘阿兴、赵阿三、李之毅、张金雷、康金龙、陈金荣、叶耀卿、狄凡、张英、薛树、何刚、周义大、钱卓云、金辉、袁阿毛、朱墨陶、王佑才、巫中、李立根、谢锡生、刘义龙、黄德清、吴志勤、陈明、何彭福。

苏州革命博物馆展示的留在苏常游击区养伤的“江抗”部分伤病员名单是：刘飞、夏光、黄烽、吴立夏、潘阿兴、赵阿三、李之毅、张金雷、康金龙、陈金荣、叶耀青、狄凡、叶成忠、张英、薛村、张世万、何刚、周义大、王新明、钱卓云、金辉、金耀忠、袁阿毛、朱墨陶、费介成、王佑才、巫中、叶克寿、李立根、谢锡生、李朱、刘义龙、黄德清、吴志勤、陈明、何彭福。馆中关于这份名单的介绍，没有明确讲伤病员数量，但正好是三十六名。

由苏州市委党史办原主任乔家霖和陶克华、刘品玉撰稿，国家行政学院出版社出版的《江抗战史》一书，开列了二十二名伤病员名单：刘飞、夏光、黄烽、吴立夏、童袭予、梁玉贵、袁阿缪、章立、叶诚忠、陶祖全、张世万、谢锡生、赵林坤、华玉坤、曹德清、陈新一、褚学潜、彭海清、尹桂宝、王佑才、杨弟二、赵政山。

几处军地史馆和史书所列伤病员名单，数量不尽一致，人头也有差异，有的人名音同字不同，有的人名形近字不同，显示出在史料传承和搜集整理中，错讹在所难免。

实际上，真正意义上的三十六个伤病员，是指夏光按照刘飞指示在芦苇荡中召开第一次会议并进行人员登记的三十六人。2007 年 5 月 14 日，新华社播发了《芦荡火种——新四军三十六个伤病员养伤沙家浜》通稿，《人民日报》等中央媒体在“永远的丰碑”专栏中突出刊发了这篇文约意丰的稿子,首次正式披露二十二名伤病员名单。他们是:刘飞、夏光、黄烽、吴立夏、童袭予、梁玉贵、袁阿毛、章立、叶诚忠、陶祖全、张世万、谢锡生、赵林坤、华玉坤、曹德清、陈新一、褚学潜、彭海清、尹桂宝、王佑才、杨弟二、赵政山。

二十二名伤病员大部分为闽东籍红军战士,其中五十二团一营营长陶祖全和副营长叶诚忠,1944 年 1 月 5 日在宝应县大官庄战斗中英勇牺牲。当年淮宝地区党政机关和人民群众为了永远铭记烈士英名,在大官庄矗立了一块纪念碑,上面写着:“1944 年 1 月 5 日,为解放大官庄而壮烈牺牲的新四军十八旅五十二团一营营长陶祖全、副营长叶诚忠等烈士永垂不朽!”为纪念两位烈士,当地政府决定将叶诚忠牺牲地大官庄乡命名为“诚忠乡”,将安乐桥乡命名为“祖全乡”。

曾参加过浒墅关、火烧虹桥机场等战斗的“江抗”东路排长张世万,后担任新四军浙东游击纵队五支队二大队大队长,1943 年 8 月在浙江余姚县丈亭战斗的敌前侦察中牺牲。2001 年“八一”建军节前夕,张世万遗骸由他当年的通信员徐道明操持,自余姚县迁葬沙家浜革命传统教育馆旁的绿园。王佑才等人在南北转战中下落不明,刘飞、夏光、黄烽等人在新中国成立后陆续病故。三十六名伤病员在时代变迁中的人生旅程各不相同,但这一英雄群体所创立的历史功绩将永远为人们所传颂。从三十六名伤病员中走出了两名共和国将军,刘飞为 1955 年授衔的开国中将,曾任福州军区空军政治部主任的黄烽,于 1964 年由大校晋升为少将。

新华社通稿中提到的伤病员名单,与《江抗战史》最为接近,通稿中提到的伤病员袁阿毛,《江抗战史》中为袁阿缪,一字之差疑为发音不同所致,其余名单和排序完全一致。

20 世纪 60 年代,原第二十军为编纂军史,多次访问刘飞、夏光、黄烽、吴立夏等人,他们对 1939 年 10 月间在阳澄湖芦苇荡开会登记的三十六个伤病员反复进行回忆和核对,达成共识的是二十三人。1996 年,济南军区黄河出版社出版的《中国人民解放军陆军第二十集团军军史》记载,根据刘飞的回忆,伤病员是:刘飞、夏光、黄峰、童袭予、吴立夏、袁阿缪、梁玉贵、叶成忠、张世万、谢钧生、赵林坤、华玉坤、曹德清、褚学潜、王佐才、陶祖全、杨弟二、章斗、赵阿山、尹桂宝、陈新一、彭海清、高桥(日本人)。

第二十集团军军史在以上名单后专门写了一句话:其余伤病员的名字无法核证,成为永久的遗憾。

显而易见,以上七份名单中,《江抗战史》和第二十集团军军史中的名单,与新华社播发通稿中的名单基本是一致的。其中第二十集团军军史名单中除多一个日本人高桥外,有两个人的名字音同字不同,有五个人名中的一个字形似,基本可以认定是一个人。

当年,第二十军军史编写组找夏光同志访谈时,他曾不无自责地说:"未能保管好那份花名册(指 1939 年 10 月间在芦苇荡开会登记的名册),是我最大的失误,有愧于那十三位生死与共的老战友啊!"

曾在新四军第六师第十八旅五十二团战斗过的原舟山军分区副政治委员万中原,长期从事"江抗"历史研究及其精神的弘扬。2001 年 12 月,万中原在其所撰《关于三十六个伤病员》一文中谈到:关于三十六个伤病员,"自然要以第一次伤病员会议登记的三十六人为准"。他在这篇文章中还讲道:"主持第一次伤病员会议的夏老还健在,近与他夫人言勇同志联系,夏老已九十三岁高龄,回忆不起那一次的登记人员名单了,事实上不可能也无必要再予考证核对。"

第二十三名伤病员竟然是日军战俘?

在二十二名伤病员之后,其他伤病员的名字已很难记清,但有一个伤病员的名字却被刘飞等当事人所铭记,他就是日军俘虏高桥。

刘飞的女儿刘凯军证实,三十六个伤病员确实应包括因负伤被俘的日军人员高桥,而且他的名字应该排在新华社公布的二十二名伤病员之后。因为这既有父亲刘飞当年的回忆和"江抗"老战士提供的信史,也有后来高桥访问中国与母亲朱一等人会面的佐证。

这就出现了一个小小的奇观，当年在阳澄湖芦苇荡养伤的三十六名伤病员中，可以确认的第二十三名伤病员，竟然是一名日本人！

《沙家浜战士足迹》一书，收入了当年"江抗"后方医院白衣战士王嶙、庞露和白山，于1989年回忆五十年前在阳澄湖面临的一场严峻考验的文章。文中讲到，高桥在苏常太地区一次战斗中负伤被我军俘虏，并因病住进阳澄湖新四军后方医院，由住院的战地服务团的章立负责教育和日常生活，得到了精心治疗和照顾。高桥亲身体验到我党我军的俘虏政策和在医疗、生活上对他的特殊优待，亲眼看见了日军残害中国人民的罪行和我军爱民、民拥军、军民团结一心坚决抗日的感人事迹，心灵受到极大震动。加之经常受到时事政治教育，高桥思想感情上逐渐发生了变化，由起初担心自己被杀头，到与新四军伤病员融为一体共同抗战，还加入了中国共产党。1939年12月26日拂晓，头一天刚刚转移到曹家浜村的后方医院突遇日寇水上偷袭，二十多名伤病员和医护人员被抓，高桥也被带走。他凭着自己的特殊身份，及时向外传递有关信息，并根据新"江抗"东路司令部的指示，积极参加营救被捕人员行动。高桥还借到监狱为女同志送生活用品之机，暗示要设法出钱保释她们。包蕴奉命回家通知被捕同志的家长和亲属，动员他们通过各种关系做保释的工作。在党组织和红十字会及各方努力下，高桥充分发挥自己的特殊作用，有十多人被营救了出来。

高桥于抗战胜利后随遣返日军俘虏回到日本。当时，为了他的安全和回国后有一个好的处境，他的真实身份和经历没有被公开。20世纪80年代中期，高桥以商人身份访问中国，专程来到南京寻访当年一起在阳澄湖养伤的异国战友。当时刘飞已经病故，朱一和当年"江抗"东进参加火烧虹桥机场的六团二营营长、"江抗"二支队支队长、新中国成立后曾任上海警备区司令员廖政国的夫人史凌，抗日战争时期任苏中军区副司令员兼参谋长、新中国成立后曾任兰州军区副司令员张藩的夫人彭克，在南京金陵饭店接待了这位日本籍的阳澄湖伤病员。美人忽迟暮，香草犹芬芳。看到当年阳澄湖后方医院伤病员和驰骋江南的新四军将领的夫人满头华发但神采奕奕,高桥不禁热泪盈眶,感慨万端。他从三位经受过战火洗礼的巾帼英雄身上,依稀找到了刘飞等人的影子。这是他重返再生之地寻亲访友最大的收获。

1957年,崔左夫用两个多月时间,到阳澄湖采访三十六个伤病员斗争事迹后写的纪实文学《血染着的姓名》,没有提到高桥这个日籍伤病员,恐怕与当时保密和政治上的要求有关。但崔左夫这篇重要史料记载的阳澄湖后方医院的伤病员中,还有共产党员吴有民和王作财,以及新“江抗”成立后,在东塘墅“江抗”办事处担任主任负责筹集粮款和做团结各阶层抗日工作的蔡悲鸿三人。《百旅之杰》一书中,王传洪、黄苇所撰《你的旗帜插遍江高宝》一文,有“五十二团二连连长薛才如是闽东老红军,三十六个伤兵病员中的一个”的记载。

在三十六个伤病员和在阳澄湖养伤者的生命之花差不多都已凋谢的今天,已经很难确切搞清全部参加“芦荡会议”的伤病员了。这的确是一件憾事。不过,时隔四分之三个世纪之后,我们完全可以这样讲,当年所有在苏南抗战中负伤并在阳澄湖后方医院养过伤的红军、新四军和当地革命武装组织的官兵,都有理由共享三十六个伤病员的荣誉。因为尽管“三十六个伤病员”在时间和人头上有特定含义,但与芦荡会议召开后因作战负伤栖身阳澄湖后方医院的其他伤病员并无本质区别,广义上讲他们都可以看作三十六个伤病员的化身。他们不仅共同创造了“芦荡火种”的英雄传奇,而且为这种伟大精神的薪火相传做出了各自的贡献。

胡传奎有原型吗?

沪剧《芦荡火种》中塑造的刁德一这个地头蛇的形象,是文牧根据自己抗战经历中遇到的人物,用典型化的手法拼凑和聚拢来的。沪剧中的刁德一的身份虽是个教官,但极其阴险狡诈,设置这个角色,主要是为便于展开剧中的矛盾冲突,反衬阿庆嫂的机智灵活。

而文牧笔下的草包司令胡传奎,是个粗野蛮横、大炮式的人物。根据剧情和人物性格，这个乱世英雄时常胡搞，于是便让他姓胡。至于名字“传奎”，也有讲究。“传”字音轻且为缩口音，“奎”字音则突出有力，两相组合能够形成轻重对比，戏中叫起来也有抑扬顿挫的效果。

戏剧公演后，苏南一带不少人认为剧中的胡传奎，就是当年的土匪司令胡肇汉。实际上，“江抗”东进后，当地流匪胡肇汉的队伍确实编入了“江抗”的建制，他本人受命为“江抗”独立一支队支队长。“江抗”西撤后，胡肇汉重新拉起一支百人的队伍，既受国民党的委任，又受“忠义救国军”的委任，暗中还接受了日本鬼子的番号。夏光任新“江抗”司令后，出于开展统战工作和壮大自己力量的考虑，给胡肇汉写了一封问候信。

接到夏光来信后，胡肇汉便差人送来十担大米和一件皮衣，还约夏光在镇上的东来茶馆见面。一番寒暄之后，竟然乡音融融。原来，夏光是邵阳人，胡肇汉是岳阳人，两人是湖南老乡。夏光感谢胡肇汉在“江抗”伤病员困难时给予的援助，并将皮衣还给他，告诉他当兵的人穿军装，要皮衣派不上用场，婉言谢绝了他的好意。

胡肇汉见夏光连支手枪都没有，便解枪相赠。夏光拍拍上衣口袋说：“胡司令，不用啦！我有金星自来水笔，手枪你留着防身用吧！”胡肇汉颇为感动，对夏光也非常赞赏。这次夏胡会，促成了胡肇汉后来与“江抗”的第二次合作。

在东路地区敌、伪、顽、我犬牙交错的斗争局势中，国民党顽固派以“正统”“合法”身份自居，加紧拉拢收编地方武装。“忠义救国军”打算委任胡肇汉为先遣支队司令，企图通过收编他敲开“江抗”南面的门户。夏光和杨浩庐商量，决定联名写信给胡肇汉，委任他为“江抗”副司令员。但一连写了几封信，胡肇汉既不回信，也不见面。夏光考虑到胡肇汉曾经受过“江抗”总指挥部的委任，有继续争取的基础，于是几次有意把新“江抗”部队转移到胡肇汉的活动区域，希望在无意邂逅中自然而然做他的工作。但老奸巨猾的胡肇汉同新“江抗”玩起了“躲猫猫”，双方总也遇不上。后来经仔细打听，得知胡肇汉在阳澄湖北岸的车渡有个秘密的窝，他经常去那里过夜。

一天黄昏，夏光带部队移驻车渡。部队安置好后，便在村口和湖边布置岗哨。夜幕四合时分，忽见湖上出现一条小篷船，船头挂一盏灯，悄无声息地向车渡驶来。船快要到岸时，忽然又停下来，既不进，也不退。哨兵拉一下枪栓，大声喊道："靠船，靠船，不靠船就开枪了！"小篷船这才缓缓地驶向岸边。

夏光冲小船问了一句："是胡司令吗？"

胡肇汉神情紧张地钻出篷船，连声向夏光和杨浩庐打招呼问好。

当晚，胡肇汉无可奈何地与夏光、杨浩庐同住一家地主的大屋里。

夏光向胡肇汉说明，"江抗"主力西去执行任务，很快就要回来，现在上级命令组建"江抗"东路司令部，委任他为副司令员。胡肇汉满脸堆笑地应付着，晚上却吓得睡不着觉。夏光与杨浩庐商量，是乘机扣留胡肇汉，强迫改编他的部队，还是表明诚意，解疑释惑，逐步消除其对立情绪？经反复权衡利弊，感到新"江抗"力量有限，即使解决了胡肇汉，也无力控制阳澄湖，反而可能让日伪势力乘虚而入，于我军不利。倒不如让胡肇汉在阳澄湖独自行动，一定程度上接受新"江抗"制约，必要时新"江抗"也可到阳澄湖活动。于是决定第二天一早就放胡肇汉走。

谁知天一亮，两眼充满血丝的胡肇汉就来找夏光，说他的部队就在附近，打算下午来车渡请司令训话。夏光提议开个联欢会，胡肇汉喜不自胜，连声说好。于是新"江抗"准备了饭菜，下午，双方部队官兵在一起又唱又演，然后兴高采烈地聚餐，夏光和胡肇汉都讲了话。当晚，夏光、杨浩庐同胡肇汉告别，新"江抗"返回东塘市。此后，胡肇汉对新"江抗"的态度明显好转，还经常与新"江抗"东路司令部通过书信等方式进行联系。新"江抗"到阳澄湖一带活动时，胡肇汉总要赶来见见面，还提供一些给养。

在当年敌后不乏两面派和"多面人"的特定环境中，新"江抗"把胡肇汉作为统战对象加以争取，在一定阶段有效遏制了其"反共"行径，利于我开辟和建立抗日根据地。但胡肇汉的本性决定了他必然与人民为敌。1940年下半年，国民党掀起第二次"反共"高潮，反复无常的胡肇汉再一次露出狰狞面目，接受国民党保安团长加委，率部充当“忠义救国军”先遣队，配合日伪与新“江抗”作战，残害抗日干部和爱国群众，死心塌地充当日伪的走狗和鹰犬。1949 年春，胡肇汉逃往台湾，被国民党军统委任为“江苏人民反共自卫救国军第二纵队”副指挥官，继而潜来上海。1950 年 9 月 15 日，匪首胡肇汉在上海浦东落网；11 月 28 日，被苏州行政区人民法院判处死刑并执行枪决。

舞台上的胡传奎与生活中的胡肇汉虽有相似之处并同姓，但纯属巧合。文牧在后来的一篇创作谈中专门讲道，写胡传奎这个人物时，并无以胡肇汉为模特的考虑。

最后的护理员是谁？

沪剧《芦荡火种》和京剧《沙家浜》中有女卫生员小凌的形象，当年阳澄湖“江抗”后方医院女护理员白山，是戏剧中小凌的人物原型之一，也是护理过刘飞的唯一健在的女护理员。2015 年 5 月 3 日上午，在南京市盐仓桥 24 号南京军区联勤部第二干休所 2 幢 202 室，我见到了九十二岁高龄的上海瑞金医院原院长白山。

白山出生于上海，初中毕业后即进纱厂做工，与党的进步力量有了接触。1939 年，上海地下党组织专门组织为“江抗”扩军。4 月 18 日，扩军人员找到白山的亲戚，经亲戚动员和做工作，白山激起了抗日救国的热忱，她毅然从大都市奔赴阳澄湖。在扩军热中加入抗日武装的白山，犹如山涧汩汩流淌的小溪，一经汇入中华民族有史以来最为伟大的救亡图存洪流，便立刻充满了在汹涌澎湃中永不干涸的活力。

白山先是到“民抗”后方医院，开始学习做医疗和护理工作。“江抗”东进后，“民抗”后方医院与老六团卫生队合并成为“江抗”后方医院。白山是继包蕴之后，较多护理刘飞的医护人员，其间不仅经历了缺少药物、封锁断粮和蚊蝇叮咬的困苦，而且几度在日寇偷袭中死里逃生。刘飞在阳澄湖后方医院养伤只有短短的四十多天，但这一个多月时间，铸就了白山与刘飞一家一生患难与共的友谊。

“江抗”老战士白山性情温和，但人生经历却颇为坎坷。白山第一任丈夫喻求清，是1930年参加革命的老红军，曾随部队参加过湘鄂赣苏区历次反“围剿”战斗，并坚持了南方三年游击战争。1937年抗日战争全面爆发后，喻求清随部队编入新四军一支队一团，开赴抗日前线。新中国成立后，“老牛”张志强在《抗战时期江阴地区的革命斗争》一文中，深情地回忆1940年7月，为开展对国民党上层地方实力派及“大刀会”的统一战线工作，成立了江阴、无锡、武进三县边区抗敌委员会，他任副主任兼经济委员会主任，原来在部队搞供给工作的老红军喻求清任副主任。解放战争中，喻求清任第二十军后勤部部长。1950年11月，喻求清随军入朝作战。1951年5月，第五次战役中，喻求清在乘车机动途中遭遇美机轰炸，不幸壮烈牺牲。那一年，白山二十八岁。后来，白山与南京军区总医院副院长张安友结合了。前几年，张安友不幸病逝，使垂暮之年的白山再度形单影只。

为迎接我的来访，白山特地找出几本已经显得很陈旧的相册。谈及阳澄湖后方医院的往事，她戴上老花眼镜，用颤抖的手打开相册，脸上立刻现出一种无限神往的神情——那是几张她在战争年代的珍贵留影，其中有当年她在阳澄湖畔亭亭玉立的小照和与战友的合影。看见相册中有刘飞与朱一的合影，还有形态各异的婴幼儿照片，我感到诧异，不禁问了起来。

“这是朱一小时候的照片。”白山指着相册上的一张婴儿照说道，脸上露出了一丝甜蜜的笑容，宛如一抹灿烂的晚霞。

这使我顿生感慨：连自己襁褓中的照片都毫不吝惜地相赠，足见朱一对白山的感情之深和信任之诚！

白山又一一指着刘飞与朱一六个孩子儿时的照片给我介绍，对孩子的特点和个性如数家珍。影集中刘飞和朱一孩子们的照片保存之完整，令我叹服；看到白山对孩子视同己出和如此熟稔，我感受到了一种源自生死考验、超越骨肉亲情的高尚情感。

白山指着刘飞和朱一的女儿亮亮儿时的照片告诉我，当年，幼小的亮亮特别喜欢她在军队里当后勤部长的丈夫喻求清，吃饭、理发都非他不可。1951 年 5 月，赴朝参战的喻求清在朝鲜战地猝然离世，给她留下了永生难以平复的创痛，也给刘飞和朱一的儿女们带来了永远割舍不尽的怀念。我听刘凯军介绍说，从小到大，逢年过节，兄弟姊妹几个会像归巢的小鸟一样，扑棱棱飞来看望他们可亲可敬的白山阿姨，多少童真乐趣，多少人间真情，都包含在幸福难忘的时光里。在当年那种超越门第的友谊成为一种美好追忆的今天，令人高兴的是，源于烟波浩渺的阳澄湖后方医院的战斗友谊，开始向下一代延伸，两个家庭的儿孙辈们，也在学着大人的样子，开始建立和发展一种特殊的友谊和亲情。

2007 年 5 月 7 日，白山的亲密战友，当年在阳澄湖后方医院和她一起护理过刘飞的包蕴，在南京走完了自己的人生之旅。于是，白山成为烽火阳澄湖中最后那株亭亭玉立的绿苇和随风摇曳的芦花。桑榆之年，“江抗”后方医院最后的护理员白山，仍心系绿苇如海、芦花似雪的沙家浜。澄湖夕照，渔舟唱晚，那绿色为体、红色为魂的美好所在，存储着她人生最难忘的经历和最珍贵的记忆。

1999 年 11 月 6 日，在沙家浜主题雕塑广场举行的纪念“沙家浜部队”创建六十周年活动中，出现了意外和感人的一幕。1939 年 9 月，在顾山同刘飞一起负伤并转到阳澄湖后方医院养伤的“江抗”老战士吴志勤，六十年后，与当年在阳澄湖后方医院护理过他的女卫生员白山不期而遇。吴志勤紧紧握着白山的手，激动地说：“我就是你当年护理过的伤病员，你还记得吗?”白山望着吴志勤，怅然若失，困惑地摇摇头，一时竟难以回答。当年，经她护理过的伤病员实在是太多了。

告别白山的时候，我久久端详着挂在墙上的喻求清年轻时的彩色戎装照。白山是喜欢摄影的，孤独而热爱生活的白山，对亲人和有着浓厚感情战友的照片，更是珍爱有加。喻求清这位英年早逝的青年军人的人生定格，记录着一个军旅之家的情感密码，印证了战争与和平转换的世事沧桑，也见证了刘飞和白山两个家庭超越世俗的等级和利害关系、长达七十六年并且延续了三代人的纯洁友谊。

胡广兴后来如何？

1940年深秋，烟雨笼罩的董家浜西南梅村东来茶馆外湖浜，携妻挈子的“瘦马”胡广兴和侄子胡小龙一家，同乘一条木船，依依不舍告别赖以安身立命的东来茶馆，取道苏州前往上海谋生。单调的桨声似在诉说着生活的艰辛，迷茫的水路昭示着前程的未卜。

胡小龙跟着难舍双妻不得不退党离乡前往上海经商的“瘦马”叔叔胡广兴，离开了生活多年的常熟，使他的人生骤然变轨驶入了另一条道路。叔侄俩的黯然离去，给十里八乡的常熟人和新四军伤病员，留下了无尽的牵挂和思念。

在沪剧《芦荡火种》和京剧《沙家浜》中，春来茶馆的设置可谓神来之笔。正是依托茶馆这一极富江南水乡特色的平台，剧作家才塑造出阿庆嫂、刁德一等活灵活现的艺术形象，演绎出令人荡气回肠的“智斗”等精彩场景。1957年，军旅作家崔左夫的纪实文学《血染着的姓名》，揭开了常熟董家浜东来茶馆鲜为人知的一段历史内幕，为戏剧中春来茶馆阿庆嫂、阿庆和沙七龙等形象的塑造奠定了坚实的生活基础，也越发引起了人们对戏剧创作生活原型胡广兴和胡小龙的关注。

七十多年过去了，命运之神是如何规划“瘦马”和胡小龙的？在人海茫茫的大上海，他们又经历了怎样的困厄和坎坷？愈是走进历史幽深处，对东来茶馆胡氏叔侄的牵挂便愈是强烈。2015年5月，笔者请上海新四军“沙家浜部队”历史研究会原会长刘石安依据有关线索，协调在上海查找胡广兴和胡小龙。5月13日，上海新四军“沙家浜部队”历史研究会致函上海市公安局，请求市局协调奉贤等区公安局下属派出所，帮助查找胡小龙的下落，并循此查找胡广兴及家人。

两周后，5月27日，上海奉贤区奉浦派出所打电话告诉刘石安，其辖区内有人名叫胡小龙，1928年生，江苏镇江人，20世纪40年代曾在常熟经商，后来到上海,现居住在奉浦开发区肖塘村。接到刘石安发来的短信后,我立即与胡小龙的儿子胡东良通了电话,得知胡广兴已于新中国成立前因病辞世,年逾八旬的胡小龙尚健在,其儿子胡东良曾当过海军潜艇兵。根据通话了解的情况判断,抗战中悄然消失于大上海的那匹“瘦马”,确已有了踪影。2015 年端午节亦即 6 月 20 日下午,笔者在刘石安陪同下前往奉贤区奉浦派出所,在教导员陈军华、警官王思军带领下,来到肖塘村胡小龙居室。

肖塘旧名秦塘,从清末到新中国成立前夕,先后设立过县辖或区辖乡镇公所。新中国成立后,肖塘一直是乡、公社机关所在地,后隶属于上海市奉贤区南桥镇,处于浦南首镇南桥和闵行工业区间,与老闵行仅一江之隔。前几年南桥镇撤销后,胡小龙家所在的北区划入奉浦工业园区。

恰逢端午佳节,胡小龙已去女儿家过节,得知我们来的消息,胡小龙的儿子胡东良特地把父亲从姐姐家接回住所。这是一所两居室的住宅,端坐在外间桌旁的老人银发灰衫,面色红润,双目炯炯有神。这就是那个在暴戾恣睢的日寇面前,神不知鬼不觉安然转移新四军伤病员的草根抗日英雄吗?霎时,我的脑海中闪过一帧历史画面:

天低云暗中,芦苇掩映的湖面上,一叶扁舟悄悄冲破日寇和“忠义救国军”封锁,载着被围困多日的“江抗”后方医院伤病员,飞快地向指定的湖浜村落驶去。而在日伪眼皮底下悄悄下湖解缆潜水,用芦苇秆呼吸托船驶进芦苇荡的,正是端坐在眼前的这位,如今已经八十七岁。

胡东良把我们一行介绍给胡小龙后,我紧紧握着老人的手,由衷说道:“老人家,我代表从阳澄湖地区发展壮大起来的新四军老部队,看您来了!真诚地感谢您和您叔父在中华民族最危险的时候,在新四军伤病员最困难的时候,为护佑东路地区抗日火种做出的贡献!离开常熟后这几十年,您吃了不少苦,但您千万不要以为共产党把您忘了。当年领导东来茶馆地下交通站的常熟县委书记李建模、任天石,抗日战争中都英勇牺牲了,了解你们情况的领导人,都在常熟烈士陵园的大坟里躺着哪!我当过二十集团军政委,这些年一直在研究这段历史,在寻找相关历史人物。在上海市公安局奉浦派出所的大力帮助下，今天终于找到了您！我们要向部队官兵和社会各界宣传您的事迹，让千千万万的人都了解和铭记抗日英雄，还要把您的情况向当地政府有关部门反映，使您受到应有的尊重！”我感到了握着的那双粗糙大手的颤抖。

老人虽年事已高，但反应机敏。胡小龙的儿子胡东良也不时插话介绍有关情况。交谈中得知，这所两居室是前几年城建拆迁置换而来的，面积虽不大，但收拾得很干净。从与两代人的交流中，我大致弄清了胡广兴和胡小龙离开常熟到上海谋生的轨迹。

常熟一带古来富庶，百姓有到茶馆喝茶的习惯。当地湖荡星罗棋布，盛产优质芦苇，适合发展编织业。胡广兴和胡小龙两家人从镇江来到董家浜后，靠开茶馆、当编织芦苇的篾匠和兼营理发店谋生，常熟沦陷后，深明大义的胡氏叔侄积极投身抗战，胡广兴入了党，东来茶馆也成了中共常熟县委的地下交通站。

1940 年秋冬之际，胡广兴携家人和胡小龙父母一起，乘一条木船，一程几回首，离开生活了多年的抗战热土和安身立命的东来茶馆，从董家浜经阳澄湖水系至苏州，沿京杭大运河向东进入上海青浦淀山湖，再转入黄浦江闵行段。胡广兴和胡小龙父亲先是带两家人在闵行郊区落脚，依旧靠开“老虎灶”（茶馆）、理发、当篾匠糊口。那时，上海已经全面沦陷，不仅日本人随意杀人抢劫、强奸妇女，地痞流氓也乘势欺人、为非作歹。胡广兴和胡小龙父母都受过日本人和恶棍的欺负。后来，两家在闵行难以立足，便各奔东西谋生，胡广兴去了上海市区，胡小龙随父亲到了奉贤县肖塘镇。新中国成立前夕，胡广兴患肺病在上海去世，两个儿子有一人返回镇江谋生。胡小龙一家在肖塘靠理发谋生。由于为人和气，与街坊邻居相处融洽，全家人在周围群众中有着不错的口碑。谈到当年胡广兴离开常熟的原因，胡东良特意说明，过去听父亲胡小龙讲过，胡广兴当年离开常熟来上海时，没有办理退党手续，但来上海后因找不到党的组织，与党失去了联系。对父亲这位神秘的叔父，他没有见过面，只是有时听父亲说起过。

谈起当年胡广兴在常熟董家浜东来茶馆设立地下交通站,接待过往地下党员和帮助新四军伤病员的往事,胡东良说,父亲认为,这些事都已经过去了,在那个年月,每一个有良心的中国人,都会那样做,他只是做了一个中国人面临亡国灭种之祸时应该做的事。解放以后,他在肖塘村从来没有讲过阳澄湖和东来茶馆的事,在《芦荡火种》和《沙家浜》红透半边天的年月也没有讲过,现在更不需要宣扬。

胡东良诚挚的话语,使我心中涌起一股热浪。抗日战争是近代以来中国人民第一次抵御外侮取得完全胜利的战争。在中日两国综合国力相差悬殊的情况下,以毛泽东为代表的中国共产党人,以历史唯物主义的眼光,看到了蕴藏在亿万群众中的巨大力量,提出了持久战和开展敌后游击战争的伟大战略思想,终于汇聚起驱逐日寇出中国的排山倒海的洪波巨浪。

告别倚门送行的胡小龙,我深情凝望着这所简朴两居室的门牌——肖塘村1215号。胜利之本、力量之源,在中国最广大的民众中,在中国最普通的村巷里。在千百万像胡小龙这样的草根抗日英雄面前,曾经不可一世的日寇焉能不败!

经典余韵与经典之外

刘飞与子弹为伍的时光,正是红色经典《芦荡火种》和《沙家浜》播种、萌芽、砥砺、破土、生长和收获的全过程,差不多浓缩了江南港汊纵横和水网交织地带革命武装斗争那段重要而特殊的历史,也印证了新中国艰难而曲折的探索。当这颗子弹和刘飞一起获得休憩权利时,当年那些呼啸而来附加在红色经典上的飞花和泡沫,早已消退殆尽。走下“样板戏”神坛的京剧《沙家浜》,已经在中国革命文艺的历史画廊中找到了新的定位,正分享着它应得的荣誉,也接受着人们对它更加客观公允的评判。在那场深刻影响了中国社会进程的“文革”过去近四十年后,人们重新回望和审视那段历史,似乎更加客观全面地认识了刘飞和众多政治家、艺术家以及热心的人们，同心协力创造奉献文艺精品《沙家浜》的历史文化价值。

而在发展社会主义市场经济的社会转型期，北京京剧院这个昔日国家文艺界的宠儿，勇敢面对市场经济世界大舞台，精心营造院团演出舞台小世界，坚持以艺术改革为先导，以人才品牌作旗帜，以创演精品树形象，不断扩大主流文化市场，以开拓进取的步伐迈向民族文化振兴的新里程。

2014 年"十一"前夕，我在拜访当年饰演郭建光的著名演员谭元寿之后，走进了由当年北京京剧团发展而来的北京京剧院这座神秘艺术殿堂。当年饰演阿庆嫂的名角赵燕侠尚健在，但因年事已高，不便见人，未免令人遗憾。1966 年从北方昆曲剧院调入北京京剧团改唱京剧并接替赵燕侠饰演阿庆嫂的洪雪飞；1994 年 9 月 14 日赴克拉玛依油田演出时，因车祸身亡，年仅五十三岁。从确定为样板团并种"试验田"到如今，转瞬过去了半个世纪的时光。京剧院多年前已由虎坊桥迁到丰台区北京南站附近的海户西里，当年样板团饰演郭建光和阿庆嫂的主要演员和整体演员阵容已经更新了五代。我从院里了解到，国庆前后，京剧院正忙着纪念建院三十五周年，推出了一系列优秀剧目展演。9 月 20 日，在长安大戏院专场演出《沙家浜》，阿庆嫂的饰演者、北京京剧院一团团长、国家一级演员、中国戏剧梅花奖得主、著名张派青衣王蓉蓉领衔主演。纪念演出前十天所有戏票即已售罄，不少票友为了一睹经典风采，不惜花高价托"黄牛党"搞票，《沙家浜》上座率在所有演出曲目中创了新高。从 1965 年 3 月正式在首都公演算起，五十年来，京剧《沙家浜》先后有五代阿庆嫂担纲。第一代阿庆嫂饰演者为赵燕侠，第二代饰演者为洪雪飞，第三代饰演者为严桂祥，王蓉蓉算是第四代阿庆嫂。目前，北京京剧院正在积极培养第五代阿庆嫂，郑潇等优秀青年演员开始崭露头角并挑起大梁。

令人欣慰的是，北京京剧院作为具有丰厚艺术积淀和鲜明艺术风格的京剧艺术表演团体，深知在市场经济大潮冲击下，自身对京剧艺术传承发展承担的特殊责任。在保留优秀传统剧目和积极编创现代戏的同时，剧院始终坚持把《沙家浜》《红灯记》等红色经典作为涵养底气、积蓄人才、继往开来的保留曲目。在《沙家浜》走出特定时期光环而演出盛况不复再现、剧院面临票房压力和社会文化价值观双重挑战的情况下，坚持以高品质的剧作和高水准的表演闯市场，使问世半个世纪的《沙家浜》常演常新，在时代环境深刻变化、观众代际更替和价值追求多元多色背景下，依然能赢得观众并保持十分可观的影响力和上座率，实现了社会效益与经济效益的统一。《沙家浜》剧组时常回“娘家”，到孕育红色经典的上海、苏州演出，每每在各界观众和演职人员的心灵回音壁上引发不同回声：中老年观众在“致青春”中重拾记忆、倍感温馨；青少年观众在欣赏国粹中感知历史、深明重任；演职人员在再现历史中陶情冶志、播布甘霖。剧组的足迹遍及祖国大江南北，每逢党和国家的重要节日，更是成为各地竞价相邀的压轴曲目，九十多人的演职队伍基本都是空中飞人，连轴转式地赶场演出成为常态，有时演员忙得连吃饭的时间都没有。

从艺苑骄子到享受“国民待遇”，昔日以独家拥有红色经典傲视群芳的样板团，今天可上蟾宫折桂，可下市场弄潮，找到了发挥优势和实现价值新的定位与支点。

一个剧种可以承载一座城市的历史，凝聚一个时代的风云。走进上海徐汇区天平路 38 号一栋不起眼二层小洋楼里的上海沪剧院和淮海路 1889 号沪剧会馆，你会更深刻地体味这句话的内涵。

1982 年 9 月，原上海沪剧团更名为上海沪剧院，2001 年 3 月起，沪剧院由《解放日报》报业集团领导。2001 年纪念建党八十周年之际，上海沪剧院在美琪大剧院再次公演《芦荡火种》，连演十多场，场场爆满，以致出现一票难求的景象。首场演出由沪剧院老中青三代演员与“沙家浜部队”参加过抗日战争、解放战争和抗美援朝战争的老战士现场互动，上海电视台和各大报纸对演出盛况做了突出报道。

2015 年 8 月 1 日，在中国人民解放军建军八十八周年纪念日，上海沪剧院全新复排的红色经典剧目《芦荡火种》，在与观众久违十余年后，于故事发生地常熟市沙家浜再度亮相。当日晚 7 点，人们在座无虚席的常熟保利剧院争相一睹复排后公演的《芦荡火种》风采时，发现这部公演五十五周年、从第一代阿庆嫂丁是娥到今天的明星版主演程臻、青年版主演洪豆豆，先后有七代演员扮演过阿庆嫂。复排后的《芦荡火种》由周中庸执导，这位导演双栖、1960年《芦荡火种》首演时饰演天子九、剧组第二次演出时任副导演的"老戏骨"，与《芦荡火种》结缘已五十五年。复排后的《芦荡火种》中，阿庆嫂重新作为剧中一号人物出现在舞台上。全新呈现的明星版阵容除程臻饰演阿庆嫂外，郭建光由钱思剑饰演，陈天民由李建华饰演，沙老太由徐蓉饰演，刁德一由凌月刚饰演，胡传奎由金玉明饰演，沙七龙由王森饰演，叶思中由金世杰饰演，卫生员小凌由钱莹饰演。引人注目的是，新版《芦荡火种》注意突出个性，扬长避短，绕开沪剧没有武打、不擅于表现"正面打进去"的难题，恢复了20世纪60年代移植京剧过程中加上去的"喜堂聚歼"的结尾。而为了遵循沪剧艺术表演规律、实现最佳效果，上海沪剧院用了半个多世纪的时间，主创人员也付出了沉重的代价。

2005年的纪念大会结束后，笔者应邀来到向往已久的常熟市沙家浜。

虞山青，尚湖碧，美丽富饶的生态常熟，宛如一幅浓淡相宜的水墨画。新四军伤病员在阳澄湖芦苇荡坚持敌后斗争的传奇和爱国拥军传统，成了常熟的一张名片。常熟是闻名遐迩的全国双拥模范城，今天的常熟籍在役和退役军人，仍然可以感受到源自"芦荡火种"年代的那种对子弟兵的真挚关爱和鱼水情谊。我印象尤为深刻的是，驻守常熟境内的军人，除可尽享国家各项拥军红利外，每人每天还可得到常熟市人民政府给予的生活补贴。

置身常熟这片神奇的土地，我的脑海中似乎产生了一种顿悟：从耕读传家的民风世俗，到灿若群星的状元和院士图谱；从民族危亡之秋毁家纾难，到新时期爱国拥军成为一种政治自觉，沙家浜的红色文化，必定有着常熟耕读传家和崇礼向善传统的深厚底蕴和渊源。今天因红色经典名声大噪的沙家浜镇乃至常熟市这张亮丽的名片，又极大地丰富了常熟源远流长的文化传统的内涵。

翌晨，我驱车来到距常熟十二公里的沙家浜镇。正是初夏时节，阳澄湖畔到处生机盎然，游人如织。沙家浜镇党委领导介绍说，沙家浜原名横泾乡，是刘飞等伤病员当年经常栖身的地方之一。1981 年 5 月，横泾乡改名为芦荡乡；1992 年 3 月撤乡建镇，更名为沙家浜镇。2003 年 6 月，沙家浜镇与唐市镇合并为沙家浜镇，现辖十一个行政村、两个社区居委会和一个办事处，总面积八十平方千米，人口四万有余。近几年，沙家浜镇先后摘取国家卫生镇、中国环境优美镇、中国重点镇、中国休闲服装名镇等国家级桂冠，并获得联合国人居署迪拜国际改善人居环境最佳范例奖，综合发展居于常熟市乡镇前三位。沙家浜风景区还是全国爱国主义教育示范基地、全国国防教育示范基地、国家湿地公园和国家 5A 级旅游景区，年接待游客二百万人次。今日沙家浜，已不仅仅是一个红色记忆的符号，还成为一个极有号召力的品牌。

这些介绍，不禁使我浮想联翩。英国人詹姆斯的小说《失去的地平线》，使云南迪庆成了全世界游客向往的伊甸乐园——香格里拉；孙犁的散文《白洋淀》，使雁翎队创造的红色传奇与绿苇碧荷的水上风光交相辉映；电影《地道战》展示的冀中平原独特抗战情景，使名不见经传的冉庄成为旅游热点；陈逸飞的油画《双桥》，促使昆山的周庄成了旅游品牌古镇。一出戏使江南无名小镇横泾两度更名，先芦荡，后沙家浜，而且把常熟史上大名鼎鼎的唐市镇也揽入自己的怀抱，以至于成了推动经济社会发展的强劲驱动器。这是《芦荡火种》和《沙家浜》几代编创者始料未及的奇迹，充分彰显了红色经典在精神变物质中造福一方的神奇功能，是常熟人民辛勤劳动和巧用红色资源智慧的结晶，同时也是刘飞和曾在阳澄湖芦苇荡浴血奋战的伤病员们，对再生之地人民做出的特殊回报和贡献。

泛舟绿苇掩映、芦花摇曳的阳澄湖，恰逢朝暾初上，天宇尽染，浓淡相宜的朝霞与湖光潋滟的芦荡相互映衬，秀色可餐的阳澄湖美景使人物我两忘、陶然入醉。我恍如走进京剧《沙家浜》中的经典场景“军民鱼水情”的诗情画意，但见满天朝霞中，芦花似雪，稻谷飘香，绿柳成行。一时间，我真有不知身在何处之感。

阳澄湖朝霞的魅力和神韵，在于人文化育山水，红色文化的精髓已浸润渗透进青山碧水蓝天绿苇，从而收到了交相辉映、回味悠长的效果。泰山名闻天下并不因其高，而是因其有着宏大政治背景的厚重封禅文化；黄河举世皆知并不因其长，而是因其塑造中原和孕育中华民族而成其为母亲河。享有绿色生态和红色旅游双重利好的阳澄湖有今日之知名度，得益于灵山秀水自然天成，也得益于刘飞、夏光等伤病员的浴血奋战，和文牧、陈荣兰、汪曾祺、崔左夫等优秀文艺工作者超越生活本体的艺术创造。戏从湖中来，湖因霞愈美。作为一种特殊的人文景观，阳澄湖朝霞已不再是寻常天象和自然景观，而是成为在艰难困苦中坚守革命信仰的生动写照，成为至高至纯军民鱼水情的美好象征。

从导游口中得知，抗日战争时期新四军纵横驰骋的芦苇荡，"文革"中填湖造地一度不复存在。前些年投巨资重新打造的芦苇荡风景区，面积虽然只有当年湖区的十分之一，但可以逼真地展现抗日战争时期的芦荡风情，与矗立广场中央的郭建光和阿庆嫂主题雕塑遥相呼应，足以唤起人们对红色经典《芦荡火种》和《沙家浜》所展现的烽火岁月的缅怀和追思。此情可待成追忆，主题广场是游客徜徉和留影的好去处，也是沙家浜老战士聚会和举行重要活动的理想场地。

1999 年 11 月 6 日，中共常熟市委市政府、上海新四军"沙家浜部队"历史研究会，在"沙家浜"主题雕塑广场隆重举行纪念"沙家浜部队"创建六十周年座谈会。时年八十六岁的朱一，携六个子女、两个孙女，三代人共赴沙家浜与会。参加座谈会的"江抗"老战士、军地领导和有关方面的专家，经过深入论证分析，列举大量令人信服的史实指出，"沙家浜"精神的精髓，是军爱民、民拥军，军民鱼水情。这一共识，赢得了朱一发自内心的赞同。她在会上充满深情地讲了一席话：当年，因日伪顽匪多方夹击和水陆封锁，被困芦荡的刘飞等伤病员缺医少药、缺吃少穿，在那样极端困难的条件下，是千百个真心实意拥护、支持抗日火种的群众，冒死闯芦荡和相互配合与敌人周旋，才使伤病员一次又一次化险为夷、转危为安，而且还经常使他们"一日三餐有鱼虾”。

讲到这里，朱一动情地说：“人民群众是子弟兵克敌制胜最坚强的后盾，江苏常熟是‘沙家浜’部队成长壮大的摇篮！”

一席话，道出了与会者的共同心声，也赢得了全场经久不息的掌声。11月7日上午，朱一携儿孙们在革命烈士纪念碑前庄严宣誓。祖孙三代人的铿锵誓言，伴着熟悉而激昂的《新四军军歌》，在刘飞等伤病员战斗过的芦苇荡久久回响……

沙家浜革命传统教育馆，是这所顶级绿色风景区荟萃红色元素的抢眼名片，也是从五湖四海慕名而来的人们沙家浜之行的“点睛”之笔和“结穴”之处。

尽管对沙家浜的故事早已耳熟能详，但在刘飞、夏光等新四军前辈当年同日伪顽殊死战斗的战场，步入这所闻名遐迩的全国爱国主义教育基地，瞻仰馆内陈列的四百多幅革命斗争历史照片和六十多件革命文物，思想上还是受到了一次新的震撼和洗礼。那一刻，整整二十年间笔者对“沙家浜部队”光荣历史的寻访和探求，都随着馆藏文物所理出的历史脉络，化作一幅幅激烈的战斗画面和一个个活灵活现的英雄形象。摄于不同历史时期甚至是来自日本国家档案馆的图片，辅以文约意丰的解说，使浩如烟海的往事，开始复原成立体、鲜活、生动、可感的原始场景，令人在触摸久远历史脉搏的同时，更加真切地感知和理解了刘飞那一代英雄战士，为国家独立和民族解放浴血奋战的呐喊和厮搏。从革命传统教育馆浓缩的阳澄湖革命斗争历史，重新审视《芦荡火种》和《沙家浜》的价值，一缕朦胧心中已久的思绪在升腾中渐渐变得清晰。民族危亡年月阳澄湖上争烈斗激的生死对决已经渐行渐远，但经济年代精神的匮乏使全社会对红色基因的依存感与日俱增。这是再现红色经典的价值所在，也是艺术精品生生不息的社会思想和文化根源。

在沙家浜革命传统教育馆，笔者没有发现沪剧《芦荡火种》执笔创作人文牧的照片。但2014年“十一”期间在上海，曾看过文牧老伴筱惠琴带来的文牧伏案笔耕的黑白照片。照片拍摄于20世纪五六十年代，这位高产而又成就斐然的剧作家，看上去并无多少儒雅之气，而是更像江南经年耕作、面容清癯的一位农夫。文牧已于1995年故去。在他告别终生挚爱的沪剧快二十年的时候，望着照片中衣着朴素做凝神结思状的这位梨园宿将，我无法窥知他当时的心境，也难以读取当年他看到《血染着的姓名》一文时那种艺术感觉的密码，但中国戏剧史上有重大贡献剧作家的风采，已经通过这些原生态的图像，深深镌刻在我的脑海中。

1949年5月，解放大上海的隆隆炮声还在浦江两岸回荡，一个身材看上去有些单薄的青年学生，迫不及待地投身第二十军军长刘飞麾下，成为这支与阳澄湖有着不解之缘部队的普通一兵。当时，这个名叫刘石安的青年学生并没有意识到，他的这一选择，像在红色基因深厚的军旅中播下了一粒种子，这粒种子在"江抗"传统沃土中经过二十年孕育、培植，终于成长为展示和传播"江抗"文化的一棵华盖如云的大树。

吸引刘石安从东方大都会投身第二十军部队的，不仅仅是战士们手中威武的钢枪，还有渗透氤氲在持枪人身上更为摄人心魄的一种奇妙力量。刘石安是从师长和战士一起睡马路，开始认识这支亘古未有的部队，进而感受到蕴含在新型人民军队中那种超越枪杆子威力的力量的。

刘石安为追寻那股神奇的力量，在第二十军五十九师拼搏奋斗了二十个春秋，1970年转业回上海，又矢志不渝把毕生精力奉献给诠释弘扬伟大"江抗"精神和新四军优良传统的光荣事业。

新四军历史研究会，是党的十一届三中全会以后，为研究中国共产党领导并坚持的南方三年游击战争和新四军在大江南北英勇抗击日本侵略军可歌可泣的英雄业绩，在南方八省应运而生的群众性学术研究团体。中国新四军历史研究会成立于江苏省南京市，全称为中国新四军暨华中抗日根据地历史研究会，首任会长叶飞和继任会长彭冲，都是领导和建功"江抗"的新四军老战士。

上海新四军历史研究会，隶属上海社会科学联合会。经有关部门批准，1999年4月，上海新四军历史研究会增加了新四军第二十军历史研究会，同时根据沙家浜的特殊背景和实际情况，又增加了上海新四军“沙家浜部队”历史研究会。十六年来，上海新四军“沙家浜部队”历史研究会已经历四届领导班子，三朝元老刘石安在前三届班子中分别任过秘书长、常务副会长兼秘书长和第三任会长。

把新四军“沙家浜部队”的历史研究作为事业，把弘扬伟大的“江抗”精神作为朝阳文化产业，年逾八旬的刘石安，已经将他的人生融入新四军特别是“江抗”历史和精神的发掘、宣传、纪念之中，而这一切，更成了他人生不可或缺的重要组成部分。人们甚至很难设想，假如没有刘石安的组织和参与，有关“江抗”和沙家浜的纪念活动会是一个什么样子。

“折腾，天生一个能折腾！”在上海延安饭店，居沪的几位“江抗”后代，包括从北京赶来的蔡悲鸿的儿子蔡晓鹏，谈起刘石安，都不无敬重和抱怨地这样说。

就是靠这么一股折腾劲，几十年来，刘石安和他的同事们像一个神奇的桥梁和纽带，乐此不疲、矢志不渝地把历史与现实、前辈与后人、创造与传承、奠基与发展很好地接续和连贯起来，在大上海打造出一个独具特色的精神家园，一个承载厚重的交流平台和红色殿堂。

在第二十军和沙家浜两个研究会成立之前，刘石安等热心新四军历史研究和优良传统弘扬的同志，主要以联谊会的形式，开展征集、学习、研究“沙家浜部队”的历史为主要内容的群众性学术活动，以历史唯物主义的观点研究第二十军和“沙家浜部队”各个历史时期的史料，组织撰写革命回忆录、英雄人物传记和战斗故事，举办各种形式的座谈会、纪念会、报告会，以及书法、绘画、参观、旅游等文体活动，以多种形式进行爱国主义、社会主义核心价值观和革命传统的宣传教育，同时组织访问伤病残老战友家庭以体现人文关怀。

三十多年来，上海新四军“沙家浜部队”历史研究会组织在沪老战友三千余人参加各类活动，举行纪念会、报告会、宣讲会等五百余场，参加活动人数两万余人次，宣讲活动遍及全市机关、大中小学、部队军营、企事业单位等，听众五万多人。“沙家浜部队”分会编撰出版了《沙家浜战士足迹》《新四军中上海兵》《崇尚荣誉》《战争亲历者说——一江山岛之战》等十六本专题文集和传奇故事，总计六百四十万字。

2006年9月，沙家浜革命传统教育馆新馆落成，景区正门气势恢宏的影壁墙上，以镏金大字嵌刻着1990年5月叶飞视察老馆时的题词，画龙点睛地道出了“江抗”东进的重大战略意义。新建的“东进桥”全长39米，意在纪念1939年新四军东进；桥面宽3.7米，警示人们勿忘卢沟桥七七事变；桥栏上立有三十六块刻有白云、芦苇、茶馆、小舟的石碑，纪念新四军在阳澄湖芦苇荡坚持敌后斗争的三十六名伤病员。教育馆与“东进桥”遥相呼应，形象而直观地诠释了景区的主题和内涵。

“今天的沙家浜景区，每年仅门票就收入一个亿！在我们国家已经成为世界第二大经济体、上海正在成为现代化国际大都市的今天，我们不能忘记自己昨天是从哪里来的，今天和明天要到哪里去。过去坚守阳澄湖，开辟苏常太，靠的是勇于牺牲、万难不屈的‘江抗’精神，同筑中国梦，再创新辉煌，同样需要伟大的‘江抗’精神。”重访沙家浜那天，刘石安站在阳澄湖畔的东进桥上，望着水清湖美、物阜民丰的沙家浜，不无深情地对笔者说。

5月2日下午，笔者和刘石安乘车冒雨从常熟赶到无锡。当晚，我转赴南京，刘老返回上海。分手前，望着他疲惫的面容和蹒跚的脚步，我的心中掠过一丝歉疚，又隐隐有些担心。从早晨7点我们一起从上海出发，到现在已经超过十二个小时，等他返回上海，应该已近午夜。毕竟已届耄耋之年，又患有严重的糖尿病，这样高强度的连轴转，他的身体能吃得消吗？晚上八九点钟，我接连给他拨了几个电话，但都无人接听。他的确是太累了，应该是在车上睡着了。但我知道，人的精神状态，有时与年龄并不完全正相关。作为“江抗”的形象代言人，刘石安已经成为一个理想飞扬、精神高蹈的文化符号。在这位把自己余生全部奉献给弘扬伟大“江抗”精神事业的“沙家浜部队”老战士心中,永远升腾着一幅瑰丽的画卷,那是阳澄湖朝霞的时代大写意。此生无他求,让朝霞永远映在阳澄湖上,是刘石安和他的同事们的毕生愿景,也是支持他们不懈奋斗的力量和精神支点所在。

尾　声

大江东去,不舍昼夜。

铁流东进的鼙鼓已渐行渐远,但“江抗”在东路地区两度勃兴和抗日根据地发展走过的路程,特别是“芦荡火种”低潮中复燃,在苏常太形成燎原之势的壮丽史实,七十多年后依然犹如斯芬克斯之谜,吸引着人们沿着历史演进的轴线,在这片神奇土地上踟蹰流连,在传奇诞生起始处探幽索微。

流逝的时光总是带有一去不返的一维性,历史现象必须以历史眼光来判读。巨大的引力背后必定有不同寻常的动因。《沙家浜》从破茧成蝶到跻身红色经典之列,是一种十分奇特、耐人寻味的文化现象。刘飞可贵的文化自觉,无疑对这一文化现象的形成起到了重要的酵母和助推作用。刘飞从小因家贫失学,投身革命后,随着肩负的责任越来越重,对文化重要作用的认识也越来越深刻。从陕北到江南,在融入新四军部队的过程中,特别是东进作战以后,苏南水乡耕读传家文化传统对他的浸润,以上海兵为主体的有文化的部队给予的熏陶,使他的思想产生了新的飞跃,开始形成一种超越自身职位和眼前斗争的文化自觉。他刻苦学习以致眉秃发掉,他把红色经典的创作作为分内的事给予重视和支持,都是这种文化自觉的反映。

在血与火中创造和推动历史的亲历者,对如何从本质上艺术地再现历史,往往有着天然的直觉和敏感。历史就是这样以逸出常规和超凡脱俗的形式,给世人留下了一颗子弹与一部红色经典这一中国革命史上耐人寻味而又永远叙说不完的话题。在 1948 年淮海战役的战场上,已经可以清晰地听见新中国走来的脚步声。深知胜利的捷报是用烈士的鲜血写成的刘飞,比常人更加深刻地懂得通过文化载体再现艰难征战历史,以及弘扬和赓续党和军队优良传统的极端重要性，这正是他身经百战却独钟阳澄湖莽莽苍苍芦苇荡的深层原因所在。

刘飞与崔左夫的窑湾对话，已经过去了近七十个春秋。在共和国和人民军队的编年史上，当年淮海前线一位战役指挥员与战地记者交流、碰撞的细节，丝毫不会引起编著者的注意。但这次意味深长的对话，却有着厚重的意蕴。矗立在当年东路抗日根据地上的苏州市革命博物馆，年年月月都在迎接山南海北不同年龄、不同阅历的来宾。当人们目睹那颗浸透将军鲜血的锈迹斑斑的子弹，随着它划过的弹道去探寻血火交织的传奇故事时，谁的心灵能不受到震撼？谁的思想能不受到洗礼和净化呢？

一颗子弹为我们打开了洞察和深省一段历史的窗口。子弹无言，活生生的历史见证所蕴含的丰富信息，日复一日以特殊的穿透力直抵受众心灵，从而使他们对中国革命斗争历程和军民鱼水情谊的本质，有了更加真切深刻的认识和理解。从这颗子弹开始，进而观赏博物馆中由八一电影制片厂参与制作的题为《阳澄烽火》的大型半景画多媒体演示，带着由红色历史真实切片所引发的浓浓兴趣，再去重温红色经典《芦荡火种》和《沙家浜》，我们对中国革命为什么会发生，党、国家和军队是怎样从昨天走过来的，迈向明天的路径和动力又在哪里，就会有一个形象、直观而又全新的认识。

（《人民文学》2015 年第十二期头题刊发。本文发表时有删节，全书单行本由作家出版社出版）

一颗子弹与红色经典《沙家浜》(摘编)

高建国

共和国六十五岁华诞假日，笔者从上海赶往苏州，去寻找一颗子弹。

北寺塔、虎丘、寒山寺……在寸土寸金的苏州高新工业园区三香路，步入苏州革命博物馆这所省级爱国主义教育基地，笔者终于见到期待已久的镇馆之宝——那件凝结着特殊历史而又令人憎爱交加的文物——铁质弹头被岁月的"利齿"咬噬得凹凸不平，似在诉说着它与寄居主人的爱恨情仇；深褐色的斑斑锈迹宛如凝结的陈年旧血，使人油然想起它蛰伏抗日英雄血肉之躯的年深日久。

这不是一颗普通的子弹。1939 年 9 月 21 日，这粒长 2.8 厘米、底部直径 0.7 厘米的弹丸，从"忠义救国军"一挺机枪中射出，嵌入一位十六年后荣膺共和国中将军衔的新四军部队指挥员刘飞胸中，直至将军 1984 年谢世方得取出，伴随和见证了将军从战争到和平四十五年的军旅生涯。谁能想到，就是这颗子弹，引发了红色经典《芦荡火种》和《沙家浜》的创作。

深远经略——毛泽东新阶段战略思想引发铁流东进

1938 年秋，面临亡国灭种危险的中国，又一次走到历史的十字路口。10 月 8 日太原失守后，华北地区正面战场作战基本结束。10 月 21 日和 25 日，华南枢纽广州和华中重镇武汉相继沦陷。与此同时，战略进攻已达顶点的日军随着战线延长和兵员伤亡渐趋颓势。中国抗日战争形成相互配合的两个战场：即主要由国民党军队担负的正面战场和主要由共产党领导的人民军队担负的敌后战场。

11 月 3 日，日本首相近卫文麿发表臭名昭著的第二次“近卫声明”，变“日本不以中国国民政府为谈判对手”方针，为在正面战场停止战略性进攻，将主要兵力用于打击中国共产党领导的八路军和新四军；变对国民党政府以军事进攻为主、政治诱降为辅，为政治诱降为主、军事打击为辅，企图诱使国民党政府妥协投降。

1938 年 5 月，毛泽东洞察国际国内时局，总结全面抗战十个月经验教训，写出《论持久战》和《抗日战争的战略问题》两篇论著，提出持久抗战将经过战略防御、战略相持和战略反攻三个阶段的科学论断。9 月 29 日，中共中央六届六中全会在延安召开，毛泽东代表中央政治局做《论新阶段》的政治报告，精辟阐述了抗日战争相持阶段游击战争的新形势新特点新任务，做出了党的工作重点是在战区和敌后农村开展游击战争、建立抗日根据地的重大战略决策。

1939 年 2 月，中共中央军委副主席、中共南方局书记周恩来，受中央委派亲赴皖南新四军军部，用二十天时间传达贯彻党的六届六中全会精神，弥合叶挺、项英之间的裂痕，与新四军将领广泛深入交谈，共同商定向南巩固、向东作战、向北发展的战略方针，还四次在新四军军部做报告和发表演说，进一步统一大家思想。根据六中全会精神和周恩来指示，新四军一支队司令员陈毅，在仅有两个团兵力的情况下，排除干扰，毅然派叶飞率老六团以“江南抗日义勇军”的名义，从茅山根据地挺进苏南东路即苏常太和澄锡虞地区，在抗日战争和中国革命史上奏响具有深远意义的东进序曲。

芦荡传奇——浦江良医与伤病员共蓄革命火种

叶飞和他的战友“江抗”副总指挥吴焜、何克希，参谋长乔信明，政治部主任刘飞，于 1939 年 5 月率以老六团为骨干的“江抗”挺进苏南敌后，先后打了黄土塘遭遇战、夜袭浒墅关车站和火烧虹桥机场等漂亮仗，使沉默的上海近郊成为烽火连天的战场。上海市民和青年学生纷纷加入“江抗”，部队在连战皆捷中收编大量游杂武装，抗日锐师由出征时的七百人猛增到五千人。

1939年9月21日和24日，“江抗”主力与“忠义救国军”激战江阴，“江抗”政治部主任刘飞被一颗子弹击中，身负重伤，副总指挥吴焜英勇牺牲。叶飞挥泪指挥部队同“忠义救国军”决一死战，陈毅相忍为国星夜兼程赶赴江阴前线弭兵，“江抗”在西石桥整编与新四军挺进纵队合并，仍以挺进纵队名义开赴江北开辟苏中抗日根据地。

这年10月初的一天晚上，在常熟雾霭笼罩的阳澄湖畔，五十多名伤病员和医护人员悄悄进入“江抗”阳澄湖后方医院，其中有刘飞、夏光等十多个红军骨干，还有从浦江两岸共赴国难的张贤等医护人员。湖上缺医少药，医护人员就蒸煮白布围挂成手术室，将竹筷和棉花高温消毒后代替镊子和脱脂棉，水放盐烧开冷却后做消毒液。

刘飞入院后住在“水上流动病房”小船上，护理员天天用盐水给他冲洗伤口，未发生恶性炎症。稍能走动后，刘飞就召集伤病员和医护人员讲形势，教育大家坚持斗争，当好革命火种，迎接新的革命高潮到来。中共常熟县委书记李建模、任天石，通过设在董家浜西南梅村的秘密交通站东来茶馆老板胡广兴和侄子胡小龙，积极接应救护伤病员，为他们传递情报和上级指示。常熟县委发动湖区群众并利用上海地下党构筑的秘密交通线，为伤病员提供食物和药品。在刘飞带领下，进出后方医院的上百名伤病员，战胜日伪袭扰、伤痛折磨、给养不足等困难，确保以阳澄湖为中心的东路抗日根据地红旗不倒。根据陈毅指示，1939年11月6日，以阳澄湖后方医院痊愈伤病员为基础，新“江抗”在东塘墅一所破庙里诞生。陈毅安排刘飞到上海医治枪伤，刘飞推荐夏光任新“江抗”司令员。1940年4月，新“江抗”已有四百人规模，谭震林受命主持东路地区党政军全面工作，“芦荡火种”迅速呈燎原之势，新“江抗”数月之内发展到五千多人，皖南事变后奉命改编为新四军六师十八旅。

织梦窑湾——刘飞淮海大战萌发再现芦荡斗争设想

1948年11月8日，华东野战军一纵副司令员刘飞率部在苏北首战窑湾，参加淮海战役第一阶段作战——围歼黄百韬兵团第六十三军。

窑湾城三面环水，东濒骆马湖，西傍京杭大运河，北临老沂河，是京杭大运河畔的一处水运要津。根据窑湾地形特点和敌人仓促布防、立足未稳、士气低落等情况，刘飞当机立断，决心不予敌以喘息机会，采取急促勇猛的战斗行动发起攻击，打敌措手不及。纵队在行进间即令所辖三个师从东、北、东南三面包围压缩敌人于窑湾，背水一战，首先肃清外围，而后，纵队对各师不再调整部署即转入总攻，务于12日前全歼窑湾之敌。11日下午4时30分，总攻开始，一纵仅用六小时即歼敌两个师五个团共一万三千七百七十二人，生俘七千人。次日晨，第六十三军军长陈章企图渡运河逃跑被击毙。

窑湾战斗创造了在攻坚作战中以一个纵队歼敌一个军的范例，受到华东野战军首长通令嘉奖。新华社随军记者崔左夫赶到一纵采访，请刘飞谈谈窑湾大捷的制胜妙诀。刘飞却讲了部队进入山东后自己指挥作战伤亡过大的教训，随后带他去看部队，恰遇打扫战场归来的五十九师一七五团二营官兵。刘飞指着征尘未洗的官兵对崔左夫说，这个部队最早的一批战斗骨干是“江抗”留在东路的伤病员，他们坚守阳澄湖芦苇荡的斗争经历很有意思，胜利后你一定要写写这支部队。

1957年夏秋时节，崔左夫赴苏南采访两个多月，获得后方医院伤病员坚持阳澄湖斗争的大量生动鲜活材料。虞山脚下、阳澄湖畔，芦花悄吟，桨声细说，那么多动人心弦而又富有传奇色彩的往事纷至沓来，一一在眼前呈现，又齐集他的心怀。菊茂蟹肥时节，崔左夫收获苏南之行的宝贵成果——纪实文学《血染着的姓名》。作品虽仅有七千字，但生动传神地展现了抗日战争相持阶段，苏南水网密布地带敌我犬牙交错斗争的瑰丽画卷。崔左夫哪里会想到，这篇充满江南水乡特有风土人情和历史气息、交错描绘武装斗争与地下斗争、浸透军民鱼水情的未定稿,后来成为艺术家打造红色经典的滥觞。

再现峥嵘——上海市人民沪剧团创演《芦荡火种》

就在崔左夫践行战地之约从苏南满载而归之际,上海市人民沪剧团编剧文牧被电影《铁道游击队》吸引,正渴望创作一部抗战传奇剧。

抗战期间,文牧在上海郊县村镇跑码头演戏,熟悉上海远近郊的风土人情、民间习俗和日寇、汉奸等各色人物,对我军官兵却不甚了解。他邀1944年参加新四军、抗美援朝后从第二十军文工团团长任上转业回上海的沪剧团党总支书记、副团长陈荣兰一起创作,陈荣兰欣然应允,并于1958年9月赶赴南京军区,获得老战友崔左夫的《血染着的姓名》文稿。新奇而别具特色的三十六个伤病员湖上斗争的故事,一下子唤起文牧当年的抗战记忆。他以剧作家特有的眼力和敏感迅速锁定这个题材。陈荣兰带文牧去拜访自己的老军长、上海警备区副司令员刘飞的爱人朱一,经她协调赴杭州五十九师一七五团,了解团史并看了战士演出的反映新四军伤病员坚持阳澄湖斗争的小话剧《芦苇塘》。陈荣兰返沪后组织主创人员构思了“茶坊智斗”这出重头戏,以此为重心展开矛盾冲突,使戏的故事梗概和框架基本定型,写出《碧水红旗》剧本。陈荣兰将剧本送给正在住院治病的刘飞征求意见,刘飞听朱一念完剧本,提出要进一步贴近生活,并拿出自己1957年写的反映阳澄湖斗争的八万字回忆录《火种》供他们参考。文牧、陈荣兰据此重新调整剧本并更名为《芦荡火种》。

剧本写的春来茶馆男老板,以当年常熟县委秘密交通站负责人、董家浜西南梅村东来茶馆老板胡广兴为原型。陈荣兰提议说,沪剧以旦角戏为主,戏里男角多,不利于发挥剧种特色,影响戏的观赏性,建议把茶馆老板改为老板娘,得到文牧赞同。剧中设置阿庆嫂这一人物,将原剧中茶馆男老板的侄子胡小龙变为沙七龙,并为其新添妈妈沙老太。戏剧主要情节由新四军伤病员隐蔽芦苇荡坚持与敌斗争，变为阿庆嫂为掩护伤病员与敌人斗智斗勇的传奇故事。为便于舞台表演和使戏剧整体更为紧凑，剧中三十六个伤病员减为十八个。

1960 年夏，刘飞安排《芦荡火种》剧组到五十九师一七五团下连当兵体验生活。陈荣兰还带剧组演职人员到常熟横泾芦荡采风，为准确把握剧中角色心理和行为一招一式奠定坚实生活基础。她发现常熟茶馆女老板通常腰系前后两片的竹裙，便请自己的妹妹设计了阿庆嫂的竹裙。

1960 年 1 月 17 日，《芦荡火种》首次彩排，而后在上海人民大舞台公演，引起很大反响。上海九个不同剧种的剧团移植《芦荡火种》，全国三十一个剧团演出该剧。1963 年 12 月 22 日，应北京市委邀请，《芦荡火种》剧组赴京演出。1964 年 1 月 23 日，刘少奇、李先念等党和国家领导人观看《芦荡火种》演出，亲切接见全体演职人员并合影留念。剧组载誉返沪后，《芦荡火种》连续九个月在上海美琪大剧院公演三百七十多场，观众达五十六万人次。1964 年夏，因出国未看《芦荡火种》的陈毅，路过上海时特意观看《芦荡火种》，并给予很高评价。

国家工程——领袖与艺术家共铸红色经典《沙家浜》

1963 年 5 月 3 日，江青在杭州胜利剧院观看了沪剧《芦荡火种》的演出，随后将这部戏推荐给北京京剧团移植改编为京剧。

同年 11 月，北京京剧团确定由薛恩厚、肖甲、杨毓珉和汪曾祺四人组成创作班子，以汪曾祺为主要执笔者，开始剧本京剧化移植改编。根据原剧浓郁的地下斗争色彩，京剧将剧名改为“地下联络员”。由于移植改编仓促上马，加之对剧种之间的艺术转换缺乏经验，初次改编审看效果不理想，江青要求此剧不得再演。在北京市委书记彭真的支持下，创作组重整旗鼓进驻颐和园龙王庙潜心攻坚，移植改编重心放在增强戏的文学性上。第四场戏“智斗”堪称全剧精华，汪曾祺在沪剧本为刁德一设计的“基本调”戏文基础上,为阿庆嫂和刁德一设计了一段堪称现代京剧经典的台词。这段脱胎于沪剧市井生活语言行云流水般干净利落的唱词,通俗晓畅、韵律铿锵,把阿庆嫂热情周到、灵活机智而又圆通泼辣的性格特征及非凡胆略和才干,表现得淋漓尽致、活灵活现,为这一核心唱段和阿庆嫂形象塑造增色不少。创作组宵衣旰食,昼夜苦干,仅用十天时间移植改编即大功告成。

为解决京剧传统程式与反映现代生活之间的矛盾,编导确定阿庆嫂、郭建光、胡传魁以传统京剧的旦行、老生或生行和花脸行为基础,既非丑角又非生角亦非净角的刁德一,则跨行当定位角色,即唱念以老生行为基础,而唱词运用和舞台唱腔唱法,重在突出汉奸匪伪身份和阴险狡诈的性格特点,解决了特定角色与京剧程式对号问题。

1963 年 12 月下旬,北京市委邀请沪剧《芦荡火种》剧组进京演出。北京京剧团不失时机与上海市人民沪剧团对口观摩,文化部和北京市方面还安排北京京剧团到驻京部队下连当兵体验生活。1964 年 3 月底,彭真等北京市领导审看修改后的《芦荡火种》,当即批准对外公演。4 月 27 日,党和国家领导人刘少奇、周恩来、朱德、邓小平、董必武、陈毅等,观看了京剧《芦荡火种》,盛赞演出成功。

1964 年 7 月 23 日晚,毛泽东、刘少奇、周恩来等党和国家领导人在人民大会堂小礼堂,观看了京剧《芦荡火种》。毛泽东说,戏是好的,胡传魁、阿庆嫂、刁德一人物刻画得好。毛泽东提出三点意见:一是觉得剧中新四军的音乐形象不饱满,要鲜明地突出新四军战士的音乐形象;二是军民鱼水关系不够突出,要加强军民关系的戏;三是结尾不合适。移植改编的京剧保留了沪剧新四军利用胡传魁结婚,乔装吹鼓手和轿夫喜堂聚歼敌酋的情节。毛泽东认为,这样一来,结尾成了闹剧,全剧就成为风格不同的两截子了,应该改为新四军正面打进去。要突出武装斗争的作用,用武装的革命消灭武装的反革命。毛泽东幽默地说,芦荡里都是水,革命火种怎么能燎原呢?再说,那时抗日革命形势已经不是火种而是火焰了嘛!故事发生在沙家浜,中国有许多戏用地名为戏名,我看这出戏就叫“沙家浜”吧。

创作组移师上海苦干十天，完成了新一轮剧本修改。郭建光取代阿庆嫂成为一号人物，唱词由七十八句增至一百零一句。伤病员被困芦荡仍如挺拔青松一场戏成为全剧核心，军民关系的戏也有所加强。剧中新增《奔袭》《突破》《聚歼》三场戏以体现"正面打进去"，结尾改为伤病员痊愈后飞兵奇袭沙家浜，鲜明体现了武装斗争主线。

1965 年 4 月底，北京京剧团《沙家浜》剧组抵沪排练；5 月 1 日在上海人民大舞台首次公演。1968 年 7 月 1 日，毛泽东、周恩来观看了中央乐团演出的革命交响乐《沙家浜》。

经典余韵——永不谢幕的"江抗"故事

那颗在江阴顾山与刘飞结缘的子弹，随着由青及壮到老的刘飞时疾时徐地飞了四十五年一个月零两天，终于在乱石穿空、惊涛拍岸的江城南京找到了归宿。1984 年 10 月 24 日，芦荡英雄刘飞在南京与世长辞。一个问题令家人颇费踌躇：怎么处理刘飞身上那颗子弹？

朱一永世难忘，1945 年 9 月 19 日晚，刘飞率苏中军区教导旅准备攻取如皋城，胸部隐隐作痛的伤口提示他，两天之内必有大雨。果然刘飞在中秋之夜指挥全旅冒着倾盆大雨强渡护城河，趁守敌未发觉从城西和城北同时突破，一举歼灭城内伪军四千余人，以小的代价夺取大的胜利。莫非是受刘飞血肉之躯教化，敌人的子弹也有灵性？几度朝暮晨昏，朱一和孩子为子弹去留反复思忖，最终决定，刘飞遗体火化前取出子弹，用以教育子孙后代。在苏州市党史办主任乔家霖建议下，朱一和儿女把子弹捐赠给新落成的苏州革命博物馆。

2015 年"八一"建军节，上海沪剧院全新复排的《芦荡火种》，在故事发生地常熟再度亮相。热心的常熟人在座无虚席的保利剧院重温红色经典，发现复排后的戏扬长避短，绕开沪剧没有武打、不擅表现"正面打进去"的难题，恢复了当年加上去的"喜堂聚歼"结尾，第七代阿庆嫂重新作为一号人物出现在舞台上，全剧重新散发着浓郁的传奇色彩。而上海人也惊喜地发现，如同英国人詹姆斯的小说《失去的地平线》使云南迪庆成了世人向往的伊甸乐园香格里拉，电影《地道战》热映使冀中平原上的寻常村落冉庄成为旅游热点，《芦荡火种》和《沙家浜》也使名不见经传的小镇横泾成为红色和绿色资源俱佳的旅游胜地沙家浜，景区仅门票年收入就超过一亿元。这是红色经典在精神变物质中造福一方神奇功能的体现，是常熟人民辛勤劳动和巧用红色资源智慧的结晶，也是刘飞等伤病员对再生之地人民的特殊回报。

百岁夏光于2012年1月辞世后，追随抗战殉国的伤病员张世万等人，将骨灰安葬在沙家浜，实现了生前描绘阳澄湖朝霞誉满苏南，身后欣赏阳澄湖朝霞永世长眠的人生梦想。硕果仅存的“江抗”历史“活化石”中，曾参加过黄土塘、夜袭浒墅关车站和火烧虹桥机场等战斗，三十六个伤病员中唯一存世的九十二岁的吴志勤，1966年怀揣上百枚奖章解甲回到无锡，经过数十年苦苦寻求，终于在2014年找到了当年负伤时帮助自己和战友逃出虎口的大嫂钱石兰，在东路地区唤起新一轮“江抗”热。上海姑娘白山，是在阳澄湖护理过刘飞的唯一健在者，也是红色经典中女卫生员小凌的人物原型之一。桑榆之年，这位九十二岁的上海瑞金医院原院长最感惬意的，就是欣赏自己珍藏的阳澄湖战地小照和刘飞家人留影。九十七岁的施光华，见证了“江抗”在东路两度兴起的全过程，施老五十八年前曾为崔左夫提供过重要素材，今天仍精神矍铄，思维敏捷，成为解读“江抗”的活字典。

当年董家浜西南梅村东来茶馆老板胡广兴，在日寇封锁芦荡企图困死新四军伤病员的危急时刻，掩护侄子胡小龙水下托船潜行将伤病员安全转移，胡氏叔侄成为红色经典中茶馆老板和沙七龙的人物原型。今年5月，在有关方面的协助下，笔者在上海奉贤区找到年届八十七岁的胡小龙。抗战中胡广兴因难舍双妻不得不退党离乡到上海，后因病去世，而草根抗日英雄胡小龙，则低调存世不为人知。

自1957年叶飞牵头将吴焜遗骸从江阴迁至南京雨花台起，从“江抗”

走出的畲族雄鹰、华野一纵团长蓝阿嫩,“江抗”副总指挥、开国少将乔信明,因火烧虹桥机场声名鹊起的南京军区炮兵司令员廖政国,芦荡英雄、开国中将刘飞,谢世后相继安葬在南京雨花台。

(《光明日报》2015 年 12 月 9 日整版刊发,《新华文摘》杂志 2016 年第五期转载。本文还被《文摘报》等报纸摘编,《南京晨报》《前进报》《山东国防报》转载)

周恩来皖南秘行背后的故事

高建国

(一)

早春时节的皖南,新竹滴翠,梅花飘香。

1939 年 2 月 23 日,受中共中央委派,中共中央军委副主席、新任中共南方局书记周恩来,以国民政府军事委员会政治部副部长的公开身份,借视察浙江之名,从重庆绕道桂林,抵达安徽省泾县云岭新四军军部。

继 1937 年 10 月太原失守、年末日军攻取南京并血腥屠城后,1938 年 10 月,广州、武汉在一周时间内先后陷落。自七七事变以来,在一年零三个月的时间里,日军长驱直入,相继占领华北、华中、华南,在军事上取得重大胜利,但随着战线的延长、部队的分散、兵员的伤亡,以及占领区面临日益激烈的反抗,战略进攻已达顶点的日军渐趋颓势。何去何从的中国,又一次走到了历史的十字路口。1938 年 9 月 29 日至 11 月 6 日,中共中央在延安桥儿沟召开六届六中全体扩大会议,做出了党的工作重点是在战区和敌后农村开展游击战争、建立抗日根据地的重大战略决策。六中全会期间,由于叶挺给中央和项英发电急于赴香港,项英未及会议结束即返回皖南,未听到毛泽东的总结报告,对会议后期批判王明"一切经过统一战线""一切服从统一战线"的右倾错误,确立"巩固华北、发展华中"方针等重要精神均不甚了解。中共中央根据周恩来建议,积极做叶挺回新四军的工作。叶挺于 1939 年 2 月初到重庆,同周恩来、叶剑英长谈后,于 2 月 16 日陪同周恩来飞抵桂林。周恩来偕叶挺回云岭，主要是向东南局和新四军军部传达党的六届六中全会精神，进一步肃清王明右倾错误在新四军中的影响，共商在大江南北开展敌后游击战争的对策。同时，弥合叶挺、项英之间的裂痕，力促“将相和”，也是周恩来此行的重要使命。

2月18日，正是农历除夕，周恩来同叶挺从桂林乘火车经长沙东行，在江西樟树转乘汽车到吉安，随后到上饶，会见了国民党江西省政府主席熊式辉和第三战区司令长官兼江苏省政府主席顾祝同。2月22日，周恩来和叶挺进入安徽境内的岩寺，23日乘竹筏沿青弋江抵达泾县章渡古镇。

章渡镇历史悠久，唐代即设埠置州，管辖三县。唐代李白游历泾县时，称章渡为皖南山区之“西来一镇”。抗战时期，章渡是新四军总兵站所在地和当时地方抗战的政治中心。由章渡溯江而上四十里，就是古今旅人追逐诗意梦境的桃花潭。相传，唐天宝年间，泾州豪士汪伦欣闻大诗人李白旅居南陵叔父李阳冰家，遂修书一封：“先生好游乎？此地有十里桃花；先生好酒乎？此地有万家酒店。”李白应汪伦盛情邀请欣然而来，汪伦据实以告：“桃花者，实为潭名；万家者，乃店主姓万。”李白听后大笑不止，且不以为忤，反而被汪伦的诚心所感动，两人相谈甚欢，惺惺相惜。至此，李白视汪伦为知己，相聚数月而不归。适逢春催桃李，群山飞红，加之潭水清澈，翠峦倒映，江山如画更兼曲水流觞，李白与汪伦诗酒唱和，流连忘返。临别时踏歌古岸，李白题下《赠汪伦》这首千古绝唱：“李白乘舟将欲行，忽闻岸上踏歌声。桃花潭水深千尺，不及汪伦送我情。”

23日清晨，新四军军部干部和教导总队干部学员共两千多人，在章渡码头附近列队欢迎周恩来和叶挺。新四军副军长项英、政治部主任袁国平、副参谋长周子昆等到码头迎接。当时，从2月7日开始的新四军第二次政治工作会议正在举行，从敌后前线归来参加会议的各支队军政负责同志，也都前往章渡码头迎接。

苍翠的群山夹一泓清流，蜿蜒于黄山山脉间的青弋江上，一叶竹筏顺流而下。一身戎装的周恩来、叶挺和几名随员屹立筏上，威武而挺拔。竹筏靠上码头时，岸上的官兵有节奏地呼喊着欢迎的口号，掌声和欢呼声在山谷间久久回荡。

时年四十一岁的周恩来，赴渝履新仅一个月零十天时间，但在秘密和公开的党的建设、上层和下层的统一战线、宣传文化和群众工作等方面，都已经做得风生水起。他在国统区同民主党派及无党派代表人物、国民党内的民主派、地方实力派、著名的知识分子广泛接触，共商国是，增强相互了解和信任。特别是通过《新华日报》和《群众》周刊，积极宣传党的主张，发动工农群众和团结各阶级、阶层，支援敌后抗战，重视做好中间派的工作，对投降派、顽固派进行坚决而灵活的斗争，维护了全民族抗战的局面，扩大了抗日民族统一战线。世事纷攘之乱局，中共代表团驻地重庆曾家岩50号，客观上已成为国统区党联系群众最便捷的纽带和桥梁，也是大后方茫茫雾都中群众寻路觅航的灯塔。

（二）

第二天，新四军军部为周恩来莅临举行欢迎晚会，项英在会上向大家介绍周恩来和叶挺并致欢迎辞。周恩来代表党中央、中央军委和毛泽东，向新四军指战员致以亲切慰问，并发表了《新阶段的新关键》的演说。周恩来精辟分析了抗日战争进入战略相持阶段的形势，着重指出，经过一年半的战争，敌人速战速决的企图已被粉碎，困难日益增加，后方已显空虚，必将加强对已占领地区的统治，用中国的人力、物力、财力来打中国。在敌人占领的地区争胜负，就是新阶段中的关键。周恩来强调，在民族斗争中，阶级斗争是以民族斗争形式出现的，这种形式表现了两者的一致性。我们一定不要破坏统一战线，但又绝不可以自己束缚自己的手脚。我党的方针是统一战线中的独立自主，既统一，又独立；既团结，又斗争，以斗争求团结。那种“一切经过统一战线”，不敢放手发展进步力量的想法和做法是错误的。周恩来号召：“举起新四军铁的拳头，使敌人再不能在长江两岸依靠中国的人力、物力、财力来解决自己的困难,使他不得不消耗他自己的资财力量,使敌人达到最大的困难,造成敌人在华中的失败。”

在皖南期间,周恩来听取了新四军领导人汇报和各支队负责人意见,与从前线归来的陈毅、粟裕、傅秋涛等深入交谈,召开军部各部门人员参加的座谈会,了解和研究江南敌后游击战争的环境、特点和与此相适应的战术原则,概括了开展游击战争“敌击我隐、敌分我袭、敌进我伏、敌围我散”的十六字诀,嗣后,在6月6日中共中央南方局举办的训练班上,做了透彻明晰的阐述。周恩来深入附近机关、部队驻地,面对面了解官兵训练、学习和生活情况,到离云岭十多里的中村看望新四军教导总队(“抗大”分校)的学员,接见了在此工作的经济学家薛暮桥和夫人罗琼,并视察了新四军印刷厂。

周恩来非常喜欢生活在战士们中间,在云岭的日子里,他常利用散步的时间与战士们接触。一天傍晚,他走过一块草坪,一个小战士正沐浴着晚霞的余晖在那里操练,看见周恩来走来,小战士忙收起枪,立正站好。周恩来很感兴趣地走过去,和蔼地问道:“你今年几岁了?”

操湘南口音的小战士朗声回答:“报告首长,我今年十五岁了!”

周恩来摸着小战士的肩膀说:“你怕还没有手中的小马枪高吧?”

小战士踮踮脚尖,腼腆地说:“首长,我可比小马枪高多了!”

周恩来拍拍小战士胖乎乎的脸蛋,又问:“为什么当新四军呀?”

“为了打鬼子!”

“那么,你知道是谁领导抗战吗?”

“知道,当然知道啦!首长您昨天在我们班里不是说过,中国的西部有个延安,延安住着党中央和毛主席,共产党就是我们中国的指路明灯,明灯亮着,抗战的前途就光明!”

“答得好,答得好!”周恩来连连点头,愉快地拉起小战士的手,满含期望地说,“你现在是少年新四军,等你长成青年新四军时,鬼子就被我们赶跑了,将来建设新中国,还要靠你们。你要好好学习,学习文化知识和军事知识,在战斗中不断锻炼成长!”

3 月 9 日,周恩来在叶挺陪同下,骑着马,翻山越岭十几里,专程视察从苏南调回皖南的新四军一团,观看了部队缴获的日军文件、地图等战利品,并在全团班长以上干部骨干会上讲了话。中午,周恩来来到连队,和战士们一起就着野菜吃糙米饭。周恩来非常关心部队的思想政治建设,当他看到新四军政治部编印的连队政治教材,竟以蒋介石的演讲为重要内容时,严肃地向政治部负责同志提出批评,要求立即予以纠正。周恩来还前往泾县、旌德、太平三县交界处的小河口新四军后方医院,看望和慰问住院伤病员,对医务人员的出色工作给予肯定和表扬。

在皖南期间,周恩来观看了新四军战地服务团演出的陈白尘编剧的话剧《魔窟》,以及战地服务团自己创作的短剧《春耕曲》《母亲》。新四军战地创作组和副团长谢云晖、徐平羽(白丁)创作了一部话剧《圣诞节之夜》,再现了周恩来在惊心动魄的西安事变中力挽狂澜,通过和平解决事变,推动国共两党共襄抗战大业的历史功绩,但因碍于国共关系未能演出。服务团女作家菡子将剧本抄写在稿纸上,用红绸带扎好送给周恩来。

有一天,周恩来专门会见了当地农抗会、妇抗会、青抗会等抗日团体的代表,并特意让军部伙房置办了几桌酒菜,请当地民众抗日团体负责人聚餐。当看到当地妇女抗日联合会主任不好意思吃菜时,周恩来和蔼地对大家说:“这是我用国民政府军事委员会政治部的薪俸,请大家吃饭,慰劳大家对新四军的支援。让我们为军民团结,为抗日战争的胜利干杯!”

(三)

2 月 28 日,周恩来在云岭召开的新四军活动分子会议上,做了《关于统一战线工作》的报告,系统地论述了统一战线的性质、特点、原则、方法及其发展前途等重大问题。

周恩来向新四军领导人传达了中央关于叶挺工作安排的意见,委婉地批评了项英没有处理好与叶挺关系的问题。周恩来多次与项英恳谈，中肯地指出，叶挺是个好同志，很有军事才能，这样的将领如不去团结，还要团结谁呢？他还说，叶挺是热爱党的事业的，热爱人民解放事业的，不能认为他现在不是党员就不欢迎他参加党。中央考虑，目前叶挺留在党外对党的工作更有利些。我们要像信任党内同志一样信任叶挺同志，军事上要放手让叶挺指挥，你着重于总的领导和东南局的工作。在周恩来的帮助下，项英做了自我批评，表示要同叶挺搞好团结。周恩来还专门在住处种墨园同叶挺和项英合影留念，鼓励叶、项团结战斗，共图大业。据当时任新四军秘书长的李一氓回忆，此后叶、项之间开始保持一种和谐的状态。

种墨园主人陈冠群是国民党党员，先后担任过云岭地区的保长、乡长、第三区区长。1938 年 8 月 2 日，新四军进驻云岭时，陈冠群将叶挺军长接到家里居住。周恩来到云岭新四军军部视察工作，就下榻于种墨园，在此度过二十天。其间，周恩来在军部大会堂做报告时，陈冠群作为开明民主人士应邀出席。陈冠群对周恩来十分敬重，在周恩来即将告别云岭之际，特地在军部附近的源发祥饭店为其饯行。皖南事变发生后，陈冠群利用他的特殊身份，掩护帮助了部分新四军指战员突围。陈冠群的长子陈长寿清楚地记得，当时皖南特委书记李步新在突围中与部队失散，在当地群众帮助下躲在南堡村一个山头上。陈冠群得知消息，立即请当地保长徐承恩为他送去十块大洋和一套便衣，让其化装成老百姓突围。

1951 年镇压反革命运动中，陈冠群因是国民党员，地主成分，又长期担任国民党地方官职，被处以极刑。陈长寿回忆，当时有人劝父亲给周恩来写信反映自己的情况，但陈冠最群终没有写。1952 年，原新四军军部秘书长李一氓得知此事后，立即赶赴泾县营救，但为时已晚，给自己留下了永世难忘的遗憾，也给新四军留下了挥之不去的痛。

经过实地观察和调研，周恩来对新四军的实际状况和处境，有了更加具体和清晰的了解。当时，新四军主力驻扎在皖南，而长江沿岸据点被日军占领，军部背面是国民党第三战区司令部驻地，左右两侧也有国民党军队密集布防,处于一面临敌、三面被围的极为不利的境地。新四军的活动区域被限制在东起芜湖、宣城,西至青阳、大通镇这一横宽约一百公里、纵深不过五十公里的狭长地带。遇有不测,几乎没有回旋余地。因此,帮助新四军确定正确的发展方向,是一个重大而紧迫的问题。

根据新四军所处的区位和周边敌情,周恩来与新四军领导人反复研究,商定了新四军今后的活动方针。周恩来认为,新四军驻地东面是日军占领区,日伪军占领了大中城市及交通沿线,新四军应该到东线去抗战,建立敌后抗日游击根据地,鲜明提出"向东作战";新四军在华中抗战最有发展潜力的地方是江北,即皖东、苏北地区,故应确定"向北发展";新四军驻地南面是驻扎十多万重兵的国民党第三战区防区,而日本侵略军尚未向浙赣线进攻,这就决定了新四军不可能向南发展而只能防御,出于策略上的考虑,提出以巩固现有阵地为宜。于是,根据中共中央"巩固华北、发展华中"的战略方针,周恩来提出了新四军"向北发展,向东作战,巩固现在阵地"的发展方针。毛泽东完全同意周恩来提出的方针。次年2月19日,中共中央书记处在《对新四军发展方针》的指示中,根据周恩来概括的三句话,强调新四军要"向南巩固,向东作战,向北发展"。

(四)

1939年3月6日,周恩来给军部和驻皖南地区干部和教导总队学员做报告。上午9时,身着绿色哔叽军装的周恩来,下着马裤,足蹬马靴,背武装带,挂中将军衔,在叶挺军长陪同下,英姿勃勃来到云岭村陈家祠堂军部大会堂。与会者每人一个背包或蒲团,席地而坐。见到戎装入场的周恩来,会场先是一阵激动的低语,随即响起了热烈的掌声。周恩来健步走上由四张八仙桌拼成的讲台,频频挥手向与会者致意,然后以洪亮而又抑扬顿挫的声音开始做报告。叶挺、项英等军首长及美国记者艾·史沫特莱,围坐在讲台附近的几张八仙桌旁。

周恩来的报告讲了三个问题：

一、目前的形势与新四军的环境。(一)敌人的政策明显地表示了三个特点：1. 认定扫荡敌后方是它的中心；2. 实行政治为主、军事配合的政策；3. 无论如何还是继续战争的局面。(二)我方的政策已转到要重视敌人后方。在新阶段中，我们抗战的中心放在敌后，在敌人占领地区开展游击战，实施新的施政纲领，整理地方武装，跟敌人在政治上、经济上、文化上、军事上争胜负。欢迎各抗日党派共同到敌后去工作。(三)国际上也是极注意中国问题的：1. 非常注意敌人占领地区的情况和敌人在占领地区的政策；2. 非常注意游击战争的发展；3. 非常注意中国共产党在游击区的政权。周恩来指出，东部是中国人口最多的地区，是交通便利、土地肥沃、经济发达、文化程度高的财富地区。整个的中国东部，代表了中国走向近代化的最有力的地区。假如中国东部完全被敌人统治，我们的西部就要一天一天地贫弱危困起来，困难就要无形地加深，而敌人就能够利用中国的人力物力财力来克服自己的困难。我们要认识这个环境，这就是新四军的环境。

二、新四军的发展与困难的克服。(一)我们愈向敌人的后方，愈能够得到发展的机会。(二)愈在困难的条件底下，愈能够显出我们的特长，愈能够锻炼我们。(三)愈深入民众中间，愈能够创造根据地。(四)愈复杂，愈能够使我们的统一战线发展。(五)愈有竞赛，愈能够使我们本身进步。(六)愈坚持，愈能够影响全国全世界。周恩来在分析敌人的政策和军事技术在不断变化，新四军面临的活动地区有限、地形交通条件不利、力量还小等困难后，提出了克服困难的基本方针：(一)要坚持游击战争。(二)要坚持统一战线。(三)要坚持强大自己。(四)要坚持深入群众。(五)要坚持帮助友党友军。

三、新四军的战略、方针和任务。周恩来提出了确定新四军在江南敌后地区发展方向的三个原则：(一)哪个地方空虚，我们就向哪个地方发展。(二)哪个地方危险，我们就到哪个地方去创造新的活动地区。(三)哪个地方只有敌人伪军，友党友军较不注意，没有去活动，我们就向哪里发展。周恩来着重强调,大江南北游击根据地的创建是完全可能的。尽管敌人封锁严密,只要我们能够深入广大的群众,善于进行游击战争,我们就不会让敌人完全占领这个地区。周恩来提出,根据全国新阶段的任务,根据新四军所处地区的情况,游击战仍然是我们新四军主要的作战方针。我们要适应所处地区的特点,对游击战术有新的发展、新的研究、新的发扬。我们的游击战术应不同于华北,也不能只运用过去三年游击战的经验,应该更加灵活,更加机动,更加出没无常,更加变化无穷。干部在我们成为强大的新四军上有决定的意义,干部健全才能使工作发展。在这一方面,要用很大的力量,要很好地培养和教育。要以政治工作保证建军工作的完成,巩固党在新四军的领导,保持并发扬我们的优良传统。

周恩来的报告深入浅出,分析透彻,极大地开阔了与会者的视野,提振了将士们的信心,赢得了大家雷鸣般的掌声。

在军部大礼堂的一个角落里,来自新四军教导总队的女文化教员杨瑞年神情亢奋,鼓掌特别起劲。周恩来的报告,给年轻的杨瑞年打开了一个新的天地,使她对国家和抗战的前途看得更清楚了。

1938 年 3 月为避难先于新四军到达云岭的抗日救亡宣传队女学生陈嘉穗,于 20 世纪 80 年代中期在一篇回忆录中写道,1939 年 3 月周恩来去云岭时,杨瑞年要陈嘉穗通知各村群众和抗敌会去大祠堂开群众大会。就是这样一个不起眼的小女兵,日后却以悲壮曲折的经历和特有的巾帼豪气,在新四军的历史上闪发出耀眼的火花。

当晚,周恩来在军部大会堂参加联欢晚会。由祠堂改建的会堂虽然简陋,但晚会的组织筹划者却是中国一流音乐家。1931 年入上海新华艺术专科学校深造的何士德,曾参加上海义勇军和支援东北义勇军革命活动,并率洪钟乐社艺术家以革命音乐唤起民众抗日。1937 年 10 月,音乐家何士德从上海参加新四军,后来与陈毅联袂创作了著名的《新四军军歌》。晚会由何士德执棒指挥,周恩来与官兵坐在一起引吭高歌《三大纪律八项注意》《大刀进行曲》《我们在太行山上》。会堂里高潮迭起,群情激昂,大家对开展敌后游击战争，迎接抗日战争新阶段的到来，充满必胜的信心。

几天后，周恩来又给新四军干部做了题为《党在新四军的政治工作》的报告，对政治委员、政治机关、营政治教导员、连政治指导员和医院、兵站、电台政治协理员的工作职责，以及工作中要注意的问题，做了详尽的介绍。

（五）

周恩来视察新四军军部期间，叶挺向他汇报了新四军首长想组织创作一首军歌，以鼓舞士气和斗志，得到他的赞许。

1939 年 3 月中旬，新四军军部在云岭召开参谋工作会议，根据大家提议，叶挺、项英动员三十八岁的将军诗人陈毅撰写新四军军歌歌词。3 月 30 日，陈毅用新诗形式写出题为《十年》的军歌初稿，由项英主持，叶挺、袁国平、周子昆、李一氓等人参加讨论，斟酌推敲了一些词句，确定将三段歌词改为两段，由陈毅重新改写加工，定稿后交何士德谱曲。根据袁国平指示，6 月号的《抗敌》杂志一并刊登了改定的军歌歌词和陈毅写的军歌歌词初稿《十年》，歌词署名集体创作，绛夫（陈毅）执笔。

1945 年 4 月，何士德当选为新四军和华中区七大候补代表，是全国音乐界唯一的代表。七大代表在延安集中时，一天，毛泽东骑马到医院看望偶染小恙的陈毅，陈毅把在场的何士德介绍给毛泽东。4 月 23 日，七大在杨家岭中央大礼堂举行开幕式，经陈毅提议，毛泽东亲邀何士德上台指挥代表唱《国际歌》。

当得知新四军第三团副团长邱金声和第二团政治主任萧国生牺牲时，周恩来专门写了《纪念邱金声、萧国生两同志》的文章，发表在 3 月 13 日出版的《抗敌报》上。新四军的编制由国民政府军事委员会下达，所编政治主任与我军习惯上的政治部（处）主任称谓有别。

“致广大而尽精微。”在制定和落实新四军发展战略的过程中，毛泽东举重若轻的战略决策与周恩来举轻若重的具体实施相辅相成，像一阕磅礴而又细腻的乐章，构成了相互依存、相得益彰的壮美交响乐。

周恩来在云岭新四军军部一直工作到3月14日。次日清晨，周恩来在官兵依依不舍的目光中，乘竹筏沿青弋江踏上了赴浙江的旅途。

青山依依，碧水潺潺，周恩来与送行的叶挺并肩伫立在竹筏上，溯流而去，留下了深情瞩望的合影。周恩来与叶挺的心是相通的。在距当年汪伦踏歌为李白送行的桃花潭不远的青弋江上，叶挺为自己崇敬有加的周恩来送行，胸中澎湃的何尝不是深似千尺桃花潭水的汪伦之情！叶挺曾慨叹，周公总是那样关心人，人生得一知己，可以死而无憾！但在那一天，周恩来和叶挺两位在中国革命史上彪炳千秋的历史人物都没有意识到，这是他们此生此世最后一次晤面和倾心交流。

周恩来1939年早春皖南之行，在他的革命生涯中留下了深刻印记。1946年9月，周恩来在南京先后三次接受美国《纽约时报》记者李勃曼专访，漫忆自己的身世、父母、婚姻和赴日赴欧求学等经历，回忆了上海工人为响应北伐军举行的三次暴动、蒋介石发动“四一二”政变和汪精卫“七一五”“分共”后中国共产党举行“八一”南昌起义、红军在中央苏区的反“围剿”和长征、西安事变的和平解决以及抗战中的国共谈判和皖南事变，还专门讲到“1939年2月，我曾自重庆去桂林，到皖南视察新四军”。

多少年后，人们拂去岁月尘土，从周恩来、叶挺摄于青弋江上的那张历史照片领略那个不同寻常的瞬间，开始读懂了那叶修长的竹筏，载着的是一个正于初兴之时的党的意志，载着的是一个历史转折关头的重要战略机遇，载着的是一个如日方升领袖集团的伟大人格。

（《解放军报》2016年1月6日编发，中国军网1月6日转发，人民网、新华网1月8日转发）

一颗子弹与一部红色经典(节选)

高建国

【内容简介】长篇报告文学《一颗子弹与一部红色经典》,是反映抗日战争相持阶段,以新四军老六团为骨干的"江南抗日义勇军",按照党的六届六中全会做出的开展敌后游击战争的战略部署,根据周恩来为新四军制定的"向南巩固,向东作战,向北发展"的战略方针,在叶飞率领下,于 1939 年 5 月挺进苏南东路地区日伪重兵据守的河湖港汊水乡,机动灵活打击敌人,开辟以阳澄湖为中心的苏常太和澄锡虞抗日民主根据地的艰难曲折过程,展现了 1939 年 10 月"江抗"主力奉命西撤北上后,以刘飞、夏光为代表的伤病员,不屈不挠坚守阳澄湖芦荡斗争,终使"芦荡火种"再度燎原,此后在谭震林领导下,东路地区抗日武装和根据地建设再度大发展的波澜壮阔的历史画卷。

作品以抗战时期嵌入新四军指挥员、开国中将刘飞胸部的"一颗子弹"和根据刘飞嘱托产生的描写阳澄湖三十六个伤病员事迹的纪实文学,以及由此引发的红色经典《芦荡火种》《沙家浜》的创演为贯穿线,把宏大叙事与细微透视统于一体,从独特的视角生动揭示了"江抗"苦难而辉煌的奋进历程,是第一部全面、系统、深刻、生动反映"江抗"历史和功绩的纪实文学作品。同时,通过对"江抗"的透视,勾勒了新四军英勇曲折的发展历程,在深度开掘中披露了若干鲜为人知的史实,读来引人入胜,发人深省。

作品以磅礴的气势,生动地描述了以毛泽东、周恩来、陈毅、谭震林、叶飞为代表的中国共产党人,在中华民族面临亡国灭种之祸的危急关头，洞察历史风云，把握战局走势，科学制定持久战和敌后游击战等大战略，领导抗日军民在因地制宜实施战略中创造性开展敌后游击战争的历史进程，艺术地再现了江南水乡实施的敌后游击战争战略的全过程，从而形成了统领全篇的另一条贯穿线，栩栩如生展现了特定历史时期老一辈无产阶级革命家的感人风采，刻画和塑造了刘飞、吴焜、廖政国、夏光、乔信明、杨瑞年等新四军指战员的生动形象，使作品具有鲜明的思想性、文学性和史学价值。

沉默的上海近郊变成烽火连天战场

东路地区的敌情果然严重。

1939年5月30日晨，在江阴、无锡两县交界的小镇黄土塘，“江抗”独立支队炊事员上街采办，发现镇上有日军二百多人。“江抗”副总指挥吴焜和二支队支队长廖政国率“江抗”二路二支队（六团二营）进驻黄土塘镇小成巷东南几个村落，侦察员上街侦察被困其中，一时难以脱身。

接到赶回驻地的炊事员报告后，吴焜分析了敌情，针对可能发生的遭遇战做了紧急部署：独立支队机枪连坚守小河土坝；一支队一连进入土坝西侧河岸阵地，二连担负预备队；一支队三连及直属机枪连在小成巷村东北角隐蔽待机；二支队在小成巷村西北角布防。鉴于刚改编的独立支队缺乏战斗经验，吴焜令其随司令部行动，战斗打响即后撤向南转移。吴焜刚做完战斗部署，日军先头部队已向小成巷村方向开进，哨兵鸣枪报警，日军慌忙窜入东侧坟地，架起机枪和迫击炮向“江抗”阵地射击，并组织兵力发起冲锋。土坝西侧河岸阵地的一连开火反击，双方隔河形成对峙。这时，九十多名日军赶来增援，一连连长谭冬生身负重伤。紧急关头，二支队支队长廖政国蹿上坝头，夺过机枪猛烈扫射，挡住了敌人进攻。

廖政国1930年秋入党，同年9月参加红四方面军。这个出生于大别山北麓罗山县、喝淮河水长大的豫南汉子，在社会底层的炼狱里，锻铸了一种勇往直前的冲劲和不达目的不罢休的韧劲。廖政国历任见习参谋、连长、副营长，多次负伤。1935 年 8 月伤愈后，他任过甘孜兵站站长。1937 年 5 月，廖政国在武威县组织暴动，攻取永昌县城。红军长征中西路军失利后，廖政国沿途乞讨二十余天回延安，入“抗大”学习后与刘飞一起分配到新四军，任老六团二营副营长，做教导员工作。

激战中，一支队支队长王萱春命令二连火速占领土坝东侧河堤投入战斗。二连连长吴立夏带领全连迅速进入阵地，九挺机枪一起开火，打得敌人抬不起头来。突然，日军迫击炮弹击中了二连火力最猛的苏制转盘机枪手，日军士兵趁机蜂拥而上。千钧一发之际，二连指导员赖生弟一口气扔出几颗手榴弹压制住敌人，苏制转盘机枪重新开火。在一连火力支援下，敌人的进攻被打退，赖生弟却中弹英勇牺牲。激烈的战斗一直持续到下午，三十余名日寇横尸桥头，其中有一名日军大佐。这时，“忠义救国军”一个支队奉国民党第三战区命令，公然配合日寇前来消灭“越防区作战”的新四军。

此刻，在外敌内奸两面夹击下，“江抗”副总指挥吴焜杀红了眼，大声呼喊：“天红了，地红了，眼睛红了，杀呀！”他和廖政国端着机枪带领官兵冲锋，日寇和“忠义救国军”在“江抗”部队猛烈冲击下狼狈溃逃。

黄土塘遭遇战是“江抗”东进打的第一场胜仗。首战告捷，不仅使日军受到强烈震慑，而且极大地激发了东路人民的抗战热情。困顿中的人们纷纷睁大了惊愕的眼睛：原来日本人也是可以战胜的！胜利的消息像一股清风，使“失败”“亡国”等笼罩江南上空的愁云惨雾为之一扫。

6 月 1 日夜，在“江抗”和地方武装掩护下，吴县渭塘地区的贤圣、倪汇、永昌等乡镇上千名“农抗会”“青抗会”会员，手持锄头、铁搭、洋镐，携煤油、棉胎，分别到达苏常公路指定路段开展破路行动，烧毁七座公路桥梁，破坏路面十余公里，使公路交通瘫痪了三个月，有力配合了“江抗”东进。

6 月 24 日，叶飞和刘飞等领导经过深入研究敌情后，决定奇袭日寇踞守的沪宁（上海至南京）铁路和京杭大运河关隘浒墅关车站。作战部署确定兵分四路，一路由侦察参谋周后荣带侦察排抢占东桥镇，不露声色地把伪军一个中队解决掉；第二路以一支队二连随一路之后直扑浒墅关；第三路向望亭方向警戒；第四路攻击黄棣镇伪水警大队，力求歼其一部。东桥镇得手后，午夜1时许，“江抗”二路一支队（六团一营）担任主攻的二连连长吴立夏和指导员吴立批叔侄俩，趁守敌酣睡之际，分别带领一个排突袭车站东西两侧的日军营房，向屋内酣睡的敌人投掷手榴弹，引爆了汽油桶和弹药箱，兵营顿成火海。企图外窜的敌人被“江抗”部队机枪火力封锁，日军警备队长等三十人和七名日本职员，悉数被歼。与此同时，配合袭击浒墅关车站的“江抗”三路部队，也按预定计划击溃黄棣镇江苏省水警二纵队二大队王海宴部，带着几十个伪水警队俘虏胜利而归。焚毁的浒墅关车站破坏了附近的路轨，导致沪宁铁路被迫停运三天。

“江抗”夜袭浒墅关一日两战，双双告捷，使在日寇铁蹄践踏下窒息得透不过气来的江南新风劲吹，人心大快。历史在这个上海近郊小站续写了惊人相似的一幕：明嘉靖三十四年（公元1555年），一股来犯倭寇在浒墅关遭到痛击并被全歼。三百多年后，当年倭寇的子孙，又在这里葬身火海。

“江抗”夜袭浒墅关威震江南，进一步打破了日军不可战胜的神话。正在新四军采访的美国记者艾·史沫特莱就“江抗”夜袭浒墅关写了一篇通讯，刊登在上海、香港出版的《密勒氏评论报》等英文报刊上。上海《大美晚报》《译报》也迅速对发生在上海近郊的这场战斗做了报道。后来的军事专家认为，夜袭浒墅关车站的意义，在于面向大上海正式亮出了“江抗”的旗帜，向沦陷区人民宣示，敌伪横行的上海近郊和东路地区，终于迎来了敢打真打鬼子的部队，从而极大坚定了人民群众抗战的、中国不会亡的信心。

青浦东面黄渡地区的淞沪游击纵队四支队许雷生部，经叛徒戴迪仁牵线与日伪拉上了关系，即将公开投敌。7月19日，在“江抗”副总指挥吴焜统一指挥下，“江抗”二路、三路和青浦三支队勠力发起讨许战斗，在距黄渡敌人据点两公里许的北张角，重创许部，缴获重机枪五挺、轻机枪数十挺，生俘二百余人。许雷生因不在驻地侥幸逃脱。7月23日，吴焜率“江抗”二路七连、特务连和四连一个排，“江抗”二路二支队支队长廖政国率五连、六连和两个机枪排,分两路奔袭伪化顽军许雷生部。吴焜直取顺家桥,许雷生早已逃之夭夭。廖政国率部黄昏出发,一路疾进六十里,消灭顽军几股小部队,但奔袭虹桥许雷生残部扑了空。

收兵回营途中,经过一处非常平坦空旷的场地,有高塔,有洋房,还有铁丝网,廖政国问向导:“这是什么地方?”向导说:“这是东洋赤佬的飞机场。”官兵们一听就来劲,纷纷怂恿支队长:“开开洋荤吧,打几架日本鬼子的飞机可是个大胜仗!”廖政国也动心了:八路军火烧阳明堡日军飞机场威震敌胆,新四军何不夜袭虹桥机场给小鬼子点颜色看看!他来不及向“江抗”总指挥部请示,把张锡能、蓝阿嫩、叶克守等连长、指导员找来商量,当机立断决定两个连队分头突击,一枪未发顺利突入机场大楼,缴了十几个正在熟睡的伪警察的枪。随后,廖政国迅速收拢部队冲向停机坪,不顾机场四周碉堡里日军的扫射,在机枪排掩护下,蓝阿嫩率五连官兵打开汽油桶点燃停机坪上的四架飞机,而后廖政国率部队立即撤出战斗。第二天,还是美国进步记者艾·史沫特莱,在美国和香港报纸上报道了中国抗日武装火烧虹桥机场的重磅新闻。“江抗”在日军宣称中国抗日力量绝对进不了的地方虎口拔牙,震惊海内外。

上海虹桥机场是“江抗”东进作战最远的一个标志点,虹桥机场之战是“江抗”对社会各界影响力、吸引力大增的转折点,其政治意义和综合效应大于军事意义。火烧虹桥机场的最大战果,是其政治影响超过了夜袭浒墅关车站,“江抗”在江南人民中的威望空前提高,大批知识青年和工人、市民,从上海等地踊跃参军。

8 月上旬的一天,“江抗”负责青浦军事工作的周达明,指挥独立一支队和青浦三支队,在上海西郊庄家浜奋起抗击乘汽艇来袭的日军,打死打伤三十余人。此后不久,“江抗”三路一支队三连在嘉定城郊遭遇日军一小队,果断先敌开火,毫无戒备的日军折兵七八人后,被逼进一所瓜棚死守,频频用旗语向城中日军求援。扬眉吐气的嘉定居民纷纷在自家楼上观战,其中不乏英美等国的传教士。

《大美晚报》记者舜江起初认为,“上海近郊,日人防御坚固,而且是火网布置得最严密的地方”,“江抗”要挺进上海近郊“是不可能之事”,决定随军东进采访。通过身临其境、亲自目睹,记者终于明白了“江抗”东进成功的原因,原来“它是有民间基础的地方部队”,“他们的唯一优点,就是与地方人民取得密切的联络。他们并不是消极的秋毫无犯,而是积极的发动民众参战,因为他们的军事动作,配合在政治的运用上……记者经历各省,看到过的游击队与正规军很多,从未见过像‘江抗’队伍那样与地方人民融洽得打成一片,推究其原因,因为是民众自己武装组织起来的队伍”。舜江常为“江抗”与江南人民之间的鱼水深情“感动得无法抑制由内心燃起来的热泪”,他深有感触地指出:“江南人民看得很清楚,拥有民间基础的新兴势力,正在蓬蓬勃勃地发展中。”

1940 年 11 月 7 日,东路军政委员会主任谭震林在《大众报》发表题为《东路一年》的文章,赞扬“浒墅关之战,虹桥飞机场之行,已使沉默的上海近郊,变成了烽火连天的战场”。

叶飞四天连折两员虎将

不料,在无锡鸿声里“江抗”武装缴械中漏网并逃去上海的邓本殷的“投诚报告”,帮助国民党比较确凿地搞清楚了“江抗”的真实身份。

1939 年 8 月中旬,邓本殷借口身体不适离开无锡鸿声里,抵沪后即向戴笠密报了“江抗”的背景,称“匪首叶琛系新四军陈毅部之团长,派至苏、常一带活动,名为抗日义勇军,实为新四军之干部……现在该部之异党分子宣传赤化,诋毁中央,煽惑民众抗租,扰乱地方秩序,请予剿除,以弭后患”。

戴笠接到邓本殷密报后,速呈报蒋介石,蒋介石又把戴笠的密电批给国民党第三战区。第三战区在变本加厉向新四军施压之际,密令第三十二集团军副总司令王静久、“忠义救国军”总指挥俞一则“剿办”“江抗”。

国民党军第三十二集团军一面调遣新三十师协助“忠义救国军”执行

“剿办”任务，一面通过第三战区再次下达禁令：“新四军各支队非由本部命令不得擅自进入金（坛）、丹（阳）、无（锡）、镇（江）以东地区活动。”江南顽伪交替使用遏、“剿”两种手法，企图先孤立再消灭“江抗”于东路地区。

1939 年 9 月初，“江抗”为执行上级关于开辟澄东，使东路与澄西、丹北地区连成一片的指示，主力部队回师锡澄地区。

9 月 8 日，“江抗”第三路撤回常熟地区。

9 月 21 日，“江抗”主力在江阴顾山南麓遇“忠义救国军”第五、六支队和第十支队残部突然袭击，刘飞率“江抗”二路一部自东向西奋力反击。部队突入“忠义救国军”前沿阵地，刘飞随即跃起，带领部队向山上猛冲。

刘飞有句口头禅：“不到第一线，怎么掌握敌情？”在他看来，指挥员是喊“跟我上”还是“给我上”，这是共产党军队区别于国民党军队的一个本质特征，指挥员冲锋在前，是党领导的人民军队克敌制胜的重要法宝。

刘飞挥舞短枪冲到半山腰，突然胸部左侧中弹，口鼻蹿血。警卫员何彭福和战士小孙哭着从地上扶起刘飞，刘飞镇静地问：“背后有没有血？”

何彭福哽咽着说：“没有。”

“没打穿就没事！”

刘飞挣扎着起身冲出几步，又一头栽倒在地。吴焜见刘飞负伤，顿时怒火中烧，带领战士们高喊着为刘主任报仇的口号，猛虎一样向山上冲去，将“忠义救国军”击退。

山坳里，何彭福含着泪水用绷带横着给刘飞包扎，但刘飞手臂一动绷带就脱落了。在刘飞指导下，何彭福给刘飞做了斜角包扎，后来又去找来一块门板，和卫生员一起，把他抬到隐蔽处。

刘飞问：“我们的部队打上去没有？”

何彭福说：“部队已经占领了山头，敌人被我们打下去了。”

刘飞脸上露出了笑容。

叶飞得知刘飞负伤，像被陡然砍了一刀，大有顿失股肱之感。东进作战以来，叶飞日益强烈地感到，军中不可一日无刘飞！痛惜之余，叶飞意识到眼下不是懊恼的时候,还是救人要紧!他火速派“江抗”五路政治处主任张志强备船,把刘飞送往阳澄湖后方医院。

张志强原名郑潮涌,化名“老牛”。当时,从江阴、苏州到常熟须乘船走水路。“老牛”找来一条八九成新的木船,铺好褥垫,安置刘飞躺下,然后和刘飞警卫员何彭福一起,从水上把刘飞送到苏州太平桥伤员转运站。一些人得知子弹是从刘飞胸部左乳头边上打进去的,都感到凶多吉少,认为刘飞这一去怕是回不来了。“江抗”总指挥部甚至通知部队准备为刘飞开追悼会。但刘飞在伤员转运站经女护理员包蕴打止痛针和清理瘀血后,奇迹般地活了下来,换乘小船被转送到阳澄湖上的“江抗”后方医院。

“忠义救国军”得到增援后,继续向“江抗”进攻,“江抗”派秘书长陈同生前往谈判,希望停止冲突,一致抗日。但“忠义救国军”佯称罢兵,实则加紧准备对“江抗”实施新的袭击。

三天后,“江抗”向西北转移行至江阴徐霞客故里马镇(今霞客镇)湖塘里,又遭“忠义救国军”侧击。吴焜亲率一个排驱赶敌人,听到山上敌人一挺疯狂扫射的重机枪枪声特别清脆,吴焜判断这是新的且很有杀伤力的38式重机枪,因为新枪枪膛紧,所以枪声格外清脆。他指挥战士正面佯攻,自己带领十几个战士从侧面悄悄爬上山顶敌机枪阵地,一枪把机枪手撂倒,扑过去夺过这挺38式重机枪,掉转枪口向敌猛扫,敌人阵脚大乱,像割韭菜一样纷纷倒下。吴焜越战越勇,但由于过分暴露,遭敌集火射击,不幸头部中弹。吴焜被抬到马镇时停止了呼吸。

吴焜,四川万县人,船工出身,曾在四川军阀杨森部当号兵。他看到红军官兵平等,救济穷人,便给一名被俘的红军战士找了一身自己部队的军装,与他一同逃离杨森部队。吴焜参加红军后英勇善战,曾任红六军团十八师师长。1938年春,他和刘飞等从延安调新四军,任六团副团长。

陈毅惊闻吴焜顾山殉难时,正准备二进泰州,说服国民政府鲁苏皖边区游击总指挥部正副总指挥李明扬和李长江信守中立,绝不反共。行前机要参谋见陈毅劳顿数日,身心交瘁,想陪他下盘棋解解乏,可棋盘尚未摆好,就传来噩耗。

“吴老虎”，这个见了敌人就不要命的“吴老虎”啊！陈毅手中的棋子顿时掉落地上，良久才吩咐机要参谋给军部发电报告吴焜牺牲事。

刘飞在后方医院得知吴焜战地英勇捐躯，禁不住悲恸万分。

生死契阔，往事如烟。吴焜，何等威猛的一条四川汉子！“江抗”东进以来，江南日伪无不对他闻风丧胆，谓之“吴老虎”。眼下，在开辟东路根据地的关键时刻，他竟然同朝夕相处、生死与共的战友永诀！刘飞肺部伤口受到刺激，不由得大口吐血。那两天，医护人员的心都提到了嗓子眼儿。

江阴之战，叶飞四天时间连折刘飞、吴焜两员虎将，悲愤难抑，决定隆重安葬吴焜。他亲自交代张志强承办吴焜后事，颤声说：“要厚葬！不能亏待他！”张志强到朱家湾地主家买了一口油漆过多年的大寿材。9 月 24 日，叶飞主持悼念仪式，警卫班鸣枪致敬，把吴焜安葬在马镇周庄定山中庵东南山坡上。

1957 年，“江抗”副总指挥、时任南京军区空军后勤部政治委员的乔信明，回忆十八年前叶飞痛悼吴焜的情景，仍清晰如初，历历在目：

当年，我把追悼和安葬的事办好后，又检查了警戒部队。我有点不放心叶司令员，他是很重感情的，一听说吴副团长牺牲，悲痛万分，一到定山湾宿营，立即叫电台架线，向陈毅司令员报告，同时做了检讨并请求处分。我怕他悲愤伤身，想劝他早点休息，看他倒在床上，以为他睡了。我也疲劳，倒在床上睡着了，等我醒来，看到叶司令员坐在桌边写什么，眼睛红肿，警卫员悄悄告诉我，首长哭了一整夜。

1939 年 9 月 24 日，新四军二团团长王必成率部赶赴江阴增援接应，与“江抗”主力在周庄定山会师。鉴于“忠义救国军”步步紧逼，欺人太甚，“江抗”有两个主力团，战斗力很强，占据明显优势，“江抗”总指挥部报请新四军江南指挥部，拟于拂晓前向集结在锡北黄梅夹山一带的“忠义救国军”发起反击，并做好战斗部署。

陈毅相忍为国前线弭兵

吴焜牺牲和刘飞负伤,震动了新四军军部。

鉴于“忠义救国军”已调集六个支队五千余人猬集澄锡交界的西胶山一带,国民党军六十三师等部队正从太湖加紧进逼,“江抗”与国民党军的大战已箭在弦上、一触即发。项英给陈毅连发三封电报,明确指示:“江抗”不能打!新四军江南指挥部副指挥粟裕也认为,打非上策。叶飞却感到胜券在握,不惜一战。

陈毅坚决执行新四军军部指示,为顾全抗战大局,缓和事态,以相忍为国的博大胸怀,做出了通过谈判解决争端的决定。陈毅发电报给叶飞、王必成,下令停止行动,继续西撤。部队官兵义愤填膺,高呼“严惩卖国贼”的口号,纷纷请战。叶飞悲愤地说:“要撤,也要决一胜负再撤!”他再次电请陈毅批准拂晓发起总攻。半夜时分,陈毅急电叶飞、王必成,严令“撤兵集结待命”。陈毅在电报中指示,“江抗”和新四军二团继续向西转移,他本人将前来江阴传达军部决定。

1939年9月29日,陈毅专程赴国民党江南行署谈判,经与行署主任冷欣商定,双方同时撤出战斗。一场大规模摩擦战斗终于得以避免。翌日,陈毅由新四军二团副团长刘培善陪同,带一个特务连,昼夜兼程赶到周庄定山湾,随即召开军事会议。陈毅听取了叶飞、何克希等人的情况汇报,开门见山提出:“你们十八路诸侯来此会聚,战争时期情况紧急,讲话一律从简。”听完汇报,陈毅做了讲话:

六团东进收获很大,只有几个月的时间部队就发展了几倍,武器装备有了极大改善。但问题是“吃”得太多,一时还不能消化。虽然胜利是很大的,但是部队新成分太多,未经整训。苏南地区铁路、公路、河流密布,敌人的陆海空部队能迅速纠集,而我方不便于大兵团活动,只适宜留少数游击部队,依靠群众,长期与敌人周旋。何况南京、上海是敌人的心脏,经常驻屯重兵，敌强我弱的形势不是一年两年可以改变的，必须做持久的斗争。我们不但要动员长江南岸的群众，还要动员长江北岸的群众，才能取得对日作战的最后胜利。我们的斗争策略主要是依靠群众，但还要善于调动一切对革命事业有利的后备力量。在大江南北，有地方实力派，有各式各样的游杂部队。如果单依靠我们作战英勇，横冲直撞，那不但不能消灭敌人，反而会孤立了自己。如何争取多数，主要是依靠发动群众，但是还有一条，即如何争取更多的同情者，即使是暂时的同情者也罢。只有如此，才能孤立少数投降派、顽固派，也才能集中从各角度发出的子弹，打在一个共同的靶子上面。

晚上，陈毅找叶飞个别谈心时透露，蒋介石已下令把丹阳整体从我活动区域划出去，不准新四军再入丹北活动。叶飞心里一惊："忠义救国军"陈兵江阴，丹阳又要划出，这分明是想隔断江南江北新四军的联系嘛！原来蒋介石始终在盯着苏北和华中呵！陈毅告诉叶飞，据密报，最近韩德勤和冷欣都在积极向新四军"挺进纵队"活动。叶飞恍然大悟，终于悟透了陈毅战略转兵、以退为进的妙棋高招。

陈毅向部队传达了中共中央和新四军军部关于苏南新四军发展苏北的指示，提出了"为建设苏北抗日根据地而斗争"的口号。经过两天的传达学习和讨论，部队上下统一了思想，"江抗"先行撤离东路，转至澄西进行整编。

在江阴县西石桥，陈毅继续做"江抗"官兵的思想工作，先是在西石桥小学召开营以上干部会议，耐心向大家解释，"江抗"西撤是为了更好地保存东进聚集起来的力量，完成党中央确定的发展苏北的战略任务，再三讲明军事服从政治、战役服从战略的道理，并就抗日民族统一战线、建立抗日根据地等重大问题，做了通俗透彻的论述。接着又在西石桥东戏楼广场召开"江抗"全体军人大会。

会场上，"江抗"全体指战员以连为单位，齐刷刷坐成一个个方阵，方阵前一字儿摆开擦得锃亮的各式机枪，不无骄傲地展露了"江抗"不俗的实力。

陈毅对“江抗”东进抗日的战果表示满意,称赞“江抗”出色完成了人、枪、款三大任务。在阐明“江抗”西撤的重要性和必要性时,陈毅指出,军队在敌后作战,切忌暴露自己,否则很容易陷入敌人重围而吃亏。俗话云:杀敌一千,自损八百。既要向北发展,就得保存力量,切勿同敌人拼消耗。一切要以抗日大局为重,切勿造成“螳螂捕蝉,黄雀在后”的危局。陈毅宣布了新四军江南指挥部关于“江抗”西去扬中整训的决定,指出,“江抗”东进抗日的胜利,为北上开辟苏北抗日根据地创造了条件,要求官兵把眼光放得更远些,愉快上缴富余枪支和向其他部队输送兵员。针对“江抗”一些连队中存在的较为严重的本位主义,他举起一支步枪,激昂地说:“我们是共产党领导的抗日军队,决不容许有本位主义存在。谁敢违抗军令,就撤谁的职！就砍谁的头!”

军人大会后,“江抗”开始整编,撤销原有的二、三、四、五路建制,部队整编为两个主力团。“江抗”一团以原“江抗”二路为主体,乔信明任团长,刘先胜任政治委员,廖政国任参谋长,吕平任政治处主任。“江抗”二团以原“江抗”三路为基础,并入“江抗”四路的原胡肇汉部、原杨忠部和原强学曾部,徐绪奎任团长,何克希任政治委员,廖昌金任参谋长,杨浩庐任政治处主任。

“江抗”上缴军部和调剂给其他部队大宗枪支弹药,仅机枪就近二百挺。富余兵员主要补充给新四军二团。

陈毅说服叶飞西撤北进后如释重负。筹集人、枪、款,开辟东路抗日根据地,分兵江北发展苏中,“江抗”东进三步战略已然实现,陈毅把视线转向广袤的苏中。

1939 年 10 月初的一天,陈毅到长江最窄处的江阴段勘察地形,选择“江抗”部队北渡地点。宽约三里许的长江江阴段,山水苍茫,阅尽兴亡,素有“锁航要塞”“江上雄关”之称。古往今来,江阴既是由海入江的咽喉,又是南北交通的孔道,历来是兵家必争之地。1937 年 12 月 1 日,日军突破江阴城西和北关。当晚,国民党军江阴要塞总司令刘兴即下达退却命令,国民政府斥巨资构筑的江防炮垒江阴要塞，在御敌安国中尚未发挥任何作用，即变成侵略者铁蹄任意践踏的废垒。

那个日暖风煦的秋日，陈毅缓辔策马，在江边徘徊有顷，但见浩瀚江阴要塞风波骤歇，天高地阔，滚滚长江载不尽千秋往事，益发催人生出几多遐思。

毛泽东曾笑谓陈毅：你打了胜仗总是要写诗的。素来上马杀敌、下马写诗的将军抚今忆昔，感念江南敌后游击战争风涛万里的喜人局面，心中似有千帆驶过。

"月下江流静，荒村人语稀。"是夜风轻云霁，月华如银，万里长江波澜不惊。陈毅不由得诗兴大发，挥毫草就《夜过江阴履国防废垒有作》这首脍炙人口的诗作：

江阴天堑望无涯，废垒犹存散似沙。
客过风兴敌惶急，军民游击满南华。

1939年10月26日，整编后的"江抗"开赴扬中岛，与新四军挺进纵队合编为新的挺进纵队，曾任新四军江北指挥部第一纵队司令员的管文蔚任司令员，叶飞任副司令员，曾任新四军先遣支队一大队副大队长的张藩任参谋长。原"江抗"一团和二团，分别编为挺进纵队一团和二团。

新四军挺进纵队北渡长江后，成为新四军江南指挥部领导的主力部队之一，1940年7月改称新四军苏北指挥部第一纵队，叶飞任司令员。1941年2月，新四军苏北指挥部第一纵队改编为新四军一师一旅。1942年11月，由新"江抗"发展而来的新四军六师十八旅划归新四军一师，新老"江抗"殊途同归，共同会聚在中共中央称之为"战略单位"的新四军一师的光荣旗帜下，实现了同出一门的兄弟部队血脉融合，这是后话。

（《文艺报》2016年2月17日整版刊发）

雨花台上

高建国

又是江南草长莺飞时节,我来到风景秀丽的红色圣地雨花台,寻觅"江南抗日义勇军"前辈神秘的人生"后花园",瞻仰叱咤风云的东路英雄光耀千秋的灵魂安歇处。

六朝雨花凝天地神韵,一部青史铸千秋圣台。雨花台从公元前1147年泰伯到这一带传礼授农算起,已有三千多年历史。自公元前472年越王勾践筑"越城"起,雨花台一直为江南登高揽胜之佳地。三国时,因岗上遍布五彩斑斓的石子,又称玛瑙岗、聚宝山。相传南朝梁武帝时,有位高僧云光法师在此设坛讲经,感动上苍,落花如雨,雨花台由此得名。

"葬我于高山之上兮,望我故乡……天苍苍,野茫茫,山之上,国有殇。"1962年1月24日,新中国成立前夕痛别妻儿被裹挟到台湾的于右任,在海峡彼岸饱蘸血泪写下了《望大陆》一诗,发出了呼天抢地的呻唤。

凭险临江的雨花台,历史上就是掩埋忠骨之地,每每上演"山之上,国有殇"壮怀激烈的一幕。南宋抗金英雄杨邦乂拒不降金,被金人在雨花台下剖腹取心,宋高宗赐谥号,建"褒忠祠"。一百五十年后,抗元英雄文天祥兵败被俘,押解大都(北京)途经建康(南京),作《怀忠襄》一诗,表达了对杨邦乂的敬仰之情和殉国之志。文天祥殉难后,人们在"褒忠祠"附祀他,遂改名"二忠祠"。1927年以后一段风雨如磐的岁月,雨花台成为新民主主义革命时期中国共产党人和爱国志士最集中的殉难地,无数烈士在这里血洒圣台,其中留下姓名的仅两千四百零六人。

登临雨花台,一个无法绕开的亡灵是南京大屠杀主犯、日军第六师团中将师团长谷寿夫。1937 年 12 月 12 日 12 时 30 分,谷寿夫对其攻破南京城"首功"部队宣布,"解除军纪三天"。灭绝人性的第六师团在中华门、城西长江畔至下关一线,进行了惨绝人寰的疯狂屠杀,罪孽之深重,时逾六周,江边流水尽为之赤,城内外河渠沟壑无不尸满为患。南京屠城后,谷寿夫被日本天皇亲授金鸱军功奖章,并加授大勋位菊花大绶章。西方媒体揭露南京大屠杀真相后,日本高层不得不将声名狼藉的谷寿夫召回国内转为预备役。1946 年 2 月 2 日,谷寿夫在家乡冈山县小镇被美军宪兵抓获。同年 8 月,关押在巢鸭拘留所的谷寿夫被引渡中国,羁押于上海警察局小南门看守所,其间上演了一幕颇为惊险的劫狱闹剧:谷寿夫旧部河野满少佐、冈田次郎上尉和韩裔女特务李长美,收买了看守所副所长毕尚清,给谷寿夫服药使其突发"重病",而后在上海一家教会医院"死"去。当日深夜,几个黑影扛着一具尸体摸进医院太平间,企图与佯装死亡的谷寿夫调包,不料停放谷寿夫的 19 号尸床是空的!原来,国民政府国防部军法司特勤组军官验尸时,发现谷寿夫诈死,当即将其押往南京,关进陆军特种监狱。河野满等人旋即赶到南京绑架了特勤组成员邢某,正欲活埋时,邢某挣脱绳索,打死女特务李长美,抢先用电话报告监狱,预有准备的狱警生擒河野满,击毙冈田次郎。河野满入狱后咬碎牙中毒药自杀,劫持谷寿夫的阴谋化为泡影。

南京大屠杀十年后的 1947 年 2 月 6 日下午,国民政府国防部军事法庭对谷寿夫进行公审。军事法庭统计出当年南京计有三十四万五千三百三十七人被害。谷寿夫百般抵赖,声称部队"不乱杀一人"。军事法庭庭长石美瑜怒不可遏,当庭下令展示取自雨花台万人坑的累累颅骨,每一个颅骨底部明显的切痕,都无可辩驳地证明死难者全部都是被刀砍头!当年曾组织掩埋遇难者尸体四万余具的红十字会副会长许传音出庭作证,充满正义感的国际友人金陵大学教授史密斯、贝德士和英国《曼彻斯特卫报》、美国《纽约时报》驻南京特派记者,相继出庭指控日军暴行。法庭放映了美国驻华使馆新闻处拍摄的纪录影片,镜头里在中华门指挥部队疯狂屠杀和平居民的日酋,正是嗜血恶魔谷寿夫!2 月 25 日和 3 月 10 日,军事法庭又两次公审谷寿夫，上千民众扶老携幼、顶风冒寒前来控诉谷寿夫的滔天罪行。铁证如山，谷寿夫不得不向中国人民低头认罪。正义或许迟到，但不会缺席。4月26日，谷寿夫在南京市中山路307号励志社大礼堂（今钟山宾馆）黄埔厅被判处死刑，押至雨花台执行枪决。屠城主凶谷寿夫，成为战后在雨花台血祭成千上万抗日英烈和无辜冤魂职务最高的战争罪犯。

1939年5月，根据党的六届六中全会关于把全党工作重心转到开展敌后游击战争上来的战略决策，新四军一支队司令员陈毅冲破阻力，毅然派叶飞率老六团以“江南抗日义勇军”名义东进，驰骋苏南五个月迅速发展到五千人枪，在水网纵横、人烟稠密、敌人重兵据守的日伪心腹地带，胜利开辟了以阳澄湖为中心的苏常太和澄锡虞抗日根据地，“江抗”副总指挥吴焜等将士英勇牺牲。1957年，叶飞与在宁“江抗”领导人动议，将吴焜遗骸从江阴定山湾迁葬雨花台。从那时起，随着“江抗”辽远悠长的集结号声的召唤，一些原“江抗”领导人及追随他们南征北战几十年的部属，百年后陆续会聚于此，在这片圣土找到了人生归宿。

1985年百万大裁军后，我首次走进当年在阳澄湖畔创造英雄传奇的由抗日武装发展起来的二十集团军，立刻被其恢宏奇特的斗争历史所吸引。这些年我在追寻“江抗”气壮山河、经天纬地的不朽伟业时，发现那些在中国面临亡国灭种之祸时并肩呼啸猛进的勇士，人生大戏谢幕之际，都不约而同会聚于南京雨花台。于是，拜谒雨花台，成了我为“江抗”传神写照的必修课。

进入雨花台功德园拾级而上，最先看到的是由叶飞题写碑名的赭红色吴焜墓碑。光阴荏苒，流光似箭，这位当年苏南日伪顽畏之如虎的红军师长，在殉难地附近江阴定山湾小憩十八年后，已经在这片充满英风浩气的圣地长眠五十八个春秋了。

据说雨花台的忠魂多红色恋情。生于1910年的吴焜，在这个世界上生活的二十九年充满了苦难和危险，当他刚刚与自己挚爱的镇江姑娘、新四军战地服务团演员杨瑞年相识相恋时，不幸血洒江阴，以身殉国。很多人都知道“江抗”有个虎将吴焜，但很少有人知道吴焜与杨瑞年甜蜜而又悲楚的恋情。今天的人们已经无法想象当年吴焜的壮烈牺牲，会给杨瑞年带来怎样的打击，但想起被囚于上饶集中营的这位新四军女战士在刑场上视死如归，身中六枪还高呼口号的悲壮一幕，想起吴焜猛虎一样扑向敌人喷着火舌的机枪，掉转枪口向敌猛扫直至中弹牺牲的震撼人心的场景，人们怎能不为两位新四军儿女的侠骨柔肠所感动和骄傲！

吴焜和杨瑞年战火中的红色恋情，绚烂不逊五彩雨花，悲壮不输千秋忠魂！2014 年 8 月 29 日，虎将吴焜的赫赫英名，光荣入选国家民政部公布的首批三百名著名抗日英烈和英雄群体名录。

来自新四军老六团的华东野战军第一纵队团长蓝阿嫩虽是小字辈，却是继吴焜之后第二个来雨花台的“江抗”红军战士。1963 年 4 月 7 日，国家有关方面把蓝阿嫩的灵柩从当年的山东战场起运到南京时，专门动用了一节车皮。迎灵那天，刘飞、乔信明、廖政国、曾如清等来自“江抗”和新四军的将领，亲赴南京中华门车站为蓝阿嫩扶灵。当八名壮工用木杠把蓝阿嫩残旧的黑色棺木从火车上抬下，众多身经百战、伤痕累累的将军用颤巍巍的手抚棺前行时，他们感到，那只英勇无畏的畲族雄鹰，凤凰涅槃般复活了，惯于呼啸沙场、斩关夺隘的蓝阿嫩，又重新回到了“江抗”和新四军、山东野战军、华东野战军第一纵队的战斗序列里。

1947 年 1 月 15 日，在鲁南战役第二阶段攻克齐村的战斗中，担任主攻任务的华东野战军第一纵队一旅一团，向敌一一三旅旅部发起进攻。一营三连爆破手杨根思和另一名爆破手受命炸掉十字路口大碉堡和周围三个暗堡。由于敌火力严密封锁，两名爆破手几次翻滚腾挪，怎么也躲不开敌人轻重武器编织的火网。杨根思匍匐前进来到连部，恰好副团长蓝阿嫩到达前沿实施指挥。杨根思上气不接下气地对蓝阿嫩说：“报告副团长，敌人炮火封锁得很厉害，无法抵近碉堡，我报告排长批准我牺牲，排长不批准。哪有人家要求牺牲也不批准的？”

蓝阿嫩非常喜欢这个憨厚的战士，拍着他的肩膀说：“不是要你去牺牲，而是要你去夺取胜利！”他指着左侧一个四方形碉堡说，“你从二连那里插进去，可以避开敌人的火力封锁，先炸开方形堡，再从左面向里插！”

杨根思抱起炸药包，接连投出两颗手榴弹，趁着烟幕飞快逼近四方大碉堡，正要引燃导火索，忽听里面的敌人吵成了一锅粥。杨根思贴近一听，原来敌人是争论投降还是不投降。杨根思一个箭步蹿进碉堡，高举着手榴弹大喊：“缴枪不杀！”一下子俘虏了上百名敌人。凌晨3时，齐村守敌被全歼，旅长李玉堂、副旅长李朴全以下两千五百余人被生俘。

1950年9月，时任连长的杨根思，从朝鲜战场归国出席全国战斗英雄代表大会，旋又重返朝鲜前线。同年11月29日，杨根思在长津湖率部阻击南逃美军，用尽弹药后抱起炸药包冲进敌群，与四十多个敌人同归于尽，胜利完成了阻击任务。1952年9月，中国人民志愿军为杨根思追记特等功，并追授“特级英雄”称号，命名他生前所在连为“杨根思连”。在中国人民志愿军十九万七千六百五十三名烈士中，只有杨根思和黄继光获“特级英雄”殊荣。

作为第二十集团军曾经的一员，我到沈阳工作后，曾多次到位于皇姑区北陵公园东侧的志愿军烈士陵园凭吊与瞻仰，伫立在杨根思墓前静思默想，久久不忍离去。2014年3月28日，在韩四百三十七具志愿军烈士遗骸归国时，作为这一仪式的军方组织者，我专程来陵园检查烈士遗骸安放处，再次拜谒了杨根思烈士墓。

2009年，杨根思被评为“一百位新中国成立以来感动中国人物”。杨根思成为名垂青史的著名战斗英雄，蓝阿嫩功不可没。

蓝阿嫩遗骨迁葬雨花台后，“江抗”老领导以华东野战军第一纵队名义给他立了碑。让蓝阿嫩从陌生的战地回归一纵这个温暖的战斗集体，是“江抗”老首长对爱将最大的人文关怀。

蓝阿嫩迁葬雨花台二十一年后的1984年，时年七十三岁的陈挺不顾年迈和身患高血压等病症，徒步跋涉来到不通公路的闽东山区，拿着军用地图和放大镜实地勘察，召集当地年长者座谈调查，最终在福建省柘荣县富溪乡草籽坪村找到了蓝阿嫩老家。陈挺想起蓝阿嫩十三岁参军后就跟在自己身边当通信员，在南方三年游击战争中跟大人一起吃树皮草根从不叫苦，还常常施展甩石击鸟绝技打鸟给自己打牙祭，禁不住老泪纵横，特意给蓝阿嫩的女儿蓝谷平写了一封长信，要求她回老家看看，“温故而知新”。

2008 年冬，父亲牺牲六十周年之际，蓝谷平到徐州淮海战役纪念馆寻觅父亲踪影，挥泪写下了《爸爸，我想对您说》一文：

爸爸，几十年后，您的老首长和老战友们，陆陆续续都聚集到了望江矶，这是你们这些战将们最后“攻占”的一个制高点。不同的是，高地下不再是硝烟弥漫的战场。每到星空朗月的夜晚，在黑黢黢的松林尽头，细心的人们静下心来侧耳倾听，仿佛能听到从望江矶上隐约飘过来的那一阵阵只有军人才有的那种遏制不住的开怀大笑声。你们这伙永远不会老也永远不会死的战争煞神们围坐在一起，望着滚滚东去的长江，加农炮、榴弹炮加火箭炮，和你们的大嗓门一齐“开炮”了：夜袭虹桥机场、养伤“沙家浜”、大战孟良崮、风雪长津湖、横扫一江山……说到兴奋处，免不了高谈阔论起美好的未来。……在望江矶上，爸爸，我相信您一定会指着灯火辉煌的南京大都市而万分惊喜。我想您又会提出不少奇怪的问题，并引来大伙儿的哄笑吧！爸爸，能打仗的人爱笑。你们的笑声极具爆炸性，能量高，冲击波强。笑声也曾深深感染过多愁善感的我，但每次喜尽悲来，我还是要为您大哭一场！爸爸，您血雨腥风苦了一辈子，枪林弹雨打了一辈子，没有享受过一天进城的好日子。牺牲时舍下的是一岁多的女儿和刚出生两个月、从未谋面的儿子。

纯粹的人如同透明的书。爸爸，您就是这样的书，在淮海战役纪念馆我又一次看到了您，您也在透明的书页那边用那善于探索的眼神看着我。在人生大大小小的转折点，我都会去读读这本书。这个习惯我保持了大半生。我常常怀着深切的敬意，感受着爸爸和战友们在他们那个时代做出的惊天动地的伟业，体味着前辈们浴血奋斗的战斗豪情，学习爸爸的为人和做事。弹指一挥间，我已从小姑娘读成了老太婆了。年轻时，从书中寻找生活的理想和力量；老了，掩卷长思，常常禁不住老泪纵横……

爸爸，我和您相隔阴阳两界整整六十年，如今我已经六十多岁了，而您永远是二十九岁。您的一生是那么短暂，但您活得纯粹，活得精彩，活得有价值！您的生命中属于我们家的只是小小的一部分，而您真正属于和您同甘共苦的战友，属于生您养您的畲族人民，属于你们那个不愿做奴隶的悲壮时代，属于培育您成长的人民军队，属于无数前辈和先烈用鲜血和生命为子孙后代缔造的新中国！

长歌当哭，泣血祭父，襁褓中就痛失慈父的蓝谷平，穿越六十年历史时空，寻访徐州古战场，遥望南京雨花台，其畅诉衷肠的心声情动大江南北，纵贯阴阳两界。蓝阿嫩泉下有知，怎不泪飞顿作倾盆雨！

第三个来雨花台报到的“江抗”老战士乔信明，1909 年出生于湖北省大冶县，1930 年参加红军，1932 年入党。土地革命战争时期，乔信明任红军学校政治营队长，红十军八十二团团长，红七军八十七团政治委员，北上抗日先遣队八十八师参谋长，参加了中央苏区反“围剿”，创造了从贫苦农家小木匠到红军中高级指挥员的奇迹。抗日战争时期，乔信明任新四军军部教导营队长、教导团大队长、三支队六团参谋长、“江抗”总指挥部参谋长、挺进纵队一团团长、一师一旅一团团长、苏中军区第二军分区副司令员。保卫郭村战斗中，乔信明率部抵御十倍于己之敌，黄桥决战率一团与兄弟部队消灭韩德勤部主力独立六旅两个团，打得战前叫嚣把新四军赶下江喝水的中将旅长翁达坠河溺毙，旋又消灭李守维第八十九军军部。解放战争时期，乔信明任苏中军区后勤部部长兼政治委员等职。新中国成立后，乔信明先后任华东军区和南京军区空军后勤部政治委员。1963 年 9 月 4 日，五十七岁的乔信明在南京英年早逝。

1934 年 10 月，乔信明随方志敏所率红十军团北上，因负伤脚肿得很厉害，医生准备截肢，报告都打上去了。方志敏批示：不管花多少钱，一定要保住这条腿，药在根据地买不到，可以到白区去买，钱由省委报销。在方志敏关怀下，乔信明的腿保住了。北上途中，方志敏所部在怀玉山陷入重围，连续奋战七昼夜未能突出重围。方志敏把剩下的部队编成一个团，任命乔信明为团长掩护突围。坚持战斗数日后，部队弹尽粮绝，乔信明双脚被冻伤，敌人放火烧山时，他和方志敏一起被俘，被关进南昌军人监狱。

方志敏把仅有的一元多钱给乔信明，让他买菜补养身体，并写信叮嘱，应对干部进行教育，在敌人面前一定要顽强，怕死是没用的。我们几个负责人准备为革命流最后一滴血，你们不一定会死，但要准备坐牢。在狱中要学习列宁，为党工作，坚持斗争，死了也是光荣的。方志敏牺牲后，被判无期徒刑的乔信明把生死置之度外，以狱中秘密党支部书记身份领导了三年不屈不挠斗争。大磨得大道。作为方志敏狱中斗争见证人，乔信明经黑牢磨难更加成熟坚强。抗战爆发后，经徐特立营救，乔信明获释参加新四军，重返革命队伍建功抗日战场。

残酷战争环境的摧残和积劳成疾，使乔信明过早离开了人世。他的传奇经历和非凡精神，与武能上马、文可立言的妻子于玲相映生辉，为“江抗”伉俪平添了别样风采。

在雨花台红色伴侣中，于玲是百年后在此逗留时间最短、与传统观念实行最彻底决裂的女杰。这位当年被谭震林誉为“江南第一个女区长”的巾帼英雄，晚年体弱多病，随着岁月流逝，她对当年死于“暗杀党”之手的上海姑娘林杰思念日深。20 世纪 80 年代中期，于玲多次到江阴寻找林杰墓地。在当地领导和群众帮助下，终于在祝塘一块旱地找到了当年掩埋林杰的地方。清明节前夕，于玲和二儿子乔泰阳及孙女乔争月专程来到祝塘，把从南京选购的四棵郁郁葱葱的青松，种植在林杰墓周围。

江阴是于玲生于斯、长于斯的故土，是她参加革命后奋斗出彩的起点，也是于玲劫后余生始终心怀歉疚的所在。在生命的最后时光，于玲无意中对孩子们流露过自己对身后事的想法：“我死后你们不要乱葬，我不去雨花台,还是要回老家江阴。那里是生我养我的地方,是我参加'江抗'并做出成绩的地方,也是上海姑娘林杰替我逃过一劫的地方。她那么年轻就替我去死了,我要和她在一起。我相信,你们爸爸会理解和支持我的。"

孩子们懂得妈妈对江阴的眷恋和挚爱。于玲辞世后,几个孩子相约来江阴,为妈妈寻觅心灵休憩之处。市领导带他们到几处地势和风景俱佳的墓地,孩子们看后似乎都没有什么感觉。但当来到祝塘,一行人伫立在林杰的墓前,五个孩子不约而同流下了热泪。在另一个世界里,于玲似乎给了孩子一个暗示,这里正是她如意的归宿和精神皈依之地。同行的市镇领导提出,祝塘地方太小,把老前辈于玲的骨灰安放在这里不太合适。但孩子们思想高度趋同,一致同意把妈妈安葬在祝塘镇的英烈苑,让她和一起战斗过的"江抗"战友们相伴,与代她牺牲的林杰烈士为邻。

2011 年 4 月 2 日,于玲的子女把她的骨灰送到雨花台乔信明墓前,让妈妈和相濡以沫、携手走过艰难岁月的爸爸告别。两位在战争年代出生入死几十年的革命伴侣,在望江矶最后一次相聚。孩子们默默但十分虔诚地祈祷,愿红色伴侣早日在天国聚首。

4 月 4 日,于玲的骨灰在子女亲友的护送下,来到江阴祝塘镇英烈苑。《红旗颂》的辉煌乐曲在墓地奏响,于玲的子女亲友,于玲当年在祝塘发展的党员的后人,于玲当年的通信员,共同见证了感人至深的一幕:于玲的骨灰盒缓缓安放进墓穴,与林杰烈士比邻而居。历史仿佛演绎了一个红色的轮回,当年的江阴县委宣传部部长兼祝文区区长于玲,与祝塘区年轻的民运工作队队长、上海姑娘林杰,诀别七十一年之后,在她们共同战斗并用热血浇灌过的土地上,又相聚在一起。不寻常的性格,必定会有不寻常的人生。生不弃残,相夫教子成就一番事业;死不同穴,别夫伴友书写巾帼华章。一生茹苦含辛,身后卓尔不群,于玲以她不同凡响的举动,实践了自己做一个时代新女性的诺言。

1959 年夏秋时节,乔信明根据自己的亲身经历,利用和夫人于玲在黄山疗养之机,在有关同志的帮助下,创作了反映方志敏最后岁月和记述自己狱中斗争生活的长篇小说《掩不住的阳光》。乔信明和于玲两位拿枪杆子威慑敌胆、拿笔杆子青史留痕的老“江抗”，生前未能看到这部五十一点八万字的心血之作出版。经历“文革”浩劫，在雪藏半个世纪之后，这部“江抗”伉俪呕心沥血创作的纪实小说，终于于2011年由解放军文艺出版社出版。人们为这部书经子女不懈努力和多方帮助终于与读者见面感到庆幸，同时也为作者未能亲眼看到倾注了自己全部理想和寄托的著作问世而感到遗憾。于玲病危时，孩子们曾把《掩不住的阳光》手稿放在她的床头，让这部她暮年最为牵挂的呕心沥血之作，陪伴她走过了人生最后四天的路程。2011年4月4日，于玲的骨灰安放在江阴祝塘镇英烈苑时，细心的子女将一本散发着油墨香的《掩不住的阳光》，轻轻放在于玲的骨灰盒上，聊补于玲生前未看到心血结晶付梓之憾，告慰其在天之灵。

乔信明和于玲泉下有知，当感到欣慰吧。

廖政国仍旧性急，打了大半辈子仗，才过了十年太平日子，1972年4月16日，这位五十九岁的南京军区炮兵司令员，就早早循着“江抗”集结号的号音，到雨花台望江矶报到来了。独臂将军廖政国的英年早逝，据说是因为一起医疗事故。

生于1913年的廖政国是河南息县人，这位大别山的儿子原任新四军老六团二营营长，“江抗”东进时因火烧虹桥机场声名鹊起，成为江南威慑敌胆的抗日英雄，后任新四军挺进纵队四团团长、苏中军区教导旅旅长、苏浙军区第四纵队司令员、华东野战军一纵一师师长、第三野战军第二十军参谋长、志愿军第二十军副军长、第二十军军长、舟嵊警备区司令员、上海警备区司令员等职。

“江抗”领导人素来个性鲜明且生来命大，人人都摸过几回阎王鼻子。1940年10月，时任团长的廖政国率部参加黄桥决战后，就地进行整训。他听官兵反映，从伪军手中缴获的泰州造的手榴弹，打仗时平均三个才炸一个，即使能炸的有的延时很长，有的出手就炸，还有的一炸两半，基本没什么杀伤力。带着这样的武器打仗，官兵心里怎么能踏实！廖政国苦心琢磨，终于弄清了症结所在。他把干部召集到住处,针对这批手榴弹雷管和引信制作工艺不规范影响发火的问题,给大家讲解实战应用注意事项。正讲解中,廖政国手中的手榴弹突然哧哧冒起了白烟。廖政国迅疾扫视周遭,院子里有人在晒太阳,窗台上趴着正在听讲的警卫员和马夫,里间屋子团政委在休息,手榴弹朝哪个方向扔都会危及别人。千钧一发之际,廖政国一面让大家隐蔽,一面飞身跨上身边的桌子挺身举弹,尽可能让手榴弹远离大家。一声巨响,手榴弹爆炸了,周围的人安然无恙,廖政国的右臂却被炸飞了。

素来叱咤风云的"江抗"猛将一下子成了"独膀子",钢铁汉子在苦难和战斗中铸造的人生,整个儿都被改变了。好在很快上了特护,独臂团长的身边悄然出现了善解人意的十八岁扬州姑娘史凌。"金风玉露一相逢,便胜却人间无数。"在精心护理廖政国的日子里,医疗队长史凌在延伸和代偿廖政国肢体功能的同时,也走进了他的人生。"我是断臂换良妻呀!"风雨人生,每逢谈及当年负伤后与史凌的相知、相恋与相守,廖政国都无限神往,回味无穷。他觉得,这是自己这辈子最幸福的事情。

廖政国战争年代先后八次负伤无损虎威,依然敢闯敢冒,为克敌制胜孜孜不倦研究开发武器装备的作战性能。转战苏中期间,已任旅长的廖政国根据群众提供的线索,在部队驻地挖出两个光绪元年生产的炮筒子和三十几发炮弹。两门古老的独角炮在地下沉睡几十年,只能打一发填一发,且没有炮栓。廖政国却如获至宝,部队走到哪儿,他就让人把炮抬到哪儿。部队南下浙西龙头界时,廖政国命供应处把两具古炮筒改造成平射炮,由军工科曾在大学学过机械制造的徐鹏飞负责设计,十多人共同参与试制,奋战十九个日夜终获成功,第一次试射就把土地庙打了个大窟窿。后来打双林桥头堡,两门古炮大显神威。打着廖政国浓厚印记的独角炮,现藏北京中国革命军事博物馆。

淮海战役中,国民党飞机俯冲低飞,把老百姓草房的屋顶都掀掉了,战士们气愤地用机枪和步枪射击,往往无济于事。一师师长廖政国来到号称"廖记小小兵工厂"的修理所,找到徐琨等三人商量,问能不能用迫击炮打飞机，就是打不下来，吓唬吓唬狗日的也好，使它不敢飞得这么低。徐琨等三人受命后，绞尽脑汁开发82迫击炮对空射击功能，通过改变迫击炮底火触发装置、改造迫击炮对空高射引信起爆管，采用高空定时爆炸的方法，使迫击炮弹能在四百米至六百米高空爆炸。试验成功后，修理所一次改装了三十发82迫击炮弹，用于实战，敌机再也不敢在一师阵地上空耀武扬威，大大削弱了敌人的空中优势。

廖政国意外失去右臂，给他波澜壮阔的人生平添了新的传奇色彩。飞来横祸不仅促使他学会了用左手打枪、写字、吃饭、穿衣，而且注定使他成为共和国又一个独臂将军。1955年授衔，毛泽东豪迈地说："中国从古到今，有几个独臂将军？旧时代是没有的，只有我们的红军部队，才能培养出这样的独特人才。"

从吴焜墓向南第三排是刘飞的墓。这位从湖北红安大山里走出来的开国中将，1905年出生，三岁丧父，七岁到地主家放牛，不满十八岁到汉口当茶役，在码头扛大包，在社会底层受尽欺压。1926年10月，刘飞在汉口加入党领导下的夏口工会。1927年11月，刘飞参加黄麻起义，担任乡、区两级苏维埃主席和赤卫军二营七连连长。1930年1月，刘飞带七连五十余名赤卫队员参加红军。刘飞个子不高，但膂力过人，双手能拧裂胳膊粗的青毛竹，抡起大刀来，四五十人轮流上阵也不是他的对手。时任师司令部特务队连长的许世友登门以武会友，谁知掰手腕竟不是刘飞对手，待使出看家本领少林拳，才把刘飞打翻在地。刘飞少小失学，为弥补自己文化知识上的缺憾，征战中，他以杀敌个数换取文书教的字数。1931年3月9日，在广水东双桥战斗中，刘飞一人砍杀二十多个国民党兵，战后找文书学了二十来个字。南征北战中，刘飞先后任过连、营、团三级主官，长征中任红军独立师政治部主任，经"抗大"培训后南下任新四军老六团政治主任、"江抗"政治部主任。1939年9月，刘飞在江阴参加反顽作战，因敌人一颗子弹嵌入肺部转入阳澄湖后方医院养伤，经陈毅安排秘密赴上海美国教会医院治疗。1948年11月，时任华野一纵副司令员的刘飞挥师一举歼灭国民党第六十三军,新华社记者崔左夫赶来采访,刘飞闭口不谈制胜秘诀,反而带他去看部队,恰遇打扫战场归来的一七五团二营。刘飞叮嘱崔左夫,胜利后一定写写二营前身部队伤病员当年坚守阳澄湖芦苇荡斗争的故事。大运河飞出的芦花梦,成为一颗子弹引发《芦荡火种》和《沙家浜》创作的肇端。

1984 年 10 月刘飞逝世后,江苏省和苏州市领导考虑到刘飞抗战时期一直战斗在江苏,特别是作为阳澄湖三十六个伤病员的代表人物具有很大影响,建议刘飞安葬在苏州。1989 年 8 月,朱一和子女将刘飞安葬在苏州西南善人桥一所墓园。随着朱一年龄的增大,年复一年去苏州扫墓日感艰难,于是老人萌发了将刘飞迁到雨花台的想法。有的子女提出,中国古来讲究入土为安,爸爸既已安葬在苏州,再迁葬怕不好吧?朱一说,我不信这个,将来我死了,还要和你爸爸合葬在雨花台。在有关部门支持下,2001 年 5 月 1 日,刘飞子女亲属将刘飞骨灰由苏州迁葬雨花台,在原墓留有衣冠冢。刘飞成为“江抗”第一个进入雨花台功德园的将军。

2004 年 10 月 24 日,刘飞逝世二十周年之际,九十一岁高龄的朱一,与乔信明夫人于玲、蓝阿嫩夫人李励等,分别率子女来到雨花台刘飞墓前,一起举行追思纪念仪式。朱一满含深情宣读了《我的亲人——刘飞逝世二十周年祭》:

松清:

这是我第一次这么称呼你,可能“刘松清”这个名字早已被遗忘。今天是你离开我们二十周年的日子。你的老战友及老战友的后代和我们全家又一次来到了你的墓前纪念你。

我永远不会忘记:你是在苦水中泡大的。你三岁时父亲出卖苦力,劳累而死,从此你和五岁的姐姐、几个月的弟弟跟着你那坚强善良的母亲,在饥寒交迫中到处求乞讨饭。你八岁时就到有钱人家放牛干杂活。后来你母亲病了,你只得离家到汉口当码头工人,全家的生活重担落在你的肩上。在旧社会你受尽了欺凌压迫,过着牛马不如的生活。参加革命后，你就把自己的一切献给了党和人民。

你的一生是在战斗中求生存的，你在五次反“围剿”的浴血奋战中，你在万水千山的长征路上，你在党和国家生死存亡的关键时刻，始终坚定不移地紧跟着伟大的中国共产党。抗日战争爆发后，1938 年春天，毛主席亲自召令你到新四军，随老六团东进，在苏常太、澄锡虞、江高宝等地，开展敌后游击战。1939 年 9 月 21 日，在江阴顾山战斗中，你率部冲锋在前，胸部中弹，负了重伤。那时我部奉命西撤，你带领三十多个伤病员留在阳澄湖畔养伤。在孤军无援、敌伪顽四面包围之中，你们依靠人民群众的大力支援、舍身掩护，才能如鱼得水，康复后重返战场。在你战斗的一生中，有四十多年战斗在江南地区，大江南北到处都留下了你的足迹。你和江苏人民血肉相连，有着特殊的深厚感情。至今沙家浜的乡亲们仍怀念着你。全国解放后，你为保卫祖国，保卫人民的安全，抱病工作，走遍了皖南山区，走遍了海防前线，你为党的事业，为社会主义建设事业，呕心沥血，流尽了血和汗。

松清，这二十年来，我时刻都没有忘记你。昨天我率全家开了个纪念座谈会。用你的优良作风教育下一代，并且要他们代代相传。如今你的子女们都五十多岁了，他们都牢记你的教诲，遵照你的意愿，听党的话，听毛主席的话，做老实人，老老实实地工作。不图名，不图利，在各自的工作岗位上，忠诚老实地为党工作，勤勤恳恳地为人民服务，个个都是单位的骨干。你的第三代已有五个工作了，三个是人民解放军的基层干部、共产党员，还有两个在继续攻读，力求上进。全家二十余人都能相互谦让，和睦相处，对我无微不至地关心体贴，这是我最大的安慰。希望我们所有的后代都能继承老一辈的光荣传统，踏踏实实地工作，老老实实地做人，这是你生前的心愿。

松清，你在伟大的中国共产党培育下，经过千万次与敌奋战，在枪林弹雨中锻炼成长，从一个没有进过学校大门的放牛娃、码头工人，在我军的大熔炉里从战士、班、排、连、营、团、旅、师、军长、大军区副司令员，一步一个脚印成长为我军的高级将领。你是我党和中国人民无私无畏的忠诚战士！是我们全家永远的榜样！1955年国务院授予你中国人民解放军中将军衔，这是党和人民给予你的最高荣誉。你是受之无愧的！

我最亲密的战友、我的亲人——刘飞同志，你安息吧！

2008年5月19日，在原中共苏州县委书记朱杏南殉难七十七周年之际，九十六岁的朱一冒雨率子女最后一次来到雨花台，在烈士纪念馆祭奠和缅怀影响了自己一生的叔叔。朱杏南是江阴夏港人，1930年9月9日因叛徒出卖在苏州被捕，转往南京国民党军政部陆军署军法司。好几个被捕同仁都向敌人捧出了自己的灵魂，朱杏南遭受严刑拷打始终坚贞不屈。1931年5月19日，朱杏南在雨花台北坡从容就义。那个忌日，潜意识中已有向后代传递精神火炬并为自己人生作结的朱一，面对叔叔的遗像和遗物，颤巍巍地对子女说："这是我最后一次带你们来雨花台了，希望你们永远继承父亲和叔公的遗志，保持和发扬好他们创立的革命传统啊！"

2008年11月9日，一朵终生辅佐抗日英雄刘飞并为那颗不寻常的子弹向红色经典转化而持久奉献芬芳的生命之花，在南京悄然凋谢。新四军女战士朱一，十分平静地走完了自己不平凡的生命历程。子女们在雨花台父亲的墓旁，为母亲精心安排了一个简朴的骨灰安放仪式。时隔二十四年，一双从阳澄湖畔走来的红色伴侣，在雨花台开始了新的比翼齐飞。

姗姗来迟的戴克林是1990年去世，于2001年来雨花台报到的，安葬在刘飞墓的西侧。戴克林1913年出生于湖北黄安(今红安)，十三岁参加童子团，十五岁参加共青团，十六岁参加红军，十七岁由团转党。戴克林经历过鄂豫皖地区历次反"围剿"和创建保卫川陕苏区的斗争，长征中亲历河西走廊恶战身负重伤，一路乞讨回到延安，1940年4月和刘飞一起随谭震林到东路。4月25日，谭震林在会上刚宣布戴克林任一支队支队长的命令，支塘、沙溪据点里的日本鬼子突然进犯徐市。谭震林对戴克林说："你去指挥,打退这股敌人!”“我去?”身穿长袍、头戴礼帽的戴克林忽地站起身,拃挲着两只手说:“我这身打扮,部队听不听指挥?再说,手里什么家伙什也没有啊!”谭震林一挥手,厉声说:“快去,快去!你一面宣布命令,一面指挥战斗,把仗打好!”何克希递过一支驳壳枪,夏光拿来一具望远镜。戴克林甩掉礼帽,把望远镜挂在脖子上,一手拿枪,一手拎起长袍,一个箭步蹿到屋外,冲着部队官兵吼道:“我是新来的支队长,这个仗由我指挥!”说着令人架起梯子,噌噌爬上房顶,拿起望远镜一看,只见公路上上百名日军成几路纵队,野马般冲了过来,距开会地点只有百把米。戴克林指挥部队火速占领北港庙村和公路一侧,急令调来一挺捷克式轻机枪,一把抱在怀中率先向敌开火。清脆的机枪声犹如战斗号令,部队官兵一齐开火,一下子把敌人打蒙了,与日军形成对峙。二支队支队长陈挺率部火速驰援,两队官兵合力击退了日军。抗战胜利后,戴克林任过华东野战军一纵二师参谋长、第三野战军和志愿军第二十军五十九师师长、第二十七军副军长、浙江省军区副司令员,算是从阳澄湖起家的“沙家浜部队”名副其实的老领导。大约生前的战斗情谊意犹未尽,戴克林在杭州辞世后,家人遵他生前之嘱,送他来南京雨花台与老战友会师。

源自阳澄湖的战斗情谊,使“沙家浜部队”具有超越生命本体和时空的特殊凝聚力。20世纪70年代以来,相继到雨花台的有新四军十八旅旅长兼苏中军区第一军分区司令员、南京军区副司令员刘先胜,新四军挺进纵队参谋长、兰州军区副司令员张藩,原华野一纵五十八师师长兼政委、新中国成立后任过第二十军政治部主任、第二十七军政委、新疆生产建设兵团副政委的曾如清,新四军十八旅五十二团参谋长、炮七师师长、南京军区炮兵司令员颜伏,曾任第二十军政治部组织部部长、安徽省生产建设兵团政治部主任的邱布,第二十军五十八师炮兵团政委、江苏省军区政治部顾问洪大中等老前辈。

日本军国主义发动的侵华战争,使中华民族蒙受了空前浩劫,但客观上也创造了成就中国第一个无产阶级政党千秋伟业和凝聚中国人民的历史契机。1931年九一八事变前夕,日本关东军只有一万多人,而东北军有近二十万人,日军对挑起战争能否取胜并无把握。九一八事变元凶、关东军高级参谋板垣征四郎说,中国是一个同近代国家情况大不相同的国家,它不过是在拥有自治部落的地区加上了国家这一名称而已。事变发生后,日军三天占领沈阳,一周占领辽宁,四个月十八天占领东三省,战争冒险之顺利,甚至连日本人自己也未曾想到。一盘散沙与觊觎华夏已久的日寇互为因果,这正是中国当年面临亡国灭种之祸的悲剧之源!

1937年7月15日,中国共产党中央委员会在公布国共合作宣言时,发出感天动地的呼唤:“寇深矣!祸亟矣!同胞们,起来,一致地团结啊!我们伟大的悠久的中华民族是不可屈服的。起来,为巩固民族的团结而奋斗!为推翻日本帝国主义的压迫而奋斗!胜利是属于中华民族的!”同年7月下旬,郭沫若从日本归国途中,写下了“四万万人齐蹈厉,同心同德一戎衣”的诗句,呼吁苦难的同胞同仇敌忾驱逐鞑虏。金瓯破碎的严酷现实,血火交织的殊死抗争,东方的睡狮醒来了,八国联军挥刀直取义和团头颅时麻木不仁围观的中国人,凝聚起来了。毛泽东指出,抗日战争“促进中国人民的觉悟和团结的程度,是近百年来中国人民的一切伟大的斗争没有一次比得上的”。赤县神州亿万不愿做亡国奴的同胞,在血火劫难中告别一盘散沙,用有史以来最伟大的觉醒和自己的血肉之躯,筑起了共御外侮的万里长城,打破了日寇妄图变四万万五千万炎黄胄裔为家奴的梦想。从中国共产党人引颈就戮的刑场,到万众膜拜革命英烈的圣地,雨花台的变迁,见证和折射了近代以来中华民族整体觉醒、广泛动员和空前凝聚这一最伟大的转折,而永垂青史的历史性转折,正是包括苏南东路抗日英雄在内的无数志士仁人热血浇灌的丰硕果实。

1991年,叶飞大女儿叶小楠从厦门出差回北京,向叶飞汇报厦门经济社会发展情况。叶飞得知台湾塑料大王王永庆拟在厦门投资建设大型石化项目,情不自禁站起来在房间踱步,随后郑重地对王于畊和叶小楠说:“我死后就葬在厦门,这是对你们俩正式的交代。”厦门,是叶飞最初参加革命的地方，也是他戎马生涯中指挥的最后一个战役和唯一一次失利战役的地方。将军生不能看到祖国统一，死也要在离金门最近处看到这一天以解心头之结。

历史仿佛在冥冥中做出了新的安排，当年率部进军东路的"江抗"领导班子成员，除叶飞怀着未竟之志，于2000年4月18日把自己的指挥位置放在与台湾和金门隔海相望的厦门外，其余成员又进入了一个新的任职期，横跨雨花台烈士墓园和功德园，在这片神圣的土地上组成了新的战斗集体，准备完成生前未了事，同时开始新的进击。

而"江抗"老领导何克希，从江南行政委员会主任兼保安司令员和新四军六师副参谋长任上，赴浙东开辟抗日游击根据地并创立新四军浙东游击纵队后，晚年便陷入阳澄湖、雨花台和四明山何去何从的纠结。最终，何克希还是一步三回首，揖别阳澄湖，遥拜雨花台，重返他战争年代事业的顶点四明山。毕竟，他是那支队伍的主官，一班人在那里眼巴巴地等着他。上个世纪末到2009年，原新四军浙东纵队司令员何克希、政委谭启龙、参谋长刘亨云、政治部主任张文碧相继去世后，遵照他们的遗嘱，四人的骨灰都被安葬（撒）在当年浙东纵队司令部驻地余姚市梁弄镇。何克希的女儿何竞生说："浙东纵队的班子成员都到齐了，他们又可以在一起决策重大问题了。"

令人欣慰的是，铁流东进中凝结的战斗情谊，犹如优良传统绵延不绝。"江抗"第二代青出于蓝而胜于蓝，他们不仅有父辈那样铁肩担道义的禀赋，而且大大发展了上一代人的友谊和关系。有好几位第二代在共同的理想和事业中结为秦晋之好，使战争年代生死与共结下深厚友谊的"江抗"前辈，又成了儿女亲家。

5月的阳光下，如诉如泣的音乐流水般在墓园荡漾，充溢着江南丝竹特有的人生况味。

墓园本是凝固的民族精神文化史。近代以来，特别是欧洲那个共产主义幽灵漂洋过海来到中国以后，赴义千秋、血沃圣土的雨花台，便以其无与伦比的特有浩然正气，深藏厚植着中华民族百死不悔、万难不屈的精神密码。

伫立在红色天堂的入口处，但见满山忠骨，遍地英灵。

每一座墓碑都是一个巍然矗立的灵魂。

每一个名字都承载着一段光耀千秋的历史。

置身庄严圣洁的民族精神之林，游目骋怀，我仿佛又回到了旌旗招展、鼓角争鸣的烽火岁月：陕北的深远经略，云岭的拨云见日，茅山的星夜进击，澄南的喋血厮搏，阳澄湖的芦荡坚守，茂林的绝地反击，延安的隐忍取义，窑湾的梦回苏南……曾经点亮"江抗"乃至波澜壮阔中国革命战争历史的一个个或震撼或隽永的场景，一齐在我的眼前迭现、翻飞，一如凹凸有致、栩栩如生的浮雕，山呼海啸般齐集我的眼帘。那一刻，我读懂了何为历史在这里聚焦、风云在这里际会！

与功德园近在咫尺的望江矶东端，新四军军部三位老领导项英、袁国平、周子昆，与老六团几员虎将守望相依，抵足而眠。

历史大舞台上，他们都曾厉兵秣马，叱咤风云。

人生如戏，戏却永远逊于意蕴无穷的人生。历经世纪风雨和沧桑，曾经的金戈铁马、气冲霄汉，都在这里戛然而止，化作一帧隽永而令人回味无穷的历史映像。

1941 年 1 月中旬的一天，在皖南突围中藏身螺丝坑的项英，与激战中被打散的军部作战科长李志高和二纵队参谋长谢忠良等人不期而遇。看到他们衣衫褴褛的样子，项英激动而惭愧地说，新四军这次失败，我是要负主要责任的，把你们搞成这个样子！

假若项英与吴焜有幸在天堂相会，项英在全面深入地了解了吴焜和杨瑞年的情感经历，特别是了解了他们两人惊天动地壮烈牺牲的情景，他会为自己当年劈头盖脸批评吴焜，指责他刚到南方就腐化，甚至改变初衷，由安排吴焜任团长到改任副团长而感到后悔和自责吗？

群冢无语，绿树飒飒。时光回溯七十四年，在皖南三县交界的崇山峻岭中，项英以他带血的忠诚，向亲爱的党和战友作了披肝沥胆的回答。

古希腊哲人赫拉克利特说,人不能两次踏进同一条河流。如同悲壮的皖南1941年这一页将永远被历史翻过一样,武汉—南昌1938年吴焜和杨瑞年相识相知的种种切切,也早已付诸历史长河,在鲜为人们知悉的书刊中留下几分惆怅,几声叹息。当年的新四军秘书长李一氓,曾在一篇读后记中,郑重地向杨瑞年表示“引为遗憾和歉恨”,光明磊落地坦言“应该向她道歉,应该为她平反”。要是吴焜和杨瑞年能听到更多这种虽然迟到但却发自心底的真诚道白,九泉之下,他们将何其欣慰而释然啊!

但愿人长久,千里共婵娟!

江南的杜鹃花年年映山红,兼有血谊和亲情的“江抗”儿女们,岁岁来雨花台看望和祭奠自己的亲人,在天上人间的凝目相视和心灵感应中,向父辈汇报自己的奋斗进取和所得所获。

昨日的红色追忆令人回味无穷,今天的金色梦想正衍生出新的传奇。高天流云,江风浩荡,奔流到海不复回的长江,正穿过虎踞龙盘两千六百个春秋的古城金陵,一泻千里,蔚成万千气象。

一个雄心勃勃编织无与伦比复兴梦想的民族,比以往任何时候都更需要永不枯竭的精神动力。而回望七十多年前那场波澜壮阔的战争,人们蓦然发现,炼狱之火熔铸的,正是凤凰涅槃极可宝贵和不可或缺的东西。

大江南北,神州八极,纪念抗战胜利七十周年的热潮正方兴未艾。那是一个民族在新的历史起点上的苏醒和重塑。

(《解放军报》2016年9月19日长征文艺副刊以《拜谒雨花台》为题编发,《国防参考》杂志2016年第二十一、二十二期和《前卫文学》杂志2016年第四期刊发,中国社会科学网、中华人民共和国国防部网转载。本文收入解放军出版社2017年7月出版的《将帅美文》)